J.R. Ward vit dans le sud des États-Unis avec son mari. Diplômée de droit, elle a travaillé dans le milieu de la santé à Boston et a été chef de service dans un des plus grands centres médicaux du pays. Elle a toujours été passionnée d'écriture et son idée du paradis ressemble à une journée passée devant son ordinateur en compagnie de son chien avec une cafetière pleine toujours à portée de main. Sa série *La Confrérie de la dague noire* connaît un succès phénoménal dans le monde entier.

De la même autrice :

La Confrérie
de la dague noire :
Le Guide de la Confrérie
de la dague noire

La Confrérie
de la dague noire :
1. *L'Amant ténébreux*
2. *L'Amant éternel*
3. *L'Amant furieux*
4. *L'Amant révélé*
5. *L'Amant délivré*
6. *L'Amant consacré*
7. *L'Amant vengeur*
8. *L'Amant réincarné*
9. *L'Amant déchaîné*
10. *L'Amant ressuscité*
11. *L'Amant désiré*
12. *L'Amant souverain*
13. *L'Amant des ombres*
14. *L'Amant sauvage*
15. *L'Amant rebelle*
16. *L'Amant maudit*
17. *L'Amant déchiré*
18. *L'Amant repenti*

L'Héritage de la dague noire :
1. *Baiser de sang*
2. *Pacte de sang*
3. *Rage de sang*
4. *Serment de sang*

Les Prisonniers
de la dague noire :
1. *Le Renégat*

Anges déchus :
1. *Convoitise*
2. *Addiction*
3. *Jalousie*
4. *Extase*
5. *Possession*
6. *Immortalité*

CE LIVRE EST ÉGALEMENT DISPONIBLE
AU FORMAT NUMÉRIQUE

www.milady.fr

J.R. Ward

Le Renégat

Les Prisonniers de la dague noire – 1

Traduit de l'anglais (États-Unis) par Éléonore Kempler

Milady

Milady est un label des éditions Bragelonne

Titre original : *The Jackal*

Publié avec l'accord de NAL Signet,
membre de Penguin Group (U.S.A.) Inc.

ISBN : 978-2-8112-3713-4

Bragelonne – Milady
60-62, rue d'Hauteville – 75010 Paris

E-mail : info@milady.fr
Site Internet : www.milady.fr

Ce livre est dédié à tous les travailleurs essentiels qui nous ont permis de tenir pendant la pandémie de COVID-19, notamment ceux du secteur médical, qui ont mis en danger leurs propres vies pour aider les autres. Nous vous sommes tellement reconnaissants.

Chapitre premier

Ouest de l'État de New York, de nos jours

« La vie est une autoroute » était une métaphore si banale et éculée à force d'être rebattue que Nyx, la passagère d'un break vieux de dix ans qui regardait défiler le ruban d'asphalte éclairé par la lune à travers les terres broussailleuses et ronceuses de l'ouest de l'État de New York, était très loin d'imaginer à quel point le tracé d'une route et celui d'une vie pouvaient se ressembler. Pourtant, on rencontrait parfois des pentes faciles à suivre. Mais aussi, de temps à autre, de mauvais passages cahoteux et difficiles qui vous faisaient claquer des dents. Ou bien encore des côtes raides dont on pensait qu'elles ne finiraient jamais. Sans compter les passages monotones entre deux sorties d'autoroute assez éloignées l'une de l'autre.

Et puis il y avait les imprévus, qui surgissaient de nulle part et vous écartait tant de votre route soigneusement bornée qu'on finissait dans un endroit complètement différent.

Certains de ces « imprévus », dans l'analogie comme dans la réalité, avaient quatre pattes et un petit nommé Bambi.

— Attention ! s'écria-t-elle en refermant une main sur le volant pour prendre le contrôle du véhicule.

Trop tard. Par-dessus le crissement des pneus, l'impact de l'accident émit un bruit d'une douceur écœurante, comme quand l'acier frappe la chair, et la réaction de la conductrice fut de se couvrir les yeux et de remonter les genoux pour se recroqueviller sur elle-même.

Ce qui n'aida pas étant donné que c'était Posie qui avait accès à la pédale de frein. Mais c'était aussi totalement caractéristique de sa sœur d'agir ainsi.

Le break, un lourd objet en mouvement, ne manqua pourtant pas de motivation grâce à leur vitesse de cent kilomètres à l'heure, et ce malgré son absence de cerveau. Du coup, la vieille Volvo quitta la route campagnarde en se cabrant comme un cheval sauvage, et sa volumineuse carcasse rigide effectua une série de tonneaux de telle sorte que la tête de Nyx heurta le ciel de toit capitonné en dépit de sa ceinture de sécurité.

Le faisceau des phares se mit à éclairer de façon stroboscopique le paysage devant la voiture, selon les angles bizarres dans lesquels la calandre était projetée, ne révélant pour l'essentiel qu'un fatras de broussailles, et Nyx songea un instant que ce décor vert et spongieux offrait un bien meilleur tableau que celui qu'elle aurait prédit.

Sauf que cela ne dura pas.

Telle une créature surgie des profondeurs d'un lac, une silhouette brune, épaisse et verticale se dressa soudain au beau milieu de ce spectacle verdoyant, disparaissant et réapparaissant alternativement au rythme du tournoiement des faisceaux lumineux sur eux-mêmes.

Oh, merde ! c'était un arbre. Et non seulement cette brutale butée arboricole était un objet inamovible, mais elle se rapprochait aussi dangereusement, comme si on resserrait une chaîne en acier entre son tronc épais et le châssis du break.

Si on avait visé la collision, on n'aurait pas pu mieux faire.

« Inévitable », voilà qui résumait la situation.

Puis sa sœur occupa toutes les pensées de Nyx. Posie était enfoncée dans le siège conducteur, les bras tendus, les doigts écartés devant elle, comme si elle comptait tenter de repousser l'arbre…

Ce second impact eut le même effet sur la jeune femme que celui d'être rouée de coups, et un craquement dut retentir lorsque le métal percuta le bois, mais, avec le déploiement des airbags et le bourdonnement dans ses oreilles, Nyx n'entendit pas grand-chose. Sans compter qu'elle se retrouva à moitié aveugle et asphyxiée.

Elle perçut ensuite un sifflement. Le bruit d'un liquide qui goutte. Une odeur de gomme brûlée mêlée à celle d'une émanation chimique.

Quelqu'un toussait. Elle ? Elle n'en était pas sûre.

— Posie ?

— Ça va, ça va…

Nyx frotta ses yeux qui la piquaient et se mit à tousser. Cherchant la portière à tâtons, elle en actionna la poignée mais se heurta à une résistance quand elle poussa violemment sur le panneau pour l'ouvrir.

— Je fais le tour pour t'aider.

En supposant qu'elle réussisse à sortir de cette fichue voiture.

Donnant un coup d'épaule, elle força l'ouverture de la portière à travers une végétation verte et touffue, et en réaction un buisson se força à son tour un passage dans l'habitacle, où il se déploya comme un chien curieux de tout renifler.

Elle se laissa tomber de son siège et roula sur le tapis végétal. Après s'être redressée à quatre pattes un bref instant, elle parvint à se relever puis à trouver son équilibre en s'aidant du toit de la voiture, avant de faire le tour jusqu'au côté conducteur. Ouvrant la portière de Posie, elle lui déboucla sa ceinture de sécurité.

— Je te tiens, grogna-t-elle en traînant sa sœur hors de l'habitacle.

Adossant Posie contre le véhicule, elle écarta les cheveux blonds de son visage aux traits fins. Aucune trace de sang. Ni d'éclats de verre sur sa peau sans défaut. Et son nez était toujours parfaitement droit.

— Tu vas bien, annonça Nyx.

— Et la biche ?

Nyx garda ses jurons pour elle. Elles étaient à environ quinze kilomètres de la maison, et l'important était de savoir si la voiture était toujours en état de rouler. Sans vouloir insulter Mère Nature et les amoureux des animaux, ce fléau de la route à quatre pattes se trouvait tout en bas de sa liste de priorités.

S'avançant en titubant jusqu'à l'avant du break, elle secoua la tête à la vue des dégâts. Une bonne cinquantaine de centimètres du capot – et donc du moteur – était compressée autour d'un tronc qui avait toute la souplesse d'une poutre de soutènement, et, même si elle n'était clairement pas experte en automobiles, cela devait être incompatible avec un retour sans danger à la maison.

— Merde ! souffla-t-elle.

— Et la biche ?

Fermant les yeux, elle se rappela leur ordre de naissance. Elle était l'aînée, la responsable, celle qui avait hérité des cheveux noirs et de la brusquerie de leur père. Posie était la benjamine blonde au grand cœur, celle qui avait reçu toute la nature chaleureuse et lumineuse de leur défunte *mahmen*.

Quant à la cadette...

Impossible de se lancer sur le sujet de Janelle à l'heure actuelle.

De retour à sa portière ouverte, Nyx se pencha à l'intérieur et écarta l'airbag dégonflé. Où était son téléphone ? Elle l'avait placé dans le porte-gobelet après avoir envoyé un texto à leur grand-père en quittant le supermarché. Génial. Introuvable...

— Dieu soit loué.

Prenant appui sur le siège, elle explora plus bas le tapis de sol sous la boîte à gants. Et ramassa les mauvaises nouvelles à pleine main.

L'écran était fissuré, et désespérément noir. Elle tenta de le rallumer, sans succès. Se redressant, elle contempla de nouveau le capot explosé.

— Posie, où est ton…

— Quoi ?

Sa sœur était concentrée sur la route, située à une bonne cinquantaine de mètres de là, ses longs cheveux raides emmêlés dans son dos.

— Hein ?

— Ton téléphone. Où est-il ?

Posie lui jeta un coup d'œil par-dessus son épaule.

— Je l'ai laissé à la maison. Tu avais pris le tien, alors bon, tu vois.

— Il faut que tu te dématérialises jusqu'à la ferme. Dis à grand-père d'amener la dépanneuse et…

— Je ne partirai pas d'ici tant qu'on ne se sera pas occupées de cette biche.

— Posie, il y a trop d'humains par ici et…

— Elle souffre ! (Des larmes scintillèrent dans ses yeux.) Et le fait qu'il s'agisse d'un animal ne signifie pas que sa vie n'a pas d'importance.

— Au diable la biche ! (Nyx lança un regard noir au désastre fumant.) Il faut qu'on résolve ce problème tout de suite…

— Je ne partirai pas tant qu'on…

— Parce qu'on a deux cents dollars de courses en train de fondre dans le coffre. On ne peut pas se permettre de perdre une semaine de…

— … ne se sera pas occupées de ce pauvre animal.

Nyx détourna les yeux de sa sœur, de la voiture accidentée, du merdier qu'elle devait arranger pour que cette fichue Posie continue d'offrir son cœur au monde entier et se soucie d'autre chose que de payer le loyer, mettre à manger sur la table et veiller à ce qu'elles disposent de luxes exotiques tels que l'électricité et l'eau courante.

Quand elle se fit assez confiance pour se retourner sans hurler un tas de « sois pragmatique, bordel ! » à sa satanée sœur, elle ne vit absolument aucun changement dans la détermination de Posie. Et c'était bien là le problème. Une nature douce, oui. Ces conneries agaçantes de sentimentalité mêlée de sensiblerie, oui. Mais aussi une volonté de fer quand il le fallait et par camions entiers.

Cette femelle ne céderait pas sur la question de la biche.

Nyx leva les bras au ciel avec un juron retentissant.

Se penchant de nouveau dans l'habitacle, elle ouvrit la boîte à gants et récupéra le pistolet 9 mm qu'elle conservait là pour les urgences.

En contournant l'arrière du break, elle jeta un coup d'œil aux sacs de courses réutilisables. Ils étaient désormais entassés contre la banquette arrière à la suite de l'accident, et c'était une bonne et une mauvaise nouvelle. Tout ce qui cassait était foutu, mais au moins les surgelés étaient regroupés, unis dans le même combat contre les vingt-sept degrés de cette nuit d'août.

— Oh ! merci, Nyx.

Posie joignit les mains sous son menton comme si elle priait.

— Nous allons aider la… Attends, qu'est-ce que tu fabriques avec le pistolet ?

Nyx la dépassa sans s'arrêter, et sa sœur l'attrapa par le bras.

— Pourquoi as-tu pris l'arme ?

— Que vais-je faire à cette fichue bestiole, d'après toi ? Un massage cardiaque ?

— Non ! Il faut qu'on l'aide…

Nyx plaça son visage devant celui de sa sœur et dit d'une voix égale :

— Si elle souffre, je vais l'abattre. C'est la chose à faire. Je vais l'aider de *cette* façon-là.

Posie plaqua les paumes sur son visage et pressa ses joues qui avaient pâli.

— C'est ma faute. C'est moi qui ai heurté la biche.

— C'était un accident.

Nyx fit pivoter sa sœur sur elle-même afin qu'elle regarde le break et non la route.

— Reste ici et ne te retourne pas. Je vais m'en occuper.

— Je n'avais pas l'intention de blesser la…

— Tu es la dernière personne sur terre qui blesserait intentionnellement un être vivant, quel qu'il soit. Maintenant, reste ici, bon sang !

Le léger bruit des pleurs de Posie accompagna Nyx jusqu'à la route. En suivant les empreintes de pneus dans la terre et le feuillage écrasé, elle découvrit la biche à environ trois mètres de leur sortie de route…

Nyx s'arrêta net. Cligna des yeux à plusieurs reprises.

Envisagea de vomir.

Ce n'était pas une biche.

C'étaient des bras. Et des jambes. Maigres, certes, et recouverts de vêtements en haillons couleur de boue. Mais rien de ce qu'elles avaient percuté n'était de nature animale. Pire encore, l'odeur du sang répandu n'était pas humaine.

C'était un vampire.

Elles avaient heurté l'un des leurs.

Nyx se précipita vers le corps, rangea son arme et s'agenouilla.

— Est-ce que ça va ?

Question stupide. Mais le son de sa voix fit revenir le blessé à lui, et un visage affreux et horrifié se tourna vers elle.

C'était un mâle. Un mâle pretrans. Et, oh, mon Dieu! le blanc de ses yeux avait viré au rouge, même si elle n'aurait su dire si c'était à cause du sang coulant sur son visage ou en raison d'une lésion cérébrale. Ce qui était évident, c'est qu'il était mourant.

—Aidez… moi…

Le filet de voix flûtée fut interrompu par une faible toux.

—Évadé de… prison… Cachez-moi…

—Nyx? appela Posie. Que se passe-t-il?

Pendant une fraction de seconde, Nyx fut incapable de réfléchir. Non, c'était un mensonge. Elle réfléchissait, mais pas à la voiture accidentée, ni aux courses, ni à ce gamin mourant, ni à sa sœur hystérique.

—Où, reprit Nyx d'un ton pressant. Où est cette prison?

Peut-être qu'après toutes ces années… elle pourrait enfin découvrir où Janelle avait été emmenée.

Ce devait être le Destin.

D'après l'histoire qu'on avait racontée au Chacal, *Hungry like the Wolf* était un single sorti en 1982 aux États-Unis par le groupe britannique *new wave* Duran Duran. La vidéo, visiblement inspirée du film *Indiana Jones* – même si cela n'évoquait rien pour lui – avait régulièrement tourné sur MTV, et cette « diffusion télévisée » avait propulsé la chanson en tête des *charts*, place qu'elle avait occupée pendant des mois.

Tandis qu'il se faufilait à travers l'un des innombrables tunnels du camp de détention, il entendit la chanson et réexamina ses infos sur elle, comme s'il relisait un livre qu'il aurait mémorisé. Mais telle était la nature de l'information, ici. L'esprit restait désespérément avide de stimulations, mais la nouveauté, quelle qu'elle soit, demeurait rare. On était donc condamné à se repasser les choses en boucle, tout comme l'un de ses compagnons de détention repassait la chanson sur le radiocassette.

Le Chacal se fondait dans les ombres alors qu'il suivait le refrain métallique qui se répercutait en écho sur les parois rocheuses humides. Il se rappelait ce qu'on lui avait dit de la « vidéo ». Simon Le Bon, de toute évidence le chanteur principal, était vêtu d'un costume en lin pâle et traversait les rues bondées d'une ville tropicale. Après quoi il gagnait la jungle, puis un fleuve… tout en étant poursuivi par une belle femme – à moins que ce ne soit l'inverse ?

Oh, quel drame et quelle intrigue !

Et comme le monde extérieur lui manquait.

Après un siècle d'emprisonnement, le monde d'en haut, la liberté, l'air frais… ressemblaient au son de cette chanson : altéré à cause du passage du temps et de la monotonie des jours.

Le Chacal prit un tournant et entra dans le bloc de cellules qu'on lui avait assigné bien longtemps auparavant. Les cages à barreaux dans lesquelles les prisonniers étaient relégués étaient encastrées à intervalles réguliers dans la roche, même si les portes de chacune d'entre elles demeuraient ouvertes. Avec les gardiens qui rôdaient, tels des monstres, dans l'obscurité, inutile de verrouiller quoi que ce soit. Nul n'osait s'évader.

La mort était une bénédiction comparée à ce que le Commandant vous infligeait si vous tentiez de vous échapper.

L'origine de la musique fantomatique, qui approchait désormais de la fin, se trouvait trois cellules plus loin. Il poursuivit son chemin jusqu'à s'arrêter sur le seuil du prisonnier qui passait la chanson.

— Si tu te fais choper avec ça, ils vont…

— Faire quoi ? M'envoyer en taule ?

Le mâle, doté d'une énorme carcasse, était allongé sur sa paillasse, dans une posture détendue, uniquement vêtu d'un linge noué autour de ses hanches pour cacher son sexe. Ces yeux jaunes qui ne cillaient pas regardaient vers le haut depuis sa position horizontale, et un sourire rusé dévoilait de longs crocs acérés.

Lucan était un salopard laconique, légèrement diabolique et sans doute peu fiable. Mais, comparé à beaucoup d'autres, c'était une sorte de prince.

— Je m'inquiète pour toi, c'est tout.

Du menton, le Chacal désigna le lecteur cassette noir et argenté calé contre le flanc du mâle.

— Et ta petite machine.

— Tout le monde est à la Ruche, y compris les gardiens.

— Tu joues trop avec le feu, mon ami.

— Et toi, Chacal, tu respectes trop les règles.

La chanson s'acheva, Lucan appuya sur la touche « Rembobiner », et on entendit un sifflement. Puis la musique ronronna de nouveau.

— Qu'est-ce que tu vas faire quand la bande magnétique cassera ?

Le mâle, qui ne se séparait jamais de son appareil, haussa les épaules.

— Je l'ai pour l'instant. C'est tout ce qui compte.

Les wolven formaient une sous-espèce compliquée et dangereuse à côtoyer, qu'ils soient libres d'errer la nuit là-haut ou coincés ici en prison. Mais le Commandant avait la solution pour contrôler le côté violent du mâle, qui se trouvait être celle employée pour contrôler tous les autres prisonniers. Un lourd collier d'acier était rivé au cou épais du mâle, l'empêchant de se dématérialiser ou de se transformer.

— Tu ferais mieux de partir, Chacal. (Il cligna l'un de ses yeux jaunes.) T'as pas envie d'avoir des emmerdes.

— Éteins ce truc, point. Je ne veux pas avoir à te sauver les miches.

— Qui te le demande ?

— Le poids de ma conscience.

— Je ne connais pas.

— T'as de la chance, alors. La vie est bien plus compliquée quand on en a une.

Quittant son camarade, il poursuivit son chemin, passa devant sa propre cellule et rejoignit le tunnel principal. À mesure qu'il s'approchait de la Ruche, la densité de l'air augmenta, les odeurs de crasse de la population carcérale s'intensifièrent dans ses sinus et le murmure de voix étouffées se fit de plus en plus audible…

Le premier cri crépita au milieu des chuchotements, faisant se dresser les poils de sa nuque et se contracter les muscles puissants de ses épaules.

Lorsqu'il arriva dans le vaste espace dégagé, il scruta par-dessus les centaines de têtes crasseuses rassemblées là les trois troncs tachés de sang qu'on avait scellés sur l'estrade en pierre dressée au fond. Le prisonnier attaché au poteau central se débattait contre les chaînes qui l'entravaient, ses yeux injectés de sang écarquillés de terreur à la vue du panier en osier posé à ses pieds.

Quelque chose remuait à l'intérieur.

Deux gardiens en uniforme noir et propre se tenaient de chaque côté de l'accusé, leurs visages empreints du genre de calme mortel que tout individu normal devrait sincèrement craindre. Cela signifiait qu'ils n'accordaient strictement aucune valeur à la vie. Qu'un prisonnier vive ou meure ne les concernait pas. Ils faisaient leur travail et regagnaient leurs quartiers à la fin de leur service avec la certitude que, quelle que soit la souffrance, la destruction, la douleur qu'ils avaient infligée, cela avait eu lieu dans le cadre de leur fonction.

Peu importe le degré d'abjection de leurs actes, ils conservaient leur conscience nette.

Chose que ce loup stupide devrait prendre en considération lorsqu'il bafouait les foutues règles comme il avait l'habitude de le faire.

La foule débraillée et sale vibrait d'adrénaline, les corps se heurtaient les uns aux autres tandis que les gens se retournaient pour discuter avec leurs voisins de derrière, avant de concentrer de nouveau leur attention sur l'estrade, dans l'attente du spectacle. Ces petites « corrections » étaient régulièrement offertes par le Commandant, dans un dessin mêlant à parts égales démonstration sanguinaire et modification comportementale.

Si on l'avait demandé à n'importe quel prisonnier, mâle ou femelle, il aurait affirmé qu'il détestait ces séances de torture publique régulières, même s'il aurait menti en disant cela – du moins partiellement. En raison de l'écrasant ennui et du désespoir engourdissant qui régnaient ici, elles offraient des ruptures à la monotonie de la vie carcérale.

Un spectacle théâtral qui était le programme préféré de chacun.

Mais bon, ce n'était pas comme s'il y avait d'autres spectacles à voir à Broadway.

Contrairement aux autres prisonniers, le Chacal détourna les yeux sur l'un des côtés de l'estrade. Il sentait que le Commandant assistait en personne à la « correction » prévue ce soir-là – à moins que la journée ne soit pas encore finie là-haut. Il ignorait s'il faisait jour ou nuit dehors.

La présence de leur chef était inhabituelle, et il se demanda si quelqu'un d'autre l'avait remarquée. Probablement pas. Le Commandant se tenait caché, mais appréciait ces démonstrations de force.

Lorsque l'un des gardiens souleva le couvercle du panier, le Chacal ferma les yeux. Le cri perçant qui retentit dans la

Ruche le transperça douloureusement jusqu'à la moelle des os. Puis l'odeur du sang frais imprégna l'air.

Il devait se barrer d'ici. Il était en train de mourir intérieurement à petit feu ; il ne lui restait plus aucune once de foi, d'amour ou d'espoir que quelque chose change un jour dans son existence.

Mais il faudrait un miracle pour le libérer, et, si la vie lui avait appris une chose, c'était que ceux-ci n'arrivaient jamais sur terre. Et rarement, voire jamais, dans l'Estompe.

Lorsque la foule commença à scander et qu'il ne sentit plus rien d'autre que le sang, il se détourna du spectacle et recula en titubant dans le tunnel principal. En dépit de son désespoir et des innombrables mâles et femelles entassés dans la grotte, il sentit que l'on suivait son départ des yeux.

Le Commandant l'observait, lui, et lui seul.

Comme toujours.

Chapitre 2

Caldwell, État de New York

En prenant sa décision la plus importante de la soirée, Rhage avait conscience de vivre l'un des meilleurs moments de sa folle existence.

— Chocolat aux marshmallows, annonça-t-il. C'est mon dernier mot : chocolat aux marshmallows.

Tandis qu'il sortait les deux bols et les deux cuillères Réservées À Un Usage Spécial, sa fille, Bitty, se pencha dans le congélateur-coffre à l'ancienne et attrapa le pot de glace de deux litres qu'il avait choisi. Puis elle plissa les yeux sur la trentaine d'autres parfums.

— Et toi, tu es d'humeur à manger quoi, ce soir ? interrogea-t-il en appuyant une hanche contre le comptoir pour patienter.

On n'interférait pas dans le choix de glace d'une autre personne. Peu importe le temps que cela prenait, quel que soit le résultat, c'était un moment sacré, qui mêlait humeur et goût, lubie et fantaisie. La décision ne devait pas s'effectuer dans la précipitation, ni être indûment influencée par une tierce personne, même si ledit parasite était de nature parentale.

— Qu'est-ce qu'on regarde ce soir ? demanda sa fille.

L'espace d'un instant, il se laissa absorber dans la contemplation des cheveux bruns ondulés et des épaules minces de la fillette. Elle portait une de ses chemises noires, et celle-ci lui faisait une robe longue, avec l'ourlet qui lui tombait aux chevilles et les plis qui l'enveloppaient comme une tenue de cérémonie. Elle avait roulé les manches, et il y avait tellement de tissu en trop autour de ses biceps qu'elle avait l'air de porter des brassards gonflables de piscine. Mais elle adorait ses chemises, et il aimait l'idée qu'elle veuille les porter.

Il aimait tout chez sa fille, surtout la façon dont elle le regardait – et pas parce qu'il faisait un mètre de plus qu'elle dans ses rangers. À ses yeux, il était un superhéros. Un protecteur de l'espèce. Un guerrier qui prenait soin des innocents, des infirmes et des moins capables.

Tout ceci était vrai, compte tenu de son rôle au sein de la Confrérie de la dague noire. Il était sur le front de la défense entre l'espèce et tout ce qui pouvait lui faire du mal. Mais, grâce à elle, il se sentait plus fort. Plus puissant. Mieux préparé.

Il ne se sentait néanmoins pas invincible. Oh que non ! il n'était pas question d'invincibilité. Comme avec toutes les bonnes choses, il y avait un équilibre, et, lorsqu'il était question de Bitty, en dépit du but et de la force qu'elle lui procurait, sa fille lui faisait également prendre conscience de sa mortalité à un point douloureux.

Il avait plus que jamais peur de mourir.

— Papa ?

Rhage se reprit.

— Hein ? Oh ! le film. Je pensais à *Retour à Zombieland*.

— Alors menthe aux pépites de chocolat.

Sa détermination fit sourire le mâle.

— Et la Minter Wonderland de Ben & Jerry's, pas la Breyers.

Après que Bitty eut attrapé le pot de glace de son choix et se fut redressée, la paroi vitrée du congélateur se referma avec un bruit étouffé, coupant le froid.

— Mais je ne suis pas sûre d'avoir besoin d'un bol. Il n'en reste qu'un demi-litre.

Rhage baissa les yeux sur ce qu'il tenait. Il était bizarrement déçu. Ils utilisaient toujours leurs bols et leurs cuillères, raison pour laquelle Fritz, le majordome, les conservait juste ici, dans ce recoin de la cuisine. Cela faisait partie du rituel.

— Alors je n'en utiliserai pas non plus. (Il rangea leurs bols habituels, ouvrit un tiroir et sortit deux torchons.) Enveloppons-les là-dedans.

Il en jeta un à sa fille, échangea avec elle une des cuillères contre son pot de deux litres, et ils se mirent en route, traversant la cuisine digne d'un hôtel, pour sortir par l'office. Lorsqu'ils émergèrent au pied du grand escalier du vestibule, il posa la main sur l'épaule de Bibi.

— Je suis content d'être de repos ce soir.

— Moi aussi, papa. Et ton pied ? Ça va ?

— Oh ! oui. Pas d'inquiétude. (Il gardait la douleur et la boiterie pour lui.) L'os va bien guérir. Manny s'en est assuré.

— C'est un bon humain.

— En effet.

Ensemble, ils gravirent les marches tapissées de rouge. En dépit du majestueux décor, de toutes ces dorures et de ces cristaux, de toutes ces colonnes en marbre et de ce plafond cathédrale peint au-dessus d'eux, c'était leur foyer. C'était là que les membres de la Confrérie de la dague noire vivaient avec leurs familles et veillaient sur Kolher, Beth et Kolher Junior. C'était là que s'écoulait le meilleur de leurs vies à tous, sous ce lourd toit, entre ces robustes murs de pierre, où ils étaient protégés par la *bhrume* de Viszs.

Une forteresse.

Un putain de coffre-fort, comme celui dans lequel on abritait les objets précieux, afin de les protéger du vol ou de la destruction.

La salle de cinéma se situait tout au fond de l'étage, après le couloir aux statues, dans l'aile du personnel. Comme il était minuit passé un soir de travail, il n'y avait personne. Les guerriers de service étaient sur le terrain. Les blessés nécessitant des soins ou de la rééducation étaient au centre d'entraînement. Et le personnel était en pause-déjeuner après avoir préparé, servi et débarrassé le Premier Repas. Pendant ce temps, Mary était en séance avec Zadiste au sous-sol. Kolher et Beth jouaient avec Junior au deuxième. Et les autres *shellane* et gamins s'amusaient dans le château gonflable à côté de la piscine.

Donc tout était tranquille.

La salle de cinéma en amphithéâtre était de qualité professionnelle, équipée de fauteuils princiers rembourrés en cuir, d'un bar à bonbons et d'une machine à pop-corn entretenue, comme tout le reste, par Fritz. Un écran géant, encadré de rideaux de velours rouges, qu'on venait tout juste de remplacer. Un son Dolby Surround, optimisé, avec le genre de caisson de basses qui faisait se répercuter les pas du *T. rex* de *Jurassic Park* tout le long de la moelle épinière.

Rhage et Bitty choisirent les deux sièges en plein centre, dans la rangée du milieu. C'était là qu'ils s'étaient assis la veille, donc les télécommandes du système se trouvaient dans le porte-gobelet entre eux.

Il ne fallut qu'un instant pour louer le film sur Amazon et le lancer.

Quand ils ôtèrent le couvercle de leurs pots de glace et s'installèrent plus confortablement dans leur siège, Rhage poussa un long soupir d'aise.

Parfait. C'était juste…

—À la tienne, papa.

Bitty tendait sa cuillère, et il fit tinter la sienne contre celle de la fillette.

—À la tienne, ma fille.

Dans le noir, alors que l'aventure du film débutait, Rhage sourit si largement qu'il en oublia sa glace. Tout allait bien dans l'univers. Tous les cercles étaient achevés. Aucune grisaille ne ternissait sa vie.

Il avait sa fille.

Il avait sa *shellane* bien-aimée.

Il avait ses frères et ses potes.

Oui, il y avait du stress, la menace sur l'espèce perdurait, et ces foutus humains étaient toujours prêts à déconner. Mais il avait l'impression que sa vie était semblable à cette maison-forteresse.

Solide face aux orages et aux assauts du Destin.

Capable de résister à tous les mauvais coups du sort.

C'était la première fois qu'il éprouvait cela, et cela le poussait à croire, au plus profond de son être, que, quoi qu'il arrive, rien ne changerait. Sa Mary était son cœur et son âme. Sa Bitty, son avenir et son espérance. Ses frères et ses amis, les membres de son corps.

Et comme tout cela était merveilleux.

Plongeant la cuillère dans la glace au chocolat garnie de marshmallows… il ignorait totalement ce qui l'attendait. Si cela avait été le cas, il aurait choisi un parfum de glace très différent.

Comme la putain de vanille.

Caldwell, État de New York, 1913

— Oh ! mais elle était ravissante, vraiment. Et sa sœur aussi. N'est-ce pas ?

Pendant que Jabon le Jeune discourait de choses sans intérêt que son interlocuteur oubliait sitôt qu'il les avait entendues, un sentiment d'ennui agité gagnait peu à peu le corps de Rhage, comme un égout s'insinuant à travers le parquet du pub. Oui, il avait besoin de se soulager non seulement de cette barbante compagnie, mais également de l'endroit où il se trouvait. L'air était saturé par la sueur aigre des clients bruyants et l'odeur écœurante de l'hydromel qui remplissait les nombreuses chopes que ces derniers serraient entre leurs poings massifs.

Jabon se pencha vers lui.

— Dis-moi ce que tu leur as fait.

Rhage se concentra sur deux ivrognes assis sur des tabourets tout au fond de l'établissement bondé. Ils étaient humains, avec des barbes aussi épaisses qu'une fourrure de chien et des vêtements couleur de fumier. Vacillant à cause de la boisson, leurs épaules se cognaient régulièrement, tel un métronome décomptant le temps avant l'inévitable bagarre.

— Bon, tu ne veux pas parler.

Jabon rapprocha sa chaise et posa sa main douce et manucurée sur l'avant-bras de Rhage – mais il reconsidéra son impulsion lorsque celui-ci s'avisa du geste en tournant la tête. Immédiatement, il écarta le poids plume.

— Mais tu les as séduites toutes les deux. En même temps, d'ailleurs. Tu dois me raconter comment c'était.

Rhage reporta son attention sur les deux ouvriers assis sur les tabourets voisins. La situation menaçait de déraper à chaque instant et il craignait que l'un ou les deux soient armés.

— Est-ce que tu viens demain soir, au moins ? Chez moi ? Tu trouveras de nouvelles conquêtes à faire, je te le promets.

L'ouvrier de gauche, aux cheveux plus foncés, tourna le visage vers son collègue. Les sourcils froncés, le menton pointé, le visage rouge comme une porte de grange, il postillonna ce qui ne pouvait être que des jurons. Puis il se mit debout, avec la même stabilité qu'une table à deux pieds. Poussé à la confrontation, l'autre se leva à son tour en oscillant dans ses bottes.

Une poussée. Une bourrade. Puis celui qui avait entamé les hostilités glissa une main dans son manteau mal cousu.

— … tu dois venir demain. J'ai annoncé à beaucoup de gens que tu serais présent. Et je te promets qu'il y aura des femelles disponibles…

Rhage empoigna le dos de la veste à col haut bien coupée de Jabon. Poussant le mâle à l'abri sous la table, il plongea à son tour sous le plateau alors que la première détonation retentissait. Avec ce coup de feu, la joyeuse ivresse qui régnait dans l'établissement perdit de son exubérance. Néanmoins, nul ne poussa de cri d'alarme. Ce n'était pas la première fois qu'une telle chose survenait, et les humains se mirent à l'abri comme s'ils étaient rompus à l'exercice.

Sous la table, Jabon écarquilla ses yeux pâles et resserra étroitement son élégant veston, en remontant les revers pour les fermer devant sa gorge, telle une fragile cotte de mailles de laine, de soie et de coton.

S'ensuivit un bruissement général de corps en mouvement mêlé de piétinements lorsque la foule se glissa sous les tables et les chaises en chêne, à côté du foyer en pierre, sous le bar – même si cette dernière cachette fut bloquée par un barman armé de son propre pistolet. La protection de son territoire l'emportait sur celle des clients du pub. Il était visiblement doué pour les affaires, celui-là.

— Que faut-il faire ? (Jabon avait prudemment plaqué son visage contre le parquet brut et taché.) Que faut-il faire, que faut-il faire…

D'exaspération, Rhage leva les yeux au ciel. Le danger ne durerait pas longtemps, et il avait raison. Après trois tirs supplémentaires, ce fut terminé.

Entre les robustes pieds de tables et la haie tordue de chaises retournées, Rhage évalua les dégâts avec assez peu d'intérêt. Les deux combattants gisaient à terre, immobiles, si bien qu'il s'assit et s'étira, faisant jouer son mauvais bras.

Jabon ne bougea pas de sa place, comme s'il avait choisi de se reconvertir en tapis. La plupart des autres clients l'imitèrent.

La porte du pub s'ouvrit et se referma lorsque quelqu'un entra. Rhage n'y prêta aucune attention. Cet établissement humain n'était connu qu'à cause des fréquents grabuges qui éclataient entre ses murs. L'ennemi ne se rendait pas souvent dans ce théâtre de dépravation humaine, car les éradiqueurs ne fréquentaient pas les humains s'ils pouvaient l'éviter. Il en allait de même pour les vampires, bien que les membres de l'espèce puissent beaucoup plus facilement se dissimuler parmi les rats sans queue. Et si on était d'humeur aventureuse.

L'aventure, c'était bien tout ce qu'on obtenait ici, vraiment.

Le tapis humain formé par tous ceux qui avaient cherché à éviter les balles commença à se désagréger à mesure que les clients redressaient la tête et soulevaient le torse avec hésitation.

Une impatience croissante, aussi caractéristique de Rhage que ses cheveux blonds et ses yeux bleu-vert, se réveilla pour s'insinuer dans tous ses muscles et ses os. Saisi par l'envie irrésistible de bouger, il se leva et tourna les talons pour prendre congé non seulement des humains et de leur bêtise, mais aussi de l'insupportable Jabon et de ses réflexions incessantes...

Le coup vint de la gauche, assené avec une puissance considérable, et quelque chose d'imposant et de lourd terrassa Rhage. Alors qu'il était suspendu en l'air, durant un très bref instant, il remarqua deux choses : premièrement, du coin de l'œil, il vit une balle traverser l'espace là où sa chair et son sang se tenaient juste avant qu'il soit poussé brutalement, et le morceau de plomb s'enfoncer dans le lambris en chêne mural de ce si peu attrayant pub, créant un cercueil rond pour son corps de métal profilé.

Deuxièmement, Rhage sut aussitôt qui s'était jeté sur lui.

Son sauveur n'était pas non plus une surprise.

L'atterrissage fut violent car il encaissa à la fois le poids de sa propre masse et celle d'un autre mâle d'un tonnage similaire, mais il se moquait des ecchymoses. En regardant une fois de plus à travers la forêt de tables et de pieds, il s'aperçut que l'escarmouche avait repris car l'ouvrier à l'origine du combat, brièvement ressuscité, avait de nouveau levé son arme et tenté de s'assurer que la mort s'était bien emparée de son compagnon d'ivrognerie.

La menace qu'il représentait était toutefois en voie d'être circonvenue par les autres clients. Plusieurs lui bondirent dessus pour le désarmer.

Rhage put enfin prendre une profonde inspiration quand le rocher qui l'écrasait s'ôta de lui. Puis on lui tendit une main pour l'aider à se relever.

Il éclata de rire et accepta l'offre

— C'était plutôt marrant !

Audaszs, fils de Marklon, ne partageait visiblement pas ce point de vue. Les yeux bleus du frère avaient pris la couleur de l'ardoise sous le coup de la désapprobation.

— Ta définition de ce mot et la mienne ne sont pas les mêmes…

— Tu dois venir, toi aussi !

Rhage et son si serviable frère baissèrent tous les deux les yeux vers Jabon, qui avait jailli de sous la table comme un diable hors de sa boîte.

L'aristocrate mièvre battit des mains.

— Oui, oui, toi aussi. Demain soir, chez moi. Tu sais où c'est, n'est-ce pas ?

— Nous travaillerons, je regrette, annonça Audaszs.

— Oui, renchérit Rhage, même s'il n'avait pas prévu de plan en particulier.

— Il y aura des femelles de noble sang.

— De nobles complications, tu veux dire. (Rhage secoua la tête.) Elles m'ennuient à trop d'égards pour y songer.

Audaszs glissa une main sous le bras de Rhage et le guida jusqu'à la porte du pub. Quand Jabon chercha à les rejoindre, un simple regard sévère jeté par-dessus l'épaule suffit pour que le mâle soit guéri de son impulsion de sortie *à trois*.

Dehors, la lune éclairait le village d'une lumière scintillante, les devantures des boutiques en brique et en bois luisaient d'un air de sainteté, comme si elles s'étaient converties à un but plus élevé que leur habituel et matériel objectif mercantile. Les floraisons estivales de juin n'en étaient qu'à leur début, et, si les feuilles des arbres sur la place étaient toutes sorties, elles étaient d'un vert encore assez tendre, bien différent du profond vert émeraude du mois d'août.

— Que faisais-tu dans un endroit pareil, interrogea Audaszs tandis qu'ils s'éloignaient sur les pavés.

— Je pourrais te retourner la question.

La réplique de Rhage ne contenait aucune critique implicite. Non seulement il se moquait des inquiétudes des autres, mais il connaissait bien la réputation de décence du mâle tant en acte qu'en pensées. Ce parangon de vertu ne se livrerait pas davantage à la débauche qu'il ne se couperait la main.

— Je cherche des ouvriers, expliqua le frère.

— Pour quoi faire ?

— J'ai dans l'idée de construire une maison offrant une grande sécurité.

Rhage sourcilla.

— Notre logis actuel n'est-il pas suffisant ?

— Ce sera pour un autre but.

— Et tu aurais recours à des humains pour bâtir un tel endroit ? Tu devras éliminer tes travailleurs quand ce sera terminé, une tombe après l'autre.

— Je cherche des ouvriers de notre espèce.

— Aucune chance d'en trouver dans ce pub, alors.

— Je ne sais pas où aller. Notre espèce est trop disséminée. On ne peut pas se retrouver dans ce fouillis d'humains.

— Parfois, il est préférable de rester invisible.

Quand des cloches carillonnèrent dans la nuit d'été parfumée, Rhage leva les yeux sur le beffroi de la place de Caldwell. S'arrêtant, il sourit en se rappelant une femelle plutôt avenante et obligeante qui vivait à trois rues de là.

— Pardonne-moi, mon frère, mais je dois me rendre quelque part.

Audaszs s'arrêta à son tour.

— Ce n'est pas pour chasser, je présume.

— Il y aura le temps pour cela demain. (Rhage haussa les épaules.) Cette guerre ne s'achèvera jamais.

— Avec ton engagement dans ce conflit, tu as raison.

Comme le mâle tournait les talons, Rhage lui saisit le coude.

— Je te ferai savoir que j'ai abattu deux éradiqueurs à minuit, ou crois-tu que cette tache soit vraiment de l'encre ?

Rhage leva la manche de son manteau en cuir pour examen. Mais Audaszs ne prit pas cette peine.

— Bien joué, mon frère, repartit le mâle d'un ton égal. Je suis très fier de toi.

Sur ce, Audaszs libéra son bras et s'éloigna en direction de la berge du fleuve. Laissé seul, Rhage lança une œillade noire à l'espace qu'avait occupé le frère. Puis il s'en alla dans la direction opposée.

Il lui fallut une certaine distance avant de pouvoir se calmer suffisamment et se dématérialiser chez la femelle, qui n'avait jamais refusé ses avances charnelles. Il se répéta que l'émotion qui le tourmentait et le retardait était de la colère face à la suffisance du frère.

C'était un mensonge qu'il faillit croire.

Chapitre 3

Le lendemain soir, après le coucher du soleil et en toute sécurité car il faisait assez noir, Nyx ouvrit la porte de la ferme familiale. L'écran de la moustiquaire suivit en grinçant, et, lorsqu'elle sortit sur le porche, son cadre se remit en place dans un claquement.

Ce bruit avait accompagné toute son existence et, quand il lui parvint à l'oreille, tous les âges où elle l'avait entendu défilèrent dans sa mémoire. L'enfant. La pretrans. La jeune adulte. Sa période actuelle… quelle que soit cette étape dans l'évolution de sa personnalité.

Janelle était partie maintenant depuis plus de cinquante ans…

L'écran de la moustiquaire s'ouvrit et se referma une fois de plus, et elle sut qui venait la rejoindre. Elle avait espéré un peu de solitude car les heures diurnes avaient été infiniment longues. Mais la présence silencieuse de son grand-père était très supportable. En outre, il ne resterait pas longtemps.

— Tu vas à la grange ? demanda-t-elle sans le regarder. Tu es un peu en avance ce soir.

Il répondit par un grognement et s'assit dans l'un des fauteuils en rotin qu'il avait fabriqués lui-même.

Elle fronça les sourcils et jeta un coup d'œil par-dessus son épaule.

— Alors tu ne vas pas travailler ?

Son grand-père sortit sa pipe de l'ample poche de sa chemise de travail. Il tenait déjà son sachet de tabac dans l'autre main. Le remplissage du fourneau était un rituel qui paraissait trop intime pour y assister, si bien que Nyx s'installa sur la première marche et contempla la pelouse qui s'étendait jusqu'à la grange. Le crissement de son aïeul allumant son vieux briquet fut suivi par l'odeur douceâtre de la fumée, un autre élément familier.

— Quand pars-tu ? demanda-t-il.

Nyx se retourna. Contrairement au rebond de l'écran de la moustiquaire ou à l'arôme de la pipe, la voix de son grand-père était assez rare. Ce fut donc une telle surprise de l'entendre que les syllabes prononcées doucement ne se traduisirent pas immédiatement en mots dotés d'un sens.

Quand ce fut le cas, elle secoua la tête.

Mais ce n'était pas sa réponse.

Son grand-père se remit debout et s'avança, accompagné par les nuages de fumée douce qui sortaient de sa bouche, s'élevaient au-dessus de sa tête et s'attardaient dans son sillage. Elle se dit qu'il venait la relancer, mais il la dépassa sans s'arrêter et descendit les marches jusqu'à la pelouse verte.

— Marche avec moi, dit-il.

Nyx se releva d'un bond et vint à son côté. Elle ne se rappelait pas la dernière fois qu'il lui avait demandé quelque chose, encore moins de se trouver en sa compagnie.

Ils progressèrent en silence vers la grange, et il ouvrit la porte latérale, laissant les larges battants de la façade fermés. Quand elle pénétra dans l'obscurité fraîche et sentit l'odeur des copeaux de bois, Nyx se rendit compte que son cœur tambourinait. C'était l'espace sacré de leur grand-père. Personne d'autre que lui ne venait jamais ici.

La lumière jaillit au-dessus d'elle et tout autour, et Nyx s'efforça de ne pas pousser une exclamation émerveillée.

Des guirlandes de petites ampoules enroulées autour des poutres formaient une galaxie d'étoiles, et les autres luminaires à l'ancienne brillaient d'un beau jaune doré. Prenant une profonde inspiration, elle ne put s'empêcher d'avancer vers les deux chevalets de sciage au centre de l'espace.

Une œuvre d'art en cours de construction reposait dessus.

Les barques-guides Adirondack appartenaient à l'âge d'or du passé de la région, créées à l'origine, au milieu du XIXe siècle, pour répondre aux besoins sportifs des riches venus profiter des lacs et des montagnes du nord de l'État de New York. Conçues pour accueillir deux passagers plus un guide et leur équipement, elles avaient un tirant d'eau plus bas et étaient plus larges que les canoës classiques. Traditionnellement, le guide, installé sur la banquette centrale, faisait avancer le canot à l'aide de rames croisées.

Même si bien des choses avaient changé au cours des cent soixante-dix dernières années, il y avait encore des amateurs qui appréciaient la belle glisse désuète de ces créations artisanales, et son grand-père les fabriquait et les réparait pour une petite liste de clients fidèles.

Nyx caressa du bout des doigts les longues planches de cèdre brut disposées à l'horizontale des couples.

— Tu l'as presque achevée. (Elle effleura les rangs de minuscules clous de cuivre.) C'est magnifique.

Il y avait quatre autres barques-guides, elles aussi posées sur des chevalets, dans la grange. Deux qui avaient reçu les premières couches de vernis, car cela faisait ressortir le grain et la jolie couleur miel du bois, et une autre, qui n'était encore qu'à l'état de squelette. Puis une dernière, en cours de réparation.

Nyx pivota. Son grand-père se tenait à côté de son tableau à outils. L'étincelante collection de ciseaux, marteaux, ponceuses à main et pinces occupait tout le mur de la grange au-dessus d'un long établi. Chaque outil avait sa place, et aucun n'était électrique. Son grand-père fabriquait les bateaux à l'ancienne… exactement comme à ses débuts à l'époque victorienne. Le même procédé. La même discipline.

—Quand pars-tu ? répéta-t-il.

Lorsqu'elle tourna son attention vers lui, elle se rendit compte qu'elle baissait souvent les yeux en sa présence. En partie à cause de la réserve quasi surnaturelle dont faisait preuve le mâle et le sentiment de la femelle qu'il préférait qu'on ne le regarde pas. Mais, surtout, parce qu'elle avait l'impression qu'il pouvait lire dans ses pensées, et qu'elle préférait les garder pour elle.

Peut-être pouvait-il les lire, ou pas.

Dans un cas comme dans l'autre, elle préférait ne pas le savoir.

Seigneur ! comme il avait vieilli. Ses cheveux étaient tout blancs à présent, et ses joues plus creusées que dans son souvenir, mais ses épaules étaient encore droites, de même que son dos. Assurément, elles avaient encore du temps à passer avec lui. Chez les vampires, on devait s'inquiéter dès que les premiers changements physiques de l'âge commençaient à se manifester. En général, le déclin était ensuite aussi rapide que l'éclair.

—Grand-père, se déroba-t-elle.

—Ne me mens pas, mon enfant. D'autres ici doivent être pris en considération.

Il ne parlait pas pour lui, bien entendu. C'était Posie le problème, la personne qui retardait tout. Comme d'habitude.

—À minuit, répondit Nyx. Je veux partir à minuit.

—Je t'ai entendue parler avec ce pretrans. Il t'a indiqué où était la prison ?

—Difficile de comprendre ce qu'il disait exactement. Mais je crois savoir où aller.

—Il a cessé de parler désormais.

— Il sera mort avant l'aube. (Nyx se frotta les yeux.) Posie va péter les plombs. Il faut qu'elle arrête les sauvetages. Il n'y a pas que des chiots à recueillir dans la vie.

— Ta sœur offre librement son cœur. Elle est ainsi.

— Elle devrait tenter de se maîtriser un peu. (Pour s'empêcher de jurer, Nyx se mit à tourner autour des barques et ses bottes résonnèrent sur le plancher bien balayé.) Et je dois au moins essayer.

— Janelle est telle qu'elle est, elle aussi. Tu accuses Posie de s'obstiner à essayer de sauver les choses. Tu devrais appliquer ce conseil à toi-même concernant ton départ de cette nuit.

— Comment peux-tu dire cela ? (Nyx dévisagea son grand-père.) Janelle est coincée dans cette prison…

— Elle a mérité sa place là-bas.

— Non, pas *du tout*… (Nyx se força au calme.) Elle n'a *pas* tué ce mâle.

Son grand-père tira sur sa pipe et le nuage de fumée qu'il recracha se dilata dans l'air immobile avant de se dissiper. Son visage était si calme et posé qu'elle dut détourner la tête tant cela contrastait avec sa propre colère.

— Je ne serai pas partie longtemps, reprit-elle.

— Il est plus probable que tu ne reviennes pas, répliqua-t-il. Tu devrais rester en dehors de cela, Nyxanlis. C'est trop dangereux.

À 23 h 53, Nyx fourra ses dernières affaires dans son sac à dos. Elle avait emporté deux bouteilles d'eau, six barres protéinées, une lampe de poche, une polaire, une paire de chaussettes de rechange et sa brosse à dents. Elle avait ajouté cette dernière de façon stupide à la dernière minute. Comme si elle allait avoir besoin de se soucier de sa santé buccodentaire ou de sa mauvaise haleine ?

Après avoir enfilé une des bretelles du sac sur une épaule pour en tester le poids, elle choisit une casquette de base-ball sur son lit. Puis elle contempla son mince oreiller. Bien sûr qu'elle poserait de nouveau la tête dessus. Elle allait revenir…

— Il va beaucoup mieux.

Nyx ferma les yeux avant de se tourner vers sa sœur. Et elle fit très attention à ce que son expression ne trahisse pas du tout son « Tu parles qu'il va mieux ! ».

Posie avait passé la tête dans la chambre. Elle avait les yeux brillants et les cheveux encore mouillés et aplatis après un shampoing parfumé. Elle portait une robe jaune bouton-d'or, piquetée de fleurettes roses et bleues, dont l'ourlet de dentelle venait frôler ses pieds nus.

— Viens voir…

Posie sourcilla lorsqu'elle remarqua les bottes, le sac et la casquette.

— Où vas-tu ?

— Nulle part. Je compte juste faire une randonnée.

— Oh ! d'accord. (Elle agita furieusement les bras.) Viens voir par toi-même à quel point il va mieux !

Nyx suivit sa sœur dans la chambre d'amis voisine. Dans la pénombre de la pièce, elle distingua les contours d'une silhouette frêle étendue immobile sous de lourdes couvertures.

Posie releva sa longue jupe et traversa le tapis sur la pointe des pieds.

— Je suis là, Peter. Je suis juste là.

Sa sœur s'agenouilla et prit l'une des mains du pretrans entre les siennes. Tout en frottant des pouces une paume grise et des doigts sans réaction, Posie approcha son visage de l'oreiller. Il y avait trop de couvertures pour distinguer quoi que ce soit, mais les murmures désespérés de la femelle étaient des supplications qui, Nyx le savait, n'obtiendraient jamais de réponse.

— Posie…

Sa sœur se redressa, pleine d'espoir.

— Tu vois ? Il va beaucoup mieux.

Nyx inspira profondément.

— Quand a-t-il parlé pour la dernière fois ?

Posie contempla les couvertures.

— Il dort. Il a besoin de se reposer. Pour guérir.

Avant que Nyx dise quelque chose qu'elle risquait de regretter, elle hocha la tête, enfila la seconde bretelle de son sac à dos et tourna les talons pour gagner la cuisine et sortir par la porte de derrière. Elle regarda la vaisselle qui séchait dans l'égouttoir. Les fenêtres dont les lourds rideaux diurnes étaient ouverts. Le bouquet désordonné de fleurs des champs que Posie avait cueilli juste avant leurs courses fatidiques.

— Nyx ? (Posie entra dans la pièce, les sourcils haussés comme si elle était inquiète.) Tu ne penses pas qu'il va mieux ?

Nyx imagina une pelle dans la main délicate de sa sœur. La terre d'une tombe fraîchement creusée sur ses pieds nus. Les larmes coulant sur son doux visage.

— Non, Posie. Je ne le pense pas.

— Mais il a mangé hier soir. (Sa sœur s'approcha doucement en triturant désespérément sa jupe entre ses mains.) Et il a bu cet après-midi.

Nyx regarda par la fenêtre au-dessus de l'évier. La grange paraissait très loin, à des kilomètres de là. Leur grand-père travaillerait là-bas toute la nuit.

— Il va se rétablir, hein ? (La voix de Posie se fit plus aiguë.) Je veux dire, je ne l'ai pas tué, hein ?

Avec un juron, Nyx ôta son sac à dos et le laissa pendre à sa main par une des bretelles.

— Tu ne vas pas en randonnée ? l'interrogea Posie.

Nyx laissa le sac tomber par terre, puis se pencha et défit la fermeture Éclair. Prenant l'une de ses bouteilles, elle avala une longue gorgée.

— Posie, écoute-moi. Les accidents, ça arrive. Tu n'as jamais eu l'intention de…

Leur grand-père entra dans la cuisine par la porte de derrière, d'une façon aussi inattendue et discrète que celle d'un fantôme. Il se contenta de les dépasser avec un simple hochement de tête, sans un regard ni pour l'une ni pour l'autre, et descendit dans la cave. Le fait qu'il ait laissé la porte ouverte derrière lui était bizarre, et ses pas s'estompèrent à mesure qu'il descendait les marches construites de ses propres mains. Il avait peut-être besoin de quelque chose, là, en bas ? Tous ses outils, son bois et ses autres fournitures indispensables à la fabrication des barques étaient rassemblés dans la grange, mais il rangeait au sous-sol les plans des canoës et des esquifs de pêcheurs. Ainsi que d'autres schémas.

Le mâle était capable de fabriquer presque n'importe quoi à partir de bois.

Quand aucun bruit ne monta plus et qu'il ne revint pas, Nyx jeta un coup d'œil à Posie, avant de retourner son attention sur la porte ouverte.

— Qu'est-ce qu'il fabrique en bas ? marmonna-t-elle en posant sa bouteille d'eau sur la table.

Elle s'approcha de l'escalier de la cave et tendit l'oreille. Puis elle posa un pied sur la première marche.

D'en bas, son grand-père lui indiqua à voix basse :

— Dis à ta sœur d'attendre là-haut.

Nyx raffermit sa prise sur la poignée de la porte.

— Posie, va au chevet de Peter. Nous serons de retour dans une seconde.

— D'accord. Tu viendras me dire au revoir avant de partir ?

—Oui.

Nyx attendit que la robe jaune disparaisse de sa vue. Puis elle descendit et referma le battant derrière elle. En bas des marches, elle fronça les sourcils en regardant le lave-linge et le sèche-linge. L'entrée fermée des pièces souterraines et le tunnel de secours. Les étagères bien rangées remplies de pots de peinture et d'ustensiles divers.

—Où es-tu?...

— Par ici.

Suivant le son de la voix, Nyx contourna l'escalier et découvrit son grand-père devant un étroit passage dans le mur en béton qu'elle n'avait encore jamais vu. Et, lorsqu'elle s'approcha, il se baissa et disparut à l'intérieur. Se pliant en deux, elle s'engouffra à son tour dans un tunnel étroit plongé dans le noir total. Après avoir marché une certaine distance, elle entendit le bruit d'un lourd verrou qu'on tirait, puis de la lumière apparut d'une source unique.

—Qu'est-ce que...

Nyx resta muette d'étonnement en pénétrant dans un espace aux parois métalliques qui formait un carré de trois mètres de côté et de deux mètres cinquante de haut. Du sol au plafond, rangé sur des râteliers, se trouvait tout un arsenal d'armes, de munitions et de matériel tactique.

Alors qu'elle était encore sous le choc, son grand-père alla chercher un sac de marin vide. Après l'avoir posé sur une table basse, il entreprit de le remplir en sélectionnant des pistolets et des chargeurs remplis de balles qu'il ôtait au fur et à mesure du râtelier. Puis il ajouta une chaîne. Un couteau. Une lance qui semblait tout droit sortie d'un film de Dracula.

—Qu'est-ce que tu fais?

—Je ne peux pas non plus changer ta nature, dit-il avec une tranquille résignation. Alors je te fais partir équipée.

Je sais que tu t'es entraînée au tir et au combat. Tu vas prendre ça et t'en aller. Je m'occuperai de Posie.

Sur ce, il zippa le sac, se tourna vers elle et lui tendit l'assortiment d'armes.

— Comment ai-je vécu ici toute ma vie sans rien savoir de ceci ? (Quand son grand-père ne répondit pas, elle secoua la tête.) Je ne sais pas qui tu es.

— Tu en sais assez si tu considères la façon dont je vous ai protégées ta sœur et toi durant toutes ces années.

— Contre quelles menaces ?

— Aucune région de ce monde – ou d'un autre – n'est sûre. Toi et moi savons cela. Nous sommes identiques à cet égard, même si j'ai essayé au fil des ans d'ignorer cette similitude entre nous. J'aurais préféré que tu apprécies l'existence paisible que mène Posie.

— Ce ne sera jamais moi.

— Et pourtant tu pars chercher Janelle parce que ton cœur refuse d'enterrer cette histoire. (Son grand-père agita le sac.) Tu auras besoin de ce qui se trouve là-dedans si tu nourris le moindre espoir de rentrer ici un jour en vie. Je veillerai sur Posie.

Brusquement, Nyx s'avança d'un pas chancelant jusqu'à une dague dotée d'une… lame noire acérée.

— Est-ce que c'est ce que je pense ? (Elle lança une œillade furieuse par-dessus son épaule.) Où as-tu trouvé ça ?

Son grand-père soutint son regard, tandis que le sac d'armes qu'il avait choisies pour elle pendait toujours entre eux.

Il y eut un long moment de silence. Puis Nyx avança d'un pas et accepta l'arsenal.

— Tu as quarante-huit heures, lui annonça-t-il.

— Et après quoi ? Tu pars à ma recherche ? (Quand elle n'obtint pas de réponse, elle eut envie de jurer. Sauf que…) Attends une minute. Tu sais où est l'entrée de la prison, n'est-ce pas ? (Lorsqu'il ne répondit pas, elle haussa le ton.) Tu savais où était Janelle depuis le début. Pas vrai.

— Tu as quarante-huit heures.

— Comment as-tu pu la laisser souffrir ? Pendant cinquante ans. (Elle considéra le sac d'armes.) Maudit sois-tu, tu savais où était Janelle, et tu n'as rien fait pour l'aider à s'évader alors qu'elle est innocente…

— Tu crois ce que tu te sens obligée de croire.

— Ce que je me sens obligée de croire ? Elle n'a pas tué ce mâle !

— Si. Et c'est moi qui l'ai dénoncée.

Nyx cessa de respirer. Se pencha en avant. Inclina la tête de côté comme si son ouïe était défectueuse.

— Qu'est-ce que tu viens de dire ?

— J'ai dénoncé ta sœur pour meurtre.

Nyx se mit à secouer la tête, mais cela lui donna le vertige.

— Pourquoi as-tu fait une chose pareille ? Comment as-tu pu ? Comment as-tu pu l'envoyer dans cet endroit terrible ? Je connais les rumeurs qui circulent à son sujet… et je sais que toi aussi. C'est une femelle !

Son grand-père soutint son regard avec son calme habituel et, en réaction, une fureur qu'elle n'avait jamais connue se déversa dans ses veines.

Pointant l'index sur le vieux mâle, elle parla d'une voix sourde et dure.

— Quand je reviendrai avec elle, j'emmènerai Posie, et nous vous quitterons, toi et cette maison. Ce n'est pas le sang qui fait la famille, et je te renie à partir de maintenant.

Nyx se retourna vers le tunnel.

Juste avant qu'elle se penche pour entrer dans l'étroit boyau, son grand-père répéta :

— Tu as quarante-huit heures.

Jetant un regard noir par-dessus son épaule, Nyx regretta de ne pouvoir laisser les armes, mais elle était désormais encore plus motivée à revenir en un seul morceau.

— Ou quoi ? rétorqua-t-elle amèrement. Tu vas me dénoncer, moi aussi ?

Chapitre 4

Nyx reprit forme à environ huit kilomètres de la ferme et à une cinquantaine de mètres de la bordure de l'autoroute. Pendant un moment, elle demeura là où elle était apparue, sur le terrain plat et broussailleux de la vallée. Elle avait la tête sens dessus dessous, et se perdit à imaginer d'autres échanges avec son grand-père, exprimant à voix haute les répliques de celui-ci ainsi que les siennes propres. Elle aurait aimé que sa dernière riposte affirme catégoriquement qu'elle ne lui ressemblait *en rien*.

Comment avait-il pu trahir sa propre petite-fille ainsi ?

Comment avait-il pu dormir chaque jour en sachant non seulement que Janelle se trouvait dans cette horrible prison, mais également qu'il l'y avait envoyée pour un crime qu'elle n'avait pas commis ? C'était incompréhensible. Voilà cinquante ans que Janelle était partie. Cinquante ans qu'elle était seule dans un endroit dangereux et terrifiant, sans personne pour l'aider, pour s'occuper d'elle si elle avait faim, tombait malade, se blessait… et seul un coup de chance, une convergence de hasard et d'imprévu autoroutier, avait permis à Nyx d'apprendre enfin comment retrouver le membre manquant de la famille.

Elle savait à présent pourquoi son grand-père avait tenté de la dissuader de partir.

Heureusement qu'elle avait oublié ce sachet de bagels au magasin. Si elle n'avait pas dû retourner au rayon pâtisserie au moment du passage en caisse, elles auraient manqué le pretrans lorsqu'il avait traversé la route.

— Concentre-toi, s'intima-t-elle à voix haute. Il faut te concentrer.

La vérité sur ce que son grand-père avait fait était moche, et un examen plus minutieux n'y changerait rien. En outre, le compte à rebours était enclenché.

Changeant la position de son sac sur ses épaules, elle nota à quel point il s'était alourdi maintenant qu'elle y avait ajouté les deux pistolets, les balles et le couteau que son grand-père lui avait donnés. Elle avait laissé la chaîne et la lance. Ainsi que le sac de marin.

Elle avait hâte de lui rendre ses armes. Et de quitter cette maison avec ses deux sœurs. Seigneur ! avec quel traître elles avaient vécu.

Au loin, un animal hurla à la lune, et elle tenta de se rassurer en se disant que ce devait être un chien de ferme. Ses glandes à adrénaline, quant à elles, attribuèrent le bruit à une créature bien plus meurtrière. La bonne nouvelle, c'était qu'elle disposait d'une visibilité à trois cent soixante degrés depuis l'endroit où elle se trouvait, entre les deux hautes collines.

Sur cette pensée, elle évalua le chemin qui menait en ville. Le ruban d'asphalte ondulait entre faibles côtes et pentes douces. L'autoroute était visible sur une assez grande distance dans les deux directions, grâce aux hivers rigoureux qui freinaient la croissance de la végétation. Une voiture – non, c'était un camion, un camion de livraison ordinaire de forme carrée – la dépassa, éclairant momentanément la route de ses phares. Lorsqu'il se rapprocha de l'endroit exact où Posie avait heurté le pretrans, Nyx se détourna et se mit à marcher dans la direction opposée.

Dans sa tête, elle se repassa les bredouillements du mâle mourant.

Quand il avait encore été en état de parler, il n'avait pas cessé d'évoquer Dieu, encore et encore.

Au début, cela n'avait eu aucun sens pour elle. Les vampires avaient une tradition spirituelle différente de celle des humains. Si le pretrans avait appartenu à l'autre espèce, parler d'un Père céleste, d'un sauveur nommé Jésus, de clochers et de croix quand on se sait sur le point de mourir aurait été logique. Mais, compte tenu de sa biologie, cette obsession ne l'était pas du tout.

Sauf lorsque Nyx avait compris qu'il n'était pas question de religion ni de salut éternel. Mais de l'endroit d'où il était venu.

D'où il s'était échappé.

Nyx avançait au milieu des broussailles, en virant à gauche ou à droite quand elle rencontrait un buisson trop gros et trop touffu pour marcher dessus facilement, les pouces coincés dans les bretelles de son sac à dos. À l'époque où Posie et elle avaient possédé des chevaux, quinze ou vingt ans plus tôt, elle avait exploré toute cette vallée, parfois en compagnie de sa sœur, parfois seule. Alors que Posie profitait du paysage, Nyx recherchait de son côté tout élément sortant de l'ordinaire ou qui clochait.

Plus précisément, une entrée vers la prison souterraine dont tout le monde savait qu'elle se trouvait ici, quelque part dans la vallée.

Repensant à ces chevauchées nocturnes, elle laissa ses souvenirs guider ses choix d'orientation, se repérant grâce aux bâtiments délabrés et aux haies d'arbres non entretenues de fermes à l'abandon, comme on le ferait à partir d'étoiles sur une carte des constellations. Plus elle s'éloignait, plus elle redoutait de s'être trompée. Ce qu'elle cherchait se trouvait peut-être plus à l'ouest ? Ou bien…

Elle s'arrêta au détour d'une petite butte.

— Te voilà.

L'église abandonnée était en partie effondrée : sa flèche et son toit s'étaient écroulés, ses vitraux avaient disparu, et les marches de pierre menant à sa porte rouge délavé étaient éraflées et usées. En s'approchant, elle remarqua la peinture écaillée des bardeaux passés à la chaux, et compara la dégradation actuelle à ce qu'elle avait été la dernière fois qu'elle était venue ici à cheval, peut-être une décennie auparavant.

Le temps n'avait pas été tendre avec l'édifice.

Ce siège divin, bâti, entretenu et finalement abandonné par les humains, avait autrefois nourri les besoins spirituels des fermiers qui labouraient la bonne terre de la vallée. Cette époque était à présent révolue, et le lieu de culte le plus proche encore en fonctionnement se trouvait à plus d'une centaine de kilomètres de là, dans la banlieue de Rochester. Quant à la ville la plus proche un tant soit peu notable de la région, elle se situait à une quarantaine de kilomètres. Ce qui expliquait l'espacement des courses alimentaires.

Ce devait être le lieu dont avait parlé le pretrans dans son délire. Dieu sur terre. Pour les humains.

Et servant peut-être également à autre chose.

Quand elle atteignit l'entrée principale, elle tenta d'ouvrir la double porte. Verrouillée. Ce n'était pas un problème. Lançant un ordre mental, elle…

N'obtint rien avec le verrou.

Elle réessaya, ordonnant aux composants métalliques de changer de position. Rien.

Se penchant sur la serrure, elle éprouva un éclair de compréhension.

— Du cuivre.

Levant les yeux vers l'endroit où la flèche pointue aurait dû se trouver, elle sentit un picotement dans la nuque et les épaules. Des humains n'auraient pas utilisé de verrou en cuivre. Mais des vampires, si. S'ils voulaient tenir les membres de l'espèce à l'écart du lieu.

La manipulation mentale ne fonctionnait pas sur le métal dont on faisait les centimes.

Elle devait entrer, mais se dématérialiser dans un endroit dont on ne connaissait pas l'agencement intérieur ni l'emplacement des débris était trop dangereux. C'était une bonne chose que les fenêtres soient trouées comme un gruyère. Contournant le bâtiment, elle choisit l'un des encadrements élevés, bondit et s'agrippa au rebord.

Avec un grognement, elle se hissa et appuya l'avant du bassin sur le bord de la fenêtre comme s'il s'agissait de barres asymétriques dans une épreuve de gymnastique. Se penchant en avant, elle scruta l'intérieur. Oui. Elle ne vit rien d'autre qu'une salade de poutres brisées et de bancs cassés, avec des carreaux d'ardoise craquelés en guise de croûtons. Balançant les jambes d'avant en arrière, elle demeura suspendue un moment dans le vide, puis se laissa tomber de la fenêtre, pour atterrir avec un claquement tonitruant de ses bottes de randonnée qui la fit grimacer…

Des colombes apeurées s'envolèrent de leurs cachettes dans le fatras. Elle se baissa pour les esquiver en se couvrant la tête, tandis que des plumes voletaient sous le clair de lune. Une fois le terrain dégagé, elle se redressa et observa les alentours. L'effondrement du toit avait créé une zone impraticable dans la nef.

— Merde ! se dit-elle.

En supposant que « Peter » ait émergé d'une sorte de bouche de l'enfer dérobée, il n'avait pas pu traverser ce bazar. Les éclats de bois et les clous pointus constituaient un sacré parcours d'obstacles. De plus, si quelqu'un, n'importe qui, avait tenté de sortir de l'amas de gravats par en dessous, le chemin emprunté aurait été visible. Il y aurait une perturbation dans l'enchevêtrement de planches cassées et de poutres brisées, et des traces de sang, aussi, à cause de toutes les échardes et des angles acérés ; d'autant plus que les pretrans ne pouvaient pas se dématérialiser. Il avait forcément dû sortir par le rez-de-chaussée, car il était trop petit pour atteindre les encadrements de fenêtres vides.

Oh ! et il y avait ce verrou en cuivre.

Donc, non, il n'était pas passé par là.

Elle était peut-être dingue. Peut-être… qu'il s'était converti à la religion humaine en prison ? Même si celle-ci n'accueillait que des vampires, alors comment diable cela aurait-il été possible ?

Avant de quitter les lieux, elle observa l'autel, jonché d'éclats de vitrail rouges, bleus et dorés. Puis elle jeta un coup d'œil à l'endroit où le clocher était tombé. La croix métallique avait atterri, face tournée vers le haut, sur l'une des rares planches épargnées par le désastre. Un rayon de lune se refléta sur le visage d'or poussiéreux du symbole de la foi chrétienne, au point qu'il brilla soudain avec une intensité qui fit inexplicablement monter les larmes aux yeux de Nyx.

Elle aurait aimé croire en quelque chose.

Se dématérialisant par la fenêtre par laquelle elle était entrée, elle reprit forme dans les broussailles entourant l'église et scruta les fondations du bâtiment, cherchant un soupirail donnant sur un sous-sol… une porte dérobée… une fissure assez large pour qu'un pretrans de cinquante kilos puisse s'y glisser.

— Bon sang !

C'était sans issue.

L'idée de retourner à la ferme, la queue entre les jambes, parce qu'elle avait pris les divagations d'un garçon mourant pour de vraies réponses à ses préoccupations concernant Janelle et s'était lancée dans une chasse au dahu, lui donnait l'impression d'avoir rétréci dans ses vêtements, et alourdissait un peu plus le sac chargé des armes de son grand-père.

Nyx refit le tour de l'édifice, cherchant des empreintes sur le sol. Rien…

Plus tard, elle ne saurait déterminer ce qui la poussa à tourner la tête. Ce ne fut ni un bruit, ni une lueur, ni une voix, mais son instinct qui lui ordonna de regarder derrière elle.

Au début, le fouillis végétal sur lequel son regard tomba ressembla à n'importe quel bouquet d'arbres envahi de lierre. Mais plus elle l'observa, plus elle repéra des contours et des angles dessous.

Il y avait une vieille clôture en fer sous le lierre, qui délimitait un espace flanqué aux quatre coins par de gros érables. Et dans cet espace, également envahi par la végétation… se trouvait un cimetière.

En s'avançant, elle découvrit que le portail constitué de pointes en fer un peu de travers avait été entrouvert de force. Quelqu'un l'avait franchi récemment, comme en témoignait le lierre récemment arraché, dont les feuilles commençaient tout juste à se faner. Et, vu la faible épaisseur de l'entrebâillement, c'était quelqu'un de petit.

Nyx dut pousser beaucoup plus le portail pour faire passer son corps d'adulte et, sous le clair de lune, le chemin tracé entre les tombes était encore visible, quoique à peine. Les mauvaises herbes avaient été écrasées par des pieds qui n'étaient passés là qu'une seule fois. Encore une semaine… un bon orage… et la piste aurait complètement disparu.

Nyx suivit le chemin sinuant entre les pierres tombales moussues et imagina Peter, désorienté et effrayé, fuyant peut-être quelqu'un, trébuchant et tombant, se dirigeant grâce à la lune vers les colonnes en pierre et le portail de l'entrée. Elle ne pouvait même pas imaginer la peur que ce gamin avait dû ressentir… et savait-il où il allait ? Avait-il eu une destination sûre ?

Elle était presque convaincue qu'il fuyait simplement de terreur.

Droit vers une collision mortelle avec un break Volvo.

La piste s'achevait devant une crypte de pierre étouffée de lierre aussi épais que des branches d'arbres. Son entrée de marbre était entrouverte, et le passage, comme pour le portail, avait dû être forcé au milieu des tentacules végétaux entrelacés qui avaient envahi le monument de deuil humain.

Quand elle agrippa l'épais panneau de pierre, elle dut s'aider de son dos pour le pousser à s'ouvrir davantage. Tout en grognant contre la résistance qu'elle sentait, elle comprit que ce n'avait dû être qu'éperonné par l'adrénaline pure que Peter avait réussi à sortir de là. La terreur était une véritable source de force, le seul avantage sur lequel on pouvait vraiment compter en cas de situation désespérée.

Elle sortit sa lampe torche et en alluma le faisceau. Une courte volée de marches menait à un sol en marbre taché ; un sarcophage occupait le centre de l'espace. Tandis qu'elle balayait le caveau du rayon lumineux de sa lampe, une bestiole décampa devant elle…

Avec un sursaut de crainte, elle regarda le cimetière par-dessus son épaule.

Elle scruta la végétation, le portail qu'elle avait forcé, les pierres tombales et la piste laissée par le pretrans.

Elle ne perçut aucun mouvement. Pas d'odeur non plus.

Les battements de son cœur retentissaient fort à ses oreilles, et elle sentit son torse se couvrir de sueur.

— Ça va, chuchota-t-elle.

Se retournant vers la crypte, elle en examina de nouveau l'intérieur, avant de franchir le lourd panneau de pierre en se glissant de côté. Descendant les trois marches de pierre, elle découvrit de la poussière, des toiles d'araignées. Et surtout des empreintes de pas sur le sol.

De petites empreintes, cambrées, avec de petits orteils.

Elle songea aux nouveau-nés et à la façon dont les jeunes parents vérifiaient leurs doigts et leurs orteils.

Fermant les yeux, elle se demanda comment Peter avait pu naître en prison. Comment sa naissance avait dû se passer…

— Tu ne devrais pas être ici, salope !

Le déclic juste à côté de son oreille fut discret, mais elle sut aussitôt de quoi il s'agissait.

C'était le cran de sûreté d'un pistolet qu'on venait juste d'ôter.

Chapitre 5

Le lendemain soir, Rhage se retrouva à courir vite, bien trop vite et avec bien trop d'énergie, en vérité. C'était excessif.

Plus tard, une fois qu'il aurait croisé la première surprise de la soirée, il se dirait qu'il aurait dû savoir, à son allure de course, que ce qui allait survenir était inévitable. Mais il n'avait pas de tels présages en tête au moment où il pourchassait un éradiqueur aux yeux et aux cheveux pâles.

Son ennemi et lui étaient loin de leur point de départ, la forge, derrière la maison de rapport *Village Arms*. Au premier étage de cet établissement douteux, Rhage venait de sortir d'une vigoureuse séance privée avec une femme à la réputation discutable. Le désir de s'apaiser et non un véritable besoin sexuel l'ayant entraîné là-bas, il avait fait son possible pour se libérer d'une partie de son trop-plein d'énergie. Après s'être dépensé de la sorte, il avait eu l'intention de manger et de boire, avant de partir en quête de tueurs pour se calmer davantage. En descendant l'escalier, insatisfait de son sort et toujours passablement agité intérieurement, il avait observé la nuit par une fenêtre, afin de s'assurer qu'il ne pleuvait pas.

Au travers du verre plein de bulles, il avait nettement aperçu ce qu'il était à présent en train de poursuivre.

Il n'existait qu'une créature aux cheveux couleur soie de maïs assortis à un visage couleur de farine.

Le tueur discutait avec le palefrenier, et de l'argent avait changé de mains. Pour louer des chevaux en vue d'un voyage ? ou de nouveaux fers pour ceux qu'ils possédaient déjà ? Bien que dernièrement les humains se soient mis à acheter des automobiles en nombre, la Société des éradiqueurs n'avait pas encore adopté ce nouveau mode de transport.

Rhage s'était dit qu'il devrait fermer les yeux et s'en tenir à son programme. Mais le souvenir du regard sévère d'Audaszs lui fit dévaler les marches deux à deux.

C'était ce regard réprobateur, tout autant que son trouble intérieur, qui l'avait tenu éveillé pendant la journée, comme un poil à gratter glissé sous la selle de son humeur.

Quand Rhage avait émergé par la porte arrière de l'immeuble, les ennemis s'étaient reconnus en un instant, et avaient réagi promptement. Quittant en hâte la forge, l'éradiqueur avait décampé vers une étroite ruelle qui puait le fumier et la nourriture avariée. Que le non-mort boite suggérait que l'affaire serait finie avant même que les choses sérieuses démarrent, et Rhage l'avait suivi tranquillement, sans chercher encore à l'attaquer ; tant qu'ils étaient à portée d'autant d'humains, tout combat était impossible.

C'était la seule règle sur laquelle les vampires et la Société des éradiqueurs étaient d'accord. Aucune des parties ne désirait l'ingérence d'*homo sapiens.*

Après quelques pâtés de maisons, la course s'était accélérée, les éloignant du cœur du village plus densément peuplé que sa périphérie. Ce qui les avait également mis à distance des couche-tard en quête de sexe et de bière, et d'yeux potentiels derrière les fenêtres des habitations.

Dans le sillage pestilentiel de l'éradiqueur, Rhage avait bien eu conscience d'une mauvaise vibration dans sa tête et son corps, et il s'était demandé s'il n'aurait pas dû éventuellement rester plus longtemps avec cette femme. Mais bon, le problème avait subsisté, même quand il avait été en sa compagnie. Oui, il n'avait pas dormi pendant la journée dans sa tanière souterraine. Hanté par un fantôme familier vêtu des lambeaux du dégoût de soi, il s'était tourné et retourné sur sa paillasse, avant d'abandonner l'idée de trouver le repos.

L'attitude de son frère Audaszs lui avait tourmenté l'esprit, et il avait imaginé bien des choses cinglantes à rétorquer au mâle. Cette dispute fantasmée lui avait fait passer le temps jusqu'au coucher du soleil, même s'il était difficile d'argumenter avec une personne qui ne se trouvait pas dans le même espace physique que vous. Néanmoins, l'avantage était qu'en termes de comptage de points il avait remporté chaque manche contre Audaszs et tiré une satisfaction creuse de ses victoires.

Son ennemi et lui avaient finalement abouti dans cette prairie sur les rives du fleuve. Et il avait enfin trouvé là une nouvelle occasion de calmer enfin ses nerfs détraqués.

Empoignant ses deux dagues noires, Rhage se dématérialisa et reprit forme sur le chemin de l'éradiqueur. Tout en levant ses armes, il planifia la prochaine heure. Ça. Ensuite manger. Puis il allait devoir trouver Audaszs et lui parler…

À la périphérie de son champ de vision, il aperçut d'autres tueurs émerger de la ligne d'arbres, six spectres irradiant la menace, les pâles ombres des humains qu'ils avaient été avant leur initiation au sein de la ligue des meurtriers de vampires de l'Oméga.

Une frustration immédiate s'empara de lui. Il aurait dû savoir. Il avait entendu parler de ce campement au bord de l'Hudson, et aurait donc dû faire plus attention au trajet qu'on lui avait fait emprunter. Mais il n'était plus temps de s'autoadmonester. Rengainant ses dagues dans leurs fourreaux sur sa poitrine, il baissa les mains au niveau de ses hanches, vers les deux pistolets qui l'attendaient là.

Toutefois, il ne fut pas le premier à tirer. Le claquement des balles décochées par les armes ennemies résonna dans la nuit, et du plomb l'atteignit à la cuisse, au flanc et à l'épaule.

Sans prévenir, cette petite excursion avait pris le chemin d'une complication mortelle, et il ne pouvait s'en prendre qu'à lui-même. Fermant les yeux, il se mit à tirer en cercle tout en se forçant à se concentrer pour se dématérialiser. Il devait se calmer afin de…

Un autre tir l'atteignit à l'épaule, tir dont l'impact provoqua un mouvement de recul à son torse.

Ouvrant les paupières, il s'aperçut qu'il avait occasionné des brèches dans la barrière d'éradiqueurs qui l'entourait. Il y en avait au moins deux à terre, et les autres se repliaient derrière les troncs. Malheureusement, ils continuaient à tirer. Et ils continueraient à le faire une fois à l'abri…

Sous sa peau, sa malédiction s'éveilla.

Rhage s'accroupit et continua à recharger et décharger ses armes, conscient qu'il était très seul dans cette escarmouche – et que, tragiquement, c'était sur le point de changer. Tentant de retrouver son souffle, il n'osait pas s'interrompre pour essayer une dernière fois de se dématérialiser, même s'il espérait peut-être éviter…

Un rugissement horrible sortit de lui, montant de sa gorge et jaillissant de sa bouche, et ce son fut si inattendu et alarmant pour l'ennemi qu'il y eut un répit dans les tirs. Puis tout s'estompa pour Rhage, ses sens, son esprit, son être même, submergés par une grande et terrible transformation.

Alors que ses os éclataient et que ses articulations explosaient, que son corps se transformait et se développait, que sa vision l'abandonnait et qu'il était forcé de céder le contrôle de tout son être et de toutes ses capacités physiques à sa malédiction, il commença à paniquer.

Il lui était impossible de lutter contre la vague, et sa dernière pensée fut que sa bête allait peut-être bien lui sauver la vie.

Du moins à court terme.

Mais le problème n'était pas ces six tueurs – enfin, quatre, à présent – et leur camarade boiteux. Ce qui l'inquiétait, c'était ce qui arriverait après son réveil. Et s'il y avait davantage d'éradiqueurs dans ces bois ? Tout un campement ?

Alors il serait une cible facile pour l'ennemi lorsqu'il reprendrait sa véritable forme et n'aurait pas plus de force ni de présence d'esprit qu'un nouveau-né.

Et, dans le cas contraire, il lui faudrait compter avec les humains qui vivaient à proximité et le soleil qui se levait dans six heures. Pire encore, ses frères pourraient venir le défendre, et risquer de se faire dévorer ce faisant, car sa bête ne faisait aucune discrimination entre ami et ennemi.

Ça s'annonçait mal. Tout cela s'annonçait très mal.

Et il craignait que cela empire franchement.

Chapitre 6

Nyx se figea, et sa conscience de la réalité se dédoubla. Un côté de son cerveau se concentra sur le présent très immédiat : l'odeur du mâle qui se tenait à côté d'elle. L'odeur métallique du canon de son arme. Le bruit de son souffle régulier.

Ce qui dénotait une grande habitude à mettre en joue des femelles.

L'autre partie de son esprit repensa à son professeur d'autodéfense. Il était humain, et elle l'avait trouvé par l'intermédiaire d'une salle de sport. Les cours de combat avaient commencé comme un passe-temps, une autre façon de se dépenser, mais plus elle les avait suivis, plus elle avait aimé l'idée de pouvoir se défendre. Elle avait beaucoup appris de son professeur, et la base de tout son enseignement reposait sur une idée simple qu'il n'avait cessé de répéter : si on se trouvait un jour en nécessité de se défendre, on n'aurait ni le temps ni la capacité de réfléchir. La seule chose qui vous sauverait serait la formation et l'entraînement, parce que l'adrénaline submergerait votre lobe frontal et bloquerait donc vos facultés rationnelles, ne vous laissant que vos réflexes acquis pour vous en sortir.

Nyx prit une longue et lente inspiration.

Puis elle bougea plus vite qu'elle l'aurait cru possible.

Levant sa lampe torche, elle braqua le faisceau sur les yeux de l'agresseur pour l'aveugler, tout en se baissant de façon à mettre sa tête hors de portée au cas où il ferait usage de son arme. Puis elle pirouetta sur elle-même pour prendre le contrôle de la main et du poignet qui pointait le pistolet. Et enfin, d'un coup de botte, elle lui frappa la rotule.

Quand il vacilla vers l'avant, Nyx faillit lâcher l'arme alors qu'elle transférait sa prise de la base du canon à la poignée. Puis le mâle se remit de sa stupeur et attrapa prestement sa queue-de-cheval, qu'il tira d'un coup sec dans l'espoir de la déséquilibrer.

Ce fut alors que le coup de feu partit.

La détonation retentit fortement dans la chambre d'échos formée par la crypte, et elle ressentit davantage la vibration dans son crâne que le son proprement dit. Elle se baissa de façon réflexe…

La prise sur ses cheveux se relâcha instantanément, et cette liberté de mouvement retrouvée fut si inattendue qu'elle bascula en avant, emportée la tête la première par son élan. Se rattrapant au sarcophage, elle pivota… et poussa une exclamation.

Sa lampe torche était tombée pendant la bagarre et avait roulé de côté.

Si bien que son faisceau lumineux était désormais braqué sur le visage de son agresseur.

Ou ce qu'il en restait.

La balle l'avait touché sous la mâchoire et était ressortie au coin externe de l'œil gauche, emportant une quantité massive de tissus et d'os.

Balle à tête creuse, songea-t-elle en sentant son estomac se retourner.

Des gargouillis sortaient de ce qu'il restait de la bouche de son agresseur, et du sang rouge brillant coulait de son anatomie dévastée, formant une flaque qui s'élargissait sur le sol de pierre poussiéreux. Ses mains et ses pieds tressaillaient, mais, même sans formation médicale, elle savait qu'il ne se relèverait pas de sitôt.

Nyx frissonna et s'adossa au sarcophage, respirant trop vite, avec des inspirations bien trop superficielles. Tandis que son corps s'engourdissait, ses pensées devinrent floues et sa vision vacilla comme une mauvaise ampoule, alternant entre vue et cécité.

Contrôle ton souffle, s'intima-t-elle. *Respire lentement, doucement. Rééquilibre le dioxyde de carbone dans ton sang.*

Ce ne fut que grâce à son entraînement avec son professeur d'autodéfense qu'elle parvint à résister au besoin de haleter, et sa vue fut la première fonction à se stabiliser. Puis les tremblements et la paralysie bizarre qui accompagnent souvent les attaques de panique se calmèrent – tant qu'elle ne regardait plus le cadavre. Difficile à faire. Les tressaillements autonomes du mâle cessèrent peu à peu, tandis que la mort s'emparait de ce qui avait été vivant comme si elle consommait un repas : bouchée par bouchée.

Écartant les cheveux de son visage, même si aucune mèche ne lui tombait dans les yeux, le nez ou la bouche, elle regarda craintivement autour d'elle. Mais elle ne vit surgir aucun renfort et n'entendit aucune explosion. Le calme régnait toujours à l'extérieur de la crypte.

Lorsqu'elle se pencha pour ramasser sa lampe de poche, elle se rendit compte qu'elle tenait un pistolet dans sa main droite. Beuh !

Seigneur ! elle détestait l'odeur cuivrée du sang, et une partie d'elle, au plus profond de son être, avait envie de se mettre à pleurer, même si elle venait clairement d'affronter une situation de vie ou de mort. Il fallait qu'elle surmonte ses émotions. Se forçant à s'approcher, elle fouilla le cadavre et en récupéra un butin qui valait bien la peine qu'elle outrepasse son réflexe nauséeux. Des clés. Un appareil de communication. Un passe sans photo ni nom, rien qu'une bande magnétique. Trois chargeurs de munitions destinés à l'arme.

C'était le gardien d'un bâtiment surveillé de façon professionnelle. Elle devait être à proximité de la prison.

Elle rangea le tout dans son sac et ses poches, et se releva avec sa lampe. Tous ses instincts aux aguets, elle guetta le moindre bruit et, inspirant profondément, chercha la trace d'autres odeurs que celles du mâle qu'elle avait…

Tué.

Elle se demanda s'il fallait cacher le corps. Des humains ne viendraient pas dans cette crypte, mais peut-être y avait-il d'autres gardiens comme lui ? Avait-elle déclenché une alarme quelconque ? ou effectuait-il sa ronde habituelle ? Il avait surgi sur le côté, mais ce n'était pas vraiment une indication, étant donné qu'il s'était de toute évidence dématérialisé…

La piste des petites empreintes de pas guida son regard vers une bouche de ventilation encastrée dans le sol. La grille en fer faisait environ soixante centimètres de haut et un mètre de large, et, vu les traînées laissées dans la couche de poussière devant, c'était par là que le pretrans était sorti. Pour dissimuler ses traces, il avait dû remettre la grille en place, même si les marques qui subsistaient étaient aussi visibles qu'une enseigne lumineuse.

S'approchant, Nyx s'accroupit, posa l'arme et la lampe torche de côté, et glissa les doigts entre les fins barreaux. Lorsqu'elle tira, le cadre céda avec un grincement aigu, et elle se figea. Quand personne, armé ou pas, ne survint, elle se remit à respirer, ramassa sa lampe et braqua le faisceau à l'intérieur de la cavité.

Elle éclaira un espace peu profond environ un mètre cinquante plus bas, mais elle n'était pas certaine de vouloir s'y dématérialiser parce qu'elle ignorait totalement ce qui pouvait l'attendre en bas. Il y avait un gros angle mort. Énorme même.

Se penchant davantage, elle craignit qu'il s'agisse de son seul choix…

Un bip discret retentit soudain, suivi d'un ronronnement électrique.

Pivotant sur elle-même, elle empoigna l'arme du garde et la pointa vers le panneau qui coulissait sur le côté à l'autre bout du sarcophage. Éclairé par sa torche, le couloir ainsi dévoilé était gris, étroit… et vide.

Pour le moment.

Remettant la grille en place, elle se leva et observa un instant le corps du gardien. Une fraction de seconde plus tard, elle se tenait au-dessus des pieds du mâle et glissa le 9 mm dans sa ceinture.

— Pardon… monsieur. (« Monsieur » ? Comme si elle devait se montrer polie avec un type qui avait été prêt à la tuer… et qui, au fait, était cané…) Il faut juste… euh… vous détendre.

OK, elle perdait les pédales.

Se pliant en deux, elle saisit le corps par les chevilles et tira le poids mort – bien sûr – sur le sol. L'escalier ne fut pas facile à franchir. Lorsqu'elle le hissa sur les marches, le claquement de l'arrière de son crâne rebondissant dessus la fit grimacer.

— Ouille, ouille, ouille, chuchota-t-elle.

Débouchant dans la chaleur de la nuit, elle prit une profonde inspiration. Puis elle tira le mâle entre deux pierres tombales couvertes de lichen, et laissa retomber ses pieds dans le fouillis d'herbes et de lierre. Scrutant le ciel, elle tenta de se rappeler les prévisions météorologiques. Du soleil. N'était-il pas censé y avoir du soleil demain ?

Un rayon de soleil, et le corps disparaîtrait, ne laissant subsister qu'une marque de brûlure sur la verdure.

Nyx reprit son arme et se précipita dans la crypte en songeant à cette scène des *Soprano*, où Tony tuait

Ralphie Cifaretto. Dans les films ou les séries télé, la plupart des meurtres étaient habilement exécutés. Les gens étaient tués dans une belle chorégraphie de gestes coordonnés. Mais, dans une version plus réaliste, quelqu'un comme Tony se prenait de l'insecticide dans les yeux pendant qu'il éliminait un homme parce que ce dernier avait blessé un animal.

Ou, dans sa situation personnelle, elle laissait un passage secret grand ouvert pendant qu'elle traînait sa première victime hors d'une crypte.

De retour à l'intérieur, elle s'assura qu'il n'y avait personne, puis franchit l'ouverture dans le mur. Une minuscule diode rouge clignotait sur le côté. Quand elle se pencha pour l'observer de plus près, il y eut un bip et le panneau coulissa en place.

Avec un froncement de sourcils, elle sortit le passe du gardien de la poche de son coupe-vent. Lorsqu'elle l'approcha du voyant lumineux, le panneau se rouvrit, puis elle le referma avec le même geste. Il devait y avoir un autre lecteur près de la bouche d'aération. Bref, elle avait des problèmes plus graves à résoudre. Quelques cours d'autodéfense et un coup de chance n'étaient rien face à un service d'ordre formé et équipé de façon professionnelle, évoluant dans une installation elle-même dotée d'un haut niveau de sécurité.

S'imaginant le visage de Janelle, elle prit à gauche et se mit en route. Au fil de sa progression, des lampes à détecteur de mouvement fixées au plafond s'allumaient, et elle se serait bien passée de cette aide. Mais allons, comme si sa lampe torche n'aurait pas tout autant trahi sa présence ?

Bien dérouler le pied en marchant l'aidait à étouffer le bruit de ses pas, mais cela ne faisait strictement rien pour calmer son pouls. La sensation d'être dépassée par les événements lui donnait une impression d'asphyxie, comme si on l'étranglait, mais au moins le sentiment d'être suivie était facile à vérifier.

Elle regardait dans son dos tous les trois pas.

Puis elle arriva devant un mur en métal. Sortant le passe, elle le glissa devant une nouvelle diode rouge clignotante et se plaqua contre la paroi pour tenter de se dissimuler le temps que le panneau se rétracte.

L'odeur de terre la fit reculer.

De l'autre côté, elle vit de la roche nue.

Je ne devrais pas faire ça, se dit-elle. *Il faut que je fasse demi-tour tout de suite.*

Pendant le siècle qu'il avait passé en bas, le Chacal avait eu tout le loisir d'étudier les gardiens. Il avait enregistré les grades de chacun d'entre eux, leurs tours de garde, les rondes qu'ils effectuaient avec leurs coéquipiers et celles qu'ils effectuaient en solitaire. Leurs territoires au sein de la prison. La couleur de leurs cheveux et de leurs yeux, ceux qu'on pouvait distraire et ceux qui étaient cruels. Il savait lesquels d'entre eux avaient laissé leur condition physique se dégrader, et lesquels restaient minces et musclés. Il les pistait depuis les salles communes qui leur étaient réservées et d'où ils sortaient jusqu'aux confins de leurs zones de mission.

Il les observait vendre de la drogue aux détenus. Coucher avec eux. Donner des coups mérités, mais aussi tourmenter des prisonniers qui respectaient les règles. Il connaissait leurs secrets et leurs vices, leurs angles morts et leurs champs de vision.

Il veillait à ne jamais se faire remarquer. Ce n'était pas difficile. Il y avait tellement de prisonniers.

Une chose, parmi tant d'autres, à laquelle les prisonniers avaient difficilement accès en bas, était les horloges, mais les gardiens les aidaient à se repérer dans le temps grâce à leurs horaires et itinéraires réguliers, qui fonctionnaient comme un métronome. À condition de marcher sur la même distance et à la même cadence qu'eux, il pouvait suivre et anticiper les tours de garde et les missions dévolus à chaque gardien et, par conséquent, connaître le cycle des nuits et des jours. Ou du moins en avoir une idée approximative.

Le Commandant veillait à ce que chacun remplisse bien ses devoirs.

Et ce fut ainsi qu'il comprit que quelque chose clochait.

Baissant les yeux, il observa les sandales de cuir artisanales à ses pieds. Son pas était correct et alternait tranquillement une jambe après l'autre depuis l'articulation de la hanche, et son allure était nickel. Il se trouvait également dans le bon tunnel. Attendez… vraiment ?

Le Chacal s'arrêta et regarda par-dessus son épaule. Retraçant mentalement ses virages à gauche et à droite, il se dit… non, c'était le bon endroit. Il avait emprunté les itinéraires D, E et F ces trois derniers jours-nuits. C'était le G qui venait ensuite. Il était censé prendre le G.

Donc c'était bon.

Où se trouvait donc ce fichu gardien ?

Plissant les yeux, il scruta le tunnel devant lui. Et attendit.

Des sirènes d'alarme retentirent dans sa tête. Le garde aurait dû être en train de passer, accomplissant la fin de sa ronde avant de se faire remplacer. Avaient-ils modifié leurs plannings ?

Cela posait un problème. Leur prédictibilité était cruciale.

Poursuivant son chemin, il tourna, se retrouva dans une ligne droite, puis arriva à un embranchement marqué d'un point de peinture blanche sur l'arche grossièrement taillée à l'entrée du tunnel. Avant de pénétrer dans cette zone, il s'assura qu'il n'était pas suivi. Puis il s'avança en demeurant collé contre la paroi de gauche. Ses vêtements noir et gris, assez amples pour lui permettre de se déplacer librement et rapidement, étaient de la couleur des murs, mais les ampoules nues fichées dans le plafond tous les six mètres signifiaient qu'il faisait aussi une cible facile…

Le Chacal s'arrêta net.

Levant le nez en l'air, il inspira profondément.

Le parfum qui lui parvint était alléchant à un niveau qu'il n'avait jamais connu… et parfaitement étranger. Malgré toutes les années, les décennies, le siècle qu'il avait passé ici sous terre, il ne l'avait jamais senti auparavant, et le fait qu'il doive remonter si loin dans ses souvenirs pour pouvoir le définir en disait long sur sa triste existence.

Des fleurs fraîches.

Fermant les yeux, il prit une nouvelle bouffée, avide de sentir davantage ce parfum. Oui, des fleurs fraîches, une fragrance très différente de celle, douceâtre, qui proliférait dans les grandes demeures qu'il avait autrefois visitées ou habitées. L'odeur était riche et délicieuse, d'une façon authentique et non artificielle.

Et elle s'intensifiait.

Le Chacal éteignit trois ampoules d'un ordre mental, créant une étendue d'obscurité d'une vingtaine de mètres de long.

Les bruits de pas étaient discrets et, à mesure qu'ils s'approchaient, il ne pouvait y avoir qu'une seule et unique explication.

Quelqu'un qui n'aurait pas dû se trouver dans la prison avait trouvé un moyen d'y entrer.

Chapitre 7

Le goût dans la bouche de Rhage était un fléau pour la langue, un mélange de viande avariée et de fraises écrasées et pourries. Mais c'était le moindre des maux qui le tourmentaient. Alors qu'il était étendu sur l'herbe, ses yeux ne voyaient rien, tout était noir autour de lui, si bien qu'il ne pouvait estimer l'heure qu'il était d'après les constellations. Il n'avait aucune idée du temps écoulé depuis sa transformation, et ignorait donc si l'aube approchait ou non ; et, avec la douleur qui lui vrillait toujours les bras et les jambes, le torse et la tête, il ne pouvait pas non plus dire si son épiderme lui envoyait des signaux d'alerte parce que le soleil était sur le point de se lever, ou si cette souffrance constituait la dernière salve avant la séparation imminente d'avec sa bête.

Roulant sur le flanc, Rhage eut un haut-le-cœur tandis que son estomac se retournait et se révoltait. Il avait dévoré tellement d'éradiqueurs. Il le savait à cause de sa nausée et du mauvais goût dans sa bouche. Mais à quel point les traces de ce carnage étaient-elles visibles dans le paysage ? Attirer l'attention humaine maintenant serait particulièrement mauvais, et des cadavres – ou plutôt leurs morceaux – ça se remarquait.

Son ouïe était la seule chose à laquelle il pouvait encore se fier, et celle-ci ne lui indiquait rien de bon. Un bruit d'égouttement tout proche était perceptible. Quelque chose coulait. Son propre sang ? ou celui d'un tueur ? À moins qu'il ait percé un tonneau d'hydromel ? Son nez était trop saturé par la puanteur des non-morts pour lui fournir le moindre indice. D'ailleurs, se trouvait-il toujours dans la prairie au bord du fleuve, ou avait-il erré…

— Mon frère.

Au son de cette voix familière, Rhage soupira de soulagement. Audaszs était le dernier mâle qu'il serait allé chercher, mais l'aide parfaite dans cette situation. En outre, cela signifiait qu'il faisait encore noir, qu'il y avait encore le temps de se mettre à l'abri.

— Tu dois me déplacer. (Sa voix n'était plus qu'un faible grincement.) Il faut me déplacer.

Même si, encore une fois, il ignorait où il se trouvait. La bête pouvait l'emmener loin de l'endroit où elle prenait le contrôle sur lui.

— Oui. (Dans le silence qui suivit, Rhage imagina le frère en train d'observer les alentours.) En effet.

— Où suis-je ? demanda Rhage.

— J'ai un cheval. Permets-moi de te hisser dessus.

— Je me sens assez mal. (Sur ce, il se mit à vomir, et il s'écoula un moment avant que la crise s'atténue suffisamment pour qu'il puisse reprendre la parole.) Aide-moi, je t'en prie.

— Je suis là pour toi, mon frère.

Des bras l'entourèrent, et Rhage émit un grognement, puis la situation empira largement. Le transport fut atroce : ses membres endoloris et son ventre ballonné hurlèrent quand Audaszs l'attrapa sous les genoux et à la taille, et le plaça sur un cheval qui se mit à piaffer et hennir de protestation. À cause de la puanteur ? du poids ?

— Douce Vierge scribe ! grommela Rhage, couché sur le ventre comme un sac en travers de la selle.

La pression sur son estomac dilaté était insoutenable, et il tenta de s'appuyer gauchement des paumes sur quelque chose, n'importe quoi, afin de soulager un peu la pression.

— Non, non, non…

Et il vomit de nouveau.

Une fois la nouvelle crise passée, Audaszs poussa un juron et le descendit du cheval. De retour par terre, il eut encore des haut-le-cœur.

— Je vais te cacher, déclara le frère. Puis je reviendrai…

Rhage perdit de nouveau conscience derrière ses yeux aveugles, pas de façon progressive cette fois, mais brusquement, comme un bec de gaz qu'on aurait éteint.

Il n'avait aucun moyen d'évaluer le temps supplémentaire qui s'écoula, mais la conscience qu'on le soulevait le réveilla soudain. Tendant les bras, il les agita désespérément dans l'air au cas où ce ne serait pas l'un des siens.

— Non, non, calme-toi, mon frère. (Le son de la voix d'Audaszs l'apaisa immédiatement.) Tohrment et moi allons te placer sur une litière.

— Merci. À tous les deux. (Du moins était-ce ce qu'il essaya de dire. Il ne savait pas exactement ce qui sortait de sa bouche.) Ramenez-moi à mon logis…

— Tu as besoin de soins.

— Ce n'est que mon rétablissement…

— Tu as reçu au moins quatre balles.

— Ce n'est pas la première…

Tohrment, fils de Dhouleur, parla au niveau de ce qui, pour Rhage, devait correspondre à ses pieds.

— Ne parle pas et garde tes forces. Nous avons du chemin à faire avant d'arriver chez Havers.

Rhage voulut lutter contre la vague d'épuisement qui le submergeait, mais il manquait d'énergie – et c'était peut-être l'objectif visé. Il lui était difficile de discerner quelle douleur émanait de quelle source et, par conséquent, quelle part de sa faiblesse était due à l'hémorragie provoquée par les balles.

Il valait peut-être mieux croire sur parole ceux qui pouvaient constater les dégâts de visu.

Comme lorsque la bête surgissait, il n'avait désormais plus d'autre choix que d'abandonner le contrôle sur son être et son corps, et il suivit le trajet qu'on lui fit parcourir uniquement en se repérant aux sons et aux sensations. Il sentit une brise sur sa peau nue quand on l'emporta vers quelque chose de dur. Puis il éprouva un soulèvement de tout son corps, suivi d'un balancement tandis qu'on le transférait sur la litière. Il perçut un craquement quand on l'installa dans une sorte de coche. Un fracas de sabots et un hennissement, comme s'il mettait les chevaux mal à l'aise. Et enfin un bercement lorsqu'ils s'élancèrent à une allure régulière.

Lorsqu'ils s'arrêtèrent, quelque temps plus tard, il avait recouvré en partie ses sens et avait conscience d'une douleur perçante au côté. Il y avait trois autres points focaux de même nature, mais c'était celui sous ses côtes qui le poussait à croire que ses frères avaient eu raison de l'emmener auprès du guérisseur de l'espèce.

On le transféra dans un nouveau lieu, toujours sur la litière. Il entendit une porte qui s'ouvrait et se refermait.

Puis il perçut des voix. Plusieurs.

Ainsi que des odeurs de rosbif et d'agneau. Et… assez loin… la musique d'un quatuor à cordes ?

Ce n'était pas logique.

Il tourna la tête d'un côté puis de l'autre, sans que le mouvement n'améliore en rien sa vue.

— Est-ce le logis du guérisseur ? marmonna-t-il.

Puis une voix qu'il reconnut, mais qui le désorienta davantage.

— Bien entendu, il aura une chambre. La meilleure que j'aie à offrir dans ma maison.

Que diable faisait-il dans la demeure de Jabon ?

Chapitre 8

Chaque nouveau pas était une épreuve pour Nyx. Même si le tunnel qu'elle traversait était vide, sans barrière devant elle ni poursuivant derrière, elle devait se forcer à continuer sa descente progressive. Elle tenait sa lampe torche d'une main, le pistolet du gardien de l'autre, et sentait son anxiété la tourmenter comme si cette dernière avait jeté une selle sur son dos et ne cessait de l'éperonner. Alors qu'elle approchait d'un autre tournant et que le terrain sous ses pieds s'aplanissait, elle n'arrivait pas à croire qu'elle était allée si loin. Afin de s'assurer qu'elle ne se perdrait pas, elle avait résolu de ne tourner qu'à gauche. À chaque croisement, elle prenait à…

Sortie d'un nouveau virage, elle s'arrêta net.

Devant elle se trouvait une étendue obscure : les lumières fixées au plafond étaient toutes éteintes.

Nyx bondit hors de vue de ce qu'elle ne pouvait pas discerner. Plaquant les omoplates contre la paroi humide de l'espèce de caverne souterraine, elle lança un ordre mental pour allumer les ampoules…

Les mains qui se saisirent d'elle et la poussèrent la tête la première contre le mur étaient brutales et s'enfonçaient dans ses biceps. Avant qu'elle puisse réagir, on lui prit son arme. Sa lampe aussi. Puis on lui arracha son sac à dos et une paume se referma sur sa nuque pour la maintenir en place.

Pas un mot ne fut prononcé durant l'opération et elle fut dépouillée à une telle vitesse qu'on aurait dit que tout s'était passé en une fraction de seconde.

Clouée contre la paroi, Nyx grogna et se débattit contre la prise du mâle. Pour la punir d'avoir tenté de se libérer, son agresseur augmenta la pression sur sa nuque et appuya le canon de l'arme contre sa tempe.

— Tu n'es pas d'ici.

La voix n'était qu'un murmure, très, très grave. Elle trahissait également un accent étranger, mais la femelle ne perdit pas de temps à tenter d'identifier sa provenance.

— Lâchez-moi, dit-elle d'un ton sec.

— Comment es-tu entrée ? (Il y eut une inspiration.) Et tu as tué l'un d'eux, pas vrai. Je sens l'odeur du sang sur toi.

Avant qu'elle puisse élaborer une réponse, un bruit léger et rythmique lui parvint aux oreilles.

— Bon Dieu ! siffla le mâle.

Et ce fut alors que son cerveau chaotique parvint à définir le bruit. Celui de pas. Plusieurs personnes marchaient à l'unisson. Et, à en juger par la façon dont le son augmentait, ils approchaient.

— Pas un bruit, ordonna l'autre.

Lorsque la pression sur sa nuque s'allégea, Nyx fit un rapide calcul. L'inconnu avait ses armes et un contrôle considérable sur sa personne – pour l'instant. Mais elle ne pensait pas qu'il s'agisse d'un gardien. Ce qui signifiait qu'il était un meilleur pari que les bottes qui se dirigeaient vers elle. Mais bon, comme si elle avait le choix…

Elle regarda le mâle par-dessus son épaule…

Dans la pénombre, ses yeux la laissèrent incrédule. Bleu-vert. C'étaient des yeux bleu-vert brillants, étincelants, qui lui rappelaient des images de la mer tropicale qu'elle avait vues à la télévision.

Le reste de sa première impression fut rapide : des cheveux noirs tirés en arrière, de larges épaules, une haute stature.

Des lèvres qu'elle n'aurait pas dû remarquer.

Quand il lui tira le bras, elle trébucha, mais rétablit rapidement son équilibre. Il l'entraîna dans la direction d'où elle venait, les ampoules s'éteignant à mesure qu'ils approchaient et se rallumant juste après leur passage. Puis il s'arrêta net.

— Ici, murmura-t-il.

Il y eut un ronronnement électrique, puis une odeur différente lui monta aux narines. Avant qu'elle puisse l'identifier, elle fut poussée dans un espace noir comme de l'encre, et le ronronnement électrique reprit.

— Ils te tueront s'ils te trouvent, chuchota-t-il alors qu'ils se retrouvaient enfermés ensemble. Surtout avec le sang de l'un des leurs sur toi.

Dans ce vide sensoriel, sa voix désincarnée changeait tout en rêve, et les yeux de Nyx luttèrent contre l'obscurité, même si c'était inutile. Pendant ce temps, dans le tunnel, le bruit de multiples paires de bottes frappant le sol dur de façon coordonnée se fit plus fort.

— Je veux récupérer mon arme, dit-elle, tandis que les gardiens semblaient passer devant leur cachette.

Une fois que le bruit des pas se fut estompé, une bougie s'alluma.

Nyx cligna des paupières devant la chaude lueur, et fut soulagée d'avoir déjà aperçu les yeux de son agresseur dans le tunnel. Sans quoi, elle aurait pu montrer de la surprise. Ou… autre chose qu'il aurait été vraiment stupide de communiquer.

Néanmoins, elle était captivée. Le regard du mâle paraissait éclairé de l'intérieur, et ne ressemblait à rien de ce qu'elle avait déjà vu. Elle songea à des pierres précieuses. Des tourmalines Paraíba. Mais plus belles encore.

Elle était comme hypnotisée.

Du coin de l'œil, elle remarqua d'autres détails de sa personne. Il avait une tache de rousseur d'une forme inhabituelle sous l'œil gauche. On aurait dit un cœur. Ses vêtements amples étaient noir et gris foncé, sans être des guenilles. Il semblait propre et relativement bien nourri. Son odeur était…

Elle refusa de se laisser penser à son odeur. *Niet.* Cela n'arrangerait pas les choses.

— Il faut qu'on te fasse sortir d'ici, dit-il d'un ton résolu.

Lorsqu'elle comprit le sens de ses paroles, elle se dit qu'elle souhaitait juste avoir un peu plus de temps pour le contempler et mémoriser tous les traits de son visage. Mais c'était ridicule.

— Je ne partirai pas, rétorqua-t-elle.

Le Chacal ferma brièvement les yeux. En dépit du danger qu'il courait, une réalité qui aurait dû s'imposer à lui comme une priorité absolue, il ne pouvait s'empêcher de penser qu'il devait faire sortir cette femelle de la prison. Avec ses vêtements étranges, ses provisions et la lampe torche dont il l'avait dépouillée, il était évident qu'elle n'était pas d'ici. Et après ce qu'elle avait fait à l'un des gardiens du Commandant ? S'ils lui mettaient la main dessus avec ces taches de sang sur sa veste, elle découvrirait des choses sur la douleur qui lui feraient accueillir la mort comme un cadeau.

Cependant, elle n'était pas sous sa responsabilité, et il n'était pas en position d'en endosser davantage. Et ce n'était pas comme si elle était fragile ou faible.

Bien au contraire. La femelle soutenait son regard, et elle avait beau être désarmée, elle semblait prête à se battre. Sa détermination se lisait dans sa posture, son regard inflexible, ses poings levés devant sa poitrine. Ses cheveux noirs étaient attachés en une queue-de-cheval assez longue pour s'enrouler sur son épaule et descendre sous sa clavicule. Ses yeux marron prenaient les chaudes teintes du cognac sous un éclairage favorable.

À en juger par le poids de son sac, et le bruit métallique que produisait son contenu dès qu'on le bougeait, il savait qu'elle transportait d'autres armes. Probablement des munitions, aussi.

— Rends-moi mes trucs, exigea-t-elle.

Le Chacal sourcilla.

— Je te demande pardon.

— Tu m'as entendu, ducon.

Lorsqu'il ne répondit pas, elle s'exclama :

— Je sais déjà que tu parles anglais, alors ne fais pas semblant de ne pas comprendre.

— Je comprends chaque mot que tu prononces. Je ne suis simplement pas habitué à entendre des femelles jurer aussi naturellement que toi.

Elle cligna des yeux et pencha un peu la tête de côté, comme s'il était stupide.

— Où crois-tu qu'on est, exactement ? Dans un restaurant trois étoiles ?

— J'estime seulement que le beau sexe a de meilleurs moyens de s'exprimer.

La femelle posa les mains sur ses hanches.

— C'est bien ma veine. Je me suis fait agresser par Nadine de Rothschild.

— Nadine qui ? (Il plissa les yeux.) Et je ne t'ai pas agressée.

— Alors pourquoi tu as mon *merdier*.

Comme elle s'attardait sur la prononciation de ce dernier mot, quelque chose d'étrange s'éveilla dans le fond de l'esprit de Chacal. Pour couvrir ses pensées et ses sentiments, il se força à la concentration.

— Où crois-tu aller ? l'interrogea-t-il.

— Tu n'as pas à t'en soucier.

— Je pose la mauvaise question, marmonna-t-il. Pourquoi es-tu ici ?

— Ça ne te regarde pas non plus.

Une onde de chaleur le parcourut, et il ignora soigneusement la zone entre ses cuisses où celle-ci se concentra.

— Tu ne sembles pas comprendre la situation. Tu mourras si tu ne sors pas d'ici, et, à moins que tu aies de l'aide pour quitter ce trou à rats, ta tombe sera creusée bien plus tôt que prévu.

— Je ne partirai pas.

— Qu'est-ce qui est plus important que ta propre vie ?

— Il ne s'agit pas de moi.

Lorsqu'elle se contenta de le dévisager, le Chacal détourna la tête. C'était bizarre de cacher son regard à une inconnue, mais il lui paraissait d'une importance vitale qu'elle ne devine rien à son sujet. Et surtout pas ce qui se passait actuellement dans son corps.

Même si quelque chose lui soufflait qu'elle ne serait pas choquée. Cette femelle paraissait audacieuse, et pas seulement en matière de langage.

— Qui cherches-tu ?

Lorsqu'elle croisa les bras et plissa les yeux, il sourit.

— Ah ! on dirait que j'ai touché juste, et épargne-moi les simagrées. Tu n'es pas en position de jouer. Tu n'as pas la moindre idée du lieu où tu te trouves, ni de comment retrouver quelqu'un dans ce labyrinthe.

— Je vais me débrouiller.

— Oh que non ! J'ai passé un siècle dans cette prison. J'en connais plus sur ses tunnels que quiconque encore en vie dedans. Tu n'as pas la moindre idée de l'endroit où tu as atterri. Maintenant, dis-moi : qui es-tu venue chercher ?

La femelle s'écarta de lui et se mit à marcher en rond. Tandis qu'il lui accordait un peu de temps avant d'en venir à la conclusion inévitable, il restait parfaitement conscient de ce qui se déroulait de l'autre côté du passage secret. Une escouade s'était rendue à l'endroit où elle était entrée. Et le gardien porté disparu, qui n'était pas au poste où il aurait dû se trouver, était celui qu'elle avait tué.

— Où as-tu mis le corps ? demanda-t-il.

Quand elle s'arrêta net et lui jeta un coup d'œil en feignant l'étonnement, il leva les yeux au ciel.

— Cesse de jouer la comédie. Après l'avoir tué, où l'as-tu mis ?

Elle garda le silence. Puis elle se remit à faire les cent pas.

Repensant à son objectif premier, il perdit tout intérêt à tenter de la persuader. Elle était entêtée et arrogante, mais la vie avait les moyens de corriger cela. Surtout ici, sous terre.

Il avait trop à perdre lui-même pour lui épargner d'expérimenter cette vérité par elle-même.

Le Chacal se retourna donc vers le panneau coulissant. Après avoir écouté attentivement, ce qui était facile étant donné que la femelle ne disait strictement rien, il n'entendit pas un bruit dans le tunnel. Déclenchant l'ouverture de la porte, il eut conscience d'une oppression dans sa poitrine au moment d'ôter le sac de son dos pour le lui jeter. Son arme et sa lampe torche suivirent, et elle attrapa chacun des objets avec une surprise soupçonneuse.

— Bonne chance, dit-il en tournant les talons. Le panneau se refermera tout seul dans trois secondes. Que tu sois dedans ou dehors ne dépend que de toi – pareil pour ta prochaine destination. Bonne chance dans ta quête.

Une fois dans le tunnel, il partit en direction de la Ruche. Il devait se hâter de rattraper l'endroit où il aurait dû se trouver sur son itinéraire G, même si, avec la perturbation causée par la femelle, il y avait une chance que toutes les rondes des gardiens soient perturbées jusqu'à la fin de la nuit.

Et il devait faire nuit là-haut, sans quoi, en tant que vampire, elle ne se serait pas aventurée dehors à la surface.

C'était probablement le début plutôt que la fin, en supposant qu'elle avait voulu s'accorder le maximum de temps pour se déplacer. Elle était sans doute assez stupide pour se croire capable de libérer la personne qu'elle était venue chercher avant l'arrivée inévitable de l'aube.

Alors qu'il prenait note que l'on était en phase nocturne et l'intégrait à ses informations sur les rondes des gardes, il n'aima pas le sentiment d'impatience qu'il ressentit tandis qu'il attendait qu'elle le rappelle.

Quand elle n'en fit rien, il ne fut pas surpris, même si le voile noir qui assombrit ses émotions le stupéfia. Pourquoi se soucier d'elle ? Si la prison lui avait appris une chose, c'était qu'il fallait ne s'occuper que de soi.

C'était la seule façon de survivre.

Chapitre 9

Les yeux de Rhage reprirent du service alors qu'on soignait ses blessures. C'était tôt pour un retour de sa vue, mais la combinaison d'un environnement inhabituel et du fait qu'on l'opérait paraissait avoir suscité une urgence vis-à-vis de ce sens particulier.

Tout était assez flou, mais il y voyait assez pour reconnaître le guérisseur de l'espèce, Havers, vêtu d'un smoking, penché sur lui avec un scalpel. Par ailleurs, Rhage discernait ses deux frères de chaque côté du lit sur lequel il était étendu, tous deux également en tenue de soirée. Et, à l'autre bout de l'opulente chambre, se trouvait Jabon. Le maître des lieux était également en smoking et arborait une expression de grande satisfaction sur son visage, comme si le fait que plusieurs membres de la Confrérie de la dague noire soient réunis sous son toit était une récompense que lui offrait la bienveillante Providence.

Quelque part au rez-de-chaussée, des instruments à corde jouaient de la musique, et Rhage imagina des membres de la *glymera*, gentilshommes et dames, se tenant délicatement par la main tandis que leurs élégantes silhouettes évoluaient avec fluidité sur le sol de marbre noir et blanc de la salle de bal, selon une chorégraphie soigneusement établie. Des robes colorées devaient tournoyer et virevolter, et les diamants et pierres précieuses devaient briller et scintiller autour des gorges et des poignets minces des femelles. Nul ne devait sourire, et il y avait une hiérarchie dans la hiérarchie pour savoir quand, de quelle façon, et avec qui on pouvait établir un contact visuel.

Les règles de la *glymera* étaient légion et impératives, et les enfreindre avait des conséquences terribles, potentiellement sur plusieurs générations. Le respect de l'étiquette en toutes circonstances, assujetti à moult restrictions, constituait au sein de l'aristocratie un bien plus précieux que l'argent, les terres, ou même sa position au sein de l'espèce. Qu'il s'agisse de la pureté d'une femelle encore célibataire, du plan de table d'un dîner ou de la réponse à une invitation, ils s'étaient depuis longtemps créé leur propre champ de bataille, sur lequel les mines de la bienséance menaçaient d'exploser à chaque instant.

Rhage ne l'avait jamais compris. Seul un risque mortel pouvait justifier à ses yeux un tel état d'alerte, comme celui de se faire poignarder. Décapiter. Tirer dessus. Mais certainement pas l'inquiétude de se tromper de fourchette…

Il poussa un grognement quand un élancement douloureux dans ses côtes lui coupa le souffle. Lui retirait-on les poumons ?

— Pardonnez-moi, dit Havers avec douceur. La balle est ôtée.

On entendit un cliquetis métallique dans un bol. Puis Rhage éprouva un bref soulagement avant que l'élancement douloureux reprenne, cette fois plus bas, près de sa hanche. La séquence « douleur vive suivie d'un cliquetis » se répéta encore deux fois.

— Merci, guérisseur, marmonna Rhage.

— C'est un honneur pour moi de vous servir.

Des points de suture suivirent, mais ce fut plus un simple désagrément qu'une véritable souffrance. Puis tout le monde parut reculer d'un pas et le scruter comme pour chercher d'autres blessures. À moins qu'ils attendent qu'il expire.

— Prendrez-vous de quoi soulager la douleur ? l'interrogea le guérisseur.

— Non, rien du tout.

Il est temps d'y aller, se dit Rhage.

Une fois cette résolution prise, il fit mine de s'asseoir, avec la ferme intention de se mettre ensuite sur ses pieds, mais toutes les mains qui l'entouraient se posèrent sur sa personne. Quand un chœur de « Non, reste allongé » se répercuta dans la chambre, il se prépara à argumenter… mais sa langue semblait manquer de tonus dans sa bouche, et son cerveau n'arrivait pas formuler correctement les choses.

— Il faut vous nourrir, reprit Havers. Y a-t-il… Y aurait-il…

— Une femelle qui soit en mesure de m'aider ? acheva Rhage en se laissant retomber sur des oreillers qu'il avait dû tacher. Je suis sûr que je pourrais en trouver une.

— C'est un problème qu'il n'a jamais eu à affronter, murmura Audaszs.

— Non, non, permettez-moi de vous amener une veine convenable, intervint Jabon. Je suis certain qu'elle te rendra ta vitalité. J'en ai une à l'esprit en ce moment même, et elle est en bas.

— Très bien.

Rhage leur décocha un regard noir à tous, même s'ils n'étaient guère davantage qu'un brouillard autour de lui.

— Mais, ensuite, je m'en vais.

Havers se racla la gorge.

— Je crains, messire, que vous ne deviez vous reposer ici pendant la journée. Et peut-être même séjourner plus longtemps. Vous avez beaucoup de blessures à guérir.

— Il faut que tu restes ici, se hâta de renchérir l'aristocrate. Nous veillerons à satisfaire tes moindres besoins sans délai et avec le plus grand soin, afin de t'assurer une convalescence rapide.

Exactement ce que Rhage souhaitait. Être le débiteur d'un lèche-bottes. Le remboursement infernal d'une telle obligation serait au-dessus de ses forces.

— Vous surestimez mes blessures.

Pour prouver ses dires, Rhage prit appui sur ses paumes pour s'asseoir, puis fit glisser ses jambes par-dessus le rebord du lit.

— Je n'ai pas besoin de me nourrir et je suis…

Lorsqu'il hissa son poids sur ses voûtes plantaires, il eut un bref instant de triomphe.

La chute qui s'ensuivit démentit totalement sa prétendue force et indépendance. Et, sans la rapide poigne d'Audaszs autour de son biceps, il serait tombé par terre, où il se serait sans doute brisé comme du verre.

Tohrment répondit à sa place, sans même le consulter avant.

— Merci, Jabon, nous profiterons de ton hospitalité, et s'il y a bel et bien une femelle prête à offrir sa veine, nous lui serions très reconnaissants de son service. Par ailleurs, assure-la qu'elle pourra officier devant témoins.

— Je m'en occupe tout de suite, s'exclama l'heureux hôte.

Lorsqu'une porte s'ouvrit et se referma, les bruits et les odeurs des réjouissances en bas s'infiltrèrent brièvement dans la chambre. Puis tout redevint calme.

— J'ai fait tout ce qui était en mon pouvoir pour l'instant, dit Havers. Envoyez-moi un *doggen* s'il a besoin de quoi que ce soit pendant la journée. Ma demeure est de l'autre côté de la rue, comme vous le savez, et je serai donc en mesure de revenir à son chevet dans une voiture couverte s'il le faut. Je crois néanmoins qu'il ira bien, à condition qu'il se nourrisse.

— Merci, guérisseur, répliqua Tohrment.

Quand Rhage se retrouva seul avec ses frères, il fit la grimace.

— On devrait peut-être me nettoyer si une femelle doit venir ici.

— En effet, reprit Tohrment. Je vais te faire couler un bain. Jabon s'est donné beaucoup de peine pour m'informer que ses baignoires étaient équipées de brûleurs à gaz, donc tu auras bien chaud.

Louée soit la Vierge scribe! songea Rhage pendant que le mâle se rendait dans la salle de bains.

Lorsque le bruit de l'eau lui parvint, il tourna la tête en direction d'Audaszs et fronça les sourcils.

— Tu es toi aussi en tenue de soirée.

— J'assistais au bal lorsqu'on t'a découvert au bord du fleuve. J'ai été appelé auprès de toi.

— Qui m'a découvert?

Il y eut un silence.

— Zadiste.

Cette fois, Rhage redressa la tête malgré sa nuque douloureuse.

— Tu mens.

— Pour quelle raison? C'est la vérité. Pour te protéger, il a massacré toute la population de ce petit campement d'éradiqueurs dans la forêt. Il les a tous affrontés un par un une fois que tu t'es effondré, puis il a traqué et tué les retardataires, après être venu me trouver ici à la fête. Tu devrais lui en être reconnaissant.

Rhage se représenta le frère au visage couturé et au noir regard meurtrier.

— Ce mâle tue parce qu'il aime ça, pas pour protéger quelqu'un. Il ne se soucie de personne, pas même de son frère de sang.

— Quelles que soient ses motivations, tu n'es en vie que grâce à lui.

— Où se trouve-t-il à présent?

— Qui sait.

Au bout d'un moment, Rhage se renfrogna.

— Alors, il t'a fait parvenir un message ?

— Oh ! non. Il est entré directement dans la salle de bal, couvert de sang d'éradiqueur, sa dague noire à la main. Son entrée a constitué une scène mémorable, je te l'assure.

Rhage eut un petit rire.

— J'imagine.

— Sa présence a été annoncée par l'archet du violoniste virtuose, qui a crissé sur les cordes. Tout s'est arrêté. Deux femelles se sont évanouies, au moins trois mâles ont quitté la salle de bal et sont partis en courant. Pour rendre service à tous, je l'ai rejoint immédiatement et l'ai éloigné de l'assemblée.

— Il a le regard d'un démon.

— Et le cœur tout aussi froid. À bien des égards, il est aussi dangereux que ta bête.

Quand ils se turent, Rhage songea à ses heures de veille durant la journée précédente.

— Mon frère, je dois t'expliquer quelque chose.

— Quoi donc ?

— Je sais que tu ne me respectes pas…

Rhage eut vaguement conscience que le frère levait les deux mains et esquissait un mouvement de recul.

— Allons, Rhage, ne nous attardons pas sur…

— C'est vrai. Et tu n'es pas le seul.

Il s'éclaircit la voix.

— Je sais que d'autres dans la Confrérie pensent la même chose de moi que toi. Vous me croyez frivole et obsédé par les femelles, dépourvu de concentration et d'engagement.

— Encore une fois, mon frère, ce n'est pas le moment…

— Maintenant ou plus tard, la vérité est ce qu'elle est.

Rhage regretta tout d'abord de ne pouvoir lire les nuances de l'expression d'Audaszs. Puis il songea qu'il valait peut-être mieux que celles-ci demeurent floues. Le mépris et le dégoût risquaient de ne pas l'aider à avancer dans son discours.

— Tu es au courant de la malédiction qui me touche, et ce soir, lorsque tu t'es rendu sur les berges du fleuve, tu as pu constater une fois de plus de quoi celle-ci était capable. Je fais de mon mieux pour la contrôler, et ma seule façon de contenir la bête est de coucher avec des femmes et des femelles, et aussi de me battre. Si je ne me vide pas régulièrement de mon énergie, elle peut surgir n'importe quand, y compris à un moment inopportun. Y compris en présence de vous tous.

— En vérité, mon frère, ce n'est pas le meilleur moment pour avoir cette conversation…

— Vraiment ? ou l'éviteras-tu encore une fois à cause de l'embarras dans lequel cela te plonge ? Je ne suis pas certain que tu mesures l'étendue de ma faiblesse de volonté et de commandement lorsque la bête s'exprime. J'ignore ce qu'elle fait. Je ne peux plus ni voir, ni entendre, ni tempérer sa force et sa fureur d'une quelconque façon. Mais je dois vivre avec les conséquences de ses actes. Si l'un d'entre vous était blessé par elle… alors ce serait ma faute et je devrais supporter ce fardeau jusqu'à la fin de mes nuits. Ce qui serait intolérable. Je ne m'en remettrais jamais.

Il se hissa sur les oreillers et, dans le fond de son esprit, se demanda s'il n'avait pas taché toute la literie, et pas seulement les taies et le traversin.

Bien sûr que oui.

— Tu me crois plus engagé dans la conquête de femelles que dans la guerre, reprit-il. Ce n'est pas faux. Je suis poussé vers elles parce que je dois canaliser cette énergie qui bouillonne en moi à chaque instant, que je sois réveillé ou que je dorme. Je déteste le sexe. C'est un repas pour lequel je n'éprouve aucune faim. Néanmoins, je ne peux pas tolérer ce qui arriverait si je ne m'y livrais pas. Alors sache, je t'en prie, que je suis aussi concentré que jamais sur la guerre. Mais, quand j'affronte notre ennemi, c'est souvent en ta compagnie ou celle des autres frères. Mon souci premier est, et sera toujours, la sécurité de la Confrérie. C'est un coup de chance que j'aie été seul ce soir. Pourtant, ce n'est pas, et ce ne sera pas toujours le cas.

Il y eut un moment de lourd silence. Puis Rhage sentit Audaszs lui serrer la main.

— Je l'ignorais, murmura le frère. Je n'en avais pas la moindre idée.

Embarrassé par ses révélations, Rhage haussa les épaules.

— Comme je te l'ai dit, c'est comme ça.

— Pourquoi ne m'en as-tu jamais parlé avant ce soir ?

— Changeons de sujet…

— Ton honneur a été injustement calomnié.

— Je préfère être considéré comme un fornicateur que comme un lâche.

— En quoi es-tu lâche ?

Rhage ferma les yeux.

— J'ai peur de ce qui est en moi. Cela me terrifie, car je ne peux pas assurer la sécurité de ceux que j'aime le plus, et c'est à ma propre personne que je ne peux pas me fier. Mais cessons de parler de ça. J'en ai assez dit.

Le murmure de l'eau dans la salle de bains attenante parut croître dans le silence.

— Je suis désolé, mon frère, chuchota Audaszs.

— Je n'aurais rien dû dire.

Pourtant, il y avait quelque chose chez Audaszs qui poussait un mâle à rechercher son respect.

Se raclant la gorge, Rhage tenta de trouver un autre sujet de conversation alors que la baignoire, de toute évidence aussi profonde qu'un étang, se remplissait à la vitesse d'un escargot.

— Je dois avouer que j'ai été surpris que tu assistes à la *fête* de Jabon, se força-t-il à remarquer. Tu n'as jamais beaucoup apprécié sa compagnie.

— C'est vrai.

Audaszs s'éclaircit la voix, comme s'il changeait le cours de ses pensées.

— En l'occurrence, notre hôte a une connaissance qui pourrait m'être utile.

— Tu as également besoin d'une veine, mon frère ?

— Non, d'un maître d'œuvre pour ma maison sur la montagne. Ma recherche d'ouvriers au sein de l'espèce s'est soldée par un échec et, surtout, je crois que je suis allé trop vite en besogne. Il me faut d'abord des plans et des matériaux… ainsi qu'une personne capable de diriger une équipe. Tout ce que j'ai, c'est le sommet de la montagne. Pourtant il y a un mâle ici ce soir qui a construit plusieurs bâtiments à Caldwell, mais aussi à New York et Philadelphie. Je l'ai rencontré. Il m'a fait bonne impression, bien qu'il porte un nom étrange.

— Comment s'appelle-t-il ?

— Le Chacal.

Chapitre 10

— Je ne peux pas te payer grand-chose !

Nyx cria ces mots en bondissant de la cachette juste avant que le panneau coulisse de nouveau en place. Puis elle jura en se rendant compte qu'elle avait parlé beaucoup trop fort.

Devant elle, le mâle au dos large et à la longue tresse s'arrêta. Quand il ne se retourna pas pour la regarder, elle n'eut pas la moindre idée de ce qu'il allait faire. Ce dont elle était sûre en revanche ? C'était agréable d'avoir de nouveau ses armes sur elle. Et à la main.

Le mâle pivota lentement sur ses talons. Lorsque leurs yeux se croisèrent, Nyx retint son souffle, mais elle n'allait certainement pas lui montrer son trouble.

— Me payer ? répéta-t-il. Tu veux dire me donner de l'argent ?

— J'ai cinq cents dollars. C'est tout ce que je possède.

Le mâle regarda derrière elle, puis dans son dos.

— Et, à ton avis, que pourrais-je faire avec de l'argent ici ?

— Il n'y a pas un genre de marché noir ou quelque chose d'approchant ?

— « Un marché noir » ?

— Tu sais, pour soudoyer les gardiens. Ou d'autres prisonniers.

Ouais, comme si elle était devenue experte juste en regardant tous ces épisodes de *Lockdown* depuis le fauteuil du salon.

Pendant un moment, il se contenta de la dévisager. Puis, lorsqu'un parfum d'épices exotiques lui monta aux narines, elle sourcilla… et lui aussi.

Quand il revint vers elle, il lui fut facile de camper sur ses positions étant donné qu'elle était armée et pas lui. Ce qui lui fut difficile de cacher, ce fut l'intensité avec laquelle elle se mit à observer ses mouvements. À chacun de ses pas, ses épaules et ses hanches bougeaient pour contrebalancer sa puissante masse musculaire.

C'était le genre de chose qui incitait une femme à se demander ce qu'il était exactement capable de faire avec son corps. Si par hasard il se trouvait nu.

Il scruta son visage.

— Tu vas devoir me dire qui tu cherches.

Le cœur de Nyx manqua un battement. Mais pas à cause de ce qu'il venait de demander. C'était cette odeur qui semblait émaner de chacun de ses pores. Seigneur ! ce parfum était délicieux et chassait les effluves de terre humide et de moisissure de ses narines.

— Il s'agit de ma sœur, répondit-elle. Je vais la sortir de ce cauchemar. Elle n'aurait jamais dû atterrir ici en premier lieu.

— Quel est son nom ?

Ce n'était pas une question. Mais bon, chacun était toujours solidement ancré sur son terrain rhétorique, pas vrai.

— Janelle. Elle a été incarcérée il y a cinquante ans.

— Ce nom m'est inconnu. Mais cela ne veut rien dire.

— Alors tu vas m'aider. Pour cinq cents dollars.

Ses yeux, ses incroyables yeux d'un bleu-vert étincelant, s'étrécirent.

— Peut-être.

Oh, putain de merde !

— C'est quoi, ce « peut-être ». Soit t'es dedans, soit non.

Le sourire qui lui étira les lèvres était calculateur. Et sensuel.

— Curieux choix de mots, femelle.

Ce n'est pas en train d'arriver, se dit Nyx. *Ce n'est* pas *en train d'arriver.*

Néanmoins, son attention fut irrésistiblement attirée par sa bouche. Et elle songea à quels endroits de son corps il pourrait la poser.

— Non, s'exclama-t-elle en comprenant dans quelle direction le cerveau du mâle dérivait.

Parce que c'était la même que son idiot de cerveau prenait lui aussi.

— Je t'aurais aidée gratuitement, reprit-il d'une voix traînante. Mais, puisque tu as parlé de paiement, il se trouve que j'ai changé d'avis.

— Cinq cents. Et on reste professionnels. Voilà ce que je t'offre.

Le mâle prit une profonde inspiration, dilatant les narines. Puis il se mit à rire, avec un grondement sourd dans le fond de sa gorge. Comme un ronronnement.

— Je crois que tu offres beaucoup plus, ma chérie.

Nyx tendit le bras et l'attrapa par le devant de sa chemise pour le tirer en avant.

— Ne. M'appelle. Pas. « Chérie ». Et je ne serai *jamais* à toi.

Plus tard, elle se dirait qu'avoir malmené le mâle était une erreur. Plus tard… elle regretterait d'avoir tenu ses propos. Mais pas parce qu'elle s'était sentie menacée physiquement.

— Je t'appellerai comme je veux, répliqua-t-il, concentrant à son tour son attention sur ses lèvres.

— Oh ! alors c'est comme ça. Je lâche deux jurons et tu considères que tu n'as plus besoin de me montrer le moindre respect. Classe.

Il y eut un silence électrique.

— Bien au contraire. Je suis plus que prêt à te montrer quelque chose.

— Ouais, tu peux le garder pour toi.

Elle lui cogna le torse et recula brusquement.

— Maintenant, a-t-on un accord ?

— Je ne veux pas de ton argent.

Nyx eut un rire dur.

— Eh bien, c'est pourtant la seule chose que j'offre.

— Je ne t'ai pas dit quel était mon prix.

— Je sais ce que tu veux.

— Ah ! bon, dit-il en s'attardant sur les syllabes.

Oui, pensa-t-elle. *Parce que je le veux aussi*.

Mais ce n'était pas le moment pour sa libido de se réveiller. Par ailleurs, elle refusait d'entamer une relation avec un criminel, pour l'amour du ciel. Non seulement elle ne connaissait pas ce mâle, mais elle n'avait également aucune idée de la raison pour laquelle il avait atterri ici. Même si… eh bien, Janelle n'avait pas sa place en ce lieu, et peut-être lui non plus…

Attendez, cherchait-elle vraiment des excuses à ce type ? Qu'est-ce qui clochait chez elle, bon sang !

Merde ! il sentait vraiment bon.

Comme s'il lisait dans son esprit, les yeux du mâle s'égarèrent plus bas sur elle, sur le devant de son coupe-vent, sur ses jambes. Quand il les releva pour croiser son regard, il énonça de façon implicite mais très claire sa position à la table de leurs négociations.

— Cinq cents dollars, répéta-t-elle.

— Dis-moi ce que je veux.

— Pardon ?

— Tu as dit savoir ce que je voulais. De quoi s'agit-il ?

Il se remit à contempler sa bouche, comme s'il voulait l'observer remuer, et l'idée la traversa cette fois qu'il pensait aux parties de son anatomie où elle pourrait poser les lèvres.

Des parties dures. Des parties qui, si on leur accordait un certain degré d'attention, rendaient la situation très, très troublante.

Et pas seulement dans le sens de « déconcertant ».

— Tu veux baiser, répondit-elle. Mais ce ne sera pas avec moi. Alors je te suggère de prendre les cinq cents dollars et de payer quelqu'un pour supporter tes grognements et tes gémissements.

— Comment sais-tu le bruit que je fais quand je jouis ? (Sa voix était fluide et veloutée quand il prononça ses mots.) Hum ?

— Très bien. Tu chantes peut-être le générique de la pub Kit Kat. Ou bien tu récites ta liste de courses. Merde ! ça pourrait même être l'hymne national. Quoi qu'il en soit, ça ne me regarde pas.

— Oh ! je crains que si. Si tu veux retrouver ta sœur.

Nyx jeta un coup d'œil par-dessus son épaule. Le silence régnait derrière elle, mais cela ne durerait pas. Tôt ou tard, les gardiens allaient revenir et elle n'arrivait pas à croire que ce mâle reste planté là calmement, à négocier du sexe, comme s'ils étaient sur le trottoir d'une ville dans un quartier sympa un après-midi ordinaire.

Bien sûr. Parce que c'était là que ce genre de marché se concluait.

— Je ne vais pas baiser avec toi, rétorqua-t-elle. Donc soit tu passes à autre chose, soit…

Il bougea si vite qu'elle n'eut pas le temps de réagir. Un instant, un certain espace les séparait encore, le suivant ils étaient nez à nez. Puis il pencha la tête de côté, de sorte que sa bouche se retrouva à deux centimètres de la sienne.

Elle poussa une exclamation de stupeur, et sentit une nouvelle bouffée de ce parfum d'épices exotiques.

— Je crains que ce soit ce que je veux de toi, chuchota-t-il. Et j'ose affirmer que c'est ce que tu souhaites, toi aussi.

Une fois encore, il inspira profondément.

— Dieux, tu as l'odeur de quelque chose que j'aimerais goûter.

— Tu te trompes, je ne veux rien de tel, répondit-elle rudement.

Elle fit mine de le gifler, mais il lui saisit la main, prouvant que ses réflexes étaient plus vifs que les siens. Puis il lui repoussa le bras de force en arrière, d'une poigne si ferme qu'elle n'essaya même pas de se dégager.

Il se contenta de la dévisager de ses prunelles fascinantes et, tout à coup, elle ne songea plus à s'écarter. Elle ne pensa plus qu'à se rapprocher de lui.

C'est le stress, se dit-elle. C'était cette situation étrange, dangereuse, sur le fil du rasoir. C'était pour cela qu'elle était… excitée.

Le mâle lui lâcha le bras et l'observa d'un air de triomphe.

— Allons retrouver ta Janelle, dans ce cas. Si tu veux bien ?

Le Chacal ne ramena pas la femelle dans le passage secret. Il fut un instant tenté de le faire, mais il avait toujours eu un sixième sens concernant les gardiens, et quelque chose lui disait que reculer même d'une centaine de mètres dans cette direction était une mauvaise idée.

Mais ils devaient bouger.

Dieux ! cela faisait si longtemps qu'il n'avait pas désiré une femelle. Et après tout ce qu'il avait vécu il avait besoin de sentir de nouveau cette étincelle d'attirance.

Cela signifiait qu'il n'était pas aussi mort qu'il l'avait cru.

— Retire ta veste et mets-la sur le sac, dit-il alors qu'ils s'en allaient et qu'il se forçait à s'arracher au sortilège sexuel. Et garde bien les yeux baissés et les mains dans tes poches. Tiens-toi derrière moi, sans te laisser distancer. Ma réputation me précède, et nous en bénéficierons tous les deux, mais tu n'as pas envie qu'on te remarque. On veut rester discrets.

La femelle se conforma si rapidement à ses injonctions qu'il révisa positivement son opinion sur elle. Elle pourrait peut-être survivre. Néanmoins, alors qu'il la sentait marcher dans son sillage, il regretta de ne pas la guider hors de ce trou à rats au lieu de l'y entraîner plus profondément.

Mais, même sans son aide, elle aurait essayé toute seule. Elle était téméraire à ce point.

Les tunnels de la prison avaient été creusés dans la terre sans logique ni plan préalable, ce qui avait pour conséquence d'offrir un labyrinthe qui avait évolué au fil du temps au lieu d'être établi une fois pour toutes. Il était convaincu que beaucoup de prisonniers ne connaissaient pas la moitié des limites du pénitencier, et il se demandait s'il n'en allait pas de même pour les gardiens.

Toutefois, le Commandant les connaissait parfaitement. Il l'avait découvert à la dure.

Pendant au moins quatre cents mètres, ils ne croisèrent personne, mais, à mesure qu'ils approchaient de la Ruche, ils rencontrèrent d'autres prisonniers. Il faisait en sorte de la tenir à l'écart de la zone commune, contournant les passages les plus fréquentés juste au cas où. Et c'était étrange de constater à quel point la présence de la femelle changeait les choses pour lui. D'ordinaire, il ne remarquait pas les autres prisonniers ; il se souciait uniquement des gardiens. Désormais, tout ce qui les approchait était une menace à évaluer.

Plus ils se rapprochaient de sa cellule, plus il avançait vite, comme si l'absence de complication jusqu'à présent était le genre de chance qui pouvait s'épuiser avec la distance.

Les cellules des prisonniers étaient regroupées par blocs dans la partie la plus ancienne de la prison, et on était chanceux si on en avait une. Les mâles et les femelles qui n'en bénéficiaient pas étaient forcés de dormir dans l'un des dortoirs communs.

Une promiscuité qui engendrait la corruption. Voire pire.

Son compartiment, taillé dans le roc, était le dernier de la rangée des plus anciens, et, en longeant l'alignement de cellules, il examina délibérément chacune d'entre elles. Aucun des prisonniers ne lui prêta attention. La plupart dormaient sur leurs paillasses, récupérant de leur besogne quotidienne. L'un lisait un numéro du magazine *Life* orné de la photo d'un mâle humain en noir et blanc légendée du nom de « Richard Nixon ». Un autre avait ouvert un livre en lambeaux dépourvu de couverture.

Une fois parvenu à sa cellule, il se plaça sur le côté et, d'un signe de tête, invita la femelle à entrer. En vérité, il aurait préféré avoir mieux à lui offrir que cet hébergement grossier à peine habitable. Mais les jours fastes étaient depuis longtemps révolus pour lui.

Sans bouger de sa place, il regarda dans la direction d'où ils venaient. Pas de gardien ni de prisonnier en vue. Rien à signaler.

L'odeur de la femelle n'avait donc pas été remarquée.

Il se faufila à son tour dans l'espace de trois mètres sur trois et se racla la gorge. Elle leva la tête alors qu'elle examinait la plate-forme en bois dur sur laquelle il dormait.

— Où sont les barreaux ? interrogea-t-elle en indiquant du menton l'arcade ouverte.

Le Chacal se pencha de côté et tira les barreaux de fer recouverts de grillage d'acier d'une fente dans la roche.

— Ici.

— Attends, tu peux partir quand tu veux ?

— Est-ce que ça a été facile de descendre ici pour toi ? (Quand elle referma la bouche, il opina.) Le problème de l'évasion, ce ne sont pas les cellules, mais la prison elle-même.

— Mais comment l'ordre est-il maintenu ?

Le rire qui lui échappa était sourd et, même à ses oreilles, malfaisant.

— Le Commandant a ses façons de faire.

— Le gardien en chef, tu veux dire ? Le directeur de la prison ?

— Oui.

— De qui dépend-il ? (Elle embrassa l'endroit d'un geste.) Et à qui rend-il des comptes de ses fonctions ? L'endroit est-il dirigé par le roi ou…

— La prison a toujours relevé de l'autorité suprême de la *glymera* et du Conseil.

La femelle sourcilla.

— Es-tu sûr de cela ? Parce que le Conseil a été dissous par le roi, et que les attaques ont tué la plupart des membres de l'aristocratie.

— Quelles attaques ?

— La Société des éradiqueurs a attaqué les familles fondatrices chez elles il y a environ trois ans. Nul n'a la moindre idée de la façon dont ils les ont trouvées. Ils ont massacré la quasi-totalité de ces lignées.

Le choc qu'il ressentit dut se lire sur son visage, car la femelle se pencha vers lui, mais sans le toucher. Baissant la voix, elle reprit :

— Depuis combien de temps exactement es-tu ici ?

— En quelle année sommes-nous ?

— Tu ne le sais pas ?

— Je ne te l'aurais pas demandé dans le cas contraire. (Il haussa les épaules.) Et peu importe. J'ai été incarcéré en 1914 et, depuis, le temps n'a plus de sens pour moi.

La femelle cligna des yeux.

— Tu es ici depuis plus d'un siècle.

— Oui.

— Tu n'as pas eu le moindre contact avec le monde extérieur depuis ? (Elle secoua la tête.) Je veux dire, aucune visite ?

— Tu crois que cet endroit a des horaires de visite ? Comme dans un hôpital ?

Elle se remit alors à parler, mais il fut distrait par le mouvement de ses lèvres, et y prêta davantage attention qu'aux syllabes prononcées.

— Tu restes ici, dit-il en l'interrompant. Dissimule-toi sous la paillasse.

— Quoi ?

— Je ne serai pas absent plus de cinq minutes. (Même s'il n'avait pas de montre pour le savoir avec certitude.) Cache-toi sous le lit. Sauf si tu veux courir le risque qu'un de mes camarades de prison fasse ta connaissance, et je peux t'assurer qu'ils ne le feront pas en te serrant la main.

— Emmène-moi avec toi.

— Non. Je vais à la Ruche. Je ne pourrais pas te protéger là-bas à moi tout seul. (Il désigna la paillasse.) File là-dessous, et pas un bruit.

Chapitre 11

Nyx n'avait jamais été douée pour obéir aux ordres, mais l'instinct de survie la rendit inhabituellement docile. Alors, elle se mit à quatre pattes et se glissa dans l'espace réduit sous ce « lit » grossier. Depuis le sol, elle regarda le mâle partir, puis écouta les bruits de la prison : les voix au loin, les bruits de pas… quelqu'un qui chantait une chanson de Duran Duran ?

Seigneur ! quand l'avait-elle entendue pour la dernière fois ? Ce devait être à l'époque où Ronald Reagan était président et où l'on regardait *Sacrée Famille* à la télévision, et, en réfléchissant au décalage culturel et sociologique que cela impliquait, elle eut du mal à imaginer à quel point les choses avaient changé à la surface, alors que, pour les gens en bas, le temps s'était comme figé au moment de leur incarcération. Pour l'amour du ciel ! à l'époque où Simon Le Bon chantait sa faim, Internet n'avait même pas encore été inventé, Amazon n'était encore qu'une jungle, et l'électricité alimentait les aspirateurs, pas encore les voitures.

Janelle avait raté tant de choses…

Par la voûte ouverte de la cellule, elle vit une silhouette entièrement drapée d'une ample robe gris asphalte passer lentement, la tête baissée, sans que ni ses mains ni ses pieds n'apparaissent sous l'ourlet du vêtement. Elle était trop petite pour être un mâle.

Ce devait être une femelle.

— Janelle ? murmura-t-elle.

Nyx rampa de sous le lit comme si elle voulait sauver quelqu'un d'un incendie, et, quand son sac s'accrocha à quelque chose, elle s'en débarrassa tout de suite et l'abandonna avec son coupe-vent. Bondissant sur ses pieds, elle sortit en trombe de la cellule et tourna à droite. Elle n'eut guère besoin de courir bien loin pour rattraper la silhouette et, dès qu'elle fut à sa portée, tendit la main et toucha la manche de la robe.

—Janelle ?

La silhouette s'arrêta. Pivota.

—C'est moi, Nyx…

Quand la femelle leva les yeux, la capuche se souleva et la lumière des ampoules du plafond éclaira les ombres qui obscurcissaient son visage. Nyx poussa une exclamation et recula d'un bond.

La femelle avait perdu un œil, et la blessure avait été mal soignée. L'orbite avait été suturée avec du fil noir, qui demeurait visible bien que la peau ait cicatrisé. La bouche était également abîmée ; une partie de la lèvre supérieure manquait, laissant apparaître une rangée de dents gâtées et les morceaux gris de gencives décolorées.

Le grognement qui monta de sous la robe était aussi vicieux que celui d'un chien enragé, et ce qu'il restait de la bouche se retroussa…

Quelque chose de rose était coincé entre les dents ébréchées. Des morceaux de… viande ?

—Allons, allons, dit lentement une voix mâle. Poursuis ta route. Je sais que tu ne peux pas avoir faim. Je viens de te voir manger.

Nyx ne prit pas la peine de regarder celui qui venait d'intervenir. Elle était trop occupée à craindre que la femelle la plaque à terre pour lui dévorer le visage en guise de dessert.

Après un moment de tension – pendant lequel un filet de bave coula sur le menton de la borgne, tandis que son œil unique regardait tour à tour Nyx et le mâle qui se tenait derrière elle –, la femelle baissa la tête et s'éloigna lentement.

Comme une vague de soulagement remplaçait la panique, Nyx se tourna pour remercier…

Le prisonnier qui avait intercédé en sa faveur était énorme, ce qui expliquait pourquoi la femelle borgne avait préféré partir. Mais ce n'était pas un sauveur. Il était appuyé nonchalamment à la paroi rocheuse tandis que ses yeux jaunes luisants aux paupières lourdes l'observaient d'un air calculateur, et son corps musclé semblait clairement capable de lui procurer tout ce qu'il voulait.

Cet avertissement sur des rencontres déplaisantes avec d'autres prisonniers s'avérait donc juste. Ce prédateur ne cherchait pas à lui serrer la main.

— Je ne crois pas t'avoir déjà vue dans le coin, non, dit-il.

Nyx jeta un regard vers la cellule qu'elle venait de quitter. Songea à son sac à dos. Songea à la relative sécurité qu'elle avait abandonnée sur un coup de tête désespéré.

— Si tu es nouvelle ici… (il croisa les bras sur sa poitrine massive) je vais te faire un topo rapide. La première règle ici, c'est qu'on n'approche personne qui ne recherche pas expressément ta compagnie.

Son cœur cognait, et elle jeta un nouveau coup d'œil dans l'autre direction. La femelle tournait, disparaissant de sa vue.

— Pour information, reprit le mâle avec une douceur trompeuse. Je suis tout à fait disposé à faire ta connaissance.

Nyx tourna de nouveau son attention sur le prisonnier devant elle. Elle n'avait pas pris le temps de noter l'apparence de sa chevelure ou de ses traits, mais elle enregistrait désormais chaque détail de sa personne, depuis ses longs cheveux ondulés striés de gris jusqu'à l'arc de ses sourcils en passant par le dessin dur de sa mâchoire. Dans d'autres circonstances, elle l'aurait peut-être trouvé attirant, mais pas ici. Et pas avec ce regard.

C'était un tueur.

Et c'était… autre chose, également.

Il y avait quelque chose de différent chez lui.

— Tu peux courir si tu veux, murmura-t-il, tout en parcourant son corps du regard. Ce sera plus amusant.

Le Chacal espérait ne pas avoir à aller jusqu'à la Ruche pour trouver ce qu'il cherchait. Et ce n'était pas la seule chose qu'il avait en tête lorsqu'il pénétra dans le tunnel du hall principal. Chemin faisant, il se surprit à évaluer les autres prisonniers : leur taille, leur force, leurs faiblesses, leur rapidité, leur lenteur. Presque tous portaient le même genre de vêtements amples aux couleurs sales que lui, mais ils se distinguaient les uns des autres par de nombreuses autres caractéristiques physiques. Ils présentaient différentes couleurs de cheveux, d'yeux. Des âges et des corpulences variés. Il songea qu'il avait déjà fait cela à l'époque de son arrivée dans l'installation souterraine.

À l'époque, c'était parce qu'il voulait survivre.

Désormais, c'était avec le regard neuf de cette femelle qu'il considérait ses codétenus. Il y avait au moins mille cinq cents prisonniers ici, ce qui paraissait beaucoup jusqu'à ce que vous passiez un siècle au milieu des mêmes visages… et ce n'était pas comme s'il en venait encore des nouveaux. En fait, il n'arrivait pas à se rappeler une arrivée au cours des dix dernières années.

Mais bon, qu'est-ce que cette femelle avait dit ? Les attaques. Le Conseil dissout. La plupart des familles fondatrices assassinées.

Soixante-quinze ans plus tôt, si un tel bouleversement de l'autorité s'était produit… ou même cinquante ans plus tôt… la population d'ici se serait peut-être révoltée et échappée.

Mais plus maintenant. En dépit de ce qu'il avait affirmé à son invitée, la *glymera* ne dirigeait plus la prison qu'elle avait créée, et ce depuis au moins deux décennies.

Le Commandant avait pris les rênes depuis un certain temps…

Devant lui, une silhouette se détacha des autres. D'une stature plus haute que la plupart des prisonniers, et doté de ce que le grand-père du Chacal aurait appelé un « port royal », le mâle parvenait à transformer ses vêtements ordinaires en chefs-d'œuvre dignes d'un tailleur grâce au simple balancement contrôlé de sa démarche élégante.

En parlant d'aristocrates…

Le Chacal se précipita vers lui et se glissa dans le sillage de sa cible. À voix basse, il dit :

— J'ai besoin d'un service.

Le fait que strictement rien ne changea dans l'attitude du mâle, que ce soit dans sa démarche, dans son regard, toujours braqué droit devant lui, ou dans le balancement de ses bras, témoignait du genre de vampire auquel il avait affaire.

Mais il reçut une réponse discrète murmurée à voix basse.

— Que te faut-il, mon ami ?

— Viens dans ma cellule.

— Quand ?

— Tout de suite.

Après un infime hochement de tête, à l'embranchement suivant, le mâle dévia du flot de corps se dirigeant vers la Ruche et pénétra dans un tunnel plus étroit dépourvu de piétons. Le Chacal ne lâcha pas le prisonnier d'une semelle, et ils parcoururent ainsi une certaine distance avant de s'arrêter.

Ils patientèrent ensemble un moment, sans échanger un seul mot.

Une fois qu'ils se furent assurés qu'ils étaient seuls, le Chacal s'avança de quelques mètres puis s'adossa à la paroi rocheuse. L'autre mâle fit le guet tandis que son compagnon actionnait un levier dissimulé et qu'un léger déclic se faisait entendre quand le panneau glissa sur le côté.

Un instant plus tard, tous deux se tenaient à l'autre extrémité du passage secret dans lequel le Chacal avait emmené la femelle un peu plus tôt.

— Dis-moi, lui enjoignit Kane alors que des bougies s'allumaient et qu'ils se mettaient en marche.

Kane avait été la plus grande surprise du Chacal lorsqu'il avait commencé à se familiariser avec le fonctionnement de la prison. Un autre aristocrate à la fois éduqué et intelligent – ce qui n'était pas toujours la même chose –, qui lui avait, sans doute guidé par une courtoisie atavique, tendu la main pour être son mentor. Tous deux avaient beaucoup en commun, et pas seulement à cause de leurs origines ou de la perte de leur statut social.

— Je vais la laisser expliquer, murmura le Chacal.

— « La » ?

Le Chacal ne releva pas et accéléra le pas, parcourant rapidement la distance jusqu'à la plus proche des trois sorties. Émerger du passage était toujours un risque, et il fut forcé de s'arrêter pour écouter. Quand il n'entendit rien de l'autre côté, il libéra la cale, et le panneau coulissa sans un bruit.

Leur sortie eut lieu en un clin d'œil, puis Kane et lui avaient presque atteint sa cellule…

Quand le Chacal s'arrêta brusquement. Même si son instinct se trompait forcément, il n'arrivait pas à comprendre ce qu'il voyait.

La femelle civile, qu'il avait pourtant bien vue se dissimuler sous son lit, était dehors, et elle avait réussi à croiser la route du pire fourbe de la prison. Elle se tenait à portée du wolven, et Lucan avait l'air d'avoir déniché le Petit Chaperon rouge seul dans la forêt. Le visage de l'énorme hybride était déformé par la concupiscence tandis qu'il fixait le regard sur elle, et le désir sexuel irradiait de son corps puissant par vagues.

Le Chacal aurait bien crié, mais il ne voulait attirer l'attention de personne. Au lieu de quoi, il s'élança en avant, prêt à plaquer le mâle au sol…

La femelle bougea si vite que personne ne vit rien venir.

Pas même le loup.

D'un seul geste décisif, elle dégaina un couteau acéré, plaqua une paume sur le sternum de l'hybride, et pointa sa lame juste sur son entrejambe.

D'une voix calme, elle déclara :

— Soit je te castre là, tout de suite, soit tu recules. Qu'est-ce que tu choisis, mon grand ? Ça n'a pas d'importance pour moi, mais j'ai l'impression que tu voudras garder ce qui pend là, sinon tes fanfaronnades seront terminées.

Pour appuyer ses dires, elle enfonça légèrement la pointe du couteau.

Le wolven laissa échapper un couinement totalement à l'opposé de sa taille et de ses… Comment la femelle avait-elle appelé cela ? Des « fanfaronnades » ?

Derrière le Chacal, Kane émit un rire discret.

— Eh bien, au moins je sais à qui nous avons affaire, commenta l'aristocrate.

Chapitre 12

Après l'attaque au couteau de Nyx sur les parties délicates du mâle aux yeux dorés, l'atmosphère resta un peu tendue. Mais bon, les mecs ont tendance à grimacer collectivement dès que l'un d'entre eux se fait menacer les bijoux de famille par un truc pointu et brillant. Une fois que la tension fut retombée et que les autres eurent cessé de se protéger l'entrejambe de leurs deux mains, elle suivit les trois mâles dans un tunnel dissimulé jusqu'à un espace ouvert au plafond bas où tout le monde à part elle dut baisser la tête pour entrer. Des bougies, et non des ampoules, éclairaient le chemin et la grotte qui servait d'espace de discussion. Le cercle de « sièges » en pierres plates qui entourait un foyer la poussa à se demander à quel point il faisait froid ici pendant l'hiver.

Elle s'assit en même temps que les autres et esquissa un sourire lorsqu'elle remarqua que le grand mâle aux yeux jaunes et aux grandes idées s'installait très loin d'elle.

Et il serra les genoux comme s'il craignait que son couteau ne soit pas bien rangé.

— Voici Kane, dit le mâle aux yeux bleus étincelants.

Puis il enchaîna sèchement :

— Et tu as fait la connaissance de Lucan.

Il y eut un silence, pendant lequel elle dévisagea son guide payant de la prison. Il était resté près d'elle durant la traversée du tunnel et s'était assis sur la pierre voisine de la sienne. Vu l'expression furieuse de son visage, elle devinait qu'il s'adressait à elle en pensée, sans nul doute pour la sermonner à propos du coup de tête qui l'avait fait sortir de sous son lit et lui avait offert l'occasion de rencontrer plein de nouveaux amis.

Seigneur ! cette femelle au visage dévasté.

Nyx jeta un coup d'œil à celui présenté sous le nom de Kane. Ses yeux argentés ne cillaient pas, son corps ne trahissait aucun signe d'agressivité ou de désir sexuel, et il avait le genre de beau visage ouvert qui vous poussait à penser que, quoi qu'il arrive, tout irait bien.

Cette situation aurait bien besoin d'une quinzaine d'autres comme lui, songea-t-elle.

— En quoi puis-je t'aider ? demanda-t-il d'un ton calme et égal.

Contrastant avec l'attitude posée du mâle, Nyx répondit précipitamment d'une voix rauque :

— Je cherche ma sœur. Elle s'appelle Janelle. Elle a été accusée à tort de meurtre et condamnée à deux cent cinquante ans de prison.

Par la faute de leur grand-père, pour l'amour du ciel !

— Elle est ici depuis 1967. Le 2 juin 1967. Je vous dirai tout ce que vous devez savoir sur elle.

— Tout le monde a été accusé à tort dans cette prison, marmonna Lucan, celui qu'elle avait failli castrer.

Kane baissa les yeux un bref instant.

— Puis-je te demander ce que tu envisages de faire si tu la retrouves ?

— *Quand* je la retrouverai, je vais la faire sortir d'ici.

— Comment accompliras-tu cela ?

— Je sais par où je suis entrée. Je reviendrai sur mes pas et la ramènerai chez nous.

— Et tu crois qu'ils ne vont pas vous traquer ? (Il leva la main et désigna l'espace autour d'eux.) Les gardiens ici sont responsables des prisonniers. Le compte des détenus doit être correct à chaque relève. Si ce n'est pas le cas, les mâles sont battus – voire pire. Ils choisiront de préserver leur propre personne plutôt que la tienne et celle de ta sœur, je te le garantis.

— Je serai partie avant qu'ils sachent que je suis ici.

Comme les autres mâles échangeaient des regards entendus en secouant la tête, Kane reprit :

— Vis-tu avec quelqu'un que tu aimes ? car ils massacreront tout le monde s'ils doivent récupérer un prisonnier en fuite, et ils ramèneront les corps ici pour prouver qu'ils ont bien accompli leur mission. La question de vie ou de mort ne s'applique pas seulement aux prisonniers ici. Elle s'applique également à tous ceux que le Commandant administre, et à tous ceux qui cherchent à perturber l'ordre établi. En cela, les gardiens ne sont pas différents de nous autres prisonniers.

— Ma sœur est innocente.

— Dans ton esprit, peut-être. Mais ça ne comptera pas comme un élément à décharge si tu l'aides à s'évader.

Une partie de Nyx voulut arguer que sa situation était différente, que peu importait le nombre de personnes qui méritaient réellement d'être emprisonnées ici, Janelle n'en faisait pas partie. Mais elle songea au gardien dans la crypte. Elle n'avait jamais tué personne avant, pourtant il ne lui avait suffi que d'un instant pour choisir entre sa propre survie et la menace d'être tuée.

— J'emmènerai Janelle très loin d'ici, répondit-elle. Nul ne nous retrouvera.

Kane leva la main et ouvrit le devant de son ample chemise. À la base de son cou se trouvait un anneau métallique de deux ou trois centimètres de large, qu'il portait visiblement depuis si longtemps qu'il s'était décoloré et enfoncé dans sa peau.

— Oh que si ! (Il fit tourner le collier, de manière à montrer une discrète diode clignotante.) Ils vous retrouveront à coup sûr. Grâce à ta sœur. Ces colliers traceurs sont nos laisses.

— Je pourrais le lui retirer…

— Non, impossible.

Son mâle aux yeux bleus étincelants prit la parole.

— Ce sont des colliers explosifs. Si la liaison est interrompue, la charge explose immédiatement. Impossible d'y survivre. Ils sont aussi doublés d'acier pour qu'on ne puisse pas se dématérialiser.

D'accord, pour commencer, ce mâle n'était pas « le sien », se rappela-t-elle. *Et deuxièmement…*

— C'est donc pour cela que les portes des cellules sont toutes ouvertes. (Elle jeta un coup d'œil aux trois prisonniers.) C'est pour cela que personne ne s'évade. Mais les batteries ne finissent pas par se vider de temps à autre ?

— Quand la lumière passe à l'orange, on a vingt-quatre heures pour les remplacer, répondit Kane. Si la batterie baisse davantage, ça explose.

Ce fut à Lucan de parler.

— Laisse-moi te dire que c'est une sacrée motivation pour les faire changer.

— C'est comme ça qu'ils contrôlent l'effectif des prisonniers à chaque tour de garde. (Le mâle à côté d'elle se frotta le visage comme s'il avait mal à la tête.) Chaque collier contient un récepteur radio qui indique son emplacement.

— Mais ce passage est caché, non ? reprit-elle. Pourquoi ignorent-ils où vous êtes en ce moment.

Kane referma son col comme s'il dissimulait sa nudité, comme s'il avait honte.

— Ce n'est pas si précis. Mais le système est plus que suffisant quand il s'agit des limites de la prison. Si nous tentons de remonter à la surface, le collier alertera immédiatement de notre position et tracera notre fuite.

Nyx secoua lentement la tête.

— Il doit y avoir un moyen de s'en débarrasser. Il le faut.

— Kane, et si tu disais à cette charmante femelle depuis combien de temps tu es ici, reprit le mâle à côté d'elle.

Le regard de Kane se tourna vers le foyer, avec ses cendres froides et ses restes de bûches calcinées.

— Quelle est la date d'aujourd'hui ?

Lorsque Nyx le lui dit, ses épaules se voûtèrent tandis qu'il effectuait rapidement le calcul.

— Deux cent soixante-treize ans, onze mois, six jours.

Nyx en eut le souffle coupé.

— Je n'arrive même pas à l'imaginer.

Il fallut un moment avant que Kane paraisse reprendre ses esprits.

— Moi non plus. Et le fait est que beaucoup de gens ici tentent de trouver un moyen de sortir. La détermination et un regard neuf sur ce problème ne changeront pas notre réalité, et je suis désolé de devoir te le dire, mais libérer ta sœur est impossible.

Son regard ferme était plein de compassion, et le cœur de Nyx céda à la nécessité de se soulager du poids de l'adversité. Des larmes lui montèrent aux yeux, mais elle les dissimula en faisant semblant de contempler ses mains.

— Il doit y avoir un moyen, dit-elle d'une voix qui se fêla. Il le faut.

La femelle était très forte, se dit le Chacal en la voyant lutter pour garder son calme. Et le fait qu'elle l'émeuve, qu'il veuille lui tendre la main et lui offrir son soutien, était un élan nouveau chez lui.

Mais bon, apparemment, elle semblait être la clé de nombre de ses verrous intérieurs.

Je peux toujours fermer ces portes, se rappela-t-il.

Comme elle demeurait assise en silence, nul n'interrompit le fil de ses pensées. Mais bon, ici, on ne gâchait pas son énergie à se morfondre sur des choses inévitables et qui échappaient à votre contrôle.

— Laisse-moi te ramener d'où tu viens, proposa le Chacal. Quand ce sera sûr. On va te sortir d'ici...

— Je veux la voir. (La femelle redressa vivement la tête.) Je veux trouver ma sœur et la voir.

— Il y a presque deux mille personnes ici, contra-t-il. Il faudrait un mois, voire davantage, pour passer en revue tous ces visages, et il est plus que probable que les gardiens remarqueront ta présence avant que tu croises son chemin.

— Je m'en moque. Je ne partirai pas tant que je ne l'aurai pas vue.

— Même si cela doit te tuer.

— Ce ne sera pas le cas.

Le Chacal éclata d'un rire dur tout en frottant sa tête douloureuse.

— En vérité, je n'arrive pas à décider si tu es courageuse ou folle.

— Ni l'un ni l'autre. Je suis juste la sœur de quelqu'un. Si tu savais que tu as un frère ou une sœur dehors qui a besoin de toi, n'irais-tu pas à sa recherche ?

— Comment sais-tu qu'elle est encore en vie ?

La façon dont la femelle se redressa lui fit regretter son choix de mots. Mais n'avait-elle jamais envisagé cette possibilité ?

— Je suis désolé, mais la mort est une chose très banale ici, à cause de la maladie et de la malnutrition qui s'ajoutent aux causes naturelles. Tu pars du principe qu'elle est en vie et, encore une fois, pardonne-moi d'être direct.

— Nous pourrions l'emmener au Mur, suggéra Kane. Si nous trois...

— Non. (Le Chacal se leva d'un bond.) Nous n'irons pas dans les quartiers du Commandant avec elle.

— C'est quoi, le Mur ? demanda-t-elle.

Les deux autres mâles se tournèrent vers le Chacal afin de lui laisser expliquer ce point. Alors il répondit :

— C'est la liste de ceux qui sont morts ici.

La femelle jeta un coup d'œil aux trois mâles.

— Nous devons y aller.

— Non, rétorqua le Chacal. J'irai tout seul et regarderai si son nom est inscrit…

— Je ne te fais pas confiance. (Elle se mit debout et le dévisagea.) Tu veux que je parte d'ici. Comment puis-je être sûre que tu ne me mentiras pas en disant que tu as vu son nom juste pour que je m'en aille.

— Je te donne ma parole.

— Je ne te connais pas assez bien pour juger si ta « parole » vaut davantage que le souffle que tu utilises pour prononcer ce mot. Je veux y aller en personne et voir de mes yeux si son nom apparaît, et, si c'était ton sang, tu ferais la même chose.

Le Chacal croisa les bras sur sa poitrine.

— Tu parles encore comme si nous avions des liens familiaux en commun. Ce n'est pas le cas. Donc tu ne me convaincras pas avec ce genre d'argument.

— Très bien. (Elle leva le menton.) Soit je vais à ce Mur, soit je vais à la Roche voir si je la reconnais dans la foule.

— La Ruche, tu veux dire.

— Peu importe.

Leurs regards s'affrontèrent, et le Chacal sentit son sang s'échauffer.

— Tu ne dois pas aller là-bas.

— Je ne devrais pas *être* ici non plus. Pour plein de raisons. Mais je suis là où je suis.

Après un moment de tension, Kane intervint.

— Nous pouvons attendre la relève. Le changement d'équipe prend toujours un peu de temps. On pourrait la faire passer en douce et la ramener avant que quelqu'un s'en aperçoive.

— Superplan. (La femelle s'approcha de Kane.) Dans combien de temps le tour de garde actuel s'achève ?

— Cela fait plus d'un siècle et demi que je ne mesure plus le temps passé en heures. Mais je dirais qu'il reste encore une nuit de travail.

— Douze heures ?

— Ou huit. Ou dix. Mais le changement vient juste d'avoir lieu, donc ce sera une garde complète.

— Alors j'attendrai. Où est ce que je vous retrouve tous ?

Le Chacal songea un instant à argumenter, mais, vu la façon dont la femelle contractait les mâchoires et comment son menton saillait comme la proue d'un navire, il n'irait nulle part à essayer de lui faire entendre raison.

— Nous nous réunirons de nouveau ici, dit-il d'un air contrarié. Et tu vas rester avec moi.

Les autres mâles ne contestèrent pas cette décision, et il n'en fut pas surpris. Kane était trop gentilhomme pour ça, et, quant à Lucan, il préférait visiblement que son attirail de séduction soit bien à sa place.

Le wolven parut donc très heureux de prendre congé avec l'aristocrate.

Le Chacal attendit d'entendre le léger ronronnement du panneau de sortie qui s'ouvrait et se refermait. Puis il observa la femelle.

Elle contemplait le feu éteint, et il eut l'impression que, si elle avait su à quel point l'épuisement se lisait sur son visage, elle l'aurait dissimulé en toute hâte.

Elle parut se reprendre.

— Je veux récupérer mes armes dans ta cellule. Et je resterai seule ici jusqu'à ce que tu viennes me chercher. (Quand il ne répondit pas, elle secoua la tête.) Non, tu ne me dissuaderas de rien.

— Quelque chose me dit que peu de gens en sont capables.

— Essaie plutôt « personne ».

Il l'observa un moment.

— Quel est ton nom ? Il me semble que je devrais au moins le connaître à présent.

— Nyx. (Elle lui tendit la main.) Et toi ?

Se penchant, il glissa sa paume dans la sienne et enregistra la sensation de sa peau tiède et légèrement calleuse. Il apprécia ce dernier point et n'en fut pas surpris. Quant à la chaleur, il aurait pu se passer de la remarquer.

— Le Chacal. (Il s'inclina légèrement, comme s'ils faisaient connaissance dans un petit salon.) Eh oui, c'est mon nom.

Non, ce n'était pas le cas. Mais il n'utilisait pas le vrai. Il ne l'avait pas fait depuis… eh bien, depuis sa transition.

— Ton prénom, c'est « Le » ? rétorqua-t-elle sèchement.

— C'est un surnom qui est resté.

— Ici ?

— Et là-haut. (Il haussa les épaules.) Peu importe.

Il y eut un long silence, et, lorsqu'elle s'écarta et contourna le foyer, il observa ses mouvements.

— Que dirais-tu d'un bain chaud ? proposa-t-il.

— Comme s'il y avait l'eau courante ici !

— D'une certaine façon, oui. Mais, surtout, le bassin se trouve dans un endroit encore plus sûr qu'ici. Je te suggère de me permettre d'aller chercher ton sac et de te montrer le chemin pour t'y rendre.

— J'irai le récupérer moi-même. Indique-moi juste la direction à prendre.

Le Chacal posa les mains sur ses hanches et contempla un instant le sol de pierre. Puis il s'approcha à grands pas et se retrouva nez à nez avec la femelle.

Avec Nyx.

— Ça suffit. (Il la dominait de toute sa taille.) J'en ai assez. Tu vas rester ici. Je vais chercher ton sac. Puis nous irons au bassin ensemble.

— Non, je vais…

— Ton envie désespérée de retrouver ta sœur te rend imprudente. Si ça ne fait que te tuer, très bien. Tu le mérites. Mais Lucan et Kane sont désormais impliqués, et je ne te laisserai *pas* mettre leurs vies en danger.

— En quoi le fait que je retourne chercher mes affaires a un rapport avec eux ?

— Parce je vais être obligé de te sauver, et que vont-ils faire, d'après toi ? Ils viendront à mon aide. À moins que tu considères qu'ils n'ont pas d'importance. Qu'ils ne sont que des prisonniers « sacrifiables ». Hum… est-ce ce que tu penses ?

— Bien sûr que non, cracha-t-elle.

— Alors, pour une fois dans ta vie, fais ce qu'on te dit, et reste ici.

Nyx croisa les bras sur sa poitrine et le fusilla du regard. Vu la façon dont sa mâchoire tressaillait, il était évident qu'elle serrait les dents, et ses yeux crachaient du feu.

Mais alors elle murmura :

— Très bien.

Le Chacal leva les mains et tourna les talons.

— Enfin. Une putain d'avancée.

— Pour info, tu viens de jurer. Et c'était un gros juron.

— Tu vois à quoi tu pousses les mâles ?

Comme il s'éloignait, elle s'écria :

— Je m'entends avec la plupart des gens, tu sais.

— Si tu crois cela, c'est que tu es aussi délirante qu'obstinée, lança-t-il par-dessus son épaule en poursuivant son chemin.

Avant de faire quelque chose de stupide.

Comme l'embrasser.

Même si c'était le marché qu'ils avaient passé, non. Il l'amenait à sa sœur et elle lui donnait ce qu'il voulait.

Dieux ! c'était une affaire délicate, pensa-t-il en la laissant dans la grotte. Parce qu'il ne devait être question que de sexe entre eux. Il devait demeurer impassible et détaché d'elle, et ne se préoccuper que de leur affinité charnelle.

Aucun problème, se dit-il.

Si les choses continuaient ainsi, il aurait même hâte de se débarrasser d'elle.

Chapitre 13

Tandis qu'elle patientait à côté du foyer, Nyx gardait le couteau avec lequel elle avait menacé ce grand type, Lucan, serré dans sa paume droite. Abandonnée à elle-même, elle sentait son cœur battre fort dans sa poitrine et scrutait nerveusement l'espace autour d'elle, scrutant des ombres qui ne bougeaient pas et des contours qui demeuraient immuables. De l'eau souterraine sourdait de fissures dans les parois, faisant luire la roche et, à la lueur des bougies, elle distinguait les marques de pioche qui attestaient de l'effort déployé pour créer cet espace.

Le Chacal avait-il accompli ce travail avec les autres ? Sur plusieurs années ? Des décennies ? Elle n'arrivait pas à imaginer le temps que cela avait dû prendre.

Elle sortit son téléphone jetable et consulta l'heure. Il s'était écoulé quatre heures depuis son départ de la ferme. Cela lui paraissait quatre ans. Naturellement, aucun signal ne passait ici – comme elle s'y était attendue –, mais la charge de sa batterie était pleine. Et, en l'absence de notifications, elle se demanda si Posie ne lui avait pas envoyé un message qui ne serait pas passé. Sa sœur avait désormais dû remarquer sa trop longue absence. À moins que… Peter soit en pleine crise. Était-il déjà mort ?

Probablement.

L'idée d'avoir dû choisir entre ses sœurs était à chier.

Nyx vérifia une dernière fois son téléphone, se concentrant sur le fond d'écran. C'était une photographie de la ferme qu'elle avait prise en juin. Les lumières du bâtiment brillaient, et leur joyeuse lueur jaune se répandait sur la pelouse et les buissons de pivoines en fleur.

Dans son esprit, elle avait dit à Posie qu'elle reviendrait bientôt. Mais elle n'avait pas prononcé les mots à voix haute car elle avait craint que ce soit un mensonge.

Puis elle éteignit l'appareil pour économiser la batterie et le glissa dans une poche intérieure à fermeture Éclair.

Jetant un coup d'œil par-dessus son épaule, elle crut entendre un bruit de pas. Non. Ce n'était pas le Chacal qui revenait, ni personne d'autre d'ailleurs.

Ce mâle la rendait dingue. Surtout parce qu'il avait raison. Elle se montrait imprudente, et, si elle continuait les coups de poker, elle allait finir par perdre.

Seigneur ! elle espérait qu'il se montrait honnête avec elle.

Incapable de demeurer immobile plus longtemps, elle fit trois ou quatre fois le tour du foyer, avant de s'arrêter et d'observer de nouveau le tunnel dans lequel son hôte avait disparu. Lorsqu'il avait suggéré d'aller lui chercher son sac à dos, elle avait accepté. Avait-elle commis une erreur ? Était-il en ce moment même en train de revendre les armes et les munitions de son grand-père sur le marché noir de la prison, ou quel que soit son nom ?

Elle aurait dû l'accompagner…

Un bruit de pas lourds lui fit redresser la tête et, quand elle reconnut l'odeur, elle n'aurait pu dire avec certitude si elle était soulagée ou non.

Le Chacal émergea de l'obscurité, et il portait quelque chose dans ses bras.

— J'ai apporté à manger, dit-il en la rejoignant. Je me suis dit que tu devais avoir faim.

Quand il passa devant elle sans s'arrêter, elle ne le suivit pas immédiatement, et il lui jeta un coup d'œil par-dessus son épaule.

— Tu ne viens pas ?

— Nous ne restons pas ici ?

— Est-ce que tu as l'air de te trouver dans un bain ?

Lui emboîtant le pas, elle lui ôta son sac à dos et l'enfila.

— Alors, où est ce bain ?

— Près d'ici.

Au bout d'une certaine distance, il s'arrêta net. Regarda à droite et à gauche. Enclencha un mécanisme.

— Nous y sommes.

Lorsqu'un pan de roche s'écarta, Nyx sursauta. Mais pas parce que cela sentait mauvais.

Au contraire, l'odeur de l'eau propre était aussi nette qu'elle était surprenante.

Nyx s'avança, attirée par la senteur fraîche qui la soulageait de l'arôme écœurant de la terre. Elle pénétra d'un pas vif dans l'étroit passage, éclairé par des bougies sur le sol qui s'allumèrent les unes après les autres au fil de sa progression. Dans un coin de son esprit, elle eut l'impression que le mâle lui éclairait la route, enflammant les mèches d'un ordre mental.

Au détour d'un virage, elle hésita en débouchant sur un espace complètement noir. Mais ce bruit… Oh ! c'était de l'eau coulant doucement. Et il y avait de l'humidité dans l'air, ainsi que de la chaleur.

Le Chacal pénétra à son tour dans l'obscurité derrière elle.

— C'est ici que je viens quand j'ai besoin…

Il n'acheva pas sa phrase. Mais bon, lorsque des bougies s'allumèrent en un vaste cercle autour d'une source naturelle, il n'y fut plus obligé.

— Oh… mon Dieu, murmura-t-elle.

Un filet d'eau cascadait du plafond dans un bassin de trois mètres de large, et une sorte de bouche de ventilation venait chauffer cette piscine naturelle, faisant bouillonner l'eau claire d'où s'élevait un nuage de vapeur.

— J'ai pensé que cet endroit te plairait. (Il déposa son sac de provisions à terre.) Donc oui. À tous points de vue.

Puis il s'assit sur un énorme rocher plat, et entreprit de déballer du pain et ce qui ressemblait à du fromage. Il y avait également une bouteille de lait à l'ancienne remplie d'un liquide rouge vif.

— Ce n'est pas une nourriture raffinée, reprit-il. Mais tu peux tout manger.

Nyx s'approcha de lui et s'installa à son tour sur le « canapé » de granit.

— Et toi ?

— Je pourrai me procurer d'autres victuailles plus tard. Il est plus important que tu conserves tes forces.

Il se pencha sur le côté et sortit un carré de tissu d'une de ses poches. Il le déplia pour en faire une petite nappe, sur laquelle il disposa le pique-nique.

— J'aimerais avoir mieux à t'offrir. (Il ouvrit la bouteille en verre.) Le goût est infect, mais c'est la seule chose qui m'a protégé du scorbut.

Il prit une grande gorgée et avala. Quand il ferma les yeux, elle trouva un peu étrange qu'il goûte le breuvage comme s'il s'agissait d'un vin…

Il rouvrit les paupières.

— C'est sûr.

— « Sûr » ?

— Non trafiqué. (Il lui tendit la bouteille.) Ce n'est pas moi qui l'ai préparée, donc je devais m'assurer que cela irait pour toi.

Lorsque Nyx prit la bouteille en verre, ses doigts frôlèrent les siens.

— Merci.

Il hocha la tête, puis arracha un morceau de la miche. Tout en mâchant, il ferma de nouveau les yeux. Puis il fit de même avec le fromage.

— Tout est comestible.

En portant le goulot à ses lèvres, elle songea un instant qu'il avait posé la bouche où se trouvait désormais la sienne ; même si cela n'aurait vraiment pas dû avoir d'importance.

Après avoir pris une petite gorgée pour en tester le goût, elle examina la boisson rouge en sourcillant.

— C'est du Kool-Aid. Ou du moins ça en a le goût.

— Qu'est-ce que c'est ?

— Je ne sais pas s'il y a des vitamines dedans. (Elle but une autre gorgée.) Mais c'est bon.

C'était étrange comme tout était relatif. Chez elle, elle aurait refusé cette boisson. Ici, c'était bizarrement réconfortant.

— Je n'en ai pas bu depuis les années 70, murmura-t-elle. J'en faisais pour Posie avant sa transition.

— Une autre sœur ?

— Oui, la plus jeune de la famille. Tu veux en reprendre ?

— Non, tout est pour toi.

— Je suis prête à partager.

Quand il se contenta de s'adosser à la paroi rocheuse et d'allonger les jambes, elle haussa les épaules et termina la bouteille. Puis elle attaqua le pain, tout juste cuit et plutôt bon, et le fromage, qui n'avait presque pas de goût mais n'était clairement pas gâté. Elle mangea rapidement, plus affamée qu'elle ne l'avait cru.

Mais bon, la sensation d'un danger imminent lui donnait l'impression qu'elle pouvait être interrompue à tout instant.

Puis il n'y eut plus rien à manger.

Nyx tourna les yeux vers les eaux bouillonnantes parce que les choses devenaient trop intenses lorsqu'elle regardait le mâle. Mais, comme le silence s'éternisait, elle dut lui jeter un coup d'œil.

Il avait les yeux fermés, le souffle régulier. Mais il ne dormait pas.

— Tu as fini ? demanda-t-il doucement.

— Oui.

Il souleva les paupières à demi, laissant filtrer son regard bleu vif étincelant.

— Combien de personnes connaissent cet endroit ? s'entendit-elle demander.

Quelle importance, songea-t-elle. Même si elle savait exactement pourquoi elle posait cette question.

— Kane et Lucan. Deux autres. Mais ils ne viendront pas ici. Je leur ai dit de rester à l'écart.

— Pourquoi as-tu fait ça ?

— D'après toi.

La femelle – Nyx – se tourna une nouvelle fois vers la cascade et, lorsque le Chacal comprit où elle portait son regard, il sut aussi où ses pensées venaient de dériver. Elle ne voulait pas les exprimer à voix haute, et il respectait cela, mais son odeur la trahissait.

— Nul ne viendra ici. Tu es en sécurité, reprit-il.

— Je ne me sens pas en sécurité.

— Tu as tes armes. (Il songea à Lucan.) Et j'ai vu que tu savais t'en servir.

— Je n'ai pas blessé le mâle.

— Tu l'aurais fait s'il avait bougé.

— C'est vrai. (Elle tourna les yeux vers lui.) Quelle est sa nature exacte ?

Le Chacal envisagea de jouer les idiots, puis il se contenta de secouer la tête.

— C'est à lui de raconter son histoire, pas à moi.

— Alors, ce n'est pas qu'un vampire.

— Ce n'est pas mon histoire. (Il laissa son regard dériver jusqu'aux lèvres de la femelle.) Tu veux te baigner ?

— Est-ce que tu vas rester ici ?

— Je tournerai le dos… si tu le souhaites.

En attendant sa réponse, il se rappela ce dont il était question. Ils se servaient l'un de l'autre, et c'était un soulagement d'établir des limites. Néanmoins, dans son corps, jusque dans sa moelle, des choses remuèrent, des choses qu'il n'avait pas éprouvées depuis si longtemps qu'il en était venu à croire et à accepter qu'elles avaient été irrémédiablement détruites par son expérience carcérale. Cette femelle venait de lui prouver le contraire, et il n'allait pas perdre cette occasion. Mais, plus que cela, il y avait la satisfaction de savoir qu'en couchant avec elle il en blesserait une autre, celle qui lui avait fait tant de mal. Même s'il était le seul à le savoir – et il garderait ce secret –, le rééquilibrage des forces et la revendication de son indépendance nourriraient son âme noire.

Toutefois, avant qu'il puisse céder à son instinct, quelque chose lui vint à l'esprit.

— Pourquoi ta famille t'a-t-elle envoyée en mission suicide ? demanda-t-il brusquement. N'as-tu pas de frère ? de père ?

Elle haussa les sourcils.

— Les mâles ne sont pas les seuls capables d'accomplir des choses.

— Non. Cette mission aurait dû être effectuée par un parent mâle de ta lignée. N'ont-ils aucune honte ?

Nyx parut avoir besoin d'un instant pour se reprendre.

— Waouh ! Tu sais, au cours du siècle écoulé depuis que tu as atterri ici, beaucoup de choses ont changé. On nous laisse conduire et travailler – oh ! et nous avons le droit de vote. Ou plutôt, si j'étais humaine, je pourrais voter. Mais quand même.

— Si je t'ai offensée, tu m'en vois désolé, répondit-il d'un ton égal.

Nyx pencha la tête.

— Mais attends, laisse-moi deviner. Tu campes toujours sur ton point de vue daté et sexiste.

— Tu espères que je vais m'excuser de vouloir protéger les femelles ? Tu ne me feras pas changer d'opinion là-dessus, ni maintenant, ni jamais.

— « Protéger » est une façon plus élégante de dire « soumettre ».

— Vraiment ? Il faut m'expliquer.

— Tu crois devoir me protéger parce que je suis plus faible que toi.

— Je peux assurément soulever un poids plus important que toi.

— Et c'est tout ? S'il te plaît, épargne-moi tes arguments d'homme des cavernes. (Elle le pointa du doigt.) Ton problème, c'est que tu crois que pouvoir soulever une voiture te donne le droit de dicter des choses qui ne te regardent pas.

— Il faudra me le rappeler lorsque j'assurerai ta sécurité face aux gardiens.

— Je me sauverai moi-même, merci bien…

— Ce doit être agréable de tout savoir sur tout. Et tu m'accuses de jouer les grands chefs ? Il ne te faut plus qu'un château et un fossé pour te transformer en chevalier du Moyen Âge. Au moins dans ton esprit.

— C'est là que ça compte le plus, mon pote…

— Dieux ! tu ne peux même pas concéder un seul point…

Tous deux parlaient de plus en plus vite et de plus en plus fort et, dans un coin de son esprit, il savait ce qui se passait. Ils étaient mal à l'aise avec leur attirance sexuelle, parce qu'ils ignoraient jusqu'où aller mais, douce Vierge scribe, il avait faim. Faim d'elle.

Et elle ressentait la même chose pour lui. Son odeur avait changé, et tout ce qui était mâle en lui reconnaissait son excitation et était poussé à l'action.

— … des mâles comme toi qui nous enferment, qui nous donnent l'impression d'être moins que… (Elle s'interrompit.) Quoi ?

— Poursuis, je t'en prie. (Il croisa les bras sur sa poitrine.) J'adore te regarder te disputer avec toi-même.

— Pour info, tu m'as balancé quelques accusations, monsieur le juge.

Il secoua la tête et sourcilla.

— Je te demande pardon ? Je ne suis pas magistrat.

Nyx ouvrit la bouche, la referma, puis :

— Tu as déjà entendu parler d'un « mème » ?

— Bien sûr. C'est un acteur muet habillé en noir et blanc.

— Ça, c'est un mime. Un « mème » c'est… (Elle parut laisser sa pensée refluer, et sa colère sembla retomber.) Tu ne sais rien d'Internet, pas vrai. Des réseaux sociaux. De Microsoft. D'Apple.

— Tu veux dire petit et souple ? Et, le dernier, c'est le mot anglais pour un fruit dont la présence me manque depuis longtemps. Quant au reste, je crains que tu ne m'aies perdu. (Ils se dévisagèrent, et il sut qu'elle évaluait ses lacunes par rapport au monde moderne.) Tu peux arrêter ça tout de suite. Hors de question que tu sois désolée pour moi. Je n'ai ni envie ni besoin de ta pitié.

Elle contempla de nouveau l'eau bouillonnante.

— Je n'arrive tout simplement pas à imaginer rester ici si longtemps, c'est tout.

Elle luttait toujours contre ses désirs, et le Chacal jura à voix basse.

— J'ai raté tant de choses que cela, alors ?

— En un siècle, oui. (Elle se racla la gorge. Le regarda.) Au fait, est-ce que je peux t'appeler Jack, c'est proche de « Chac » et c'est un vrai prénom ? Ton surnom est un peu trop bizarre.

Il ne put réprimer un sourire.

— Tu peux m'appeler comme tu le souhaites.

— Même si c'est aussi un juron en anglais ?

— Tu ne seras pas la première à m'associer à un juron.

— Je veux bien le croire.

Il se surprit à avoir envie de sourire.

— Dis-moi, quelle insulte choisirais-tu pour me qualifier ?

— Dans le catalogue entier des gros mots ? (Elle l'observa d'un air grave.) Je crois que je choisirais… « baby-boomer macho et borné ».

Le Chacal cligna des yeux à plusieurs reprises.

— Aucun de ces termes ne m'apparaît comme insultant. Et je ne suis pas certain de savoir ce qu'est un baby-boomer.

Baissant la tête, elle dissimula un sourire qu'il eut désespérément envie de voir.

— Je suppose que je suis plus policée que je ne le croyais. « Sale con » et « bachi-bouzouk » me semblaient trop sous la ceinture pour l'un et inadéquat pour l'autre.

— « Bachi-bouzouk » ? Qu'est-ce que ça veut dire ?

— Je ne sais pas, mais ce n'est pas bon.

Ils se turent de nouveau, mais la tension s'était dissipée entre eux – mais pas la chaleur. C'est pourquoi il se sentit obligé de dire :

— Je t'embrasserais volontiers maintenant, si cela ne t'offense pas.

Chapitre 14

Dans une ultime volonté de laisser son bon sens l'emporter sur toute autre considération, Nyx testa dans sa tête plusieurs réponses bien senties à cette demande directe, effectuant un profond plongeon cognitif. Dans Netflix et Spotify.

Emma Thompson, époque *Orgueil et Préjugés* : « *Cessez d'entretenir ces pensées lubriques, espèce d'animal.* »

Emma Stone, époque *Bienvenue à Zombieland* : « *Toi vivant, jamais.* »

Julia Roberts, époque *Pretty Woman* : « *Grosse erreur. Énorme erreur.* »

Cardi B, dans n'importe quelle situation : « *Dans tes rêves, bouffon.* »

Toutes fonctionnaient. Malheureusement, ce qui risquait sans doute de sortir de sa bouche était directement copié sur Jennifer Lawrence : « *Je me porte volontaire comme tribut* ».

Huit heures avant la prochaine relève, se rappela-t-elle. N'était-ce pas ce qu'avait mentionné le gentilhomme en tenue de prisonnier ? Voire peut-être dix.

Il allait donc encore s'écouler pas mal de temps avant que Jack et elle puissent se rendre au Mur.

Et parler était assez surfait.

— Je vais t'embrasser, marmonna-t-elle. Merci bien.

Sur ce, elle combla la distance entre eux et posa les lèvres sur les siennes. Quand elle enregistra la douceur de sa bouche, elle fut surprise, mais cela ne signifiait rien.

Toutes les bouches étaient douces, même celles reliées à un grand corps puissant. Et, ça alors ! en dépit de son évidente excitation, il ne se jeta pas sur elle. À la place, Jack demeura où il était, adossé au rocher lisse, et la laissa établir le rythme tandis qu'elle explorait et… appréciait.

Penchant la tête sur le côté, elle approfondit le baiser, passant la langue sur sa lèvre inférieure, avant d'explorer l'intérieur de sa bouche.

Le tremblement qui montait de son corps était érotique. La façon dont il avait le souffle coupé était sexy en diable. Son goût, son odeur et…

Il s'écarta brusquement et ses yeux bleus étincelants sondèrent les siens. Il avait le visage rouge et les tendons du cou contractés, comme s'il se forçait à rester immobile.

— Tu ne m'as pas déçu, dit-il d'une voix rauque. Pas du tout.

Ce fut alors qu'il se saisit d'elle et l'attira contre son torse. Son baiser ne ressembla en rien à celui de Nyx. Il n'était pas hésitant. Ce n'était pas une caresse des lèvres. Ce n'était pas une exploration douce, légère, polie qui servait de prélude à la passion.

C'était un mâle au sang chaud, totalement excité, bien décidé à prendre ce qu'il désirait, dont les mains s'enfonçaient dans les biceps de la femelle tandis que sa bouche se pressait sur la sienne avec avidité. Et elle se dit que, si elle éprouvait ce baiser avec autant d'intensité, c'était parce que ses sens étaient à fleur de peau dans cette prison inconnue et dangereuse.

Mais c'étaient des conneries. Elle savait qu'elle aurait ressenti la même chose à la surface, dans le monde réel, s'ils étaient sortis ensemble lors d'un rendez-vous et qu'il l'avait embrassée contre une voiture sur le parking d'un restaurant. Son corps s'éveillait à son seul contact, pas à cause de l'endroit où ils se trouvaient.

— Me laisseras-tu entrer ? demanda-t-il contre sa bouche.

— Oui, souffla-t-elle.

Même si elle s'intima de demeurer silencieuse.

Elle avait l'impression qu'il valait mieux qu'elle cache le désir qu'il lui inspirait. Parce que cela lui donnait un pouvoir sur elle, qui n'avait rien à voir avec la puissance musculaire ou les stupidités qui accompagnaient ses opinions datées sur les femelles.

Mais comme si sa réaction pouvait passer inaperçue ? Surtout lorsqu'elle écarta les jambes et s'assit sur ses cuisses dures et musclées, pour frotter mine de rien son intimité contre lui et obtenir de délicieuses sensations. Et, comme s'il savait parfaitement où elle voulait aller, il se mit à ronronner au fond de sa gorge tandis qu'il posait une main en coupe sur sa nuque. Quand il lui ôta l'élastique de sa queue-de-cheval, elle comprit que ce n'était qu'un prélude à son déshabillage, et elle était prête pour l'étape suivante, nue et prête à assouvir ses désirs…

Exactement comme lorsque Jack l'avait immobilisée lorsqu'elle était entrée dans le labyrinthe de la prison, il bougea si vite qu'elle ne put suivre ses mouvements. Un instant il était sous elle, leurs bouches fusionnées. Le suivant, il se tenait de l'autre côté du bassin.

Il se mit à faire les cent pas, une main plaquée sur son front. Pendant ce temps, elle resta figée sur le canapé de pierre, se demandant ce qui avait bien pu arriver.

Ce qui avait bien pu déraper.

Pourtant il avait ressenti du désir en elle. Elle le savait.

Mince ! elle pouvait même le voir, à la bosse qu'il avait sur le devant de son pantalon ample.

— Est-ce que ça va ? demanda-t-elle.

— Oui, répondit-il sèchement. Je vais parfaitement bien.

— C'est une bonne chose. Tu sais, tu as l'air d'aller bien. Tu as l'air tout à fait bien. Je veux dire, franchement, l'image même du bien-être.

— Est-ce que tu veux bien te taire, s'il te plaît ? marmonna-t-il.

— Tu pourrais m'y forcer. Si tu m'embrassais encore.

À ces mots, il s'arrêta et la regarda. Elle se prépara à se faire traiter de gourgandine, ou tout autre mot désuet. Mais, au lieu de cela, la pleine force de son excitation sexuelle électrisa tout l'espace chaud et humide.

— Tu as peur de moi, reprit-elle. N'est-ce pas ?

— Non, pas du tout.

— Oh que si ! Tu as commencé un jeu, et maintenant tu as peur de le finir. (Elle croisa les bras sur ses seins.) Pourquoi cela ?

— Je n'ai peur de rien. (Sa voix était atone.) Cet endroit m'a appris à ne plus ressentir aucune peur.

Nyx ouvrit la bouche pour en débattre avec lui, mais elle ne suivit pas son impulsion car toute vitalité sembla soudain le quitter. La lumière s'éteignit dans ces magnifiques prunelles bleues. L'excitation disparut de son corps sublime. Il sembla soudain indifférent à tout ce qui l'entourait, y compris elle.

— Que t'a-t-on fait ? demanda-t-elle, la gorge serrée.

Il détourna le regard, et elle scruta son beau visage à la lueur des bougies. Dès qu'il cessait de l'agacer, sa beauté virile la captivait. Il avait une structure osseuse parfaite, des lèvres sensuelles qu'elle ne connaissait désormais que trop bien, et son torse, si puissant et large aux épaules et si étroit aux hanches, possédait le genre de ratio que les mâles à la surface essayaient d'obtenir à la salle de sport.

— Peu importe. (Il secoua la tête.) Une fois les dégâts infligés, leur cause est sans intérêt. Ne reste que ce qui a été brisé.

— Je suis désolée…

— Ta compassion est inutile et intempestive…

— … de ne pas avoir pris cette situation aussi sérieusement que je l'aurais dû. (Elle baissa les yeux.) Tu as raison. Je pense que je n'ai pas la moindre idée d'à quel point cet endroit est néfaste.

Effectivement, si on pouvait y briser un mâle tel que lui ?

Et c'était ce qui était arrivé. Elle n'avait pas besoin des détails, comme il l'avait souligné ; la perte de son énergie suffisait, et le centre de sa poitrine l'élança pour lui… et pour Janelle. Mon Dieu, qu'avait-on infligé à Janelle !?

— Veux-tu prendre un bain ? proposa-t-il soudain.

— Oui.

Tout pour cesser de penser.

Il lui tourna le dos et s'assit par terre, et, elle était prête à le parier, sans avoir conscience de l'endroit où il se trouvait. Il était tel une étoile, filant sur une orbite inconnue, hors de la galaxie. Hors de la réalité.

— Je peux t'accorder davantage d'intimité, dit-il. (Comme s'il lui offrait quelque chose de tangible, quelque chose qu'il pouvait tenir dans sa main et lui tendre.) Je peux m'en aller.

— Reste, répondit-elle. Je préfère savoir que quelqu'un viendra à mon secours en cas de problème.

Il hocha la tête.

— Très bien.

Elle patienta un moment, même si elle ne savait pas trop à quoi s'attendre, et elle passa ce temps à observer la tresse qui lui retombait dans le dos. Elle était très longue. Mais bon, il se laissait pousser les cheveux depuis un siècle.

À quoi ressemblaient-ils, une fois lâchés et couvrant son torse nu ?

Après cette idée saugrenue, elle lui tourna le dos et se débarrassa en vitesse de ses vêtements. Lorsqu'elle s'avança vers l'eau en se cachant les seins d'un bras, sa peau se couvrit de chair de poule, autant à cause de la fraîcheur que de la conscience qu'elle avait d'être nue. Heureusement, lorsqu'elle atteignit le bord du bassin, la chaleur qui s'en élevait atténua cette sensation de froid, mais pas son sentiment de vulnérabilité – ce qui, pour être honnête, n'était pas si grave.

Sans qu'elle sache pourquoi, elle savait qu'elle pouvait se fier à la bienséance du mâle.

— Oh…

Quand Nyx entra dans la piscine naturelle, la sensation d'une eau idéalement chaude remuant doucement contre son corps fut une révélation, aussi sûrement que si elle n'avait jamais pris de bain. Tout était simplement si inattendu. La profondeur. La température – qu'elle n'aurait pas augmentée ou diminuée d'un iota. Le mouvement des courants.

Le fait seulement que cela existe.

— C'est agréable ? demanda Jack à voix basse.

— Oui.

Il hocha la tête.

— Cela m'a sauvé. Bien des fois.

Écartant les bras, Nyx mit les mains en coupe et s'amusa à générer des ondulations à la surface.

Ne fais pas ça, s'intima-t-elle. *Ne demande pas.*

— De quoi ? dit-elle.

Le Chacal tentait d'imaginer à quoi elle ressemblait, ainsi immergée dans ce qu'il considérait comme sa propriété, son domaine réservé. Il existait d'autres bassins dans la prison, destinés à un usage collectif, dans lesquels les détenus se plongeaient de temps à autre – ou étaient jetés – mais celui-ci était à lui. Si ses compagnons, comme Kane et quelques autres, le partageaient à l'occasion, il considérait toujours cela comme un acte de courtoisie de sa part envers eux.

Les pointes de ses cheveux noirs devaient doucement flotter sur la surface bouillonnante de l'eau, et il imagina les mèches commençant à frisotter autour de son visage. Ses joues à rosir, même si elles étaient déjà colorées par l'excitation. Sa peau à luire joliment sous l'effet de la vapeur.

Non qu'elle ne soit pas déjà très jolie sans cela.

Quelles explications exactement dois-je à une étrangère ? se demanda-t-il en songeant à sa question.

— Cette prison est un endroit sale. (Il se passa la main sur le visage en répondant complètement à côté de sa question.) Très sale. C'est difficile de rester propre.

— Tu n'es pas obligé d'en parler.

— Tu ne sais absolument pas à quoi tu fais référence.

Pour ajouter un peu de crédibilité à ses propos, il lui jeta un coup d'œil par-dessus son épaule. Elle lui accordait toute son attention, et il avait eu raison au sujet des frisottis qui se formaient autour de son visage. Idem pour le rosissement. Mais son expression n'était pas aussi détendue qu'il se l'était représentée. Elle semblait terriblement sérieuse, et il eut le sentiment d'avoir ouvert une porte sans avoir correctement évalué s'il voulait ou non la franchir.

Mais bon, c'était arrivé bien avant elle.

— Tu vas me laisser te baiser ? demanda-t-il d'une voix sourde. Vraiment ?

Elle plissa les yeux, mais pas parce qu'elle était offensée. Et cette absence de réaction lui fit comprendre qu'il avait formulé la question de façon vulgaire parce qu'il avait justement espéré que ce serait le cas.

— La question est plutôt de savoir si, toi, tu vas te laisser me baiser, répliqua-t-elle. Dis-moi comment elle s'appelle.

Il détourna brusquement la tête.

— Il n'y a personne pour moi.

— Menteur. (Elle eut un petit rire.) Et tu peux être honnête. Ce n'est pas comme si ce que tu me raconteras s'ébruitera ailleurs que dans cette grotte. Je ne connais personne dans cette prison, et je ne compte pas rester. En outre, nous sommes des étrangers l'un pour l'autre. (Quand il n'ajouta rien, elle jura à voix basse.) Allez, sinon quel autre sujet de conversation pourrions-nous aborder au cours des huit prochaines heures ? ou des dix ? Bien sûr, j'avais d'autres projets concernant la façon de passer le temps.

— Oh ! vraiment. Et quels étaient-ils ?

— Coucher avec toi me semblait un bon moyen de passer le temps.

— Rien qu'un exercice, alors ? murmura-t-il.

Mais bon, il devrait y être habitué, non ?

— Comme s'il y avait plus que cela de ton côté ?

— Et ça ne te dérange pas.

— Oh ! nous voilà donc repartis sur le sujet des femelles vertueuses. (Elle poussa un long soupir.) Je crois qu'il faut vivre l'instant présent. C'est tout ce que j'ai à dire sur ce point.

— Je n'ai pas menti, dit-il soudain dans le silence qui s'était installé entre eux. Il n'y a pas de femelle pour moi.

Il l'observa jouer des mains avec l'eau.

— Est-ce qu'elle est morte ? Est-ce que tu avais une *shellane* et qu'elle est morte ?

— Je n'ai jamais été uni, et je ne le serai jamais.

— Pourquoi cela ?

— Je crois que c'est évident. (Il embrassa d'un geste leur environnement.) Nous sommes dans une prison, tu t'en souviens ?

— Alors quel âge avais-tu quand tu es arrivé ici ? Et combien de temps de détention te reste-t-il avant que tu…

— C'est une condamnation à perpétuité. Pour l'instant, en tout cas.

— Qu'est-ce que tu as fait ?

— On ne pose pas ce genre de questions ici.

— Eh bien, je suis étrangère en ces lieux. Comme tu ne cesses de le souligner.

Lorsqu'elle baissa les yeux sur l'eau, il attendit qu'elle ajoute quelque chose, le provoque. Au lieu de quoi, elle demeura silencieuse, et il se rendit compte qu'elle avait dû répondre à sa question à sa place.

— Et toi ? interrogea-t-il. Unie ?

— Mon Dieu, non ! (Elle rejeta la tête en arrière et se mit à rire.) Non.

C'était une bonne chose. Cela signifiait qu'il n'aurait pas à tuer un autre mâle. Enfin, du moins pas parce que ce dernier serait avec elle…

Poussant un grognement devant cette territorialité mal placée, il porta une main à sa tempe.

— Si je te redemande si ça va, est-ce que j'aurai droit à un nouveau monologue défensif sur ton éclatant état de santé ? reprit-elle.

— Non, je crois que j'épicerai les choses en te décrivant la migraine atroce que tu me donnes.

— Oh ! mon Dieu ! tu as fait une blague.

Baissant la main, il lui décocha un regard noir… et sentit sa colère refluer aussitôt. Depuis le bassin, elle lui souriait, les commissures de ses lèvres retroussées, les yeux étincelants. Son cœur cessa de battre. Puis repartit deux fois plus vite. Elle était sexy lorsqu'elle était en colère. Et exaspérante le reste du temps. Mais ainsi ?

Elle fronça les sourcils et pinça les lèvres.

— Quoi ? (Quand il ne répondit pas, elle se renfrogna.) Pourquoi diable est-ce que tu me regardes comme ça ?

Baissant les yeux, il répondit à voix basse :

— Je n'ai pas vu le soleil depuis ma transition. Peux-tu me reprocher de le contempler ?

Chapitre 15

Ce fut une infection qui finit par clouer Rhage au lit plus longtemps que prévu, et il fut terriblement déçu du manque de détermination de son corps à guérir de la blessure à son flanc. Les trois autres avaient correctement cicatrisé. Mais celle sous ses côtes s'obstinait à s'attarder, tel un agaçant invité repoussant sans cesse l'heure de prendre congé.

Il reposait donc toujours sur le lit de Jabon, dans la chambre d'amis du gentilhomme, où il bénéficiait d'un service continu. Tous ses besoins étaient pris en charge. Nourriture, boisson, toilette, vêtements. Sexe et sang. Il avait le sentiment que, s'il avait eu besoin que quelqu'un respire pour lui, cette fonction aurait été volontiers prise en charge par le personnel. Même s'il paraissait grossier de ne pas accueillir une telle sollicitude avec une chaleureuse gratitude, douce Vierge scribe ! il était impatient de retrouver son humble demeure et la formidable solitude qui y régnait.

Il désirait ardemment une absence totale de compagnie.

De plus, ce n'était pas comme si les serviteurs n'avaient rien eu d'autre à faire. Les occasions ne manquaient pas aux *doggen* de la maison d'offrir leurs services aux nombreux invités. Beaucoup de mâles et de femelles séjournaient dans la demeure de Jabon. Rhage les entendait marcher dans les couloirs et saisissait parfois leurs odeurs dans le filet d'air qui filtrait sous sa porte fermée. Surtout, des échos de conversations lui parvenaient régulièrement des chambres attenantes à la sienne. La demeure ressemblait davantage à un hôtel qu'à un foyer, et n'était jamais calme, jamais tranquille. Ni pendant la journée. Ni pendant les repas. Et encore moins lors des fêtes qui paraissaient se tenir chaque soir.

On ne pouvait que s'interroger sur le sens d'une existence si vide et épuisante. Mais bon, Jabon n'était pas uni, et la rumeur disait – non que Rhage s'en soucie particulièrement – que le père et la *mahmen* du mâle étaient décédés. Il semblait donc que l'aristocrate achetait sa famille, usant de son hospitalité comme d'une monnaie d'échange pour obtenir affection, fidélité, soutien…

Un nouveau coup discret et respectueux frappé à la porte lui fit serrer les dents. Au début, il avait supposé que le personnel se contentait de vérifier s'il respirait encore ou non. Désormais, il pensait que les serviteurs lui accordaient une attention plus grande qu'il n'était raisonnablement attendu parce qu'on leur avait révélé son affiliation. Les membres de la Confrérie de la dague noire étaient d'un rang social plus élevé encore que celui les familles fondatrices. Pour Jabon, très au fait des exigences de l'hospitalité, il était clair que loger un guerrier tel que lui constituait une amélioration de sa propre position sociale et, par conséquent, il entendait bien lui offrir toutes les politesses possibles et imaginables.

Avec l'aide de tous les *doggen* de la terre.

— Oui, dit Rhage d'un ton sec.

Parce que, s'il ne répondait pas, ils reviendraient encore et encore.

La porte s'entrouvrit, et un visage qu'il n'attendait pas apparut.

— Audaszs, que fais-tu là ? s'exclama-t-il.

Le frère entra et referma derrière lui. Oh ! quel plaisir de le voir. Le visage familier du frère lui fit l'effet d'un clair de lune après une longue période nuageuse, comme un phare dans la nuit. Sans surprise, il n'était pas vêtu pour la guerre, mais avait pris soin d'enfiler une élégante tenue de ville. Toutefois, plusieurs armes devaient être dissimulées sous la fine laine bleue de son costume de soirée parfaitement coupé.

Rhage avait hâte de tenir de nouveau une dague en main.

— Comment te portes-tu ? l'interrogea Audaszs.

— Aurais-tu l'obligeance de me faire quitter cet endroit ?

— Est-ce que le logement ne te convient pas ? (Audaszs observa la chambre luxueuse.) J'ai entendu dire que tu étais fort bien traité. Jabon m'envoie une missive chaque soir détaillant tes soins. Il me fournit des détails dont je pourrais tout à fait me passer.

— Je cherche à libérer ce lit pour qu'il soit vite occupé par un autre invité. D'autres que moi devraient profiter de cette merveilleuse générosité.

— Comme c'est aimable à toi, répliqua Audaszs avec un petit rire. Mais j'ai discuté avec Havers.

— Oh ! (Rhage remonta les draps sur son torse nu.) Comment va-t-il ? Bien, j'espère.

— Tu crois que j'ai perdu mon temps à m'enquérir de sa vie ? Sincèrement.

— Très bien. Qu'a-t-il dit au sujet de mon état de santé ?

— Que tu n'es pas encore suffisamment rétabli pour être libéré de ton fardeau ici. Je crains que tu ne doives continuer à rester alité, aux petits soins du personnel.

Rhage s'assit en grognant, mais il parvint à hisser son torse sur les oreillers.

— J'en ai fini avec cette convalescence, peu importe ce que raconte le guérisseur…

— Sais-tu ce que j'admire le plus chez toi ?

— Mon absence de dignité ?

Audaszs sourcilla.

— Je n'ai pas une si piètre opinion de toi.

Le guerrier paraissait franchement blessé, et Rhage céda.

— Je plaisante, mon frère.

— Eh bien permets-moi de te dire que, ce que j'admire le plus chez toi, c'est ta capacité à suivre les conseils pertinents et avisés. C'est l'une des caractéristiques les plus typiques de ta personnalité. Très impressionnant.

— Je n'ai jamais possédé cette vertu, et tu le sais très bien.

— Ah bon ? Je trouve pourtant que c'est l'une de tes qualités les plus louables et importantes.

Alors qu'Audaszs haussait un sourcil et dévisageait calmement d'un air d'attente le morceau de viande nu et blessé étendu devant lui, qui, même à présent, se sentait étourdi d'avoir simplement posé la tête sur une pile d'oreillers, c'était plutôt difficile d'arguer du contraire.

— Tu m'ennuies avec ton analyse de caractère, marmonna Rhage.

— Pourtant tu ne peux pas être en désaccord avec moi, mon frère. (Audaszs sourit.) Et, tu vois ? regarde comme tu es raisonnable…

— Si tu commences à m'applaudir, je sortirai de ce lit pour te faire mentir.

Le guerrier inclina la tête.

— C'est noté.

S'autorisant à s'allonger un peu plus, Rhage considéra son frère.

— Es-tu seulement venu ici pour moquer la perte de mon sentiment de paix et de bien-être ?

— Je ne fais rien de tel. Et rester ici t'épuise-t-il donc tant que cela ?

— Être constamment servi, oui, rétorqua sèchement Rhage. Je ne suis pas fait pour les invitations prolongées, c'est évident.

— Alors tu travailles avec les mâles qui conviennent, au sein de la Confrérie.

Audaszs tira sa montre en or de son gilet et consulta l'heure.

— Et en sus d'évaluer ta santé, je suis venu rencontrer le maître d'œuvre dont je t'ai parlé.

— Pour ta maison ?

— Il se trouve qu'il est également invité ici… Attends, que fais-tu ?

— Je crois que c'est évident. (Rhage se souleva des oreillers et balança les jambes hors des draps.) Apporte-moi cette robe de chambre, veux-tu ?

Audaszs considéra le pan de soie disposé sur la chaise à côté du bureau. Son expression impassible donnait l'impression que ce genre de vêtement lui était inconnu et qu'il craignait que celui-ci soit peut-être toxique.

— Mon frère, lui rappela Rhage. Apporte-la-moi, ou préfères-tu que je me joigne à toi nu ?

— Si tu ne te sens pas assez en forme pour aller te chercher ta propre robe de chambre, tu n'es pas en état de descendre.

— Oh ! je suis largement assez en forme pour prendre ma robe de chambre moi-même. J'essaie seulement de t'épargner une comparaison inévitable entre nos virilités. Ta déception serait immense. Je suis plutôt *vhigoureux*.

— Tu racontes n'importe quoi. (Mais son frère sourit en se dirigeant vers la chaise.) Et je n'accède à ta demande que parce que je crains que tu ne tentes de descendre l'escalier tout nu. Cela n'a rien à voir avec une question de circonférence ou de longueur.

— Si c'est ce que tu crois.

Rhage ravala un grognement en se mettant debout. Pour éviter de basculer, il posa une main sur la tête de lit sculptée et s'efforça de ne pas paraître avoir besoin de ce soutien pour demeurer à la verticale.

— Je ne souhaite en aucun cas te désillusionner. Souvent, les illusions sont tout ce que nous avons…

— Mon frère, tu ne vas pas bien.

Rhage rouvrit les yeux, qu'il n'avait pas eu conscience d'avoir fermés. Audaszs se tenait à présent devant lui, et le frère semblait prendre note de chacune de ses faiblesses.

— Je ne suis pas de ton avis. (Rhage regarda le mâle droit dans les yeux.) Et je descends, ne serait-ce que pour écouter votre conversation, bien calé sur un canapé.

Audaszs prit un air triste.

— Tu dois te sentir désespérément seul, mon frère.

— Non, je n'ai juste pas envie que quelqu'un me demande encore une fois si j'ai besoin de quelque chose.

Et le sujet fut clos entre eux. Même si Audaszs dut aider Rhage à enfiler sa robe de chambre, même s'il fallait de l'aide à ce dernier pour être tout à fait vertical, même si le trajet jusqu'à l'escalier fut lent et pénible, plus un mot ne fut échangé concernant sa santé et son bien-être relatif.

Ou plutôt leur absence.

Pour se distraire de son infirmité, Rhage profita de sa descente des marches pour examiner le décor de la maison de Jabon. Il n'avait rien pu en voir lors de son arrivée, et ne fut pas surpris que tout soit très luxueux, avec de riches tapisseries aux teintes rubis, saphir et émeraude aux murs, et une fresque de chérubins et de déesses peinte sur le plafond au-dessus de l'escalier impérial. Néanmoins, dans le hall d'entrée très impressionnant du rez-de-chaussée, trop de cristaux scintillaient aux lustres et aux candélabres, et l'abondance de tableaux dans leurs cadres dorés ainsi que de sculptures manquait d'élégance.

Au bout du compte, le décor ressemblait aux invités de leur hôte : trop nombreux et assez m'as-tu-vu.

Le temps que Rhage atteigne le sol en marbre de l'entrée, il en était arrivé à la conclusion que le besoin de Jabon d'étaler ses richesses et ses relations avait transformé cette demeure en vitrine d'exposition pour les objets et les gens. Et, en un sens, ce foisonnement général améliora l'humeur du mâle au sujet de sa convalescence forcée. Il n'aurait certainement pas choisi Jabon comme hôte, mais, si tant d'autres profitaient de ses largesses, cela rendait son obligeance beaucoup moins personnelle.

— Quel est le nom de ce mâle, déjà ? demanda-t-il à son frère comme ils pénétraient dans un petit salon. Je me rends compte que je ne m'en souviens pas.

Avant qu'Audaszs puisse répondre, un mâle à l'autre bout de l'espace trop décoré se leva. Lorsque Rhage se tourna vers le « maître d'œuvre », il fut frappé par un éclair de reconnaissance. Néanmoins, il fut incapable de se rappeler où il avait déjà croisé le vampire.

Le mâle marqua également un temps d'arrêt.

— Euh…

Mais, de toute évidence, c'était pour une autre raison. Quand le regard de l'inconnu descendit avant de se détourner en hâte, Rhage s'observa. Eh bien, voilà une chose qu'il n'avait pas prévue. La robe de chambre couvrait ses parties intimes de façon décente, mais n'accomplissait pas son office quant à ses bras, ses jambes et son torse, qui se trouvait si exposé qu'on pouvait même y voir la cicatrice sacrée de la Confrérie en forme d'étoile.

Mais quelle importance, songea Rhage.

— Il fait si chaud ici que je trouve cette tenue rafraîchissante, dit-il d'une voix traînante en effectuant un petit tour sur lui-même.

Le mâle inclina la tête, comme s'il avait affaire à une personne fantasque.

— Mais bien entendu. Il fait plutôt chaud ce soir.

— Oui, sourit Rhage. Vous comprenez.

Audaszs fit les présentations, et Rhage tendit la main au « Chacal ».

— C'est un plaisir.

Lorsque leurs paumes se serrèrent, le mâle plissa les yeux.

— Pardonnez-moi, mais vous n'avez pas l'air en forme.

— Il se remet d'une blessure, murmura son frère en se dirigeant vers une large table qui offrait le seul espace dégagé de la pièce. Douce Vierge scribe…

L'exclamation du mâle éveilla l'intérêt de Rhage. S'approchant du plateau, il découvrit le projet de manoir dont Audaszs lui avait un peu parlé, sous la forme de plans de construction montrant une vue en coupe de pièces empilées sous un toit…

— Combien de chambres la demeure comptera-t-elle ? demanda-t-il en se penchant sur les plans après avoir posé les paumes à plat sur le rebord de la table afin de soulager ses jambes de son poids. Et combien d'étages ?

Le Chacal souleva la première feuille.

— Il y aura trois niveaux ou plus, selon l'élévation désirée.

Les feuilles suivantes furent soulevées l'une après l'autre, mais Rhage ne put suivre du regard l'ensemble des installations.

Jetant un coup d'œil à son frère, il secoua la tête.

— Combien de personnes as-tu l'intention d'installer sous ce toit ?

— Autant qu'on pourra en mettre.

— Alors tu t'efforces de caser toute l'espèce dans ta résidence. Tu devras affronter Jabon pour avoir des invités.

— Ce sera difficile. (Le frère tendit la main et suivit du doigt les contours d'un endroit étiqueté « Aile Est ».) Mais peut-être qu'un jour il y aura des *shellane*. Des enfants. Une communauté qui formera une famille.

— C'est pour la Confrérie, alors ?

— Oui.

Rhage ouvrit la bouche pour dissiper ce fantasme frivole. Kolher, le roi supposé, refusait de gouverner depuis des siècles, et les frères étaient des guerriers indépendants qui, en de rares occasions, se trouvaient réunis, essentiellement parce que les chemins de deux éradiqueurs pourchassés séparément se croisaient. Qu'est-ce qui dans l'esprit d'Audaszs pouvait bien lui faire croire qu'il pourrait rassembler ces individus solitaires en un groupe quelconque ?

Par exemple Zadiste ? Uni ?

Mais bon, ce mâle brisé serait probablement mort d'ici quelques années, de toute façon. Même si… les gens répétaient cela depuis un moment.

— C'est beau d'avoir un rêve, murmura Rhage d'un air songeur.

— Vous accepterez peut-être ces rendus avec tous mes respects, dit le Chacal à Audaszs en remettant les larges feuilles en place. Après les avoir étudiées, vous pourrez revenir ici afin que nous puissions voir ensemble si vous souhaitez les utiliser et, le cas échéant, étudier les modifications que vous aimeriez peut-être y apporter.

Le regard du frère scruta la première feuille, comme s'il convertissait la représentation en deux dimensions des pièces et des couloirs en trois dimensions dans sa tête.

— As-tu le temps de passer cela en revue avec moi tout de suite ?

— Bien entendu, mais il n'y a pas d'urgence si vous souhaitez les étudier à votre guise. Je séjourne ici deux semaines.

— Tu es apparenté à Jabon, alors ?

— Nous ne partageons pas la même lignée. Néanmoins, nous nous connaissons depuis un moment. Quand je suis devenu orphelin, son père m'a aidé.

— Tu n'as plus de parent de sang en vie ?

— Ma *mahmen* est décédée deux ans après ma transition.

— Et ton père ?

Le Chacal tapota les plans.

— Voulez-vous commencer par le dernier étage et descendre ? ou débuter par les sous-sols ?

Audaszs inclina la tête, reconnaissant le ferme changement de sujet.

— Les sous-sols. Construisons depuis les fondations.

Le Chacal replia avec soin les feuilles, dévoilant enfin une page qui montrait moins de compartiments.

— Tout d'abord, permettez-moi de vous expliquer le réseau de plomberie et le système de chauffage. J'ai de nouvelles idées, et je vous encourage vivement à songer à relier la structure à l'électricité. Ce sera la norme pour tous les bâtiments dans l'avenir.

— Oui, je vois que cela devient populaire désormais.

Comme ils penchaient tous deux la tête et que le maître d'œuvre se mettait à décrire toutes sortes de choses qui n'avaient que peu d'intérêt pour lui, Rhage tira un fauteuil et s'installa dans ce nid de soie. Son flanc lui parlait – le maudissait, plutôt –, mais il ne voulait pas retourner dans son lit. À tout le moins, s'il restait ici et observait ces deux-là discuter de la maison de montagne d'Audaszs qui demeurerait vide à jamais, cela le détournerait de cette douleur infernale…

Dans l'entrée, la porte principale de la demeure s'ouvrit et se referma, laissant une rafale d'air frais s'engouffrer comme un nouvel invité enthousiaste. Mais quelque chose d'autre parvint à ses narines. Du parfum.

Rhage jeta un coup d'œil par-dessus son épaule. Et regretta soudain de ne pas être resté à l'étage sur le dos.

L'hôte gracieux et désespéré de la maison, qui avait remarqué qui se trouvait dans son petit salon, se précipita, et le large sourire sur son visage poussa Rhage à tâter sa blessure infectée pour savoir si la guérison n'avait pas progressé au cours des dix dernières minutes. Faisant la grimace, il craignit de se retrouver coincé chez Jabon pendant un temps considérablement plus long.

Peut-être une éternité. Ou du moins en aurait-il l'impression.

— Venez, venez, vous devez faire la connaissance de mes invités très spéciaux, s'écria Japon en faisant signe aux personnes qui étaient entrées avec lui. Venez !

Le gentilhomme entra vivement dans le salon, vêtu comme s'il allait très bientôt poser pour un portrait officiel avec sa cravate en soie, son gilet brodé d'un motif de paon, sa veste bien coupée et son pantalon parfaitement taillé. Dans son sillage le suivaient deux femelles dont le lien de parenté était aussi évident que leur haute naissance et leur distinction. La *mahmen* et sa fille étaient habillées de robes et de capes de couleurs vives, ornées de perles minuscules et de broderies.

Un peu comme si le sens de la décoration de Jabon avait été traduit en textile.

Rhage se détourna des femelles, parfaitement conscient que, dès qu'on apercevrait son étalage aguicheur de cuisses et de mollets, l'intrusion serait écourtée.

Et, sans surprise, un double dérapage suivi de pas rapides se fit entendre, tandis que les femelles se retiraient en gloussant.

Secouant la tête, Rhage attendit les remontrances de son hôte.

Au lieu de quoi, Jabon se mit à rire.

— Sauvez-vous, chères femelles. Détournez les yeux !

D'autres gloussements émanèrent de l'entrée.

— Nos regards sont détournés, répondit l'une d'elles.

Les prunelles de Jabon s'éclairèrent de ravissement.

— Le frère de la dague noire Rhage fait forte impression, n'est-ce pas ? De même que le frère de la dague noire Audaszs.

Rhage serra les mâchoires, et son frère parut tout aussi agacé. Cependant, la réaction des femelles fut immédiate. Du coin de l'œil, Rhage nota la façon dont toutes deux se penchèrent dans l'encadrement de l'arche et le considérèrent, lui et son compagnon d'armes, avec un intérêt brûlant.

Apparemment, les convenances étaient une notion relative. Selon le statut social de l'offensant.

Secouant la tête, Rhage se dit : *En vérité, j'aurais dû rester au lit.*

Chapitre 16

« *Ne dormir que d'un œil », tu parles !*

Assise contre la paroi humide de la caverne, les pieds allongés vers le bassin, rhabillée et les cheveux encore mouillés mais désormais noués en tresse, Nyx décida qu'elle n'avait jamais vraiment réfléchi au sens de cette expression. Un peu comme « la vie est une autoroute », on entendait ces formules de temps à autre. On les lisait dans un article de magazine. On les croisait au milieu d'un chapitre – ou au début. Néanmoins, comme toutes les autres phrases toutes faites, l'association de mots était si rebattue qu'elle ne signifiait plus rien. De plus, si on la disséquait, la proposition entière s'effondrait. À moins que quelqu'un vous maintienne la paupière ouverte avec un cure-dent, le fait énoncé était impossible. Et de toute façon, si quelqu'un vous infligeait cela, vous ne dormiriez pas. Vous retireriez le cure-dent et remercieriez la personne d'un bon coup de poing en pleine poire.

Bon, encore une association de mots vaine qui ne fonctionnait pas : « coup de poing » et « poire ».

Bref. Ses yeux – les deux – étaient fermés, et elle avait conscience de perdre le fil du temps, donc elle avait dû s'assoupir un peu. Mais, en parlant d'interruptions… sa conscience, ses sens, sa paranoïa exacerbée, nourrie par l'adrénaline, formaient comme un compteur Geiger qui sonnait constamment.

Il y avait beaucoup de faux positifs.

Des bruits, réels ou imaginés. Des odeurs, réelles. Des changements de température ou un courant d'air passager, réels certes mais qui ne signalaient rien en fin de compte.

Chaque fois, elle s'était réveillée et avait tourné les yeux vers Jack.

De l'autre côté du bassin, il était installé dans la même position qu'elle : son corps formait un angle droit avec la paroi verticale, ses épaisses jambes musclées étaient allongées devant lui et ses larges épaules occupaient un sacré espace.

Lorsqu'elle souleva les paupières pour la cent soixante-quinzième fois, elle ne savait pas exactement ce qui avait attiré son attention mais, tout comme décortiquer dans sa tête les aphorismes les plus répandus, le « hein, quoi ? » était devenu une sorte de jeu. Amusant, amusant.

Quand rien d'alarmant – ni prisonniers ni gardiens – ne s'approcha d'elle, et que Jack ne réagit pas, elle referma les paupières.

Mais, cette fois-ci, elle ne replongea pas dans ce fameux sommeil d'un seul œil.

Elle décroisa et recroisa les jambes. Idem avec les bras. Fit craquer sa nuque.

Jetant un coup d'œil autour d'elle, elle voulut savoir exactement ce qui l'avait dérangée, comme si la réponse lui apporterait une sorte d'apaisement intérieur. Ou du moins débrancherait le tuyau d'adrénaline raccordé à son muscle cardiaque.

La seule chose qui lui revint fut la façon dont Jack avait répondu à sa question.

« Qu'est-ce que tu as fait ? »

« On ne pose pas ce genre de questions ici. »

Après avoir prononcé ces mots, il s'était dirigé vers l'endroit où il était désormais installé. Pendant un moment, il l'avait informée d'éléments concrets relatifs à leur situation : les horaires des gardiens, le temps qu'il leur restait encore à patienter, la nécessité pour lui d'aller vérifier à intervalles réguliers pour voir où ces mêmes gardiens en étaient de leurs tours de garde.

Elle n'avait pas suivi grand-chose. Et elle avait eu l'impression que lui non plus.

Et maintenant ils étaient là, à faire semblant de dormir. Ou du moins elle. Lui paraissait réellement endormi, même s'il devait s'être habitué au sommeil fractionné depuis le temps.

Seigneur ! un siècle passé ici. Cela lui semblait toujours aussi inconcevable.

Baissant le zip de la poche de devant de son coupe-vent, Nyx en sortit son téléphone et l'alluma. En attendant que l'appareil démarre, elle se prépara à apprendre qu'il ne s'était écoulé que dix minutes depuis leur arrivée dans la grotte. Ou bien dix heures et, dans ce cas-là, qu'il était alors temps pour eux d'y aller.

Lorsque l'heure s'afficha, cela faisait six heures qu'elle l'avait consultée pour la dernière fois, et elle fut surprise de constater que cette nouvelle la laissait de marbre. Mais bon, cette info n'appelait pas à l'action, hein ? Il n'était pas temps de bondir pour se ruer à cet endroit où étaient inscrits les noms. Le Mur.

Éteignant le téléphone, elle songea qu'elle n'avait jamais, en cinquante ans, envisagé l'idée que sa sœur soit morte. Pas une seule fois. Elle refusait toujours de croire que c'était possible. Dans son esprit, elle se voyait approcher d'un panneau de noms gravés pour en consulter la liste, sans découvrir une seule Janelle. Et, quand cela arriverait, elle savait ce qui se produirait ensuite.

Jack la presserait de partir. Elle resterait. Et ils auraient une engueulade magistrale.

Pendant ce temps, elle ne pouvait que patienter.

Rangeant le portable et redressant son corps – comme la tablette dans un avion –, elle se sentit trop nerveuse pour faire semblant de dormir. Et son fessier était si engourdi qu'elle était presque convaincue qu'il s'était transformé en pierre.

Confrontée à la réalité qu'elle n'avait nulle part où aller et rien pour se distraire hormis ses stupides ratiocinations mentales sur des choses sans intérêt, elle se remémora l'année qui avait suivi le départ de Janelle. Toutes ces journées sans sommeil avaient ressemblé à celle-ci, le même mélange particulièrement torturant d'épuisement et d'agitation nerveuse bataillant sous son crâne et sous sa peau.

Était-ce ce que ressentaient ceux qui purgeaient leur peine ici ? Elle ne pouvait imaginer souffrir ainsi pendant si longtemps…

Un bruit aigu retentit soudain, et, lorsqu'elle tenta de l'identifier, son cerveau lui dit que ce n'était pas la première fois qu'elle l'entendait. En fait, c'était cette étrange vocalisation qui l'avait réveillée un peu plus tôt.

Baissant la main, elle empoigna le pistolet qu'elle avait posé sur la roche au niveau de sa hanche, et en ôta le cran de sûreté. Elle songea distraitement qu'il serait ironique qu'elle finisse par tirer sur un autre gardien avec le 9 mm du premier qu'elle avait tué, puis son cerveau enchaîna avec une autre question : le soleil avait-il brûlé le corps du mâle qu'elle avait traîné entre les pierres tombales ? À l'heure actuelle, il devait y avoir largement assez de lumière pour le réduire en cendres…

Le son se répéta une troisième fois.

Elle regarda en sourcillant de l'autre côté du bassin. Jack avait le visage contracté, les sourcils froncés, les lèvres retroussées en un rictus agressif… ou peut-être douloureux. Difficile à dire. Et il émettait des sons gutturaux qui, quand ils atteignaient un certain volume, lui parvenaient malgré le bruit de l'eau.

Il grognait. Sa pomme d'Adam montait et descendait sur la colonne de sa gorge.

Et ses mains tressaillaient sur ses genoux. Puis se contractaient en poings. Et ses pieds se fléchissaient et se détendaient comme s'il se précipitait en avant. Ou en arrière ?

— Jack ? dit-elle.

Sa tête tourna brusquement sur sa colonne vertébrale, mais reprit vite sa position. Après quoi sa bouche se mit à remuer comme s'il marmonnait, puis il parut de nouveau happé par ce que son inconscient lui montrait.

— Jack.

Même si elle avait parlé plus fort, il demeura plongé dans son état onirique, et la situation s'intensifia pour lui. Il se débattait à présent, agitant les bras, projetant la tête en avant. Donnant des coups de pied.

Puis une unique larme s'échappa de son œil et coula sur sa joue…

Nyx bondit sur ses pieds et fit le tour du bassin.

— Jack ! hurla-t-elle.

Rien ne semblait l'atteindre. Du moins par le biais de son ouïe.

Dès qu'elle se pencha pour lui toucher le bras, il ouvrit les yeux et tourna la tête vers elle.

— *Quoi ?*

— Tu rêvais.

Il la dévisagea comme s'il ne la reconnaissait pas. Puis il cligna des yeux. D'une voix rauque, il répondit :

— Ce n'était pas un rêve. C'est ce qu'on m'a fait.

— Que t'a-t-on fait ?

Même s'il la regardait, il y avait un étrange vide dans ses prunelles, comme s'il ne la voyait pas.

— Tout. On m'a tout fait.

Avant qu'elle puisse l'interroger davantage, il l'attira contre lui. Le corps raide de la femelle perdit l'équilibre pour atterrir sur le torse du mâle, qui lui servit de matelas.

— Est-ce que c'est toi ? reprit-il d'une voix enrouée. Est-ce que c'est vraiment toi ? (Il caressa de la main ses cheveux et son cou.) J'ai besoin de savoir que c'est toi.

Sous elle, il était totalement excité. Elle le sentait. Mais son regard était torturé, et il y avait une supplique dans son intonation.

— Oui, c'est moi, chuchota-t-elle.

— Peux-tu le faire disparaître ? (Avant qu'elle puisse lui demander de quoi il parlait, il lui caressa la lèvre inférieure du pouce.) Je ne veux pas me servir de toi, mais j'ai besoin… Peux-tu le faire disparaître ? Même pour un court instant.

Leurs visages étaient si proches qu'elle avait l'impression de baigner dans la lumière de ses yeux turquoise, et d'être sa captive, aussi, mais pas parce qu'il la tenait contre lui. C'était la douleur en lui qui l'appelait.

— Qui t'a fait du mal ? souffla-t-elle.

— Peu importe. Veux-tu m'aider ? C'est tout ce dont j'ai besoin de recevoir de ta part. Je ne veux pas de questions, ni d'attaches… Rien que ça.

Quand il pencha la tête sur le côté et la leva vers elle, elle ferma les yeux. La sensation de ses lèvres sur les siennes parcourut tout son corps et, bien qu'elle ne comprenne pas grand-chose à ce qu'il disait, la chaleur qui faisait bouillir son sang et gagnait son intimité était tout ce qui comptait pour le moment.

Lorsqu'il s'écarta, comme s'il lui donnait le temps de réfléchir à ce qu'elle allait décider de faire, elle répondit en s'asseyant sur son bassin et sentit la dure saillie de son sexe en érection se presser contre elle. Avec des gestes assurés, elle ôta son coupe-vent, puis souleva son tee-shirt et le retira.

Le ronronnement qu'il émit monta dans l'air électrique qui circulait désormais entre eux, puis il lui toucha les côtes, suivant la courbe de son buste jusqu'au bas de son soutien-gorge.

— Tu es belle, dit-il doucement. Dans la lumière des bougies. Quand je te regarde, je suis ailleurs, loin d'ici.

Il referma les mains sur ses seins, et elle laissa sa tête retomber en arrière tout en se mettant à le chevaucher, frottant son érection aussi dure que de la pierre contre son propre sexe.

— Je veux juste te toucher. (Des pouces, il frôla ses tétons.) Pour l'éternité.

Il releva la tête et lui embrassa le côté de la gorge, faisant glisser un croc le long de sa jugulaire en même temps qu'il lui remontait son sous-vêtement. Nyx poussa une exclamation lorsqu'elle sentit sa peau nue sous ses mains, qui caressèrent ses seins puis en taquinèrent les pointes érigées, si prêtes pour sa bouche.

— C'est cela, chevauche-moi, femelle. (Son ronronnement augmenta.) Dieux ! tu me fais du bien.

Son soutien-gorge disparut sitôt le crochet défait, et la sensation de liberté qu'elle éprouva lui donna l'impression d'être dévergondée et insatiable. Surtout quand la bouche de Jack descendit plus bas… beaucoup plus bas…

Elle se cambra avec force contorsions afin qu'il puisse couvrir la distance, et elle dut déplier ses jambes avant que ses genoux craquent. Mais ensuite elle se retrouva allongée sur ses cuisses et put observer la tête du mâle s'activer sur ses seins. Sa bouche était brûlante et humide tandis qu'il lui suçotait les mamelons, et, lorsqu'il s'écarta un instant pour la contempler, elle vit ses yeux briller.

— C'est toi, dit-il. C'est totalement toi.

Puis il se remit à l'ouvrage, lui caressant partout les seins de sa langue. Aspirant de nouveau ses tétons l'un après l'autre dans sa bouche. Frottant le nez contre elle.

Alors qu'elle s'alanguissait et que son sang rugissait de désir, ses hanches se remirent à bouger, et elle frotta de nouveau son intimité contre son bas-ventre, un peu frustrée de sentir toujours la barrière de leurs embarrassants vêtements. Elle lui agrippa les cuisses, dans l'espoir de le toucher à son tour, mais il ne semblait pas très pressé de passer à d'autres caresses, et, ça alors, elle ne retirait que du plaisir de celles qu'il lui procurait depuis son actuelle position.

Quand il releva enfin la tête, il contempla ses seins tendus, enflés et pointés après toutes ses attentions. Puis il fit courir sa large paume sur son ventre, caressant son corps comme s'il en enregistrait chaque détail.

— Retire-moi mon pantalon, dit-elle.

— J'ai cru que tu ne me le demanderais jamais.

Il s'occupa prestement du bas de jogging ample qu'elle portait, tirant sur la boucle du lacet en nylon qui resserrait le pantalon à la taille, puis l'aidant à le faire glisser de ses fesses. Mais leurs gestes se firent moins coordonnés, car Nyx entrava ce déshabillage en secouant les jambes en même temps qu'il tirait sur le vêtement.

Elle se leva donc et acheva d'ôter son pantalon elle-même.

Quand un grondement monta du fond de la gorge de Jack, elle se rendit compte qu'elle était nue comme un ver devant un mâle qui n'était autre qu'un parfait inconnu pour elle. Sauf que… il ne lui donnait pas l'impression d'être un inconnu. Elle le voyait déjà comme un amant, même s'ils n'avaient pas encore couché ensemble.

Mais cela ne tarderait plus.

Surtout lorsqu'il posa une large main sur sa bosse et réarrangea son sexe en érection qui pressait le devant de son pantalon.

— Tourne pour moi, dit-il. J'ai besoin de te voir tout entière.

Levant les bras au-dessus de sa tête, elle se hissa sur la pointe des pieds et effectua une lente pirouette sur elle-même. Elle n'avait aucune idée d'où lui venait cette impudence, mais ne perdit pas de temps à tenter de le savoir.

— Viens ici, femelle. (Il tendit les bras.) Laisse-moi être là où je devrais…

Nyx opina tout en le rejoignant. Posant un pied de part et d'autre de ses jambes, elle remonta jusqu'à son bassin avant de s'agenouiller sur lui.

Il l'embrassa de nouveau et sa langue explora sa bouche tandis qu'il recommençait à la caresser doucement, même si elle se rendait compte, aux spasmes de ses épaules et à la façon dont il commençait à haleter, qu'il était avide d'elle. Puis il baissa les bras et défit les lacets de sa braguette. Elle entraperçut quelque chose de très long et très épais, mais il se mit à la toucher entre les cuisses.

— Tu es tellement prête, grogna-t-il en la caressant. Douce Vierge scribe…

Elle accompagna ses caresses en ondulant contre lui et sentit des picotements dans ses seins lorsque ses tétons frottèrent contre sa chemise rêche. Elle ne comprenait pas pourquoi tout ceci lui semblait si naturel mais, tout comme sa nouvelle confiance en son corps, elle se contenta de l'accepter ainsi. Elle l'acceptait… et avait besoin que les choses aillent plus loin.

Comme s'il lisait dans ses pensées, ses doigts, désormais humides d'elle, disparurent, et elle sentit une forme oblongue et brûlante sonder la chair hypersensible qu'il venait de caresser. Ce fut elle qui se baissa, et tous deux poussèrent une exclamation lorsqu'il se glissa en elle, la sensation de frottement, d'étirement, la profondeur à laquelle il s'enfonça allumant tous les récepteurs de son corps.

Elle laissa de nouveau retomber sa tête en arrière, et aurait poussé un cri si elle avait été certaine qu'ils étaient en sécurité. Mais elle savait que ce n'était pas le cas.

Et c'était cette urgence qui rendait la situation d'autant plus intense.

Elle se mit à bouger, se soulevant sur ses cuisses puis se rasseyant alternativement, serrant les dents chaque fois qu'elle s'empalait sur lui. Refermant les bras sur sa nuque, elle se cramponna à Jack alors que lui raffermissait sa prise sur ses fesses.

Nyx cria lorsque son premier orgasme, assez bref, survint relativement vite. Comme le bassin de Jack tressaillait en retour, et qu'il la maintenait en place sur son sexe, elle ouvrit grand les yeux et se concentra sur le plafond de pierre pendant qu'il éjaculait, la remplissant tout entière. Sous ses ongles, la chemise du mâle était froissée à force de crisper ses doigts dessus, et elle dut se mordre la lèvre inférieure pour s'empêcher d'émettre plus de bruits que ceux de ses halètements désespérés.

— Femelle, dit-il contre sa gorge. Tu causes ma ruine…

Puis ils se remirent à bouger de concert.

Elle était tout ce qu'il avait espéré.

Le Chacal jouit si fort qu'il dut fermer les yeux de crainte qu'ils jaillissent de leurs orbites, et il inspira entre ses dents serrées, se délectant du fait qu'il était dans le sexe de Nyx, profondément enfoncé, et qu'il éjaculait encore.

Il laissait son odeur, la marquant, pour que tous sachent qu'elle était sienne…

Arrête, s'intima-t-il. Il n'y avait pas de place pour cela.

Se forçant à ouvrir les paupières, il pencha la tête en arrière et l'observa. Elle avait les joues rouges et la bouche, cette incroyable bouche, ouverte. La pointe de ses crocs, blanche et acérée, était à peine visible, mais il eut soudain envie qu'elle prenne sa veine. Il avait envie qu'elle boive son sang pendant qu'il la baisait.

Ou l'inverse, qu'il boive son sang pendant qu'elle le baisait.

Choisir cela. Ressentir cela. Être ici… à le faire… c'était ce dont il avait besoin et, en ce qui le concernait, elle avait rempli sa part du marché qu'ils avaient passé ensemble. Et pourtant il se surprit à souhaiter qu'il ne s'agisse pas d'une unique fois.

Posant les mains sur sa taille, il la souleva de sa verge avant de la reposer dessus, encore et encore. Elle accompagna ses mouvements, se calquant sur son rythme. Regardant l'espace entre eux, il se vit la pénétrer et ressortir d'elle, épais et luisant. La vue de ses cuisses largement écartées et de son sexe en pleine action déclencha un nouvel orgasme chez lui, et il dut lutter pour garder les paupières ouvertes. Il ne voulait rien rater, et surtout rien de son corps. Ses seins, ronds aux pointes roses, se balançaient, sa tête était rejetée en arrière, et son buste magnifique, si nu, si puissant, se cambrait dans ses paumes.

Dans le fond de son esprit, il se dit que… Dieux, c'était la plus belle créature qu'il ait jamais vue.

C'était ce qu'il cherchait auprès d'elle.

C'était exactement ce dont il avait besoin.

Elle le rejoignit dans cette nouvelle jouissance, et il sentit les contractions rythmiques de son intimité sur son pénis. Il se contenta de poursuivre ses va-et-vient verticaux. Il aurait voulu ne jamais s'arrêter. Elle était le plaisir qui le nettoyait, d'une façon que le bassin ne pourrait jamais atteindre. C'était la première fois depuis si longtemps qu'il avait la possibilité de choisir quelqu'un et de coucher avec cette personne sans arrière-pensée, en toute honnêteté.

Néanmoins, il fallait que cela s'achève à un moment.

Lorsqu'il s'immobilisa enfin, elle ouvrit les yeux et, croisant son regard, il songea qu'il aurait aimé pouvoir la peindre, même s'il n'avait pas le moindre talent avec un pinceau. Mais il voulait se rappeler ses instants pour le restant de sa vie – et il le ferait. Néanmoins, comme tous les souvenirs, il s'estomperait une fois qu'elle serait repartie en le laissant ici, et c'était pour cette raison qu'il devait rendre cette image d'elle bien plus pérenne.

Il faudrait que ce souvenir dure très longtemps après son départ. Voire pour toujours.

Et à présent, surtout avec ce cadeau qu'elle lui avait fait, il allait devoir s'assurer qu'elle sorte d'ici vivante. Dans le cas contraire, il ne pourrait plus vivre avec lui-même.

Comment diable allait-il la protéger ?

Comment diable allait-il réussir à la laisser partir ?

— Tout va bien, chuchota-t-elle.

Un millier de façons de répondre n'importe quoi lui traversèrent l'esprit. Mais il décida d'être honnête.

— Non, dit-il d'une voix enrouée. Ça ne va pas.

La compassion sur son visage le dévasta d'une manière qu'il n'aurait même pas imaginée. Et, l'espace d'un instant de faiblesse, il envisagea de lui avouer toute la vérité. Mais non. Cela ne ferait que la mettre encore plus en danger.

— Je suis désolé, dit-il.

— De quoi ?

— Je ne sais pas.

— Alors ne le sois pas.

— Je devrais…

Me retirer, acheva-t-il dans sa tête. Mais, en dépit du chaos qui venait de resurgir dans son esprit – ou peut-être à cause de celui-ci –, il s'aperçut qu'il ne voulait pas se retirer d'elle. Pendant ce temps, Nyx lui lissa les cheveux et cette caresse l'apaisa intérieurement. Et, comme elle soutenait toujours son regard, il eut l'impression qu'elle n'attendait rien de lui. Ni explication, ni davantage de sexe. Elle… l'acceptait, tout simplement.

Le Chacal reposa les lèvres sur les siennes…

À l'instant où le contact s'établit, il eut le sentiment qu'il l'embrassait depuis des années et, surtout, sa faim revint. Il accueillit avec plaisir le retour de son instinct d'accouplement. S'en empara. S'y cramponna comme s'il était précieux.

Parce que c'était le cas.

Instinctivement, il ferma les yeux…

Et les rouvrit immédiatement. L'obscurité sous ses paupières le ramenait à son cauchemar – ou menaçait de le faire – et il n'allait pas risquer de retomber dans l'état de confusion que cela générait en lui.

Contempler le visage de Nyx était le remède. Il devait cesser de l'embrasser pour y parvenir mais, quand il remua le bassin et pénétra de nouveau son intimité, la façon dont elle hoqueta… dont sa tête se renversa une fois de plus en arrière… dont une de ses longues canines s'enfonça dans sa lèvre inférieure… lui donna largement de quoi compenser cette relative perte de contact.

Il la regarda jouir. Il le sentit aussi, sous la ceinture, dans cette partie de son corps dont il avait été longtemps séparé. Mais Nyx l'avait remis d'aplomb, réunissant son âme avec ce qui avait autrefois été une partie nécessaire et caractéristique de sa personne, avant de ne devenir pour lui qu'un appendice résiduel.

L'alchimie qu'elle créait n'aurait pas dû le surprendre. Dès l'instant où leurs chemins s'étaient croisés, sa présence avait, de façon inattendue, remué des émotions en lui. Mais jamais il n'avait songé qu'elle agirait sur lui à un niveau plus profond.

Il n'avait jamais anticipé qu'elle… le guérirait.

Et cela la rendait dangereuse.

Chapitre 17

— Es-tu certaine que je ne peux rien t'apporter à manger ?

Quand Jack lui posa cette question, Nyx tourna la tête vers lui. Ils étaient tous les deux debout et rhabillés de pied en cap.

D'accord, il avait toujours été habillé, sauf là où ça comptait vraiment. C'était elle qui avait dû remettre ses vêtements.

C'était presque comme s'ils n'avaient pas eu de relations sexuelles. Enfin, à condition qu'elle ne bouge pas. Dès qu'elle le faisait, une brûlure interne lui rappelait ce qu'ils avaient fait ensemble. Non qu'elle ait besoin qu'on lui rafraîchisse la mémoire. Elle se rappelait chaque baiser. Chaque cambrure. Chaque soupir, chaque caresse, sans compter tous leurs orgasmes. Lorsqu'ils s'étaient enfin arrêtés, elle était restée étendue sur son torse, et cette période passée ainsi lui avait semblé risquée. Puis étaient venues les questions embarrassées sur la nécessité de reprendre un bain, et elle était retournée dans le bassin.

Après lui avoir donné un morceau du savon rêche de la prison, il était parti se promener dans l'un des tunnels.

Pendant qu'elle se lavait convenablement les cheveux, un subtil parfum de tabac avait flotté jusqu'à elle, s'imposant par-dessus la senteur de pin du savon. Jack fumait-il ? Qui d'autre cela pouvait-il être si ce n'était pas lui ?

Immédiatement après son départ, elle s'était attendue à ce qu'il revienne et peut-être la rejoigne dans l'eau chaude bouillonnante. Mais, au bout d'un moment, elle avait eu l'impression qu'il attendait qu'elle sorte et s'habille, aussi l'avait-elle fait. Dès qu'elle avait eu remis son pantalon et son haut, il avait émergé de l'ombre comme s'il l'avait observée à distance.

Puis il s'était réinstallé de l'autre côté du bassin, toujours adossé contre la roche, les jambes étendues devant lui. Comme si peut-être, dans son esprit, rien de tout ce qui s'était passé entre eux… n'avait véritablement pas eu lieu.

Suivant son exemple et regagnant l'endroit où elle s'était assise à son arrivée, elle avait eu en tête d'exiger qu'ils en discutent. Mais c'était une demande qui supposait une relation de couple et, ohé ! elle le connaissait depuis moins de vingt-quatre heures. Et dans un environnement hostile de surcroît.

Au moins l'heure était à présent venue de sortir de cette grotte. Elle en avait assez de s'inquiéter de ce qu'on lui avait infligé ou de ce dont il rêvait.

Ou de ce qu'il avait bien pu faire pour atterrir ici.

— Nyx, veux-tu manger ?

Reprenant ses esprits, elle secoua la tête.

— Ça va. Est-ce que tu veux aller chercher quelque chose pour toi ?

— Je ne vais pas te laisser…

Tous deux se tournèrent en même temps vers le tunnel de gauche. D'après les odeurs, quatre mâles approchaient, mais elle n'entendait strictement rien à cause du bruit de la cascade.

Comme elle faisait mine d'attraper l'arme qu'elle avait glissée dans sa ceinture, Jack dit brusquement :

— Ce n'est que Kane avec les autres.

— « Les autres » ? Au pluriel ?

Les mâles sortirent de l'ombre un à un. Elle se détendit en reconnaissant Kane, l'aristocrate, et Lucan, celui aux yeux jaunes.

Le mâle suivant était plus grand que les autres, avec un physique légèrement plus mince, mais non moins musclé. Il avait des cheveux blancs striés de noir, mais pas parce qu'il était au crépuscule de sa vie, et ceux-ci étaient tirés en arrière et tressés, comme cela semblait être la mode ici. Mais, ce qui était étrange chez lui, c'était ses iris, qui présentaient la même absence de couleur que sa tresse. Par conséquent, ses pupilles étaient deux puits insondables. Certes, il souriait – agréable surprise, mais il semblait porter en lui de profondes failles qu'elle ne pouvait deviner, et cela le rendait perturbant.

— Salut ! lui lança-t-il en sautant dans une sorte de position de surfeur.

Agitant les mains entre eux, il reprit :

— C'est toi. C'est moi. On est ici ensemble !

Puis il referma les bras autour d'elle et l'attira dans une étreinte qui lui ne parut étrangement pas suspecte : il n'y avait rien de sexuel dans ce contact, il sentait bon, et il ne la serra pas plus d'une fraction de seconde. Lorsqu'il s'écarta d'un bond, il se mit à applaudir, comme si c'était l'heure de jouer et qu'il était plus que prêt à affronter l'équipe adverse, et dévoila des crocs déjà abaissés.

— Allons-y, bande d'enfoirés.

Quand Nyx jeta un coup d'œil à Jack, celui-ci leva les yeux au ciel.

— On fait ce qu'on peut avec lui… C'est-à-dire pas grand-chose.

— Oh ! merde, désolé : Désordre. (Le mâle tendit la main.) Désolé, j'aurais dû me présenter avant de t'étreindre.

Nyx serra ce qu'on lui présentait.

— Ravie de te rencontrer.

— Nyx, je sais. (Alors qu'il lui souriait largement, elle fut de nouveau frappée par le fait qu'elle n'avait pas la moindre idée ce qu'il y avait derrière cette expression.) Supernom, au fait.

— Personne ne t'a jamais dit que tu lui rappelais un labrador ? demanda-t-elle.

Du moins en surface.

— Tout le temps.

— Ça ne t'est même pas arrivé *une seule fois*, marmonna Jack.

Désordre se pencha sur le côté et parla à voix basse :

— J'essaie de la mettre à l'aise. J'ai lu ça dans un bouquin de développement personnel.

— Pas du tout. Tu ne peux pas lire, et il n'y a pas ce genre d'ouvrage ici. Et, à ce propos, elle est dans une prison. À quel point t'attends-tu à ce qu'elle soit à l'aise ?

— D'une, ma vue est mauvaise, d'accord. Mais ce n'est pas comme si j'étais analphabète. De deux, il pourrait, théoriquement, y avoir des livres de développement personnel quelque part ici. Et, de trois, je te concède ton second point, car je crois que son bien-être relève de toi, si tu vois ce que je veux dire. Hein, hein.

Nyx se mit à sourire tandis que Jack avait l'air sur le point de transformer le mâle en descente de lit.

— Détends-toi, Jack, c'est bon, dit-elle. Ça va.

— Oh ! un surnom. (Désordre donna un coup de coude au mâle.) Les choses avancent vite. Elle t'a déjà donné un surnom.

— Je jure que je vais te tuer à mains nues.

— Jack, interrompit-elle. Sérieusement, c'est bon…

Sa voix s'assécha lorsqu'elle prit conscience de la quatrième présence. Le dernier mâle était demeuré dans l'ombre, hors de la lueur des bougies autour du bassin, mais elle percevait sa corpulence. Sa malfaisance aussi.

Le danger émanait de lui dans l'obscurité où il se tenait et se répandait sur le sol de pierre d'une façon aussi tangible qu'un nuage de magie noire menaçant de remonter le long des jambes et du corps d'une personne pour l'étouffer avec des mains fantomatiques. Nyx recula involontairement d'un pas et songea que, contrairement aux autres, pour lesquels elle se demandait pour quelle raison ils s'étaient retrouvés dans cet endroit infernal, elle savait exactement pourquoi celui-ci était là.

Pas les détails, non. Mais c'était un tueur, et il aimait ça.

— Voici Apogée, dit Jack à voix basse. Ne fais pas attention à lui.

Ouais, bien sûr. C'était comme lui suggérer d'ignorer un prédateur qui se serait échappé d'un zoo avant le déjeuner. Et elle fut tentée de demander s'ils ne pouvaient pas se passer de lui, mais elle avait un pistolet et, aussi féroce que le mâle semblait être, il ne l'emporterait pas contre une balle tirée dans son cerveau.

— C'est l'heure. (Jack se dirigea vers une pile de tenues de prisonniers.) Je vais te demander d'enfiler ça par-dessus ton sac.

— Bonne idée.

Elle mit son sac sur son dos avant de passer la chemise ample d'un gris sale par la tête.

— Où allons-nous ?

— Dans le hall principal. Tu vas te retrouver au milieu de nous tous. Garde la tête baissée…

— Et je dois éviter de croiser les regards. Tu m'as déjà fait le topo. Mais quel est le plan ? Qu'est-ce que je fais…

— Contente-toi de rester au milieu de nous. On s'occupe du reste.

— Qu'entends-tu par là exactement ?

— Te garder en vie. (Sourcillant, elle s'approcha de lui et lui lança un regard dur.) Pour info, je maîtrise très bien ce boulot-là.

Lucan prit la parole :

— C'est vrai. Je suis témoin de ce qu'elle est capable de faire.

Quand Jack ne répondit pas, elle crut qu'il allait l'engueuler. Ou partir en tapant des pieds. Mais il se frotta les yeux.

— Nous allons te guider jusqu'à la Ruche, et nous chronométrerons le trajet de façon à arriver là-bas au moment de la relève des gardiens. Le Commandant dispose de quartiers personnels, c'est là que se trouve le Mur. Ces mâles nous aideront toi et moi à entrer et, une fois à l'intérieur, nous n'aurons que quelques minutes, donc tu devras suivre le rythme.

— Ce ne sera pas un problème, rétorqua-t-elle sèchement.

Quand il se détourna, elle lui prit la main. Mais, quand il pivota de nouveau vers elle et rompit le contact, il arborait une expression sévère sur le visage, comme s'il ne voulait pas qu'elle se montre trop intime avec lui devant les autres. À moins que ce ne soit plutôt pas du tout.

Peu importe. Elle n'allait pas perdre son temps à jouer les petites amies enamourées dans une situation pareille.

— Tiens. (Elle lui plaça l'arme du gardien dans la paume.) Prends ça. J'en ai un autre.

Comme ils quittaient le bassin, le Chacal ordonna à Kane de prendre la tête de leur groupe car, de tous, c'était le moins problématique, et donc celui qui risquait le moins d'attirer l'attention des gardiens. Désordre occupait le flanc gauche. Lucan celui de droite.

Nyx marchait entre eux.

Le Chacal venait juste derrière. Avec à la main l'arme qu'elle lui avait donnée.

Enfin, dans le sillage de leur petite escouade, un peu en retrait, Apogée constituait le dernier wagon de leur petit train. Le mâle marchait à distance, ce qui était non seulement un avantage tactique, mais également un comportement habituel chez lui. Il ne s'approchait jamais de personne, et on aurait pu croire que cette manie bizarre serait incompatible avec un effort concerté comme celui-ci. Mais Apogée adorait tuer des gardiens. C'était son passe-temps favori. Il n'était pas là pour Nyx, ni même pour le Chacal, dont il était pourtant le débiteur.

Non, il avait hâte de faire couler le sang, et c'était quelque chose qu'il faisait souvent. Si un gardien disparaissait et qu'on ne retrouvait pas son corps, il y avait de fortes chances que ce soit l'œuvre d'Apogée, avant qu'il fasse cuire ses restes et les mange pour couper court aux investigations. Sa réussite et son impunité concernant ces meurtres clandestins étaient garanties par le code d'honneur des prisonniers. Si vicieux et égoïstes que soient la plupart des détenus, ils ne franchissaient jamais les lignes ennemies pour partager des informations de ce genre ; en outre, il était très possible qu'ils aient davantage peur d'Apogée que des hommes de main du Commandant. Quant à ce dernier, avait-il remarqué que des gardiens manquaient à l'appel ? Vu le planning complexe auxquels ceux-ci étaient soumis, c'était probable, mais il n'avait jamais exercé de représailles vis-à-vis d'Apogée. Pas encore, en tout cas.

Inclure ce mâle dans leur plan était un pari. La dernière chose dont le Chacal avait besoin, c'était d'un loup solitaire au sein de leur équipe. Mais, au bout du compte, il avait décidé que la valeur apportée par un combattant violent dans une bagarre générale valait ce risque et, dans tous les cas, il était trop tard désormais pour changer les choses. Apogée était déjà en chasse.

Lorsqu'ils émergèrent prudemment du passage dissimulé et s'enfoncèrent dans la prison, ils croisèrent quelques prisonniers. Suivis bientôt de nombreux autres. Il y avait toujours un flot de gens entrant et sortant de la Ruche. Mais bon, c'était là que le marché noir se tenait. Là où la plupart des flirts débutaient – dont certains débouchaient sur des relations sexuelles. Là où les gens entraient en contact, pour quelque raison que ce soit : se disputer, se battre, ou même rire et jouer aux cartes. Ou pour le sexe.

Vu à quoi ressemblait le travail pour tant d'entre eux, et l'existence terne qu'ils enduraient durant leurs heures de repos, on ne pouvait reprocher leur recherche de distraction à cette bande de damnés. Mais, avec tant de curiosité inassouvie, le Chacal craignait que leur petit groupe attire les regards… et pas seulement ceux des gardiens.

Heureusement, Kane, Lucan et Désordre étaient souvent vus en sa compagnie. Et il voulait croire que s'ils restaient en formation serrée, et si Nyx gardait la tête baissée, il n'y aurait là rien de remarquable. Rien du Tout.

Et personne n'emmerdait jamais Apogée. À cet égard, il était hors course…

Lorsque la première bouffée de puanteur caractéristique monta aux narines du Chacal, il l'étudia comme si c'était la première fois qu'il la sentait, de même que pour Nyx. Ce mélange de sueur et de crasse, de sexe et de déchéance physique, heurtait l'odorat comme une tache sur un tissu, et c'était le genre d'odeur qui imprégnait durablement les sinus, même une fois que l'on s'était éloigné de sa source.

Il eut envie de lui prendre la main. De tendre le bras et de la toucher afin qu'elle sache qu'il était avec elle.

Mais, à la place, il raffermit sa prise sur l'arme qu'elle lui avait donnée.

Le bruit de la Ruche constitua le signe avant-coureur suivant. Ce bourdonnement sourd et si évocateur était à l'origine de cette dénomination, et il se dit que la référence aux abeilles était également appropriée à plus d'un niveau. Les gardiens n'étaient pas stupides. Une concentration si importante de prisonniers était un nid de guêpes en permanence sur le point d'exploser, et ils ne prenaient aucun risque avec le moindre signe d'énervement ou d'agitation.

Mais les relèves devaient avoir lieu. Même le Commandant ne pouvait pas faire travailler les gardiens vingt-quatre heures sur vingt-quatre. Le Chacal et Nyx n'auraient qu'une occasion, dont la durée n'excéderait guère celle d'un clin d'œil. Il étudiait les cycles des changements de garde depuis des décennies. Il savait exactement quand cela arriverait, combien de temps cela durerait et où ils devraient aller.

Se concentrant sur la femelle devant lui, il repensa à ce qu'ils avaient partagé au bord du bassin. À ce qu'elle lui avait donné. C'était ironique que la chose qu'il avait exigée d'elle fasse désormais de lui son débiteur. Il agirait correctement envers elle et honorerait son besoin de connaître le destin de son sang.

Puis il la sortirait de cet endroit.

Chapitre 18

Trois nuits plus tard, peu avant l'aube, Rhage s'assit sur le lit d'invité de Jabon, et, après avoir repoussé les couvertures juste au-dessus de son sexe, il décolla le bandage de gaze qui recouvrait la blessure de son flanc. Scrutant l'anneau rouge vif entourant l'entaille chirurgicale, il tenta d'évaluer si l'infection présentait le moindre changement d'aspect. L'anneau avait-il augmenté ou régressé ? Ne constatait-il pas une légère amélioration du côté gauche ? une dégradation du côté droit ?

Avec un juron, il recouvrit l'affreuse plaque de peau rougie. Ce satané truc était comme un appendice, un troisième bras qui avait poussé et s'était vite foulé, si bien qu'il nécessitait une adaptation constante. En sus de la surveillance infernale dont il faisait l'objet, et en raison du rythme d'escargot de son rétablissement, il devait aussi faire attention à sa façon de s'asseoir, de se lever, de marcher, de dormir, pour éviter de froisser la délicate sensibilité de sa blessure. Oui, les plaintes de la part de celle-ci étaient perpétuelles, et il en était plus qu'agacé.

En vérité, il avait l'impression d'être emprisonné dans cette demeure, et que la clé de sa cellule était cette plaie. Jabon était le gardien, et, ses surveillants, le flot ininterrompu de *doggen* obséquieux. Le confort n'avait plus d'importance lorsqu'on ne pouvait pas volontairement quitter un endroit, et les murs se rétrécissaient jour après jour autour de lui, peu importe qu'ils soient tendus de soie et couverts de tableaux représentant des scènes pastorales à base de moutons et de cours d'eau.

Mais à coup sûr le vent tournerait bientôt en sa faveur et il pourrait enfin partir d'ici, même contre l'avis de Havers et des autres. Le problème, c'était que ses jambes étaient faibles, son équilibre instable et, en réalité, il ne se sentait pas bien, même s'il n'était pas non plus à l'article de la mort. Non, il se trouvait dans ce purgatoire entre la maladie accablante et la santé relative, juste assez infirme pour que ses activités soient réduites, mais pas assez fiévreux et diminué physiquement pour ne pas avoir conscience du lent passage du temps.

Il aurait presque préféré cette seconde option. Pour lui, les heures se traînaient, et il était douloureusement conscient de leur paresse pernicieuse.

Replaçant les draps sur ses abdominaux, il poussa un grognement lorsqu'il se contorsionna pour atteindre la lampe à huile sur sa table de chevet. Après en avoir éteint la flamme, il s'allongea complètement et maintint ses membres dans une stricte immobilité pour éviter tout rappel à l'ordre de la part de sa blessure. Tandis qu'il se transformait en statue, totalement figé à l'exception de sa respiration, il s'efforça de ne pas s'appesantir sur le fait qu'une nuit, peut-être bientôt, peut-être bien plus tard, il se retrouverait ainsi pour l'éternité, mort et enterré, son âme envolée vers l'Estompe.

Songeant à l'au-delà, il se demanda si ce serait ainsi. Une grasse matinée infinie, tous ses besoins satisfaits, aucun avenir à redouter, car l'éternité était trop vaste à saisir et donnait surtout l'impression de vivre dans un présent perpétuel. Après tout, c'était la brièveté du temps qui poussait les mortels à se soucier de choses telles que le sort et la destinée, peut-être que soulager cette inquiétude et cette angoisse était le but de l'Estompe, la récompense pour avoir lutté sur terre. Mais, après son expérience présente,

Rhage n'était plus certain que le dernier souffle vous accorde une telle bénédiction. L'éternité lui paraissait ennuyeuse.

Mais s'il avait eu une *shellane*…

Eh bien, s'il avait trouvé le véritable amour, quelqu'un qui aurait allumé son cœur et pas seulement son sexe, une femelle forte et intelligente qui l'aurait complété, alors la perspective de l'éternité lui aurait paru très différente. Qui ne désirerait pas être à tout jamais en compagnie de l'être aimé ?

Mais, pour lui, l'amour était semblable au fantasme d'Audaszs d'une communauté de vampires vivant sous le même toit.

Cela ne serait jamais une réalité, mais toujours un rêve.

Ce mâle de valeur pouvait faire construire cent maisons sur cent montagnes… la Confrérie ne viendrait jamais en remplir les chambres. Tout comme Rhage pouvait imaginer un amour allant au-delà du sexe, cela ne voulait pas dire qu'il trouverait un jour…

La porte de la chambre d'amis s'ouvrit, et le trait de lumière qui transperça l'obscurité atteignit pile sa tête douloureuse.

Avec un juron, il leva l'avant-bras pour se protéger les yeux.

— Non, dit-il d'un ton sec. Je n'ai besoin de rien. Laissez-moi, je vous prie.

Quand le *doggen* n'accepta pas immédiatement d'être soulagé de ses devoirs, il baissa le bras et lança un regard noir à la lumière.

— Si je dois me lever pour fermer moi-même cette porte, je ne vous remercierai pas de me forcer à l'effort de me lever de ce lit.

Il y eut un silence. Puis une voix féminine, une jeune voix féminine, demanda d'un ton flûté :

— Ainsi vous êtes souffrant ?

Lorsqu'il reconnut la voix de sa visiteuse, une identification très vite confirmée par son odeur, il eut envie de jurer. C'était cette fille encore célibataire de bonne lignée, celle qui était entrée avec sa *mahmen* et Jabon dans le petit salon pendant qu'Audaszs examinait les plans de sa demeure.

Celle qui s'était penchée dans l'encadrement de l'arche du petit salon et l'avait observé avec une franche curiosité.

Celle qui avait pris l'initiative de s'asseoir à côté de lui à chaque repas auquel il assistait.

Oui, il faisait un effort pour se rendre à table au moins pour les Premiers et Derniers Repas. Il s'était dit que cette activité accélérerait sa guérison et, jusqu'à cet instant, il avait eu l'impression d'avoir eu raison de se forcer à descendre deux fois par nuit.

Mais il n'avait ni l'envie ni l'énergie de s'occuper de celle qui venait de franchir sa porte.

— Vous êtes dans la mauvaise chambre, rétorqua-t-il. Partez.

La femelle avança d'un pas et la lumière qui brillait dans son dos éclaira les contours de son corps drapé dans un déshabillé diaphane.

— Mais vous êtes malade.

— Je me porte assez bien.

— Je peux éventuellement vous aider. (Sa voix était douce.) Je peux éventuellement… améliorer la situation.

Quand elle se retourna pour fermer la porte – et ainsi leur garantir une intimité qui était la dernière chose que souhaitait Rhage –, il se redressa vivement et poussa un grognement. Puis la pièce fut de nouveau plongée dans l'obscurité, et il eut l'impression qu'elle se dirigeait vers lui.

— Non, s'exclama-t-il en rouvrant le battant d'un ordre mental.

Elle se figea lorsque la lumière se déversa une fois de plus dans la chambre.

— Mais, messire… ne me trouvez-vous pas… acceptable ?

— Comme commensale, assurément. (Il tenait fermement les draps plaqués sur son torse, en une posture classique de vertu outragée qui était risible compte tenu de ses inclinations.) Rien de plus que cela…

Oh, douce Vierge scribe ! des larmes.

Même s'il ne pouvait pas voir son visage plongé dans l'ombre à cause du contre-jour que créait la lumière du couloir, il avait conscience de son état croissant d'agitation et de douleur : une odeur acide de larmes émanait d'elle, tout comme la délicate fragrance de son excitation, et il aurait vraiment, profondément, préféré ne pas être la personne à l'origine des deux.

— Pardonnez-moi de m'exprimer aussi brutalement, murmura-t-il. Vous êtes d'une grande vertu et d'une grande beauté. Mais je ne suis pas celui que vous recherchez.

La femelle jeta un coup d'œil à la porte, comme si elle envisageait une nouvelle tentative pour la fermer ; sans doute parce qu'elle avait reçu l'ordre de réussir sa mission ou de ne pas regagner l'aile où sa *mahmen* et elle avaient été installées. Oui, elle le désirait peut-être, mais aucune femelle d'aucune lignée ne se serait permis d'entrer ainsi dans la chambre d'un mâle… à moins qu'un parent plus âgé, qui voyait beaucoup d'avantages à une cérémonie d'union forcée, n'en ait fait la suggestion.

— Cette porte restera ouverte, et vous allez retourner dans la chambre que vous partagez avec votre *mahmen*, dit-il fermement.

— Mais… mais…

— Retournez auprès de votre *mahmen*. (Il fit de son mieux pour empêcher l'épuisement de rendre son ton trop tranchant.) Cela n'a rien à voir avec vous. Rien ne cloche chez vous. Mais rien ne se passera jamais entre vous et moi. Jamais. Je n'apprécie que les femelles expérimentées et exemptes de complications. Vous, ma chère, ne remplissez aucune de ces conditions.

Voilà qui était fermer la porte – du moins « certaines portes ». Mais il devait s'assurer qu'elle avait bien compris qu'il n'y avait pas d'avenir à espérer entre eux.

— Vous méritez davantage que je ne peux vous offrir, reprit-il en tempérant sa voix. Allez donc vous trouver un gentil mâle d'une bonne lignée, d'accord ? et laissez les gens comme moi tranquilles.

À ce stade, il n'avait pas la moindre idée de ce qu'il lui racontait. Il voulait juste qu'elle parte.

— Vous êtes un héros. (Elle renifla et se tamponna les yeux.) Vous vous battez pour l'espèce. Pour nous protéger. Qui pourrait être plus digne que vous…

— Je suis un soldat et un tueur. (Et maudit de surcroît par la Vierge scribe.) Je ne suis pas celui que vous cherchez. Une belle vie vous attend, et vous devez vous efforcer de la trouver. Ailleurs.

Dans le couloir, une silhouette passa, et Rhage siffla.

Le Chacal, s'avéra-t-il, pivota et présenta sa silhouette dans l'encadrement de la porte ouverte. D'un ton sec, il murmura :

— Étrangement, je ne peux pas croire que cette situation nécessite un public.

Comme tu te trompes, songea Rhage. Et pas parce qu'il était exhibitionniste.

— Ellany allait partir, répondit-il. Tu pourrais peut-être avoir l'amabilité de lui tenir la porte.

Dans l'atmosphère tendue, la femelle baissa la tête et renifla. Puis elle resserra les pans de son déshabillé transparent sur ses seins et passa rapidement devant l'autre mâle.

— Merde ! marmonna Rhage en se laissant retomber sur les oreillers. J'ai hâte de sortir d'ici.

— Je dois avouer que je ne sais quoi répondre à cela, dit le Chacal. Vu l'occasion que tu viens de décliner.

— Ce n'est pas une occasion, mais une prison d'un autre genre, dont le gardien serait sa vertu ou, plutôt, la perte de celle-ci. Et je n'attends pas de réponse de ta part – non, attends, c'est faux. Je t'en prie, inspire profondément.

Son interlocuteur jeta un coup d'œil dans le couloir avant de se tourner de nouveau vers le lit. Après avoir pris une longue et profonde inspiration, il hocha la tête.

— Je ne détecte aucune trace d'excitation chez toi. Je peux en attester publiquement, si c'est ce que tu souhaites.

— Oui. Et j'aurai peut-être besoin que tu partages cette information avec d'autres si la nécessité se présente.

— Mais bien entendu. (Le Chacal rit doucement.) Voilà donc un guet-apens habilement évité.

— Pauvre petite femelle. Sa *mahmen* l'a jetée dans des profondeurs dans lesquelles elle risque de se noyer.

— La *glymera* utilise toujours ses atouts, quels qu'ils soient : maisons, chevaux ou filles. C'est la caractéristique qui la représente le mieux en dehors de sa propension à la censure.

— N'en fais-tu pas partie cependant ? Ton accent trahit ton statut. De même que tes vêtements, et le fait que Jabon t'ait accueilli ici.

— Ce mâle héberge une foule de nantis bouffis d'orgueil, n'est-ce pas ? Quant à la *mahmen* de ta visiteuse à demi dévêtue, elle a noué de solides liens avec notre hôte. Elle a séjourné ici plus d'une fois, et elle ne dort pas seule, si tu vois ce que je veux dire.

Rhage ne put réprimer un sourire. Il respectait quiconque souhaitait garder sa vie privée.

Non qu'une telle réticence l'empêche de s'informer.

— Tu loges toi aussi très souvent ici, sans quoi tu ne saurais pas tout cela.

— La *mahmen* a pris la peine de me dire à quelle fréquence elle séjournait ici. Néanmoins, j'ai appris de la bouche d'une autre personne qu'elle était assez malchanceuse dans la vie, je le crains. Son *hellren* est décédé subitement avec des dettes de jeu. Je crois qu'elle considère l'air avenant de sa fille comme une bouée de sauvetage pour elles deux. Jabon les loge régulièrement en échange de certaines… préférences, dirons-nous… qu'il témoigne à la *mahmen*. Je crois néanmoins qu'il finira par la décevoir. Il a beau être généreux en matière de logement, je le soupçonne d'être radin quand il s'agit de distribuer de l'argent.

— Comme tout cela est compliqué.

— Pas vraiment.

Rhage repensa à la fille.

— Ce qu'il y a de triste c'est que… je ne me souviens même plus de la couleur de ses cheveux. Ni de ses yeux.

— Claire, dans les deux cas. Elle est assez séduisante.

— Ah ! (Rhage haussa un sourcil.) Et toi, alors ? Tu devrais peut-être saisir l'occasion.

— Jamais.

Comme Rhage ne cessait de le dévisager, le Chacal jeta de nouveau un coup d'œil derrière lui dans le couloir vide.

— Quelque chose ne va pas ?

— Absolument pas. (Rhage se remit à sourire.) Mais je me sens poussé à faire un commentaire.

— Je crois que tu as élégamment éconduit cette jeune femelle et sa parente.

— Il existe deux types de personnes qui cachent des choses aux autres…

— Eh bien, je dois regagner ma chambre à présent…

— Ceux qui ont réellement quelque chose à cacher, et ceux qui souhaitent simplement rester discrets.

Lorsque le mâle fit mine de s'en aller, Rhage haussa la voix.

— Je veux que tu saches que, dans un cas comme dans l'autre, je ne te juge pas.

Le Chacal s'immobilisa et fronça les sourcils.

— Tu ne sais rien de moi.

— Je n'en suis pas certain. Je t'ai reconnu dès l'instant où je t'ai vu.

— Nos chemins ne se sont jamais croisés.

— Je te connais de quelque part, et tu as eu la même impression. J'ai vu ton expression lors de notre rencontre. (Rhage agita l'index entre eux.) Et rien de ce que tu pourras dire ou faire ne me fera changer d'avis…

— Je viens du Sud. Je suis né là-bas et j'y ai grandi. Je t'ai dit que le père de Jabon m'avait aidé quand je suis devenu orphelin et donc, bien sûr, je suis resté en contact avec le fils. C'est tout, je le crains. Tout cela est sans intérêt.

— Tes parents viennent du Sud, alors. (Comme le mâle refermait vivement la bouche, Rhage lui fit un clin d'œil.) Attention, ton mur de secret imperméable a une petite fissure.

— Je n'ai rien divulgué. Tu ne sais rien.

— Mon cher ami, même si tu révélais tout, je ne saurais toujours rien. Ne sous-estime pas ma capacité à garder le silence.

— Ce sont plutôt tes questions qui me posent des difficultés.

Ils se dévisagèrent un moment. Puis Rhage ne fut pas du tout surpris quand le mâle s'inclina avec respect et prit congé.

La porte se referma en silence derrière le Chacal et la chambre se retrouva de nouveau plongée dans l'obscurité.

Fermant les yeux, Rhage s'efforça de s'installer plus confortablement dans le lit parfaitement douillet, contre les oreillers parfaitement moelleux. Dans la rue, derrière les épais rideaux et les volets intérieurs qui recouvraient les fenêtres, il entendait l'activité diurne commencer, le soleil appelant les humains sur la route où se dressait la maison majestueuse. Des chevaux faisaient sonner leurs sabots. Des voitures grinçaient. Puis une automobile passa. Bientôt, il y aurait plein de gens.

Qui s'affaireraient à leurs occupations diverses. Les humains étaient toujours si remuants…

La porte de la chambre d'amis se rouvrit, et Rhage ne prit pas la peine de lever la tête.

— Je suis mort. Laissez-moi…

Une voix douce, mais pas du tout féminine cette fois-ci, répondit.

— Je ne devrais pas être là.

Rhage souleva son crâne lourd. Le Chacal s'était penché dans la pièce, sans entrer complètement, comme s'il aurait aimé éviter cette discussion.

— Es-tu pourchassé ? demanda Rhage. Parce que je peux m'en occuper.

Son visiteur eut de nouveau un rire sec.

— Tu ne peux pas même tenir debout sans aide.

— Attends de voir.

— Merci, mais je n'ai pas besoin de protection. Je ne suis pas poursuivi.

Le sérieux avec lequel Rhage reprit la parole l'étonna lui-même :

— Si jamais tu as besoin d'aide un jour, tu peux compter sur moi.

— Tu ne me connais pas.

— Si. Quelque part, si.

Le mâle regarda autour de lui. Ou, du moins, c'est ce que supposa Rhage, vu le rond d'ombre noire qui se découpa dans le rai de lumière au niveau de la tête du Chacal.

— Pourquoi… m'offrirais-tu une telle promesse ?

En vérité, Rhage ne savait pas trop pour quelle raison, c'est pourquoi il se sentit obligé d'en inventer une.

— Parce que tu as apporté ton aide à mon frère Audaszs.

— Vous êtes très proches, alors ?

— Pas du tout. Nous sommes deux personnalités à l'opposé l'une de l'autre. C'est un mâle de grande valeur. De grand courage, de grande force. (En songeant à Audaszs, il se rendit compte qu'il ne mentait pas.) Pour un frère tel que lui, je prendrai soin de quiconque lui vient en aide.

Pourtant ce n'était pas la seule raison qui le poussait à aider ce mâle, qu'il n'arrivait pourtant pas à resituer.

Brusquement, le Chacal baissa la tête. Il s'écoula un moment avant qu'il ajoute :

— J'ai promis à ma *mahmen* de ne jamais venir à Caldwell juste avant qu'elle rejoigne l'Estompe. Il m'a fallu dix ans pour briser un serment que je n'aurais jamais dû lui faire, et j'avoue que ce reniement de ma parole ne cesse de me blesser.

— Qui cherches-tu à éviter ici, dans ce village ?

— Mon père. (Il eut un petit rire.) Bien entendu, c'est lui que je cherche. C'est plutôt ironique, n'est-ce pas ?

Sur ce, le mâle s'esquiva et disparut dans le couloir, laissant la porte se refermer avec un petit claquement.

Chapitre 19

Nyx marchait cachée derrière une forteresse d'épaules. Devant… derrière… de chaque côté… elle était entourée de larges torses musclés. Dans de tout autres circonstances, elle aurait pu se croire à un enterrement de vie de jeune fille.

Se déplaçant avec les mâles dans ce qui devait être le tunnel principal de la prison, vu sa largeur, elle gardait la tête baissée, mais sans détourner les yeux. Elle enregistrait tout. Chaque personne qu'ils dépassaient. Les tournants qu'ils prenaient. La hauteur du plafond, la sensation du sol en terre battue sous ses bottes, le changement de température.

L'air se réchauffait.

Le fait qu'ils approchaient d'une sorte de tournant décisif pour la suite des événements lui donnait des picotements dans la nuque et rendait ses mains poisseuses. Désormais beaucoup de prisonniers circulaient autour d'eux, dans les deux sens. Presque tous marchaient seuls, et elle se demanda si leur groupe n'allait pas finir par éveiller l'attention des gardiens. Mais elle n'avait pas le temps de s'en soucier. Elle n'avait pas vraiment d'autre option.

L'entrée de la Ruche se présenta sans que rien n'indique qu'on franchissait une frontière vers un nouveau lieu. Néanmoins, l'endroit faisait forte impression, surtout au regard de son absence de délimitation.

Après un dernier virage, le tunnel s'ouvrit sur une grotte si vaste que la première pensée de la femelle fut de se demander comment diable le plafond voûté tenait bon – puis elle aperçut les piliers de béton brut aussi épais que des voitures qui soutenaient l'ensemble, répartis de façon inégale, comme si les architectes qui avaient conçu la prison s'étaient complètement fichus de son esthétique, et à peine de son intégrité structurelle. Bon sang de bonsoir ! l'espace intérieur était immense ; il faisait facilement trente mètres de large et autant de long. Et, loin devant, on distinguait un point focal. À l'autre bout de la salle, une estrade s'élevait. Dessus, trois troncs débarrassés de leur écorce et de leurs branches se dressaient à la verticale, comme si leurs racines s'enfonçaient dans la roche.

Les taches brun foncé visibles sur les troncs lui retournèrent l'estomac.

Ne pense pas à cela, s'intima-t-elle. *Inquiète-toi plutôt de...*

Nyx chancela quand elle prit conscience du grand nombre de prisonniers sous la faible lumière venue d'en haut. Ils étaient des centaines, tous habillés d'amples vêtements sombres, à se mouvoir comme des spectres avec la même démarche traînante, dont elle n'aurait su dire si elle était affectée ou due à l'affliction. Cela dépendait peut-être de chaque individu.

L'odeur était épouvantable. Pire qu'une étable qu'on n'aurait pas nettoyée depuis deux semaines.

Et elle avait peu d'espoir de découvrir Janelle dans la foule. Il faisait trop sombre pour scruter les visages, et la puanteur ambiante signifiait que l'odeur de sa sœur ne serait pas perceptible.

Nyx voulut demander à Jack s'ils étaient encore loin. Et comment il lui ferait comprendre qu'il était temps de courir – à moins qu'il vaille mieux marcher ? Ils auraient dû en discuter avant...

Le premier gardien qu'elle aperçut se tenait adossé contre l'estrade. Un fusil noir mat à long canon qui lui arrivait à l'épaule était plaqué sur son torse, et il avait le doigt posé sur la détente. Sa tête oscillait régulièrement d'un côté à l'autre tandis qu'il scrutait la foule, un masque de sang-froid mortel sur le visage. Et il y en avait un deuxième de l'autre côté de l'estrade. Armé de la même façon et qui affichait le même calme professionnel. Et d'autres encore, qu'elle avait ratés au premier coup d'œil pour certains parce que leurs uniformes noirs se fondaient dans la roche, tous également équipés d'armes puissantes, capables de cribler de balles la masse de mâles et de femelles en un clin d'œil.

Le fait même qu'elle ne les ait pas remarqués immédiatement était aussi une preuve de leur efficacité.

Pour atteindre l'estrade, Jack les fit avancer prudemment à travers la foule selon un itinéraire circulaire et détourné. Tous les six progressaient toujours de concert, mais elle avait conscience que, souvent, les mâles se tenaient volontairement à distance les uns des autres. Elle ne comprenait pas pourquoi ils prenaient cette peine… jusqu'à ce qu'elle se rende compte que c'était pour donner l'impression qu'ils ne formaient pas réellement un groupe. En fait, leur coordination était si subtile et si bien rodée qu'ils avaient nécessairement déjà dû agir ainsi par le passé, et elle se demanda quand. Dans quelles circonstances. Mais comme si cela importait ?

Lorsqu'ils atteignirent finalement l'estrade, elle riva les yeux sur les fameux poteaux. À leur base, des chaînes aux maillons noircis s'entassaient.

Du sang frais tachait l'un des troncs.

Elle tourna les yeux vers le garde le plus proche. Il ne la regardait pas. Son attention se portait derrière elle, comme s'il observait quelque chose en particulier.

Ce devait être ce mâle, Apogée…

Lucan se tourna vers elle.

— Qu'est-ce que tu viens de me dire ? Qu'est-ce que tu viens de me dire, putain !?

Nyx s'arrêta net.

— Attends, que…

Désordre se pencha vers lui.

— J'ai dit que tu étais moche et impuissant. Et que, lorsque tu te transformes, tu es poilu comme un lévrier.

Lucan montra les crocs.

— Espèce de sale…

Ils se jetèrent l'un sur l'autre en se heurtant avec force, les poings serrés, le visage rouge d'agressivité… et, dès que le combat débuta, une troupe de gardes se précipita vers eux depuis un endroit obscur situé à droite de l'estrade. Se tenaient-ils toujours là en renfort ? ou s'agissait-il de la relève…

Jack lui saisit la main et la tira brusquement en arrière.

Alors que d'autres prisonniers se ruaient vers le combat dans lequel Désordre et Lucan se donnaient à fond, brandissant du papier-monnaie froissé pour parier sur le vainqueur, les gardes les encerclèrent, mais Jack et elle coururent vers le bord de l'énorme et croissant enchevêtrement de corps, à contre-courant des détenus qui se dirigeaient vers l'agitation.

La tirant derrière lui, Jack longea l'attroupement et la guida jusqu'à une étroite fissure dans la paroi rocheuse, à environ sept mètres de l'estrade, du combat et des gardiens. La fente noire dans la caverne était si étroite qu'ils furent tout d'abord obligés de s'y faufiler l'un derrière l'autre, avant de se tourner et d'avancer de côté quand même les épaules de Nyx ne purent plus passer de face. L'air vicié dégageait une forte odeur de moisi, si bien qu'elle se retrouva confrontée à une poussée inattendue de claustrophobie en raison de cette puanteur accablante conjuguée à l'obscurité pénétrante, et de l'étroitesse de l'espace.

Sans repère pour s'orienter, elle se raccrocha comme à un fanal aux légers bruits que produisaient les mouvements de Jack. Le froissement de ses vêtements, le frôlement de ses pieds, le grognement occasionnel qu'il lâchait quand il devait forcer sa large carrure dans le passage qui se rétrécissait de plus en plus étaient les seules raisons qui lui donnaient encore le courage d'avancer.

Jack ne ralentit pas avant d'y être contraint. Lorsque la fissure se fit si étroite que le visage, le dos et les fesses de Nyx se mirent à frôler la roche, elle finit par se heurter à lui.

— Ce n'est plus très loin, chuchota-t-il. Tu peux y arriver.

Il avait dû sentir sa peur.

— Ce n'est pas pour moi que je m'inquiète.

Menteuse, songea-t-elle.

Juste au moment où elle allait perdre les pédales et où elle ouvrait la bouche pour lui dire qu'elle ne pouvait plus avancer d'un pas, l'odeur changea.

Est-ce que c'est de l'air frais ? s'interrogea-t-elle.

Jack s'arrêta et tourna difficilement la tête vers elle. Ou du moins elle supposa qu'il l'avait fait, car sa voix atteignait désormais plus directement ses oreilles.

— Nous allons à gauche, et nous allons devoir aller très vite. Je n'ai pas besoin de te répéter à quel point c'est dangereux.

— J'ai compris.

— Nyx, je suis sérieux…

— Ferme-la. Si ça foire, ce ne sera pas à cause de moi, jura-t-elle.

Pendant un bref instant, le Chacal ferma les yeux dans le néant obscur de la fissure. Le courage était aussi fondamental que l'air. Comme l'oxygène, il maintenait une personne en vie et, aux heures les plus critiques, dans les pires circonstances, au sommet des plus hautes falaises, il était plus nécessaire que jamais.

Il n'était pas surpris de la détermination d'acier de Nyx.

Plus que tout, elle lui insuffla un regain d'énergie. Et cela faisait très, très longtemps que cette veilleuse au centre de sa poitrine n'avait pas été ranimée par un quelconque engagement vis-à-vis du sexe opposé. Pourtant il était là, porté par la ferme résolution de la femelle, comme propulsé par son exemple.

S'il avait pu poser les lèvres sur les siennes, il l'aurait fait. À la place, il fit ce qu'il pouvait encore faire pour elle.

Il l'emmena là où elle devait aller.

Les quinze derniers mètres furent les plus durs, les plus étroits. Mais enfin il aperçut une lueur devant lui sur laquelle il put se concentrer, et il s'assura qu'il n'y avait aucun bruit ni aucune odeur suspecte à l'extérieur avant de s'extirper du boyau. Lorsqu'il sauta dans un espace assez exigu, rempli de boîtes de conserve dans des caisses, la lumière lui piqua les yeux. Pivotant sur lui-même, il rattrapa Nyx alors qu'elle tombait en avant, la plaqua contre lui et l'étreignit un bref instant. Quand il inspira profondément, l'odeur de la femelle remplaça toutes les autres.

Il s'écarta d'elle avec un signe de tête, qu'elle lui rendit. Prêt. Feu. Partez…

Il lui donna un rapide baiser, même s'il n'aurait sans doute pas dû, puis il s'élança, sortant furtivement de la réserve et se précipitant dans un passage d'environ cinq mètres de long. Nyx était juste derrière lui, sur ses talons.

Quand il leva la main et s'immobilisa, elle l'imita aussitôt.

Aucun bruit devant. Aucune odeur. Aucune alarme non plus.

À son signal, ils se glissèrent dans l'enceinte du Commandant proprement dite, qui ne ressemblait en rien au reste de la prison. Ici, tous les tunnels et toutes les pièces étaient achevés, les parois et les plafonds rocheux dissimulés sous du plâtre, les ampoules fixées dans des plafonniers rectangulaires, le sol carrelé. Il n'y avait ni moisissure ni odeur terreuse d'humidité grâce à un système de chauffage par ventilation qui fonctionnait constamment et déversait un air frais et tiède dans la froide tanière souterraine. On comptait également la présence d'autres conforts matériels, tels que l'eau courante, des boîtes lumineuses aux images mouvantes, ainsi que d'autres objets technologiques dont la fonction était liée aux affaires commerciales de la prison.

— Il y a différents secteurs ici, expliqua-t-il à voix basse. Les dortoirs des gardes, la zone de production, et les quartiers privés du Commandant.

— Où allons-nous ?

— Dans les quartiers privés.

Ils avançaient de concert, lui devant, elle derrière, souplement et silencieusement sur la pointe des pieds, leur pistolet plaqué contre la cuisse. D'un côté, leur facilité à former un duo coordonné le surprenait. Mais d'un autre côté, vu leur complicité sexuelle, il aurait dû s'en douter. Leurs corps fonctionnaient bien ensemble, quelle que soit la situation.

Comme ils approchaient des quartiers privés, il devint totalement paranoïaque et se convainquit qu'ils étaient suivis. Même si cela paraissait absurde, il s'attendait à ce qu'un gardien surgisse devant eux à chaque instant. Néanmoins, s'il ne s'était pas trompé dans le planning des rotations – et, étant donné que la relève des gardiens avait bien eu lieu dans la Ruche tout à l'heure, ce devait être le cas –, le Commandant devait actuellement se trouver dans la zone de production pour vérifier personnellement le rendement des prisonniers, comme il le faisait toujours au début et à la fin de chaque cycle de travail. Le Commandant prenait la production bien plus au sérieux que les prisonniers, et on aurait pu se demander pourquoi la partie « affaires » de la prison n'avait pas été déplacée ailleurs, dans un lieu plus sûr et moins compliqué. Néanmoins, il fallait de la main-d'œuvre, si bien que les détenus étaient nécessaires, travaillant gratuitement de surcroît puisqu'il n'y avait pas à se soucier de leur verser un salaire. Il avait tout à fait conscience que la seule raison pour laquelle les prisonniers étaient nourris et recevaient des soins médicaux, même rudimentaires, était parce que les postes de production requéraient du personnel. Surtout, depuis que Nyx l'avait informé de l'année en cours, il soupçonnait que beaucoup de détenus avaient dépassé le temps de leur peine d'incarcération. Il fallait des ouvriers cependant, et ils se retrouvaient coincés dans ce monde souterrain, obscur et intemporel.

Tout cela était intolérable.

Alors qu'ils approchaient d'une bifurcation dans le couloir, il leva de nouveau la paume et ils s'arrêtèrent tous deux le temps qu'il guette la présence d'odeurs ou de bruits suspects.

Quand il se fut assuré qu'il n'y avait rien à sentir ou à entendre, il adressa un signe de tête à Nyx et ils reprirent leur route. Les quartiers privés étaient bien gardés lorsque le Commandant était sur place. Quand ce n'était pas le cas, l'endroit ressemblait à une ville fantôme. Même ainsi, tandis qu'il guidait efficacement Nyx vers leur destination en silence, passant devant toutes sortes de portes et de tunnels secondaires, son cœur cognait bien trop fort par rapport à l'effort réel que nécessitait leur petite excursion.

Et ce n'était pas uniquement parce qu'il se préparait à tomber sur des gardiens ou un Commandant en retard. À mesure qu'il approchait du Mur, il se rendait compte qu'il existait une autre raison qui l'avait poussé à insister pour accompagner Nyx dans cette mission. Une autre raison pour laquelle il voulait revenir ici.

Au détour de l'un des derniers virages, il chancela, trébucha et dut se rattraper au mur de plâtre d'une main.

— Que se passe-t-il ? chuchota Nyx. Es-tu malade ?

Devant eux, la cellule construite une vingtaine d'années plus tôt et équipée avec des objets du monde d'en haut se présentait comme un diorama. Un décor. Une exposition illustrant la façon dont on y avait vécu.

Le Chacal s'approcha des barreaux, les mains tremblantes, le cœur battant. Sa bouche s'assécha, et il tenta de déglutir pour offrir une réponse à Nyx. Aucune ne vint, surtout lorsqu'il regarda au travers des barreaux de fer recouverts d'un grillage en acier.

Il n'y avait personne là-dedans. Ni sur le lit moelleux avec ses draps et ses couvertures propres. Ni au bureau couvert de livres, de bloc-notes et de stylos. Ni dans la baignoire en porcelaine ou dans le dressing derrière le paravent.

Inspirant par le nez, il saisit l'odeur familière et tenta de se rassurer, se disant qu'il y avait encore le temps, même si, en réalité, ce n'était pas le temps qui l'avait empêché d'accomplir cet ultime devoir.

Soudain, il repensa à la détermination et au courage de Nyx.

— Qui vit ici ? l'interrogea-t-elle doucement.

Chapitre 20

Lorsque Nyx l'interrogea, elle eut le sentiment que Jack ne l'entendait plus. Alors qu'il se tenait devant une cellule équipée comme une agréable chambre d'hôtel, il paraissait complètement déconnecté de la réalité : son corps immense était immobile et, à l'exception d'une profonde inspiration, on aurait dit qu'il avait été changé en pierre.

C'était là que sa femelle demeurait, se dit-elle lorsqu'elle le vit poser respectueusement une paume sur le grillage en acier qui recouvrait les barreaux. Le désir, le chagrin, le sentiment de deuil qui imprégnaient non seulement son visage et ses yeux, mais également tout son corps, modifiaient l'air autour de lui, le chargeant d'une aura de tristesse et de culpabilité.

La flambée de jalousie qui la parcourut était inacceptable à bien des niveaux, mais il lui fut impossible d'endiguer la vague rouge d'agressivité dirigée contre une femelle qui lui demeurait inconnue, voire invisible puisqu'elle qui n'était pas là. Avant qu'elle puisse s'en empêcher, elle inspira profondément, elle aussi, curieuse de sentir l'odeur de la compagne de Jack, mais elle n'obtint qu'une nouvelle bouffée de la puanteur de la Ruche.

C'était sans doute pour le mieux.

Cela ne la regardait pas.

— On devrait y aller, reprit-elle. Il faut qu'on parte…

Les épaules de Jack tressaillirent, et il tourna les yeux vers elle. Pendant une fraction de seconde, il la regarda, une expression parfaitement vide sur le visage.

Nyx secoua la tête.

— Pas maintenant. Tu ne peux pas te permettre d'avoir une absence maintenant. J'ai besoin que tu reviennes à la réalité.

Elle désigna le sol de béton entre eux, et il jeta un coup d'œil vers le bas. Puis il fut de nouveau connecté au monde présent.

— Par ici, dit-il à voix basse.

Ils repartirent, sans qu'il jette un regard en arrière à la cellule, et elle prit cela comme un bon signe. La distraction chez la seule personne qui savait où ils se trouvaient et où ils devaient aller était comme se trouver à bord d'une voiture sans volant, lancée dans une course-poursuite mortelle, juste avant qu'elle ne dégringole d'une falaise.

Sa main se contracta sur la poignée de l'arme que son grand-père lui avait donnée, et elle vérifia une nouvelle fois leurs arrières. Personne. Pour l'instant.

Devant eux, il semblait n'y avoir rien d'autre qu'un tunnel vide, qui n'était pas sans lui rappeler le couloir d'un hôpital dans un roman de Stephen King. Mais, au bout du compte, ils arrivèrent à un embranchement. Elle sut où ils allaient avant même qu'il désigne celui de droite, là où le décor redevenait de la roche brute et l'éclairage des torches enflammées qui crachotaient et sifflaient dans leurs supports. Ils étaient désormais de retour à l'univers qu'ils avaient quitté : de la roche noire et nue, partout. Une odeur de terre. Une humidité qui n'était plus chassée par un système de ventilation.

Au bout d'une trentaine de mètres, Nyx s'arrêta sans qu'on le lui dise. Mais bon, il n'y avait plus nulle part où aller.

Ils étaient arrivés au Mur.

Sous la lumière vacillante des bougies, des centaines et des centaines de noms semblaient onduler sur la roche dans laquelle ils avaient été gravés. Et ce ne fut que lorsqu'elle s'approcha qu'elle se rendit compte que la liste était composée de symboles de la langue ancienne plutôt que de lettres. Les lignes de noms présentaient d'importantes variations, certaines remontaient, d'autres descendaient, ce qui indiquait que des personnes différentes avaient effectué ces gravures, dans des styles divers et avec une qualité d'exécution très inégale. Il n'y avait aucune date, ni décennie, ni année, et encore moins de jour ou de mois. Mais elle comprit que la première colonne avait commencé en haut à gauche car le premier nom était tout proche du plafond… Juste à côté, un peu plus bas, se trouvait une autre colonne à moitié remplie, avec encore plein de roche vierge dessous prête à accueillir de nouveaux noms le moment venu.

Comme l'incarcération de Janelle était relativement récente, Nyx avisa le dernier nom de cette colonne-là. Tout d'abord, ses yeux refusèrent de faire la mise au point sur la pierre lisse réfléchissante à cause de l'effet stroboscopique des bougies qui aurait perturbé toute vision, même non affectée par une vive émotion.

Et, pendant ce temps, son cœur battait la chamade.

Passant l'index sur le nom du bas, elle épela les syllabes des symboles dans sa tête. *Peiters*. Puis elle fit de même avec celui du dessus. *Aidenn*. Idem avec le suivant. *Obsterx*.

Elle répéta le processus en remontant la liste encore et encore…

Elle lisait lentement, et se rendit compte que beaucoup de noms étaient mal orthographiés. Par conséquent, elle n'accéléra pas par la suite, de peur de rater quelque chose par inadvertance. Elle n'avait qu'une seule occasion de faire cela. Ils ne reviendraient pas ici. Et, si elle lisait mal, elle risquait de mettre sa propre vie en danger, à la recherche d'une sœur qui était…

J. A. N. N. E. L.

Avec un hoquet de surprise, elle traça du doigt les symboles un à un, avant de recommencer.

Chancelant sur ses pieds, elle sentit les larmes lui monter aux yeux – ce qui semblait un peu étrange étant donné qu'elle n'éprouvait strictement rien. L'engourdissement avait instantanément gagné son corps, comme si on l'avait plongée dans de la glace. Ses poumons semblaient avoir gelé dans sa cage thoracique et son sang s'être figé dans ses veines.

— Jannel, chuchota-t-elle.

Comme si, peut-être, les syllabes énoncées à voix haute seraient différentes de celles simplement épelées dans sa tête.

Janelle. Le prénom de sa sœur s'orthographiait « Janelle » et pas « Jannel. » Ce devait être une autre prisonnière, avec le même prénom, mais qui s'écrivait différemment...

Fermant les yeux, elle s'affaissa légèrement sur elle-même. Elle avait bien lu. Le prénom était simplement mal orthographié, comme beaucoup d'autres. Les graveurs ne connaissaient peut-être pas mieux la langue ancienne qu'elle. Ou c'étaient simplement des enfoirés négligents qui ne semblaient pas avoir compris qu'ils manquaient de respect aux morts lorsqu'ils écrivaient mal leur prénom.

Alors qu'elle se tenait là, avec l'impression que le léger souffle des mèches allumées tout autour d'elle et le goutte-à-goutte de la cire s'écoulant des bougies hautes d'un mètre résonnaient dans ses oreilles comme un chœur qui chanterait faux, elle fut tentée de s'écrouler, mais, surtout, elle avait envie de hurler. Janelle. Jannel. Putain de merde ! le type au ciseau aurait au moins pu écrire son prénom correctement.

— Est-ce elle ? l'interrogea Jack sans ménagement.

Le son de sa voix lui rappela où ils étaient.

— Oui.

Mais avant de se retourner, de s'éloigner, de lancer le processus pour sortir de la prison, elle effleura une dernière fois l'inscription du bout des doigts...

— Qu'est-ce… ?

Elle découvrit qu'elle n'avait pas seulement son téléphone à la main, elle l'avait allumé, et elle ne pouvait qu'observer l'objet et se demander comment diable il était arrivé là et à quoi ce truc pouvait bien servir.

Oh… oui. Une photo. Elle devait prendre une photo.

Elle leva l'appareil et photographia le nom de sa sœur. Puis elle se retourna et…

Se figea sur place. Jack avait plaqué un gardien contre la paroi, la main serrée sur la gorge du mâle. Avant que Nyx puisse réagir, deux détonations retentirent, et elle plongea en avant, prête à se battre, mais c'était Jack qui avait tiré, et non le gardien. Et il n'y eut aucun écho retentissant sur la pierre. Le bruit des balles fut étouffé, comme si l'arme qu'elle lui avait donnée était équipée d'un silencieux, bien que ce ne soit pas le cas. La chair du gardien, le corps dans lequel les balles s'étaient enfoncées, voilà ce qui avait atténué le bruit.

Jack lâcha prise, et le corps s'avachit. Puis il la regarda.

Il avait les crocs descendus, longs comme des dagues, et son expression ne ressemblait à aucune qu'elle ait déjà vue sur son visage.

— Il faut qu'on parte d'ici, siffla-t-il. *Tout de suite.*

Chapitre 21

Le lendemain soir, alors qu'il sortait de sa chambre dans la maison très fréquentée de Jabon, Rhage se sentait d'humeur plutôt joyeuse. Fermant la porte, il lissa la veste habillée qui couvrait son torse et lança un coup d'œil sceptique au pantalon ajusté à ses mesures gigantesques. Le tailleur de Jabon avait livré les fringues en fine laine une heure plus tôt et avait insisté pour lui faire essayer l'ensemble, chose pour laquelle Rhage ne se serait jamais porté volontaire en d'autres circonstances. Néanmoins, comme tous ses vêtements avaient disparu quand la bête avait surgi de lui dans la prairie au bord du fleuve, il s'était prêté à cette petite intervention textile.

Et cela lui avait un peu remonté le moral. Pourtant, la véritable amélioration de son humeur était surtout due à ses progrès physiques, survenus d'un coup, sans prévenir.

Une bonne nouvelle s'était finalement présentée à lui après une attente anxieuse, comme un paquet surprise déposé devant sa porte, une carte de visite inespérée ou la nouvelle qu'une audience lui était enfin accordée : pour la première fois depuis que son infection s'était déclarée en fanfare avec cette rougeur inquiétante autour du point d'entrée de la balle, il avait assisté ce soir à une véritable amélioration de cette dernière. Oui, lorsqu'il avait regardé sous le bandage à son réveil, il avait découvert une réduction notable de la rougeur en taille comme en intensité. Et ce n'était pas tout. Il pouvait bien mieux se mouvoir à présent ; les marqueurs de la douleur qui s'enflammaient auparavant à chacun de ses moindres gestes et déplacements s'apaisaient désormais, voire se taisaient complètement, pendant un moment du moins.

Donc, oui, il descendit l'escalier d'un pas sautillant jusqu'au hall de réception. À l'heure. Pour le Premier Repas.

La salle à manger se trouvait à gauche, et des invités se pressaient déjà autour des sièges entourant la table sculptée, tels d'élégants cochons devant une auge, mais il ne s'y rendit pas. Dans le petit salon, une voix familière attira son attention et, juste après, ses pas.

Pénétrant dans la pièce, il sourit.

— Regardez-vous, tous les deux. Encore au travail, je vois.

Son frère Audaszs et le Chacal levèrent la tête des plans de nouveau étalés sur la table, qu'ils observaient conjointement. Tous deux étaient parfaitement habillés, comme toujours, et ils lui sourirent en retour. Tous semblaient de bonne humeur en cette chaude soirée de juin.

— Et regarde-toi, répondit Audaszs en se redressant, un crayon à la main. Si droit et si mobile, en bien meilleure forme. J'allais venir te voir, mais tu es venu à moi. Bien joué.

— Merci, mon frère.

Rhage esquissa une petite courbette et, en se redressant, se prépara à éprouver un vertige qui ne vint pas.

— Je me sens plutôt bien. Un cap a été franchi.

— Je ferai venir Havers auprès de toi dès que nous aurons fini ici.

Le sourire d'Audaszs demeura large, mais son regard redevint sérieux.

— Nous nous assurerons qu'il confirme bien ton autoévaluation avant ton départ d'ici, qui, d'après ces vêtements, me semble plus imminent que le repas que l'on va bientôt servir de l'autre côté du hall.

— Fais venir le guérisseur. (Levant les bras, Rhage ignora le grincement de douleur sous ses côtes. Néanmoins, l'amélioration était bien réelle.) Je suis prêt à le recevoir pour parachever ma convalescence en beauté.

— Bien. (Audaszs lui fit signe d'approcher.) En attendant, viens voir ici notre projet final. Je suis très fier du résultat.

Le Chacal opina.

— Il a beaucoup amélioré mes idées. Ce sera un sacré palais, construit pour durer par des maîtres artisans.

Rhage voulut leur faire plaisir et s'avança pour se pencher au-dessus des plans, applaudissant leur excellence par des hochements de tête et des exclamations d'admiration chaque fois qu'on lui pointait de l'index un élément sur les différentes feuilles – même si, en vérité, il n'avait pas la moindre idée de ce qu'il regardait, ni de ce dont on lui parlait. Pour ces mâles, la conversion de deux dimensions à trois semblait une opération facile à réaliser. Pour lui, un tel effort représentait une impasse cognitive. Les lignes incompréhensibles sur les tracés architecturaux n'allaient absolument nulle part dans son crâne.

Néanmoins, il était sensible à leur enthousiasme sincère et, en outre, dans son humeur actuelle, il débordait de bonne volonté, il lui était donc facile de formuler des vœux de réussite mesurés. En fait, il était même prêt à remercier Jabon en quittant la demeure, et pas seulement de façon polie et obligée. Si éprouvante qu'ait été son épreuve, il lui était reconnaissant de son hospitalité. Même si les *doggen* n'allaient vraiment pas lui manquer.

— Donc la construction est décidée ? interrogea-t-il lorsqu'il y eut une pause dans la discussion sur les poutres, les contreforts et autres machins pour « étayer ».

Avec déférence, le Chacal désigna Audaszs du menton, et ce fut le futur propriétaire qui répondit :

— La construction est effectivement prête à démarrer. Grâce à ce mâle, qui a endossé le rôle de secrétaire. Combien d'heures as-tu passées là-dessus ces trois dernières nuits ?

— Peu importe. Je ne dors pas. (Comme Audaszs l'observait, le Chacal replaça ostensiblement les plans dans le bon ordre.) Et c'est un effort facile à consentir lorsque le propriétaire est un client si décidé et perspicace.

Au bout d'un moment, le frère retourna son attention sur les dessins.

— Et tu m'as aussi déniché tous les artisans nécessaires. Comment as-tu accompli une telle chose ?

— Tu peux en accorder le crédit à notre ami commun, Jabon. Il m'a présenté une personne de référence, qui à son tour s'est révélée une source d'approvisionnement en artisans.

— Mais tu vas rester comme maître d'œuvre et surveiller le chantier jusqu'à son achèvement, n'est-ce pas ?

Le Chacal inclina la tête.

— J'ai l'intention de le suivre depuis la première pierre jusqu'aux finitions, et de concentrer ma réflexion sur l'ordre d'intervention des différents corps de métiers nécessaires à l'ensemble de la construction. J'ai déterminé les étapes successives ici. (Il tapota une pile de pages blanches de taille plus raisonnable.) Voici une copie que tu pourras garder et annoter. Ce projet m'enthousiasme plus que n'importe quel autre.

— Je suis heureux que tu le diriges. C'est un tel soulagement pour moi…

Plus tard, quand Rhage se rejouerait dans sa tête la série de catastrophes qui avait suivi cette conversation, il se rappellerait que c'était le bruit de pas descendant les marches, des pas pressés mais délicats, qui avaient annoncé la chute. Plusieurs chutes même. Néanmoins, comme tant de signes avant-coureurs, il n'en avait d'abord pas reconnu l'importance.

Le hurlement qui retentit au premier étage était une autre histoire.

Quand il se tourna pour voir à quoi était due l'agitation, Ellany achevait de dévaler les dernières marches dans son déshabillé de soie tout à fait déplacé dans les espaces publics de la maison. Et, à l'instant où elle l'aperçut, elle s'arrêta net en chancelant, dans un tourbillon de soie pêche et parfumée. S'il ne s'était pas trouvé dans le petit salon, il était presque certain qu'elle se serait enfuie de la maison pour se précipiter dans la rue.

Sa *mahmen* hurla encore deux fois son nom d'une voix aiguë. Et, lorsque Ellany ne jeta même pas un coup d'œil en haut des marches, d'autres pas retentirent dans l'escalier.

La femelle n'y prêta toutefois aucune attention. Son regard voilé de larmes était rivé sur Rhage.

— Je l'ai fait pour vous, murmura-t-elle. Je l'ai fait… pour vous.

Ce fut alors qu'il remarqua le sang sur la soie. Au niveau des cuisses.

Des sirènes d'alarme retentirent avec insistance dans sa tête.

— De quoi parles-tu, femelle ?

Ellany se tourna enfin vers sa *mahmen*, qui descendait précipitamment les marches vers sa progéniture. La femelle, qui, elle, était convenablement habillée, agrippa un bras mince et secoua la pauvre fille.

— Qu'as-tu fait ? s'écria-t-elle.

Ellany tourna de nouveau ses yeux désespérés vers Rhage.

De l'autre côté du hall de réception, sur le seuil de la salle à manger, Jabon apparut, une serviette en lin à la main, une expression d'aimable interrogation sur le visage.

Lorsqu'il vit ce qui se passait dans sa maison, tout changea. Il tendit brusquement la main dans son dos, comme pour ordonner aux autres convives de la salle à manger de s'asseoir et de ne plus bouger. Puis il s'avança et ferma la double porte derrière lui.

Avec une expression sévère qui tranchait radicalement avec sa jovialité habituelle, il s'adressa aux deux femelles.

— Ce n'est ni le lieu ni le moment.

Toutes deux le dévisagèrent, et il y eut un long moment de communication silencieuse. Mais Rhage se moquait de ce qui pouvait bien se passer entre ces trois-là. Il s'exprima à haute et intelligible voix pour que tous puissent l'entendre.

— Je nie toute connaissance charnelle de cette femelle sous ton toit, dit-il. Je ne lui ai témoigné aucune attention, et le Chacal peut en attester.

Lorsqu'il s'écarta et indiqua l'autre mâle, Ellany tressaillit comme si elle n'avait pas eu conscience que d'autres étaient présents dans le salon avec Rhage.

Rassemblant les pans de son déshabillé pour couvrir les taches de sang, elle regarda ses aînés qui l'entouraient, telle une nageuse inexpérimentée et à bout de forces, sur le point de couler à pic.

— C'est lui qui m'a déflorée, dénonça-t-elle. C'est lui.

Rhage ouvrit la bouche pour contester cette accusation calomnieuse… jusqu'à ce qu'il comprenne que ce n'était pas lui qu'elle désignait.

Elle désignait le Chacal d'une main tremblante, avec un regard tragique, bordé de rouge.

— Il m'a déflorée.

Chapitre 22

Le Chacal saisit Nyx par la main, mais il n'eut pas besoin de l'entraîner avec lui dans sa fuite. Elle s'élança aussitôt à sa suite, et ils revinrent au pas de course dans les parties achevées des quartiers du Commandant.

S'était-il trompé d'heure ? dans les relèves ? Quand ce gardien s'était approché du Mur, il avait été surpris, mais l'autre mâle également, et cet instant de confusion lui avait fourni une occasion dont il avait immédiatement tiré parti. Mais, à présent, il craignait que les autres tours de garde aient changé. Pire encore, que des renforts aient été appelés avant qu'il ne tue le gardien.

S'engageant dans un tournant, il…

Un groupe de quatre gardiens marchait à leur rencontre deux par deux, avec une coordination qui cessa rapidement. La première paire s'agenouilla immédiatement tandis que tous dégainaient leurs armes à feu, et quatre canons furent bientôt pointés sur eux.

Le Chacal se précipita aussitôt vers eux en écartant largement les bras.

— Vous savez que vous ne pouvez pas me tirer dessus.

— Quoi ? siffla Nyx dans son dos.

— Vous ne pouvez pas me tirer dessus.

Baissant la voix, il dit discrètement à la femelle :

— Vas-y.

Il ne savait absolument pas si elle comprendrait ce qu'il voulait dire. Mais alors il la sentit presser une main sur son dos, entre ses omoplates, et son arme apparut juste sous son bras droit.

Elle appuya sur la détente. Encore et encore.

Pendant que l'arme tirait, il se demanda à quel point les gardiens respecteraient l'interdiction faite de toute agression physique à son égard. Puis il cessa carrément de penser lorsqu'il se baissa pour protéger autant que possible ses organes internes sans sacrifier la couverture qu'il offrait à Nyx. Qui s'avérait être une excellente tireuse.

Un gardien tomba à terre. Un autre, agenouillé, s'affaissa à son tour.

Le troisième fut projeté en arrière au moment où l'arrière de son crâne explosait.

Le dernier du quatuor tourna les talons et s'enfuit.

Le Chacal poursuivit le mâle. S'il parvenait à alerter le poste de garde, c'était un quasi-arrêt de mort pour Nyx. Ils abaisseraient les barrières pour prévenir toute évasion, et l'endroit grouillerait de gardiens. Quand ils l'attraperaient – et ils y arriveraient –, elle finirait sur l'estrade.

Et avant l'exécution on faisait un exemple des femelles de la façon la plus dégradante et violente qui soit. Il l'avait déjà vu.

Éperonné par la menace qui planait sur Nyx, il se lança dans une course-poursuite qui ne dura pas longtemps. D'un bond, il plaqua le mâle sur le sol de pierre, et, quand il atterrit de tout son poids sur le dos du gardien, un garde-fou céda au fond de lui. Découvrant ses crocs, il lui empoigna le crâne et lui écrasa le visage sur le sol, implacable, jusqu'à ce qu'un craquement sinistre retentisse.

L'odeur du sang monta d'un coup.

Puis tout s'assombrit autour de lui.

Le Chacal n'eut pas conscience de faire rouler le gardien sur le dos et de lui soulever le menton. Il se rendit à peine compte qu'il baissait sa propre tête.

Mais il sut lorsque le goût dans sa bouche changea. Tout devint cuivré…

Voilà qu'il crachait quelque chose. Quelque chose qui avait un goût de viande crue.

Baissant de nouveau la tête, il songea vaguement qu'il devait cesser. Il avait le sentiment d'avoir ôté au moins une partie du larynx du mâle. Aucune vocalise ne surviendrait, donc le but de faire taire le gardien était accompli, et l'impératif suivant était de ramener Nyx au bassin secret.

Mais il ne pouvait pas s'arrêter. Son être le plus intime s'était activé au point de se libérer, et ce monstre échappé des profondeurs de sa maîtrise de lui-même, une fois déchaîné, refusait tous les appels au calme.

Il continua de déchiqueter la chair, et était certain d'en avoir avalé des morceaux. Il aurait dû se soucier du spectacle atroce auquel il soumettait Nyx, et, surtout, du risque grandissant que courait la femelle pour sa vie pendant qu'il s'attaquait férocement à sa victime. Mais toutes ces pensées rationnelles et raisonnables étaient submergées par son raz-de-marée d'agressivité…

On l'appela plusieurs fois par son nom. Il en était presque certain. Néanmoins, il entendit les syllabes comme si elles venaient de très, très loin.

Puis quelqu'un le toucha.

Le Chacal chercha à mordre la main. Puis revint à sa proie…

Tout à coup, le gardien lui fut enlevé et traîné par une force inconnue et invisible.

Non, c'était faux. C'était lui qu'on tirait en arrière, sa vision oscillant de bas en haut, tandis qu'on le soulevait de force du mâle. Soudain, il fut projeté la tête la première contre la paroi du tunnel et maintenu en place.

Il se débattit contre la prise, claquant des dents, agitant les bras et les jambes, soulevant les hanches.

Il ne s'immobilisa que quand il entendit une voix basse et menaçante à son oreille.

— Il est mort. Tu n'as plus rien à lui infliger.

Le Chacal cessa alors de lutter contre son ravisseur.

— Apogée ?

C'était étrange comme, en période de crise aiguë, votre cerveau pouvait balancer un truc au hasard dans votre conscience.

Pendant que Jack détruisait viscéralement la gorge et l'essentiel du visage du gardien, le cerveau de Nyx décida de la ramener un an avant que Janelle soit envoyée en prison. Il y avait eu un horrible boucan accompagné de hurlements dans les bois derrière la ferme. Son grand-père et elle étaient allés voir ce qui se passait pendant que Posie s'était cachée au sous-sol avec une couverture sur la tête. Janelle n'était pas à la maison. Elle était toujours dehors.

Nyx et son grand-père étaient armés chacun d'un fusil de chasse à l'épaule. Ils craignaient qu'une bête n'ait attaqué une des chèvres dans l'enclos.

Mais il ne s'agissait pas d'un coyote.

Deux énormes loups du Canada s'affrontaient dans le bois. Dressés sur leurs pattes arrière, les animaux claquaient des dents et se donnaient des coups de griffe. Leurs corps puissants semblaient si grands, presque trop, mais la sauvagerie avait tendance à donner l'illusion d'une masse plus importante qu'elle ne l'était en réalité. Tous deux saignaient de différentes blessures, même si leur fourrure noir, brun et gris en cachait les détails.

Submergés par l'agressivité, les deux loups n'avaient pas remarqué la présence des vampires. Pas avant que son grand-père ne décharge son fusil vers la lune et que les combattants à quatre pattes se séparent et s'enfuient.

Jack avait eu le même degré de sauvagerie juste à l'instant. Et si ce tueur, Apogée, n'était pas venu l'arracher au garde, il y serait encore.

Et, désormais, ils avaient un nouveau problème. Les mains tremblantes, elle éjecta le chargeur vide de son arme, puis fit glisser le sac à dos devant elle sous l'ample tunique pour en sortir un plein et le mettre en place de la paume.

Elle tourna de nouveau les yeux vers le gardien.

Ses bottes tressaillaient, mais pas parce que le mâle allait bientôt se lever. Apogée, ce tueur, avait raison – et il devait en connaître un rayon en matière de mort, non ?

Oh… bon Dieu… ce visage ! Non qu'il en reste grand-chose. Du sang brillant dégoulinait des chairs déchiquetées, qui laissaient apparaître des éclats d'os blanc par endroits. La langue du gardien claquait – ou peut-être ses dents – et sa mâchoire s'ouvrait et se refermait comme si une partie de la conscience du mâle envoyait toujours des appels à l'aide.

S'arrachant à cet horrible spectacle, Nyx pointa son arme sur le crâne rasé d'Apogée.

— Lâche-le.

Il tourna lentement la tête – ou plutôt le crâne – vers elle. Les yeux focalisés sur elle étaient morts ; il n'y avait ni âme ni personnalité décelables derrière ces puits noirs.

— Tire si tu veux, dit-il d'un ton d'ennui.

Sans relâcher Jack.

— Lâche-le.

— Où sont mes mains, femelle ?

Ce fut alors qu'elle se rendit compte qu'il avait déjà lâché prise.

— Recule, dans ce cas. Si tu ne comptes pas lui faire de mal, recule, putain !

— Si je voulais le tuer, je l'aurais fait il y a une décennie, répliqua Apogée d'une voix traînante. Tu as un train de retard sur ce point-là, femelle.

—*Recule.*

La lèvre supérieure d'Apogée frémit, et elle se dit qu'elle allait devoir surveiller ses arrières après cela. Mais, au lieu de claquer des crocs sous son nez, il esquissa un sourire malfaisant, qui dévoila deux canines en or.

Jack résolut le problème en se glissant entre la femelle et l'autre mâle. Essuyant sa bouche couverte de sang sur sa manche, il refusa de croiser son regard. Ses amples vêtements sombres étaient tachés et en désordre, sa tunique tout entortillée, non qu'il semble l'avoir remarqué. Ni que cela importe.

—Il faut qu'on se débarrasse des corps, mais on n'a pas le temps, dit-il d'une voix enrouée.

—Je vais m'en occuper. Partez. Tout de suite.

Jack jeta un coup d'œil à l'autre prisonnier.

—Nous sommes quittes, alors.

—Oui. (Du menton, Apogée désigna le tunnel.) Partez. D'autres vont arriver.

Le tueur n'eut pas à le demander deux fois. Nyx était plus que prête à laisser tout ce carnage derrière elle. Déterminée à rejoindre Jack, elle entreprit d'enjamber le gardien mort et ensanglanté…

Mais, au moment de transférer son poids de l'autre côté du cadavre, ce dernier revint à la vie. Avec un râle et un hoquet, les yeux affolés et bordés de blanc du mâle s'ouvrirent d'un coup, et il lui saisit la cheville. La prise fut assez forte pour la déséquilibrer, et, quand elle chuta, le gardien sortit une arme de nulle part.

Pointant le canon directement sur elle, il appuya sur la détente…

Jack plongea quand la détonation retentit, mais c'était trop tard – idem pour les réflexes de Nyx. Avant qu'elle ait pu esquiver la balle en pirouettant dans les airs, le projectile la transperça dans un éclair de douleur, mais elle n'eut pas le temps de chercher le point d'entrée, ni s'il y avait un point de sortie. Elle atterrit durement, à moitié sur le gardien, à moitié par terre, un côté de son visage encaissant une partie de l'impact.

Elle se trouva allongée là où elle était tombée, étourdie, et, quand elle entendit un « clong » près de sa tête, elle se rendit compte que le pistolet de son grand-père lui avait glissé de la main.

Merde! songea-t-elle en reprenant son arme.

—Nyx!

Les yeux de Jack apparurent dans son champ de vision quand il s'agenouilla près d'elle. Son visage taché de sang était aussi pâle que de la neige, ses pupilles dilatées, et son expression d'horreur lui fit penser à la série de vieux films *Vendredi 13*. Ce qui n'avait strictement aucun sens. Mais bon, ohé! elle était en état de choc.

—Je suis couchée. (Elle ferma les yeux de frustration.) Touchée. Je suis touchée.

—Ton épaule. Je sais.

—C'est pas mon torse, alors?

Y avait-il eu une balle? ou deux? Pourquoi ne souffrait-elle pas?

Sous elle, le gardien se remit à bouger, et une soudaine décharge d'adrénaline lui procura un regain de force. Repoussant Jack, elle posa le canon de son arme sur la blessure suintante du visage du mâle…

Et appuya sur la détente.

Elle ne fut même pas horrifiée lorsque le corps sursauta sous elle en faisant rebondir ses extrémités sur le sol et en émettant un atroce gargouillis, tandis que le bruit de la détonation se propageait dans le tunnel.

Où me suis-je égarée? se demanda-t-elle en levant les yeux vers Jack.

Il l'observait d'un air distant et, pendant ce temps, la présence d'Apogée planait au-dessus d'eux, moins comme une menace mais plutôt comme une condamnation muette d'elle et de ses actes. Quelque part entre son entrée dans la crypte et la recherche de son chemin ici, dans la prison, une part d'elle-même s'était perdue. Ou avait peut-être été détruite.

Et elle savait que celle-ci ne reviendrait pas.

Apogée eut un rire sec.

— Bien visé. Mais bon, un tir à bout portant améliore la précision.

— La ferme ! s'écria Jack.

Quand elle lui tendit la main, il lut dans ses pensées. Il l'aida à se remettre debout et, comme elle reprenait son équilibre en s'appuyant sur son bras, il l'examina comme s'il cherchait une hémorragie artérielle. Avec une patience et un respect peu caractéristiques d'elle, elle attendit qu'il rende son diagnostic même s'il s'agissait de son corps et qu'il n'était pas médecin. Mais bon, elle avait l'impression qu'elle ne pouvait absolument plus se fier à ses propres interprétations sur aucun sujet que ce soit.

— Il faut qu'on fasse vite, dit-il.

Avant qu'elle puisse se remettre à courir, il se pencha et la prit dans ses bras.

— Pas de débat, aboya-t-il. Il faut que tu tires si on a des ennuis. Laisse mes jambes travailler pour nous deux.

Juste avant leur départ, Apogée se remit à sourire, dévoilant de nouveau ses crocs en or.

— Quelle lune de miel !

— Va te faire foutre, Apogée, rétorqua Jack par-dessus son épaule en se mettant à courir.

Chapitre 23

Le Chacal ne sentait que l'odeur du sang de Nyx. Il ne sentait que son flot tiède qui imprégnait ses vêtements et la manche de sa tunique de prisonnier pendant qu'il la portait. Il n'était plus obnubilé que par la distance à parcourir s'il voulait la mettre en sûreté.

Disons, en relative sûreté.

Il courait aussi vite que possible sans trop la secouer, mais, à la façon dont elle grognait et se raidissait parfois dans ses bras, il savait qu'il lui faisait mal. Mais elle ne baissait pas la garde. Pendant qu'il retournait dans l'enceinte du Commandant, le canon de son arme était toujours levé, prêt à tirer, et elle restait vigilante, se penchant lors des virages et se redressant dans les lignes droites qu'il parcourait à toute allure.

Bon sang ! il avait perdu l'arme qu'elle lui avait confiée lorsqu'il avait pourchassé le gardien. Mais il n'avait pas eu le temps de la chercher. Au moins, elle en avait d'autres dans son sac à dos, vu le bruit métallique qu'il faisait à chaque secousse.

Lorsqu'ils arrivèrent au niveau de la cellule avec les panneaux grillagés, il ne put s'empêcher de jeter un coup d'œil à l'intérieur…

Le cri de Nyx le ramena à la réalité.

Merde ! songea-t-il en s'arrêtant dans un dérapage. Quatre gardiens étaient alignés devant eux, comme un mur d'interdiction de passer en uniforme, avec des armes à feu à la main.

Le Chacal envisagea un demi-tour en catastrophe, mais il n'y avait nulle part où aller. Pire, le Commandant serait bientôt de retour dans ses quartiers, soit parce que l'examen de la zone de production était fini soit, plus probablement, parce qu'une alarme s'était déclenchée. Des renforts étaient sûrement déjà en chemin, et Nyx n'avait pas la force pour une autre bataille prolongée.

— Arme contre la tête, lui chuchota-t-il. (Nyx écarquilla les yeux, et il montra les crocs.) Pose ton arme sur ma tempe. *Tout de suite.*

Quand elle fit ce qu'il exigeait, il s'adressa aux gardes.

— Je veux que vous jetiez toutes vos armes à mes pieds et que vous vous couchiez à plat ventre, sinon elle me tirera dessus. Elle le fera, et vous devrez expliquer comment vous m'avez laissé me faire tuer sous vos yeux. Vous voulez être les messagers de cette nouvelle ?

Pour appuyer ses dires, Nyx pressa le canon de son arme, encore tiède et qui dégageait une odeur caractéristique de poudre à canon, contre le côté de son crâne, juste au coin de l'œil.

— Non, non, prévint-il quand le soldat blond à gauche pencha la bouche vers son épaule, où son communicateur était accroché. Rien du tout. Sur le ventre, tout de suite. Ou les choses vont devenir vraiment, vraiment moches, et pas seulement parce que mon cerveau sera projeté partout sur le mur.

Tandis que les gardiens jetaient leurs armes et s'allongeaient, une silhouette pénétra dans le couloir depuis la fissure menant à la Ruche. La personne était drapée de noir des pieds à la tête, et son visage dissimulé sous une capuche. Elle avait également bien couvert son odeur, la masquant avec des relents de pain et d'ail des cuisines de la prison.

Louée soit la Vierge scribe, songea le Chacal en faisant signe au spectre avec la main glissée sous les genoux de Nyx. Kane s'approcha en hâte.

Que le mâle était sage d'avoir caché son identité. Et, comme toujours, le gentilhomme était à l'heure.

— Mains derrière le dos, ordonna le Chacal aux gardiens.

Il y eut du mouvement par terre, avant qu'ils présentent leurs poignets au creux de leur dos, et Kane se déplaça entre les gardiens avec le genre de grâce que seuls possédaient les aristocrates. Il mouvait souplement son corps agile sous le tissu, tout en agissant avec le pragmatisme et l'efficacité d'un soldat. Après avoir ramassé l'une des armes là où elle avait atterri, il menotta chaque gardien avec son propre équipement en l'espace d'un instant. Et, dans le même temps, le mâle les débarrassa aussi de leurs munitions et de leurs communicateurs, ainsi que d'un certain nombre de couteaux, créant une pile d'équipement à leurs pieds.

Lorsque Kane hocha la tête, le Chacal se remit en route, tenant son précieux chargement toujours aussi soigneusement que possible, et s'éloigna de son cher ami ainsi que des gardiens neutralisés.

— Le cran de sûreté était enclenché tout du long, dit Nyx alors qu'ils se hâtaient. Juste pour information.

Le Chacal ne put que secouer la tête. Ses émotions étaient trop chaotiques pour être correctement ordonnées, mais il soupçonnait que, même s'il avait pu les trier, il n'aurait pas voulu qu'elle sache ce qu'il éprouvait, ni avec quelle intensité.

Il lui semblait mieux de garder pour lui le fait qu'il n'aurait pu rêver avoir meilleure partenaire.

Ainsi que celui qu'il la reverrait se faire tirer dessus jusqu'à la fin de sa vie.

Quand Jack les eut ramenés à la fissure, Nyx était prête à descendre et à se faufiler à l'intérieur sur ses deux jambes.

Une bonne chose, car impossible pour lui de la porter dans l'étroit passage. Il y avait à peine la place pour une personne, alors encore moins pour deux, avec une victime par balle collée sur la poitrine.

Non qu'elle soit une victime.

S'appuyant sur son épaule, elle se dégagea de ses bras et se rendit compte à la façon dont ses mains s'attardèrent sur sa taille qu'il n'avait pas envie de la lâcher même si ses jambes acceptaient de nouveau son poids. Ils n'avaient pas le temps de discuter. Elle entra directement dans l'obscurité, pressant son corps dans l'étreinte serrée et terreuse de la fissure, et ne jeta pas un regard derrière elle. Aucune raison. Jack serait sur ses pas. Il protégerait ses arrières. Et, tandis qu'elle avançait à petits pas et sentait la roche humide frotter contre son sac à dos sous sa tunique, elle n'avait étrangement pas peur.

Ce qui n'était pas logique. Mais bon, au moins personne ne lui tirerait dessus dans ce trou super sombre et super étroit.

Même si, lorsqu'ils atteindraient la sortie, cela changerait peut-être.

Une douce lueur signala la fin de la fissure qui débouchait dans l'immense caverne, et la main de Jack sur son épaule la ralentit alors qu'elle atteignait la sortie. Pendant un instant, ils attendirent. Inspirant, elle reçut une nouvelle bouffée de la puanteur de la Ruche, mais s'aperçut que celle-ci était bizarrement moins intense. Le lieu semblait également plus calme. Peut-être qu'après la bagarre simulée que les copains de Jack avaient démarrée, l'endroit s'était vidé ?

Plus probablement, une alarme avait dû retentir en raison du nombre de corps, digne d'un jeu vidéo, qu'ils avaient abandonnés dans les quartiers du Commandant.

— Je n'entends rien, chuchota-t-elle. Est-ce que c'est sûr ?

— Tiens-toi prête à tirer, mais cache ton arme.

Nyx avait été la première à entrer, elle devait donc être la première à sortir et, en y repensant, elle aurait peut-être dû le laisser passer devant. Trop tard. Impossible d'échanger leur place.

Tournant la tête, elle regretta de ne pas le voir, ne serait-ce que pour puiser un peu de force à la vue de son visage. Mais il faisait trop sombre.

— Je vais bien, dit-elle doucement. Juste pour t'informer.

— Tu es en état de choc.

— Je ne suis pas…

— Bien sûr que si…

— Ne me dis pas ce que je…

Ils s'interrompirent tous les deux en même temps. Elle ne put réprimer un sourire… même si l'expression ne dura pas.

— Dans d'autres circonstances, j'aurais vraiment pu en pincer pour toi, dit-elle.

Nyx n'attendait pas de réponse. Mais la voix de Jack, si grave et profonde, s'insinua dans l'obscurité jusqu'à elle.

— Dans d'autres circonstances, j'en aurais pincé encore davantage pour toi. Et je n'aurais pas regretté un instant la capture de mon cœur.

Fermant les yeux, elle ressentit une douleur qui n'avait rien à voir avec sa blessure par balle, au centre de la poitrine. Au diable le « Mieux vaut avoir aimé et perdu cet amour que de n'avoir jamais aimé ». Elle aurait largement préféré ne jamais avoir rencontré Jack.

Désormais, elle allait devoir vivre avec le deuil du bonheur qu'elle aurait pu avoir mais n'aurait jamais.

En supposant qu'elle sorte vivante de la prison.

Se penchant en avant, elle scruta la Ruche.

— C'est complètement vide. Est-ce que c'est normal ?

— Non. Pas du tout.

— Qu'est-ce qu'on fait ?

— On ne peut pas rester ici, et on ne peut pas non plus faire demi-tour. Nous devons regagner le passage secret. Va à gauche et avance vite, mais sans courir. Contente-toi de marcher comme si tu savais où tu allais.

Inspirant à fond, elle effectua une rapide prière, puis se glissa hors de la fissure, sans regarder autour d'elle. Elle progressa, collée à la paroi rocheuse qui entourait la Ruche, si collée même que son épaule blessée heurtait parfois la pierre, l'obligeant à serrer les dents à chaque impact. Mais elle continuait, la tête et les yeux baissés, l'épaule toujours serrée contre le mur…

Jack passa d'un bond devant elle, et elle en fut soulagée. Dans l'ombre de son énorme silhouette, elle se sentait plus en sécurité… jusqu'à ce qu'elle se rende compte qu'elle tenait l'arme dans sa main droite. Sous l'ample tunique, elle la transféra dans sa main gauche pour qu'elle soit du côté de la paroi. La dernière chose dont elle avait besoin, c'était qu'un éclair métallique trahisse leur position.

Ce ne fut qu'une fois de retour dans le large tunnel principal, qu'elle avait vu encombré de prisonniers, qu'elle se rendit compte qu'ils avaient quitté la Ruche. Elle ne l'avait même pas remarqué. Où était le tournant… où était le tournant… qui les ramènerait à la grotte secrète. À la cascade. Au bassin.

Elle désirait ardemment atteindre cet espace cloîtré comme s'il s'agissait d'un souvenir d'enfance, une destination souvent visitée, une enclave de sécurité contre les tempêtes qui menaçaient à l'extérieur de la maison familiale.

Oh ! les émotions. Si intangibles dès qu'on voulait les saisir, mais très concrètes dès lors qu'on jugeait leur capacité à déclencher d'immenses transformations. Aussi sûrement que si elles avaient eu des mains pour bâtir, repeindre, poser du papier peint et de la moquette, elles avaient le pouvoir de changer une caverne creusée au cœur d'une prison en un foyer de rêve.

C'était à cela qu'elle pensait quand Jack lui tira la manche et lui fit prendre un virage avant de l'arrêter net. Pendant qu'il vérifiait qu'ils n'étaient pas suivis ou sur le point d'être surpris, elle l'étudia. La partie inférieure de son visage était toujours barbouillée du sang du gardien qu'il avait pratiquement dévoré, et des mèches de ses longs cheveux noirs s'étaient échappées de sa tresse. Du sang rouge tachait sa tunique à certains endroits, et, chaque fois qu'elle inspirait par le nez, elle sentait sa propre odeur. Pendant ce temps. Jack haletait, le visage rouge, mais sans perdre sa concentration. Son regard était acéré et résolu. De même que ses mouvements lorsqu'il tendit le bras derrière elle et activa un levier dans la paroi.

Dès que le panneau coulissa sur le côté, elle se jeta presque dans le passage protégé. Néanmoins, elle ne se détendit pas avant qu'ils ne soient enfermés ensemble, en sécurité.

Des bougies s'embrasèrent au niveau du sol. Mais Nyx savait dans quel sens aller.

Elle prit de nouveau la tête – non qu'il faille décider de la direction à prendre – et, quand le bruit de la cascade et l'odeur fraîche de l'air pur atteignirent ses sens, elle se mit à trembler.

Ses jambes cédèrent sous son poids lorsqu'elle émergea du dernier tournant et aperçut le bassin.

Jack la rattrapa. Comme toujours, du moins semblait-il.

Quand il l'allongea sur l'un des canapés de pierre lisse, elle céda à la force implacable de la gravité et contempla le plafond luisant. Leurs mouvements avaient perturbé les flammes sur les mèches tout autour d'eux, et elle observa leurs ombres danser sur la roche brute au-dessus d'elle.

Seigneur ! elle avait mal au dos – non, attendez… elle était allongée sur son sac.

Avec un grognement, elle ôta la tunique, puis le baluchon d'armes en nylon, et, une fois que ce dernier fut tombé au sol, elle se laissa aller à l'épuisement. À moins qu'elle soit en train de s'évanouir. Difficile à dire.

Lorsque le visage de Jack apparut au-dessus du sien, elle eut envie de l'embrasser. Juste parce qu'il était encore en vie, et elle aussi.

Pour le moment.

— Laisse-moi te retirer ton coupe-vent, proposa-t-il. Il faut qu'on regarde l'étendue de ta blessure à l'épaule.

Elle opina et fit son possible pour l'aider à retirer les épaisseurs qui la recouvraient. Quand elle ne fut plus qu'en tee-shirt à manches courtes, ils examinèrent son épaule ensemble.

— Ce n'est qu'une égratignure, dit-il en fermant les yeux et en se redressant.

Se passant une main sur le visage, il murmura :

— Douce Vierge scribe !

Quand elle tâta la lésion rouge à l'extérieur de son biceps, le saignement reprit, aussi préféra-t-elle laisser les choses tranquilles. Grâce à la rapidité de guérison des vampires, la plaie, qui n'était pas assez profonde pour atteindre la musculature en dessous, était déjà en train de se refermer. Si elle se montrait prudente et ne faisait pas trop d'exercice au cours des prochaines heures, elle serait bientôt complètement refermée.

Mais disposaient-ils d'autant de temps ?

Laissant sa tête retomber sur la pierre, elle ferma les yeux et tenta de se rappeler la dernière fois qu'elle s'était sentie aussi fatiguée. Puis elle entendit la voix de Jack dans sa tête, répétant que ce n'était qu'une égratignure...

Les Monty Python.

Surgie des tréfonds de son épuisement, elle revit la scène de *Sacré Graal* où le chevalier, en train de perdre le duel alors que du sang jaillissait de tous ses membres, poussait la même exclamation, mais avec un accent anglais hautain : *« Ce n'est qu'une égratignure. »*

— Tu es soulagée ? demanda Jack.

Nyx rouvrit les yeux.

— Je te demande pardon ?

— Tu souris.

— Oh ! ce n'est pas à cause de… C'est ce film, tu l'as forcément vu… (Elle s'arrêta net.) Enfin, ce n'est rien.

Il n'avait pas vu ce film. Ni aucun autre.

Elle tourna de nouveau son attention sur lui. Et lorsqu'elle tendit la main il s'essuya la mâchoire de sa paume, comme s'il était embarrassé par le sang laissé par le mâle qu'ils avaient tué ensemble ; comme s'il aurait préféré qu'elle n'ait rien vu de son acte.

— Viens ici, dit-elle.

— Il nous faut un plan.

— Je sais. Mais viens d'abord ici.

Quand il se plaça enfin à sa portée, elle écarta sa main de son visage. Se dirigeant vers le haut de sa tunique, elle défit les boutons du haut col et en écarta les pans.

Son regard se fit distant. Comme s'il savait ce qu'elle regardait.

— Tu n'as pas de collier de surveillance comme les autres, dit-elle. Et les gardiens ne peuvent pas te faire de mal. Qui es-tu vraiment et pourquoi choisis-tu de rester ici ?

— Je suis un prisonnier comme les autres.

Nyx secoua la tête.

— Tu me mens.

Chapitre 24

Dans le petit salon de Jabon, Rhage enregistrait chaque détail du mélodrame en cours, comme si la localisation des personnages allait lui révéler la vérité cachée sous la surface des allégations : Ellany, avec son déshabillé couleur pêche taché de sang et son visage pâle à l'expression dévastée, et sa *mahmen*, prête à bondir, les jupes retroussées, même si, vu la fureur sur son visage, on aurait dit qu'elle avait plus l'intention de se battre que de fuir.

Avec sa fille ? s'interrogea Rhage. *Ou avec le mâle qu'on venait d'accuser ?*

Le Chacal, quant à lui, paraissait consterné, et si profondément et sincèrement choqué qu'il ne pouvait de toute évidence pas répondre.

Et enfin il y avait Jabon, qui se tenait devant les portes fermées de sa salle à manger, avec sur le visage une expression distante semblable à un masque dissimulant ce qui devait être une sirène d'alarme dans sa tête : un membre de la *glymera* pouvait recevoir d'innombrables invités, dont certains présentaient peut-être une réputation discutable, voire *douteuse*, mais tant que les activités « douteuses » de ces visiteurs moins « honorables » survenaient derrière des portes fermées, et sans attirer d'attention excessive sur les allées et venues d'une chambre à l'autre, il y avait peu de répercussions sociales. Certes, certaines invitations faites à Jabon pouvaient être – et avaient sans doute déjà été – révoquées, et certaines femelles de haute naissance refusaient de s'asseoir à côté de lui lors de festivités, mais, pour l'essentiel, il était libre d'agir à son gré et pouvait donc ouvrir sa demeure à qui bon lui semblait.

Néanmoins, cette marge de manœuvre disparaîtrait en l'espace d'un instant si une femelle de bonne famille en âge de s'unir perdait dans le déshonneur sa virginité sous son toit.

La chute que subirait Jabon serait rapide, dantesque, et s'étendrait à ses descendants sur plusieurs générations.

— Je l'ai fait pour vous, répéta Ellany à Rhage.

Il secoua la tête en direction de la jeune femelle.

— Vous n'avez rien fait de tel, car je ne vous ai jamais rien demandé. Même lorsque vous êtes venue me trouver.

— Ellany ! s'écria sa *mahmen*. Qu'as-tu donc…

— Il suffit, s'écria Jabon avec une force surprenante.

Disparu, le bon vivant. Ce dernier avait été remplacé par un maître de maison des plus sérieux qui appréciait sa position sociale… et souhaitait apparemment la conserver.

— Tu as déshonoré ma maison, dit-il au Chacal. Tu as maltraité une innocente de bonne famille sous mon toit…

— Je n'ai rien fait de tel ! (Le Chacal s'avança, comme la figure de pouvoir qu'il représentait lui aussi, parce qu'en tant qu'aristocrate il savait exactement ce qui lui arriverait si l'accusation persistait.) Je n'ai pas posé la main sur elle, et elle le sait…

— Donc, profaner son corps n'était pas suffisant, tu dois à présent salir sa moralité ? (D'un geste, Jabon fendit l'air.) Comment oses-tu ! Tu vas quitter ma propriété sur-le-champ, et il y aura des conséquences.

— Elle ment.

Le Chacal plongea le regard dans celui d'Ellany, qui ne put supporter cet examen. Comme elle esquivait son coup d'œil, il poussa un juron.

— Mais oui, je vais partir immédiatement, pour ne jamais revenir. Mon honneur a été offensé pour servir des manigances qui me sont étrangères, et je récuse les implications du stratagème qui se joue ici. Cela n'a rien à voir avec moi.

Le gentilhomme quitta le petit salon et, arrivé à hauteur de la *mahmen* et de sa fille, reprit à voix basse :

— Mon odeur n'est ni sur sa chair ni dans son lit. Vous le savez parfaitement et elle aussi.

Quand il inspira, en dilatant bien les narines, son expression s'assombrit et son regard se porta sur son hôte.

— As-tu incité cette fille à jouer la comédie avant ou après avoir si bien labouré son jardin ?

— Dehors, s'exclama Jabon, rouge de fureur. Dehors !

Le Chacal gravit l'escalier rapidement, le dos droit, le menton relevé.

Après son départ, Rhage jura et secoua la tête.

— Je ne crois pas un instant que ce mâle ait fait quoi que ce soit…

— Un mot, je te prie, l'interrompit Jabon.

Leur hôte traversa le hall de réception, lançant au passage un ordre à voix basse aux deux femelles, auquel elles obéirent immédiatement. Et de façon fort suspecte. En dépit du fait que le mâle ayant prétendument violé l'une des deux ait gagné l'étage, elles remontèrent dans le sillage de cet agresseur présumé.

Lorsque Ellany regarda par-dessus son épaule, Rhage secoua la tête. Mais pas pour elle. Pour toute cette histoire.

Jabon entra dans le petit salon et referma les panneaux vernis derrière eux. Ses vêtements élégants et son allure chic ressemblaient à une mise en scène, mais n'était-ce finalement pas la réalité. Tout comme cette maison, ces invités, son statut social.

— Je t'en supplie, reprit-il. Écoute la vérité avant de rendre ton jugement.

Rhage renifla l'air autour du mâle. Il ne perçut que l'écœurant bouquet d'huiles raffinées que Jabon appliquait régulièrement sur sa personne. L'important était ce qui imprégnait la femelle, mais Rhage n'allait pas la traumatiser davantage en la pourchassant juste pour la sentir.

— As-tu pris cette *vierge* ? (Rhage croisa les bras sur son torse.) Et ne me mens pas.

— Non, bien sûr que non. (Jabon plaça la main droite sur sa poitrine.) Sur mon honneur.

— Les dénégations du Chacal étaient claires. De même que son accusation à ton encontre.

Audaszs intervint.

— Et le mâle s'est montré tout à fait honorable à mon égard.

— Vous ne le connaissez pas comme moi.

Jabon se dirigea vers la cheminée et contempla les bûches de bouleau à l'écorce blanche qui étaient empilées là dans l'attente d'une prochaine flambée.

— C'est un menteur. Il a menti sur tout. Qui il est, d'où il vient, ce qu'il fait.

— Et que raconte-t-il ? interrogea Rhage.

— Qu'il est issu d'une lignée aristocratique, et est ici à Caldwell avec tous les droits et privilèges afférents à son rang. Mais il a toujours refusé de révéler ses couleurs familiales. Ce n'est qu'un vagabond et un escroc qui a séduit mon père pour bénéficier de sa protection…

— Alors pourquoi l'accueillir sous ton toit ?

— Je viens de le jeter dehors, rétorqua Jabon d'un ton tranchant.

— Parce qu'il a été accusé du viol inconcevable d'une innocente, répliqua Rhage. Étrangement, je crois que, sans ce scandale, je serais assis en face de lui au Premier Repas en ce moment même.

— Il est coupable ! Suis-je censé tolérer un tel manquement à la bienséance et tous les problèmes auxquels cela m'expose ?

— Là n'est pas la question. (Rhage se pencha en avant.) Et je ne me soucie pas des convenances. Je m'inquiète pour cette pauvre femelle. Au diable les règles sociales, c'est donc la seule chose qui t'importe dans cette histoire ?

— Bien sûr que non. (Jabon ouvrit les pans de sa veste de smoking en soie.) Quant aux accusations sans fondement que le mâle a portées sur moi, je ne porte pas l'odeur de cette femelle. Inspire bien, et tu connaîtras la vérité.

Rhage secoua la tête. Jabon était immédiatement sorti de la salle à manger lorsque les femelles étaient descendues, il était donc impossible de dire si son odeur flottait dans l'air à cause de sa présence dans le hall de réception ou à cause de traces qu'il aurait laissées sur le déshabillé et la chair de cette jeune femelle.

Leur hôte referma les pans de sa veste.

— Je n'aurais jamais dû inviter le Chacal sous mon toit, d'autant plus quand son histoire a commencé à semer le doute dans mon esprit. J'aurais dû écarter immédiatement sa présence douteuse de cette maison. Je regrette de ne pas avoir agi de la sorte et, plus encore, je regrette que celle qui n'aurait jamais dû souffrir ait été blessée par mon erreur de jugement. Je vais arranger cela. Je le jure sur l'âme de feu mon père.

De l'autre côté du battant fermé, l'ouïe de Rhage saisit un bruit de pas étouffés en provenance de l'escalier. Puis la porte d'entrée s'ouvrit et se referma dans un bruit de tonnerre.

Au travers des carreaux qui donnaient sur l'avant de la demeure, il aperçut une silhouette noire, une valise à la main, descendre l'allée et tourner à droite pour s'éloigner de la propriété.

Le Chacal était parti avec ses possessions.

Soudain, Rhage baissa les yeux sur la veste qu'on avait fait tailler à ses mesures. Le pantalon. Les chaussures en cuir.

Ôtant la veste de soirée, il la déposa sur le dossier d'une chaise tendue de soie. Puis il tira la cravate, défit la ceinture du pantalon et se débarrassa des chaussures.

Tandis qu'il achevait de se déshabiller, Jabon cligna des paupières, désorienté, comme s'il n'avait encore jamais exécuté lui-même ni assisté à de telles actions. Audaszs, de son côté, leva les yeux au ciel.

Rhage retira tout, jusqu'à finir complètement nu, puis il se gratta le dos et roula des épaules.

— Merci de ton hospitalité. Tu peux garder les vêtements. Je repars tel que je suis entré.

Jabon se mit à bégayer.

— Tu… tu… tu ne peux pas t'en aller ainsi ! Que va…

— Ne me demande jamais rien, surtout pas dans cette maison, annonça Rhage. Et si tu m'aperçois en ville, détourne les yeux et passe ton chemin. Je ne souhaite être associé à rien de ce qui se passe sous ce toit, et je ne crois pas ton histoire sur ce mâle qui vient de nous quitter. Je n'ai toutefois aucune preuve. Donc fais comme tu le souhaites, mais ne cherche pas à m'impliquer là-dedans, sans quoi je risquerais fort d'éprouver le besoin de partager mon opinion sur toi, ta maison et ta situation, avec toute personne disposée à m'écouter.

— Tu te trompes sur moi, et sur lui ! (Jabon secoua la tête tout en se lançant dans un plaidoyer.) Et tu verras. Je veillerai à ce que ce crime soit réparé comme il se doit. Une condamnation sera prononcée et exécutée pour ce qu'il a fait. Je t'en prie, ne fuis pas l'hospitalité qui a été et sera toujours offerte ici aux membres de la Confrérie de la dague noire.

— Je ne te crois pas. (Rhage haussa les épaules.) Sur aucun point.

Sur ce, il salua son frère d'un signe de tête et s'en alla, se dématérialisant à travers la vitre par laquelle il avait observé le départ du Chacal. Alors qu'il voyageait sous la forme d'un nuage de molécules dans la nuit vers le foyer solitaire qu'il s'était installé, loin du centre-ville, il résolut à l'avenir d'éviter de fréquenter du monde, à moins que ce ne soit absolument nécessaire.

Rien de bon ne venait jamais des interactions sociales. Et c'était valable indépendamment de la complication rugissante posée par sa bête.

Ou du manque total de fiabilité des gens.

Mieux valait continuer comme il était censé le faire.

Seul.

Chapitre 25

— Je suis un prisonnier comme les autres.

Quand le Chacal répéta ces mots, il tira sur le col de sa tunique et maintint les deux pans en place.

— Mon histoire n'est pas différente de celle des autres, et ma condamnation est ce qu'elle est.

— Non. (Nyx secoua la tête.) Tu pourrais partir d'ici. Si les gardes ne peuvent pas te toucher et que tu n'as pas de collier, tu pourrais simplement te dématérialiser. Tu choisis de rester…

— Non, rétorqua-t-il avec force. Je ne choisis *pas* de rester. Je partirais d'ici si je le pouvais, tout comme les autres.

Lorsqu'elle secoua de nouveau la tête, il se leva et se dirigea vers la pile de tuniques et de pantalons bien pliés. Ôtant son haut taché, il le roula en boule et le jeta dans l'ombre. Au moment d'en tirer un propre, il eut soudain envie de prendre un bain. Au lieu de quoi, il se contenta d'aller s'agenouiller au bord du bassin bouillonnant. Ses mains tremblaient encore un peu lorsqu'il les mit en coupe et s'éclaboussa le visage, encore et encore. L'eau était chaude. Il aurait préféré qu'elle soit assez froide pour geler.

Dieux ! il pouvait encore sentir le goût du sang du gardien, mais trouvait bizarre de ne se souvenir d'aucun de ses traits. Ni de la couleur de ses yeux, ni de celle de ses cheveux. Ni s'il était beau ou laid.

S'asseyant sur ses talons, il s'épongea le visage avec le bas de sa tunique.

Pendant ce temps, Nyx se contenta de le dévisager, et il sut sans le lui demander ce que signifiait son silence. Elle n'irait nulle part avec lui, ne ferait rien pour assurer sa propre sécurité, tant qu'il ne se serait pas expliqué.

Le Chacal se racla la gorge.

— On m'a accusé d'avoir mis une innocente dans mon lit. De l'avoir prise sans m'engager et, pire encore, sans son consentement. En réalité, je ne l'ai jamais connue charnellement. Je n'ai jamais été aussi proche d'elle qu'attablé à trois places de distance. Sur mon honneur, jamais je n'ai été seul avec cette femelle. J'ai été sacrifié pour sauver sa réputation et celle de sa *mahmen* lorsqu'un stratagème pour l'unir a échoué.

Nyx plissa les yeux.

— Tu n'as pas couché avec elle, et pourtant tu as atterri ici. Pendant un siècle. Sur la base d'une fausse accusation.

— Je n'ai pas eu de tribunal objectif vers lequel me tourner, pas de corps de justice impartial qui aurait pesé la vérité et les mensonges. J'ai été appelé à comparaître devant le Conseil, et des preuves ont été présentées contre moi par un mâle qui a menti pour se protéger lui-même, une *mahmen* pour qui il valait mieux que sa fille soit une victime que de rester célibataire, et une jeune femelle dépassée, sans vertu à offrir à un futur *hellren*. Je n'avais aucune chance.

— Mais ce n'est pas juste. (Nyx se redressa, en s'appuyant sur un coude.) La vérité est tout de même la meilleure des défenses.

— Ne sois pas naïve. Comment crois-tu que cet endroit se soit rempli à ce point ? (Il leva les yeux au ciel.) Cette prison a été créée par le Conseil, qui la dirige également, pour servir les besoins de la *glymera*. J'étais un sacrifice facile, vu les autres personnes impliquées. Et, bien entendu, je me suis présenté au Conseil avec l'intention de prouver mon innocence, mais je n'ai jamais eu l'occasion de parler.

J'ai été condamné sur-le-champ et emmené par des gardiens, au mépris de mes droits. Ma vie, mes activités, mon avenir, tout a disparu. Je suis mort cette nuit-là à bien des égards. (Avec un rire dur, il se releva.) Je ne me doutais pas qu'il y aurait des moments encore pires à venir, des cauchemars qu'à cet instant, et aussi horrifié et stupéfait que je l'étais alors, je n'aurais même pas pu imaginer.

Elle se tut un moment.

— Mais tu aurais pu partir.

— Non.

— Je ne comprends pas… (Nyx s'interrompit. Puis jura à voix basse.) Bien entendu. Cette cellule correctement meublée. C'est là qu'est ta femelle. Voilà la raison pour laquelle tu ne pars pas. C'est elle qui te retient ici.

Le Chacal croisa les bras.

— Ce n'est pas une situation simple.

— Éclaire ma lanterne.

— Impossible. Mais je te jure, cela n'affecte pas… (Il fit un geste entre eux.) Ça n'a rien à voir avec nous.

— *Nous ?* (Elle s'assit pour de bon, en laissant pendre les bras sur ses genoux.) Comme si on sortait ensemble ? Comme si l'heure de décider si notre relation doit devenir ou non exclusive était arrivée ? Ne sois pas ridicule.

— Mais cela ne nous affecte pas. (Il ne savait pas quoi ajouter d'autre.) Cela n'a aucun rapport avec… ce qu'il y a entre nous.

— Il n'y a rien entre nous. (Elle lissa les mèches éparses qui s'étaient échappées de sa tresse.) Je vais partir d'ici dès que possible, et je ne reviendrai pas. Tu ne me reverras jamais. À la place, tu vas rester assis ici, sous la terre, et croupir en prison jusqu'à ta mort, jusqu'à ce que ton nom soit gravé sur ce Mur. Mais la différence entre toi et les autres prisonniers ici, comme ma sœur, c'est que tu auras choisi de mourir, de la même manière que tu auras choisi d'y vivre.

— Tu ne comprends pas.

— Tu as raison, je ne comprends pas. La bonne nouvelle, c'est que je n'y suis pas forcée. Soit tu es un putain de lâche et tu évites ce qu'il y a au-dessus, soit tu me débites des conneries et tu es assez débile pour penser que je vais te croire parce qu'on a couché ensemble. Dans un cas comme dans l'autre, ce ne sont pas mes affaires, et, surtout, j'en ai marre de toute cette comédie.

Le Chacal jeta un coup d'œil au passage qu'il pourrait emprunter pour prendre congé d'elle. Et s'ordonna de faire les pas qui l'emmèneraient loin d'ici. Pourtant, ses pieds ne bougèrent pas.

À la place, il regarda la femelle.

— Tu as tiré tes conclusions à mon sujet, dit-il d'une voix dure. Et je dois avouer que je suis déconcerté qu'elles soient si mauvaises. Mais bon, je devrais y être habitué vu les mensonges qui m'ont valu d'atterrir ici…

— Qui t'ont valu d'atterrir ici ? Tu parles. Tu peux partir ! Et épargne-moi tes justifications…

— Je ne t'épargnerai *pas* une défense face à tes accusations, rétorqua-t-il. On m'a déjà dénié ce droit une fois, et crois-moi quand je te dis que cela n'arrivera plus jamais. Tu m'as accusé, et à présent tu vas écouter ce que j'ai à dire.

Nyx haussa les sourcils. Et, quand elle n'ajouta rien, il poursuivit :

— Je ne te dois pas d'explication – ce qui me semble un avantage étant donné que tu ne feras preuve d'aucune impartialité envers moi. Ceci en dépit du fait que je n'ai rien fait d'autre qu'assurer ta sécurité et le succès de ta mission pour connaître le sort de ta sœur. Ceci en dépit du fait que tu ne sais rien de moi hormis ce que je t'en ai montré, soit, et je pense que nous pouvons tomber tous les deux d'accord sur cela, rien d'autre que de la courtoisie et de la protection.

Poussant un soupir, elle répondit à voix basse :

— Quand a lieu la prochaine relève ? C'est tout ce qui m'intéresse.

Le Chacal ouvrit la bouche. Puis la referma.

Au bout d'un moment, il reprit d'un ton plus posé :

— Tu t'inquiètes pour ta personne. Forcément.

— Je veux juste partir d'ici.

— Et étrangement, ou peut-être pas, j'approuve totalement cet objectif. (Il se frotta les yeux.) Le moment de s'inquiéter des relèves est dépassé. Il y a des gardiens morts à présent, dans un endroit auquel seul un nombre limité de personnes a accès. La prison est verrouillée à l'heure où nous parlons, auquel cas je dois regagner ma cellule pour l'appel obligatoire. En supposant que je ne l'aie pas déjà manqué.

— Comment on le sait ? demanda-t-elle. Que c'est verrouillé, je veux dire.

— Je vais aller…

— Non. (Elle se mit debout.) On y va ensemble.

Le Chacal dévisagea la femelle avec laquelle il lui avait semblé être en parfaite harmonie lorsqu'ils fuyaient les gardiens. La communion et l'esprit de coopération avaient disparu. Il avait désormais affaire à une parfaite étrangère, avec laquelle il n'y avait plus d'entente possible.

— Comme tu le souhaites, marmonna-t-il. Loin de moi l'idée de me mettre en travers de ta route.

Tout était fini, se dit Nyx pendant qu'elle renfilait son coupe-vent et son sac à dos et contournait le bassin. Cet interlude bizarre, si dangereux et bouleversant, était fini. Elle allait repartir par le même chemin qu'elle avait emprunté pour entrer, puis elle retournerait à la ferme, auprès de sa famille…

En songeant à son foyer, et à la sœur qui lui restait, elle jura et se remémora la photo qu'elle avait prise du nom de Janelle gravé en langue ancienne dans la roche.

Les multiples péripéties auxquelles elle avait été confrontée depuis qu'elle s'était tenue devant le Mur avaient empêché le chagrin de s'exprimer mais il surgissait maintenant : Janelle était morte. Et elle était morte seule. Son corps avait-il été enterré ? ou l'avait-on jeté aux ordures comme un simple déchet ?

Et tout était la faute de son grand-père.

— Enfile une autre tunique, lui intima Jack.

— Je n'en ai pas envie.

Il se dirigea vers la pile, en saisit une et la lui lança.

— Enfile ça tout de suite.

Passant le vêtement par la tête, elle se promit de brûler ce fichu truc dès qu'elle pourrait trouver une cheminée.

Comme Jack s'engageait dans le passage et que les bougies s'éteignaient dans son sillage, elle lui emboîta le pas et resta concentrée sur la seule chose qui importait. Il pouvait choisir de rester ici, mais elle était libre de partir… et elle ne regarderait pas en arrière. Au propre comme au figuré. Elle n'allait pas gâcher son avenir pour un mâle qu'elle ne connaissait pas et qui était coincé dans une situation qu'elle ne comprenait pas – et à laquelle elle ne croyait pas, de toute façon.

C'étaient ces résolutions qui l'avaient poussée à quitter le bassin et la faisaient désormais avancer tandis qu'il la guidait jusqu'à l'une des artères principales de la prison.

Arrivés là, ils ne croisèrent personne et aucun bruit ne leur parvint non plus. Tels des rats fuyant dans des galeries, tous les prisonniers s'étaient mis à l'abri.

Le confinement avait bel et bien cours. Auquel cas, très bien. Elle n'avait plus besoin de lui. S'il la conduisait dans le tunnel par lequel elle était arrivée, elle se débrouillerait pour trouver la sortie toute seule, et il pourrait regagner sa cellule et gâcher le reste de sa vie ici.

Excellent choix de sa part. Vraiment, vraiment génial.

— Arrête-toi, lui intima-t-elle.

Il n'obéit pas.

— Quoi ?

— Je sais où aller à partir d'ici.

Cette fois-ci, il se retourna et la dévisagea en haussant un sourcil.

— Ah bon.

— Il faut tourner à gauche ici, puis quatre fois à droite. (Elle haussa les épaules.) Ce n'est pas difficile.

— Bien sûr que non. Pas pour toi.

— Je n'ai tourné qu'à gauche après mon entrée dans la prison.

— Quoi ?

Nyx repositionna son sac à dos sous la tunique qu'il l'avait forcée à mettre.

— Quand je suis entrée ici, pour ne pas me perdre, j'ai toujours tourné à gauche. Ce tunnel… (elle désigna celui devant lequel ils se tenaient) me ramènera à mon premier embranchement. Trois de plus, et j'y serai. Donc c'est bon. Tu peux retourner seul dans ta cellule, ce que tu souhaitais.

Ses yeux turquoise étincelants se plissèrent en la scrutant.

— Tu as toutes les réponses, pas vrai.

— Je me sais capable d'assurer ma propre sécurité. Et je connais le chemin pour sortir d'ici. Ce sont les deux seules réponses dont j'ai besoin.

— Très bien, alors. (Avec une courbette galante, il s'écarta et lui fit signe de passer.) Permets-moi de m'écarter de ta route.

— Merci.

Nyx fut tentée de lui serrer la main, mais elle n'avait aucune raison de se montrer mesquine, et ce geste aurait pu paraître provocateur. Elle se contenta de passer devant lui…

Et poursuivit sa route.

Pendant les cinquante premiers mètres, elle tendit l'oreille aux bruits derrière elle. Elle s'attendait à ce qu'il la suive ou la rappelle. Et, lorsqu'il n'y eut aucun bruit de pas et qu'elle n'entendit pas son nom, elle fut soulagée. Elle n'appréciait pas la frustration rampante qu'il avait fait naître en elle, et elle pouvait assurément veiller sur elle-même…

— Ça suffit, murmura-t-elle. Arrête avec lui.

Les tournants qu'elle devait prendre surgirent aux intervalles prévus, exactement comme dans son souvenir. Arrivée au dernier embranchement, quand elle ne perçut aucune odeur ni aucun son, elle sentit le triomphe la gagner. Prenant une dernière fois à droite, elle…

S'arrêta net devant un mur en acier massif.

Se retournant, elle recompta les virages dans sa tête. Pivota de nouveau.

Non, c'était impossible. Il restait encore cinquante mètres avant d'atteindre les panneaux en acier verrouillant l'entrée qu'elle avait franchis pour arriver ici. Ceux pour l'ouverture desquels elle avait utilisé la carte magnétique.

Plaquant les paumes sur le métal froid, elle poussa contre la barrière, bien qu'elle sache que cela ne la mènerait nulle part. Le fichu panneau était descendu du plafond et semblait inamovible. Croyait-elle qu'elle allait le percer d'un coup de poing ?

— Merde !

Elle commença à transpirer au niveau des aisselles et de la poitrine, et sentit la panique l'envahir. Mais elle tourna la tête et aperçut une diode clignotante sur le mur.

— Le passe… le passe.

Les mains tremblantes, elle fouilla sous sa tunique et tâta toutes ses poches. Juste au moment où elle était convaincue qu'elle l'avait perdue en chemin, elle sentit la carte rigide. La sortant vivement, elle la plaqua sur le lecteur fixé dans la paroi rocheuse.

Rien.

Elle la fit remonter. Elle la fit descendre. L'agita devant. Elle essaya les deux côtés de la carte. À deux reprises.

— *Merde!*

Tandis qu'elle réfléchissait à ses options, le temps n'était pas son allié, et, si elle avait correctement calculé les distances, alors la barrière lui bloquait également l'accès au premier passage dissimulé dans lequel Jack l'avait entraînée car celui-ci était plus proche de l'endroit où elle était entrée dans la prison par la crypte. Son unique chance de se cacher et de revoir convenablement ses plans consistait à retourner au bassin.

Si elle le pouvait…

Des voix.

Et le bruit caractéristique du pas rythmé de très nombreuses bottes.

Nyx se mit à trembler. Plaquant les omoplates contre le panneau en acier, elle ferma les yeux un bref instant. Soulevant les paupières, elle fouilla rapidement dans son sac et empoigna non pas un mais deux pistolets.

En supposant que les gardiens venaient dans sa direction, son unique chance consistait à se sortir de là à coups de feu.

Non que cela la mène très loin. Elle était coincée sous terre, prisonnière comme tous les autres.

Chapitre 26

Le Chacal regagna sa cellule juste à temps. Pile au moment où il déboulait dans son espace privé, il entendit le premier gardien pénétrer dans le couloir à l'autre bout. On cria des noms et des prisonniers répondirent tandis que le détachement du Commandant remontait la ligne, le bruit de leurs bottes s'intensifiant à mesure qu'ils approchaient de lui.

Merde ! il empestait l'odeur du sang. Même s'il avait changé de tunique et s'était rincé le visage, son nettoyage restait superficiel.

Au fond de sa cellule, dans un coin, là où les deux parois rocheuses se rencontraient, il disposait d'une rigole pour se laver, qui était en permanence alimentée par un filet d'eau. Il ôta sa tunique, se pencha en avant et plongea la tête dans le minuscule bassin. Sur un rebord, il gardait un morceau du savon artisanal de la prison, ce mauvais mélange de soude et d'herbes aussi râpeux que du papier de verre, et il massa l'œuf semblable à une pierre ponce dans ses paumes sous le filet d'eau, jusqu'à obtenir une mousse anémique.

Il se lava rapidement le visage, le cou, le torse et les aisselles.

Il n'avait plus le temps de nettoyer sa tresse, mais il ne pensait pas avoir trop de sang dans les cheveux…

— Lucan ! appelèrent les gardes.

À trois cellules de là.

— Présent, répondit le wolven d'une voix traînante. Oh ! pardon, est-ce que ça vous dérange ?

Après avoir ramassé sa tunique propre, le Chacal se sécha. Il était sur le point de s'installer sur son lit lorsqu'il regarda son pantalon.

— Putain !

Il était plus imprégné de sang qu'il ne l'aurait cru.

Pendant que le wolven à la grande gueule échangeait avec les gardiens sur le ciel savait quoi, le Chacal ôta son ample pantalon, nettoya comme il put le bas de son corps, et se sécha en revenant vers le lit. Il cacha le pantalon souillé sous la plate-forme.

Même si la dernière chose qu'il souhaitait était de s'allonger, il s'étendit sur la paillasse, appuya sa tête contre la paroi rocheuse et tira la couverture rêche sur sa nudité. Baissant la main sur sa pile de vieux livres, il attrapa le premier qui toucha sa paume, le ramena vers son torse et le tint, ouvert, devant son visage.

À l'envers. Les mots étaient à l'envers.

Avec un juron, il retourna le volume et se concentrait tout juste sur une ligne de dialogue quand deux gardiens apparurent sur le seuil de sa cellule.

Levant les yeux de *Macbeth*, il haussa un sourcil d'un air décontracté.

— Vous avez sonné ?

Les gardiens étaient apparentés, compte tenu de leurs yeux sombres identiques, de leurs statures similaires, et du fait que tous deux avaient le même épi bizarre dans les cheveux juste au-dessus du front. Mais ils n'étaient pas jumeaux, et il ne se rappelait pas les avoir déjà vus. Mais bon, vu leur attitude hésitante, ce devait être de nouvelles recrues.

— Je suis là. Vous pouvez rassurer le Commandant.

Quand ils ne bougèrent pas :

— Voulez-vous entrer et me regarder lire ?

Ils plissèrent les yeux en même temps et de la même façon. Mais, en dépit du fait qu'ils s'étaient montrés bavards avec les autres prisonniers, ils ne relevèrent pas la provocation, pas plus qu'ils ne le réprimandèrent ni ne le punirent. Ils se contentèrent de tourner les talons et poursuivirent leur appel.

Le Chacal attendit sans bouger en apparence, même s'il tapait nerveusement ses pieds nus l'un contre l'autre sous la couverture, et que l'impatience gagnait peu à peu ses muscles, menaçant de déborder rapidement.

Les gardiens revinrent peu après. Qu'il s'agisse d'un test pour voir s'il avait bougé ou simplement du cours naturel de leur inspection, il l'ignorait. Peu importait. Cette fois-ci, ils redescendirent toute la rangée de cellules et poursuivirent leur chemin, car le bruit de leurs pas s'estompa, avant de disparaître.

Le Chacal jeta le livre de son lit et se rassit. Dans sa pile de vêtements, il prit un pantalon propre et l'enfila sur ses cuisses. Comme il nouait la ceinture, le wolven apparut sur son seuil.

Pour une fois, Lucan ne souriait pas.

— Tout est verrouillé. Tous les tunnels périphériques. Et ils ont annulé les tours de travail.

Le Chacal releva brusquement la tête.

— Ils n'ont encore jamais fait ça.

— Combien de gardiens as-tu tués dans le secteur privé ?

— C'est une question rhétorique ? (Lorsque le wolven se contenta de le dévisager, il haussa les épaules.) Quatre, avec certitude. Quatre autres ont été menottés au sol. Apogée devait se charger du nettoyage.

— Est-ce que le quatuor était encore en vie quand il les a rejoints ?

— Ce n'est peut-être pas lui qui les a découverts.

— Si c'est le cas, ils sont morts, eux aussi…

Le Chacal se raidit. Inspira profondément. Baissant la voix, il murmura :

— Retourne dans ta cellule. Tout de suite.

— Écoute, si ta petite copine, la joueuse de couteau, est toujours dans les lieux, elle risque de graves ennuis…

Le Chacal cogna l'épaule de son camarade.

— Va-t'en ! Tu ne veux pas être ici.

Le wolven ouvrit la bouche comme pour protester, mais pencha la tête de côté quand il saisit à son tour l'odeur prégnante.

— Merde ! Sois prudent.

Lucan disparut, tandis que le Chacal se jetait encore une fois sur sa paillasse. Il remontait de nouveau la couverture sur lui lorsqu'une haute silhouette, drapée de noir des pieds à la tête, flotta jusqu'à la porte de sa cellule.

Mais ce n'était pas Kane.

Ça sentait l'huile de bois de santal.

L'estomac du Chacal se retourna si violemment qu'il dut ravaler la bile qui était montée dans sa gorge. Pas à cause de l'odeur en particulier. Mais à cause de ce que celle-ci représentait.

Il observa la silhouette, épinglant d'un regard dur le tissu à mailles fines qui recouvrait son visage.

— Oui ?

La voix du Commandant était basse et grave.

— J'ai cru comprendre que tu te trouvais dans mes quartiers et qu'on t'a braqué une arme sur la tempe. Qu'une détenue t'a menacé. Est-ce vrai ?

La tunique de prisonnier. Il avait obligé Nyx à en passer une.

Les gardiens ignoraient qu'elle venait de l'extérieur. Mais alors pourquoi ce confinement s'ils pensaient qu'elle était l'une d'entre eux ?

— En effet, répondit-il. Mais c'est fini.

— Qui était-ce ? Où puis-je la retrouver avec son arme ?

— Je l'ignore.

Il y eut un silence, et il savait parfaitement que le Commandant humait l'air, à la recherche d'autres odeurs que la sienne.

— As-tu apprécié ton bain à l'instant ?

— Pas de jalousie. Ça ne te va pas.

— Attention, Chacal. Je suis de mauvaise humeur ce soir.

— La situation te déplaît ? Quel dommage…

Un gardien se précipita vers le Commandant.

— Une femelle en tenue de prisonnier est acculée au poste de contrôle ouest. Elle est armée, mais sur le point d'être maîtrisée.

Le Commandant tourna la tête vers le Chacal.

— Eh bien, on dirait que ce petit problème s'est résolu tout seul. Souhaiterais-tu m'offrir des explications avant que je m'empresse de l'interroger ?

Le Chacal s'adossa de nouveau au mur et reposa la main sur sa pile de livres. *Macbeth* reprit place devant son torse, et il haussa les épaules.

— Je ne sais pas qui elle est, ni d'où elle vient. (Parfaitement vrai.) Elle avait un flingue. J'ai fait ce qu'elle m'a ordonné. Puis elle m'a dit de me mettre face au mur et de compter jusqu'à dix avant de me retourner. Je suis allé jusqu'à quinze, juste pour être sûr, et je me suis aperçu qu'elle avait disparu. C'est ton problème, pas le mien. C'est toi qui diriges cette prison, après tout.

— Que t'a-t-elle demandé de faire ?

— L'emmener au Mur.

Il y eut un silence, et il imagina le froncement de sourcils sur le visage du Commandant.

— Pourquoi ?

— Elle cherchait un défunt. Je ne sais pas.

— Donc ce n'est pas une détenue.

— Comme je l'ai dit, elle avait une arme, je n'étais donc pas enclin à réclamer des détails. J'ai fait ce qu'elle m'a demandé. Elle m'a laissé indemne. C'est tout ce que je sais.

Une des manches noires se tendit vers lui, comme si la Grande Faucheuse le pointait du doigt.

— Je saurai si tu mens. La souffrance a le don de faire apparaître la vérité, notamment chez les femelles.

— Fais d'elle ce que tu veux. Peu m'importe.

— Attends-toi à être convoqué plus tard.

— Ne te précipite pas pour m'interroger.

Sous sa robe, le Commandant remua, changeant de posture.

— Ne te fais pas désirer. Ça ne te va pas.

Le Chacal secoua la tête d'un air désabusé.

— Au contraire, c'est la seule raison pour laquelle tu veux de moi.

— Oh ! non. (Sous la capuche, le rire était sourd et sexuel.) Tu te trompes complètement à ce sujet.

Tandis que le Commandant tournait les talons, le Chacal garda les yeux rivés sur son livre et le corps aussi immobile que possible.

Douce Vierge scribe ! Nyx risquait bien pire que la mort.

Chapitre 27

Tandis qu'elle scrutait la rangée de gardiens armés devant elle, Nyx se sentit décoller de la réalité. Vu leur nombre, ce moment d'absence semblait une réaction parfaitement raisonnable, même si elle n'était d'aucune aide. Mais bon, il lui était impossible de songer à un moyen de se tirer de là. Impossible de négocier. Impossible de tirer, même avec deux flingues.

— Lâche tes armes, lui ordonna l'un des mâles en uniforme. Ou nous te tuerons sur-le-champ.

Elle fut tentée de leur annoncer qu'elle acceptait de voir ce qui se passerait si elle prenait deux balles dans le crâne, même si elle n'entendrait peut-être que le légendaire tube *Goodnight Irene*. Elle n'avait pas envie de mourir, mais elle savait que tomber entre leurs mains serait pire que rendre son dernier souffle dans ce tunnel.

— Lâche tes armes ! répéta-t-il.

Il y avait trop de gardiens et trop d'armes pointées sur elle qu'ils étaient entraînés à utiliser…

« Gagnera celui qui sait quand se battre et quand s'abstenir. »

Surgie de nulle part, elle entendit la voix de son professeur d'autodéfense dans sa tête, répétant des variantes de la phrase : *« Si tu ne peux pas gagner, ne te bats pas. Fuis. »*

Sun Tzu. *L'Art de la guerre.*

Inspirant à fond, Nyx baissa lentement ses deux armes. Puis elle ferma les yeux et se représenta le bassin, avec sa cascade et son odeur fraîche, et les bougies par terre. Elle s'imagina assise à côté, sur le canapé de pierre, au chaud et à l'abri.

Mais elle n'était pas assez calme…

— Lâche tes armes ! À trois. Un, deux…

Venu de nulle part, Jack apparut dans sa représentation mentale, tel qu'il était la nuit précédente, rivant ses yeux, d'un bleu surprenant, sur elle…

Nyx se dématérialisa sous le nez des gardes.

Une seconde, elle était devant eux, avec leurs pistolets braqués sur son visage. Le suivant, elle n'était plus qu'un nuage de molécules les dépassant dans l'air, invisible.

Intouchable.

Au début de son aventure, quand elle était arrivée devant cette vieille église en ruine, elle n'avait pas pu se dématérialiser à l'intérieur, parce qu'elle ignorait la configuration des lieux. Désormais, elle connaissait, au moins dans une certaine mesure, le système de tunnels, même si elle priait pour que d'autres barrières en acier ne soient pas descendues du plafond, ailleurs dans la prison. Dans le cas contraire, elle risquait de se heurter à cet acier et de mourir sous forme de crêpe.

S'ordonnant de revenir rapidement en arrière, elle reprit forme lorsqu'elle se trouva à une vingtaine de mètres de là où elle estimait devoir se situer le couloir du bassin secret. Son cœur cognait dans sa poitrine et ses pensées s'éparpillaient, et elle songea que sa capacité à se dématérialiser dans le stress avait été un coup de chance. Elle ne pouvait pas recommencer. Son aptitude à se calmer pour se concentrer s'était désormais envolée.

À gauche. Le levier ne se trouvait-il pas à gauche ?

Elle glissa l'un des pistolets dans sa ceinture et palpa la roche taillée. Elle ne savait pas exactement ce qu'elle cherchait, et aurait aimé avoir fait plus attention à l'aspect de ce satané machin…

Nyx se figea soudain et jeta un coup d'œil par-dessus son épaule. Des cris.

Des prisonniers ? ou des gardiens ? Probablement des gardiens à sa recherche. Dans sa poitrine, son cœur s'emballa, et elle tâta encore plus frénétiquement la roche…

Sans prévenir, un déclic retentit, et une partie de la paroi s'escamota sans un bruit.

— Dieu soit loué ! dit-elle en se jetant dans le noir.

Mais ce fut le début d'une attente paniquée. Trois secondes, n'est-ce pas ? Jack avait dit qu'il fallait trois secondes avant que le panneau se referme automatiquement.

D'autres cris retentirent. Accompagnés de pas lourds et précipités qui se rapprochaient.

— Ferme-toi… *ferme*… (Elle tendit la main et tenta de remettre le panneau en place.) Bon sang !

Elle avait l'impression d'être dans un film d'horreur, dans un ascenseur, en train de prier pour que les portes se referment avant qu'un monstre surgisse d'un coin en dérapant sur ses pattes griffues et en claquant des mâchoires. Mais l'urgence ne concernait pas sa propre survie. Aussi en rogne qu'elle ait été vis-à-vis de Jack, elle ne voulait pas être celle qui dévoilerait son lieu secret…

Le panneau commença enfin à se fermer. Et, alors que les bottes s'approchaient inexorablement, ce satané machin mit vingt-cinq millions d'années à se replacer. Pile au moment où il le fit, et alors que le passage secret se retrouvait de nouveau plongé dans l'obscurité, le vacarme dans le tunnel se fit beaucoup plus retentissant.

Juste devant le panneau.

Nyx recula en plaquant sa main libre sur sa bouche. Respirant très vite par le nez, elle se répéta qu'ils ignoraient où elle était passée. Ils ne pouvaient pas connaître l'existence du levier. Ils n'allaient pas la trouver.

Dans le vide sensoriel étouffant qui l'entourait, elle hurla intérieurement.

— Non, elle a dû partir par là ! s'écria l'un des gardiens d'une voix étouffée. Les autres tunnels sont bloqués…

— Elle n'a pas pu aller aussi loin…

— Bordel de merde ! arrête de hurler, je n'entends rien dans mon oreillette…

Puis une quatrième voix, sourde et sinistre :

— Je vais l'abattre à la seconde où je l'aperçois.

— Tu ne peux pas la tuer. Le Commandant la veut vivante. Tu vas tous nous faire buter.

Nyx recula encore d'un pas. Puis d'un autre. L'idée qu'elle ne sortirait pas de cette prison ne lui vint pas seulement à l'esprit. Elle la submergea, la plongeant dans un terrible état mental.

Écartant les bras, elle se déplaça sur le côté pour s'orienter, et toucha la paroi quand le canon de son arme heurta la roche. Lorsque le claquement métallique retentit, elle se figea et sentit la sueur perler sur son front.

Son cœur cognait si fort qu'elle n'arrivait pas à distinguer le martèlement qui émanait de sa poitrine de celui des bottes des gardiens dans le tunnel. Titubant, chancelant, elle recula dans le noir, avec l'affreuse impression que le froissement de son coupe-vent sous sa tunique, le léger cliquetis de ferraille dans son sac à dos et le frottement de ses bottes sur le sol étaient aussi bruyants que l'explosion d'une bombe. Le désespoir et l'épuisement la gagnèrent au point de la faire basculer dans un état d'abattement hébété. Elle trébucha sur quelque chose, mais ne s'arrêta pas.

Après ce qui lui parut une éternité, ses oreilles perçurent le son de la cascade.

Le discret carillon de la petite chute d'eau qui alimentait le bassin fut un tel soulagement qu'elle craignit de l'imaginer. Mais, à mesure que le clapotis s'intensifiait et que les voix des gardiens en train de se disputer s'estompaient, elle fut tentée de se ruer carrément dans le sanctuaire.

Mais le risque de trébucher et de tomber était trop grand. En outre, le bassin n'était pas magique. Il n'offrait aucune couverture ni protection particulière.

Quand elle s'arrêta enfin au bord de l'eau, elle n'alluma pas immédiatement les bougies d'un ordre mental. Elle demeura où elle était, une main plaquée sur sa bouche, l'autre toujours contractée sur son pistolet. Ses poumons la brûlaient malgré sa respiration nasale haletante, et elle avait l'impression que la caverne tourbillonnait autour d'elle. Redoutant de s'évanouir, elle laissa ses genoux céder sous son poids et atterrit sur les fesses.

Le bourdonnement dans ses oreilles n'arrangeait rien à son état de confusion mentale. Elle n'arrivait plus à entendre correctement.

Et la blessure à son épaule l'élançait.

Au bout d'un long, très long moment, elle ôta la main de sa bouche. Quand son souffle saccadé ralentit un peu, elle tendit l'oreille et, lorsqu'elle n'entendit plus que la cascade, elle ordonna à une des bougies de s'allumer.

La fragile lueur jaune ne rayonnait guère dans l'obscurité dense. Elle ressemblait plutôt à une étoile dans la galaxie, un scintillement lointain qui ne révélait rien de son environnement immédiat.

Enfouissant le visage dans ses mains, elle eut douloureusement conscience de la froideur et de la dureté du métal du 9 mm sur son front. À chaque respiration, elle sentait les résidus de poudre à canon, et ce n'était pas rassurant.

La prison verrouillée. Les gardiens à sa recherche. Aucune issue à sa connaissance.

Jack avait raison. Elle s'était montrée imprudente et naïve en venant ici. À aucun moment elle n'avait envisagé courir un risque mortel. Et à présent qu'elle était piégée…

Sans prévenir, toutes les bougies s'allumèrent et elle redressa brusquement la tête, clignant des yeux à cause de la soudaine clarté. Quand ses yeux s'adaptèrent, elle ne comprit pas ce qu'elle voyait.

— Est-ce que c'est toi ? chuchota-t-elle.

Jack – ou ce que son esprit lui indiquait comme étant Jack – semblait se tenir devant elle, vêtu d'une tunique non souillée de sang, le visage propre et dégageant une fraîche odeur d'herbes. Il tenait quelque chose dans les bras, un baluchon.

— Est-ce que c'est toi ? répliqua-t-il doucement.

Du pain, songea-t-elle. Elle sentait l'odeur du pain.

— Tu as apporté à manger ? demanda-t-elle d'une voix qui se fêla.

— Je ne savais pas… si tu t'en étais sortie. Et je me suis dit que si c'était le cas…

Ils se dévisagèrent un long moment, et elle eut conscience de l'étreindre en esprit. Elle vit tout du contact : elle qui se levait d'un bond pour se précipiter vers lui, les bras de Jack se refermant autour d'elle, son torse, solide, puissant et chaud, plaqué contre le sien.

Mais elle se souvint alors de ce qu'elle lui avait dit.

Il y pensait lui aussi, c'était évident, vu la façon dont il restait en retrait.

Finalement, il se racla la gorge et s'assit sur le canapé de pierre. Dépliant le tissu, il sortit une miche de pain blanc et, lorsqu'il mordit dedans, elle crut voir sa main trembler. Mais sans en être sûre.

Se penchant vers elle, il lui offrit la nourriture.

— Tu ferais mieux de manger. Tu vas avoir besoin de forces pour ce qui suit.

En revanche, lorsqu'elle tendit la main, elle la vit trembler de façon certaine, et, quand elle mordit dans le pain, sa bouche était si sèche qu'elle ne se pensa pas capable de mâcher. Mais elle y parvint. Et se trouva de nouveau affamée…

— Ton épaule te fait mal ? demanda-t-il tout en goûtant le fromage.

— Que… Oh ! je ne sais pas. (Elle observa son bras.) Ça va.

— Tu dois te nourrir. (Il lui tendit un bout de fromage.) Rapidement.

— Je suis en train de manger… (Nyx s'interrompit en comprenant qu'il parlait de prendre une veine.) Oh… euh… je crois que ça ira.

— Nous pourrons en reparler plus tard.

Il ouvrit une bouteille de Kool-Aid, ou quel que soit le nom de cette boisson rouge. Après en avoir bu une gorgée, il la lui tendit.

— Tiens.

Nyx posa le pain sur ses genoux, le fromage par terre dans son emballage, et prit la bouteille. Buvant à longs traits, elle se rendit compte qu'elle était assoiffée.

Écartant la bouteille de ses lèvres, elle observa Jack. Ses prunelles bleu vif étaient rivées sur la cascade, mais elle avait l'impression qu'il ne voyait rien. L'expression lointaine de son visage suggérait qu'il réfléchissait aux options qui pourraient garantir sa sécurité et son évasion.

Même après toutes les horreurs qu'elle lui avait balancées, il prenait toujours soin d'elle.

— Je suis désolée, lâcha-t-elle soudain. Tu sais, de t'avoir sauté à la gorge tout à l'heure.

— Il n'y a pas de raison d'en discuter. (Il secoua la tête et parut reprendre ses esprits.) Mais comment as-tu échappé aux gardiens ?

Pour dissimuler ses émotions, Nyx avala un morceau de fromage. But une autre gorgée. Reprit du pain.

Puis elle fronça les sourcils.

— Comment es-tu au courant pour les gardiens ?

Chapitre 28

Le Chacal n'arrivait pas à croire qu'il était assis face à sa femelle, et, Dieu merci ! il avait emporté des provisions. Quand il s'était rué ici en quittant sa cellule, le cœur au bord des lèvres, le corps transpercé d'angoisse, il était passé devant un chariot de nourriture abandonné et s'était servi sur un coup de tête.

Sur un coup de tête, tu parles ! Il s'était emparé du baluchon comme d'un talisman, comme si cette nourriture pouvait garantir la présence de Nyx dans cette grotte, et donc sa survie. Quelle connerie.

La seule certitude qu'il avait alors était que, si elle était en vie, elle viendrait ici.

Lorsqu'il avait aperçu l'unique bougie allumée, au loin, au bout du passage dans lequel il s'était faufilé, il avait ressenti une étincelle d'espoir. Puis, quand il avait allumé toutes les bougies et qu'elle s'était trouvée là… il avait voulu se précipiter vers elle. L'étreindre. Sentir la chaleur de son corps.

Mais, conscient de la faible opinion qu'elle avait de lui, il avait préféré rester en retrait.

Et il avait pris ses excuses pour ce qu'elles étaient : de la gratitude pour la nourriture.

Que lui avait-elle demandé ? Oh… oui.

— Les gardiens ont fouillé les cellules et fait l'appel. Pendant qu'ils le faisaient, l'un d'entre eux s'est précipité vers les autres et a parlé de l'agitation causée par ta fuite.

(Il n'allait pas évoquer sa conversation avec le Commandant.) Mais ils racontent qu'ils te tenaient en joue. Je ne comprends pas comment tu as réussi à revenir ici.

— Je me suis dématérialisée, dit-elle entre deux bouchées de pain et de fromage.

Dieux ! la partie la plus mâle de lui – si stupide soit-elle – prenait plaisir à la voir manger ce qu'il lui avait apporté, mais il s'inquiétait pour son épaule. Une nouvelle tache de sang était apparue sur la tunique qu'il l'avait forcée à enfiler…

— Attends, quoi ? (Secouant la tête pour s'éclaircir les idées, il se pencha en avant.) Tu t'es *dématérialisée* ?

Il avait sûrement mal entendu.

Nyx haussa les épaules et reprit une gorgée à la bouteille en verre. Et ses lèvres émirent un léger claquement lorsqu'elles lâchèrent le goulot.

— Les gardes se tenaient devant moi et j'étais dos à une espèce de mur en acier qu'on avait abaissé. Je ne pouvais plus reculer ni avancer, et je n'allais pas l'emporter dans une fusillade avec eux. Donc j'ai fait la seule chose possible. Je me suis barrée de là.

Le Chacal cligna des yeux.

— Je ne peux pas… Comment as-tu fait ça ? Comment es-tu parvenue à te calmer suffisamment ?

— Je l'ai fait, c'est tout. Dans ce genre de situations, on fait le nécessaire.

Elle but encore à longs traits, finissant presque ce qu'il y avait dans la bouteille en verre. Puis elle reprit sèchement :

— C'est de cette façon que j'ai atterri ici la première fois. Bref, tu en veux ?

— Non, merci. J'ai tout apporté pour toi. (Il se surprit à secouer encore la tête.) C'est… remarquable. Que tu aies pu avoir la présence d'esprit, la maîtrise de toi, au milieu de cette confrontation pour sauver ta peau.

— Comme je te l'ai dit, c'était juste ce qu'il fallait faire. (Elle reprit le pain, et en arracha un morceau de mie.) Et maintenant je suis là.

— J'ai un autre moyen de te faire sortir. (Lorsqu'elle redressa brusquement la tête, il se répéta qu'il n'éprouvait rien. Du tout.) Les tours de travail ont été annulés mais, dès qu'ils reprendront, je te ferai sortir par ce moyen. Ils seront en retard sur la production, et ce sera la précipitation pour tout rattraper. Je parie qu'ils vont doubler le nombre d'ouvriers, et le chaos jouera en notre faveur.

Il y eut un long silence, et il en fut surpris.

— Quoi ?

— Tu m'aides. (Elle mâchait lentement.) Encore. Même si je te dois des excuses.

Le Chacal regarda la lueur des bougies danser sur son visage. Elle avait une éraflure sur la joue. De la terre sur le front. Des frisottis près de l'oreille gauche.

Elle avait l'air épuisée, et il préférait quand elle pétait la forme, même si elle lui criait après, même si ses remarques étaient injustes. Cela signifiait qu'elle pouvait se battre. Et il comprit, même sans le lui demander ni attendre de voir s'il se trompait, que la nourriture ne suffirait pas à la revigorer suffisamment.

Pour ce qui l'attendait, il lui faudrait davantage de force physique et d'acuité intellectuelle que ne pouvaient lui en procurer ces rations de prison.

— Tu dois te nourrir. (Quand elle haussa les sourcils, il lui tendit la paume.) Tu recommences à saigner, et je parie que tu ne le sais même pas.

La façon dont elle observa son épaule répondit à sa question.

Il jura dans sa barbe.

— Si nous voulons te faire survivre à cette épreuve, tu dois être forte, et tu as épuisé une grande partie de ton énergie. Tu le sais, toi aussi.

Elle marmonna quelque chose à voix basse.

— Je ne veux pas…

— Tu ne veux pas que ce soit moi ? Très bien. Utilise Kane. C'est un gentilhomme et il ne profitera pas… dirons-nous… de la situation…

— Je ne veux personne d'autre que toi, rétorqua-t-elle brusquement.

Puis l'explication sortit, presque malgré elle :

— Je n'ai simplement pas envie de t'utiliser encore une fois.

— Quand m'as-tu utilisé jusqu'à présent ?

— Vraiment ? Tu poses la question ?

— Je me suis porté volontaire. (En outre, il avait satisfait ses propres besoins grâce à elle ; ils étaient donc à égalité.) Et je t'offre ma veine de mon plein gré, si c'est ce que tu souhaites.

— Je n'arrive pas à croire que tu m'aides encore. (Elle regarda de nouveau la nourriture, qu'elle avait cessé de manger.) Tu es un saint.

— Loin de là, répondit-il avec amertume. Tu te souviens comment j'ai atterri en prison ?

— Tu as dit que tu n'avais pas touché cette femelle. (Ses prunelles s'embrasèrent.) Tu as dit que tu avais été accusé à tort.

— Et tu ne m'as pas cru. Donc je ne fais qu'exprimer à voix haute tes pensées.

— Tu ne sais pas ce que j'ai en tête.

Le Chacal s'allongea, croisant les pieds à hauteur des chevilles.

— Oh que si ! Maintenant, finis de manger, que nous puissions débattre si tu vas prendre ma veine ou…

Nyx l'interrompit.

— Je me suis mise en colère contre toi parce que je ne comprends pas pourquoi tu refuses de partir de cet endroit. Surtout si tu es ici sous de fausses accusations parce que quelqu'un a menti à ton sujet. (Elle secoua la tête.) Je me suis aussi mise en rogne parce que tu sais pour quelle raison je suis venue ici, et que je t'en voulais de ne pas m'avoir dit pourquoi, toi, tu restes. (Avant qu'il puisse répondre, elle se frotta les yeux.) Écoute, je sais que ça n'a aucun sens. Et les choses n'ont pas besoin d'être équitables entre nous. Mais c'est… eh bien, c'est pour cela que je t'ai dit toutes ces horreurs, et j'en suis désolée. Tu as raison. Tu n'as été que bienveillant à mon égard, et tu ne me dois rien. Pas même des explications.

Au bout d'un moment, le Chacal se rassit.

— C'est plus sûr pour toi de ne rien savoir.

Nyx secoua la tête.

— C'est bon. Tu n'as pas à…

— Mais c'est la vérité. Moins tu en sais à mon sujet, moins tu es en danger.

— Peux-tu au moins me dire pourquoi ? Pourquoi tu restes ?

Lorsqu'elle leva de nouveau les yeux vers lui, le cœur du Chacal manqua un battement dans sa poitrine. Elle lui paraissait si belle, même ainsi échevelée – ou peut-être particulièrement à cause de cela, vu son incroyable exploit d'autopréservation –, et il s'imagina un bref instant quelle aurait pu être leur vie à tous deux à la surface, dehors, si Ellany n'avait pas répandu ses mensonges, si Jabon n'avait pas réagi en conséquence, et si d'autres choses, bien plus terribles, n'étaient pas survenues ensuite.

— Tu as raison, chuchota Nyx à la lueur des bougies. Il y a quelque chose entre nous. Je ne voulais pas le reconnaître parce que je ne voulais pas me sentir aussi abattue que je le suis… tu sais, quand je pense à mon départ d'ici… et au fait que, toi, tu vas rester. Ça me tue, même si ça ne devrait pas. La raison pour laquelle j'étais si en colère… c'est parce que je voulais que tu viennes avec moi.

Tandis qu'elle parlait, Nyx prit conscience de l'immobilité totale de Jack. Et cela lui fit s'imaginer qu'elle l'avait choqué.

— Je suppose que j'aurais dû garder tout cela pour moi. (Elle haussa les épaules pour dédramatiser les choses intimes qu'elle venait de lui avouer.) Mais quand on manque de se faire trouer la peau – pour la deuxième fois en vingt-quatre heures, à moins que ce ne soit la troisième ou la quatrième ? –, cela donne envie de s'épancher.

La plaisanterie tomba à plat, même à ses oreilles.

— Pardon.

— Nyx…

— Je sais. Je vais arrêter. (Elle se força à manger encore, même si plus rien n'avait de goût pour elle.) Alors, quel est le nouveau plan ?

Jack détourna un bref instant les yeux vers la paroi. Quand il se concentra de nouveau sur elle, son expression était neutre.

— Je dois aller chercher les autres. Nous allons encore avoir besoin d'eux.

— Est-ce que Lucan et Désordre vont déclencher une nouvelle « bagarre » opportune ? (Elle fit le signe des guillemets avec ses doigts.) Ou va-t-on mettre en œuvre une autre stratégie, cette fois-ci ? Au point où on en est, je suis ouverte à tout.

Alors qu'elle attendait qu'il réponde, elle se rendit compte qu'elle avait envie de le toucher. Elle avait envie de le serrer dans ses bras. Mais elle ne bougea pas de sa place et finit les provisions tandis qu'il la regardait manger.

—Examinons ton épaule d'abord, proposa-t-il. Ensuite j'irai les chercher.

—OK.

Lorsque Nyx ôta sa tunique, elle grimaça. Son épaule lui faisait vraiment mal, en fait. Qui l'eût cru?

Elle retira son coupe-vent aussi, et remonta la manche de son tee-shirt.

—Oh… oui, ça saigne.

En dépit du fait qu'elle avait réussi à sauver sa peau et à arriver jusqu'ici, elle eut l'impression de tout gâcher.

Quand elle perçut un bruit de mouvement, elle leva les yeux. Jack s'était approché et, au moment où il se pencha pour examiner la blessure, elle se sentit traversée par une onde de chaleur.

—Ça s'est rouvert, dit-il simplement. J'aimerais pouvoir te recoudre. Mais je ne peux pas t'emmener à l'infirmerie.

—Ça ira.

—Quand tu auras pris ma veine, oui.

Son affirmation rude lui rappela une autre phrase répandue, couramment utilisée quand une idée déplacée surgissait à l'esprit de façon intempestive: *« Ce n'est ni le lieu ni le moment. »*

Voilà qui résumait bien la situation actuelle. Le problème n'était pas le fait qu'elle prenne sa veine… mais ce qui allait se passer à l'instant où elle la prendrait: ce n'était clairement ni le lieu ni le moment pour qu'elle le déshabille et lui fasse l'amour. Non qu'elle tienne pour acquis le fait qu'il soit de nouveau partant pour ça.

Pendant tout ce temps-là, il l'observa tranquillement de son regard d'un bleu étonnant. Calmement. Raisonnablement.

—Je te promets que ça ne dérapera pas.

Elle ne put que secouer la tête contre elle-même.

—Ce n'est pas toi qui m'inquiètes, marmonna-t-elle.

—Quoi?

— Rien. (Elle se frotta les yeux.) Non, en fait, je n'ai pas envie de te mentir. En réalité, j'ai peur de goûter ton sang.

— Pourquoi cela ?

Encore une chose à laquelle elle devrait renoncer, songea-t-elle.

— J'ai peur de vouloir tout de toi, répondit-elle d'une voix enrouée en le regardant.

Il écarquilla les yeux, comme si elle l'avait surpris. Puis il ferma à demi les paupières.

— Je ne te dirai jamais non. (Il parlait d'une voix rocailleuse et sexy.) Jamais.

Avant qu'elle puisse réagir, il remonta la manche de sa tunique et tendit le bras.

— Prends mon poignet.

Elle riva les yeux sur les veines qui couraient de la base de sa paume à l'intérieur de son avant-bras. Elles étaient épaisses comparées aux siennes et, sous sa chair, elle distinguait son pouls.

La faim monta en elle et la fit trembler. D'impatience.

— Es-tu certain de vouloir faire ça ? l'interrogea-t-elle en songeant à la cellule devant laquelle il s'était arrêté.

À cette femelle à laquelle il était lié, quoi qu'il en dise.

— Tu as besoin de moi, répondit-il.

Comme si cela expliquait tout.

— Quand je suis arrivée ici dans le noir complet, je n'avais rien pour me guider, et cela a accru ma peur jusqu'à ce que la paranoïa me donne l'impression de suffoquer. Dès que j'ai été certaine que je n'avais pas été suivie, j'ai allumé une seule bougie. Cela augmentait mon risque d'être repérée, mais c'était une petite chose, et cela m'a donné un point d'ancrage. Cela m'a empêché de perdre la tête. Si je peux comprendre rien qu'un bout de ce que tu es, ce sera comme cette unique bougie. Cela me donnera un point d'ancrage.

Jack baissa la tête. Tandis que le silence se prolongeait entre eux, elle n'essaya pas de le persuader de parler. Il devait prendre cette décision seul, et la tentation de sa veine, toujours exposée entre eux, était si forte qu'elle serra les poings. Elle avait bien conscience toutefois que ce seraient les derniers moments qu'ils passeraient ensemble.

— Ou alors, explique-moi pourquoi la femelle de cette cellule n'affecte pas notre relation, suggéra-t-elle en haussant les épaules. Donne-moi juste de quoi avancer. N'importe quoi.

— Il n'y a pas de femelle pour moi. (Sa voix était rauque.) Rien n'affecte notre relation… parce que tu es la seule que j'ai. La seule que je veux.

— Vraiment ? chuchota-t-elle.

Il prit sa main contractée et la plaça sur son cœur.

— Sur mon honneur, tu es la seule à avoir sa place ici. Et j'aimerais que les choses soient différentes pour moi, vraiment. Néanmoins, ce n'est pas le cas, et ce que j'éprouve pour toi ne change rien à ma situation.

Fermant brièvement les yeux, elle éprouva un écrasant sentiment de défaite. Mais elle lui était reconnaissante de son honnêteté parce que cela rendait ses aveux d'autant plus sincères.

Elle avait enfin obtenu la petite flamme dont elle avait besoin pour s'orienter. Elle avait trouvé un point d'ancrage vis-à-vis de lui.

Et c'était cela qui importait le plus.

— Prends ma veine, dit brusquement Jack, comme s'il savait à quoi elle pensait.

Lorsqu'il leva le poignet à sa bouche, ses yeux brillaient d'un bleu si intense qu'elle eut l'impression de plonger dedans. Son corps puissant était magnifique, de même que son visage, mais ces yeux… C'était la façon dont ils dévoilaient son âme qui l'attirait le plus.

D'une main tremblante, elle tira sa tresse par-dessus son épaule.

— Puis-je te voir les cheveux dénoués ?

Il y eut un silence, puis Jack attrapa le lien de cuir qui attachait l'épaisse extrémité de sa natte. Il défit le nœud, puis commença à séparer des doigts les mèches tressées.

— Laisse-moi le faire, dit-elle.

Quand il baissa les mains, elle le relaya en prenant tout son temps. Peu à peu, elle défit le tressage serré, révélant une belle chevelure noire aux ondulations brillantes, éclairée de reflets bleu-noir et qui s'allongea à mesure qu'elle était relâchée. Les épaisses et longues mèches sentaient bon le bois de santal et s'étalaient sur son torse, ses larges épaules et ses bras musclés de façon sensuelle à la lueur des bougies.

Glissant les doigts dans les mèches pour les écarter de son visage, elle retint son souffle. Il avait été beau auparavant. Désormais… il semblait comme transfiguré en une créature d'un autre monde, une sorte d'ange déchu ou de déité torturée, expulsée du paradis pour souffrir ici sur terre.

— Oui, chuchota-t-il.

— Quoi ?

En guise de réponse, il porta les doigts sur le haut col de sa tunique. Un à un, il tira sur les lacets qui la fermaient, dévoilant la puissante colonne de sa gorge.

— Tu n'es pas obligé, murmura-t-elle.

— Comme je te l'ai dit, je ne te refuserai jamais rien.

— J'ignorais avoir demandé à voix haute.

Quant au fait de ne jamais rien lui refuser, c'était vrai… sauf lorsqu'il était question de partir avec elle. Mais elle y avait assez pensé.

Jack ôta sa tunique par la tête, dévoilant ses pectoraux et son ventre sculptés, caressés par la lumière des bougies. Avec son incroyable chevelure répandue sur ses épaules et son torse et son regard allumé d'une flamme bleue, il était d'une beauté à couper le souffle.

— Tu n'as pas besoin de demander à haute voix. (Il franchit l'air électrisé entre eux et lui effleura la joue du dos de la main.) Ce que tu veux se lit dans tes yeux.

Il descendit le pouce sur sa lèvre inférieure et le fit courir sur sa bouche avant de pénétrer à l'intérieur et de lui caresser les crocs l'un après l'autre. Avec un gémissement, Nyx ressentit le contact au plus profond d'elle-même, si bien que des frissons d'excitation contractèrent ses tétons et la firent haleter.

Jack se mit à ronronner, comme s'il savait ce qu'elle éprouvait. Ou bien il avait hâte de découvrir ce que ses canines allaient faire à sa gorge. C'étaient les deux faces d'une même pièce.

— Encore, dit-il en répétant le mouvement circulaire autour de ses crocs. Je veux encore entendre ce bruit.

Cédant à son ordre, Nyx s'alanguit, en même temps que sa soif de sang et de sexe submergeait tous ses sens. Et, lorsqu'elle laissa sa tête rouler de côté, il la serra contre lui, la hissant sur ses genoux, la berçant contre son torse nu.

— Prends ma veine, lui ordonna-t-il d'une voix brusque.

— Jack, tu es sûr ?

— Plus que jamais.

— Je ferai attention.

— Pas la peine.

Nyx gémit de nouveau en fermant les yeux : la tension sexuelle parcourait son corps comme si quelqu'un avait déversé en elle du miel mélangé à un accélérant, avant d'y mettre le feu.

Lorsqu'il la souleva pour la mettre en position et la serra dans ses bras puissants, elle passa les mains sous ses cheveux, découvrant sa peau lisse et chaude, et des muscles très durs.

Dans un coin de son esprit, elle l'entendit qui lui disait qu'elle était sa seule femelle.

Que quoi qu'il y ait dans cette cellule, cela n'avait aucun rapport avec eux.

Et quand elle se blottit contre son cou, elle se dit que « ni le lieu ni le moment » était une expression dépourvue de sens.

Surtout lorsqu'il s'agissait d'un moment pareil.

— Jack, soupira-t-elle en découvrant ses crocs dans un feulement et en passant les pointes acérées sur sa jugulaire. Oh ! Jack…

Chapitre 29

Le Chacal referma la main sur la nuque de Nyx et la maintint contre sa jugulaire. Fermant les yeux, il prit conscience que son corps s'éveillait et qu'un sentiment d'impatience grandissant lui épaississait les sangs… ainsi qu'une autre partie de son anatomie. Son pénis durcit et s'érigea selon un angle bizarre et inconfortable, mais il s'en moquait.

Il était trop occupé à se demander comment allait être la morsure de Nyx. Sa succion. De quelle façon elle accueillerait son sang en elle…

Sa perforation fut telle qu'il l'avait anticipée. Acérée. Décidée. Avide.

Jack hoqueta et sursauta. Puis il laissa sa tête retomber en arrière et poussa un grognement.

— Putain… oui, *putain*…

Les jurons jaillissaient de lui en explosion, et, à la hauteur de ses hanches, son sexe en érection tressautait. Mais elle devait d'abord prendre les nutriments nécessaires. Il avait beau la désirer, sa survie passait en priorité.

C'était sa force qui amplifierait celle de la femelle.

Alors qu'elle se nourrissait, blottie contre lui, et avalait à un rythme qui lui évoquait la pénétration de son propre sexe en elle, il ressentit le besoin de jouir en elle, de la remplir pendant qu'elle le vidait. Il éprouva aussi un sentiment écrasant de satisfaction très masculine dans le fait de prendre soin d'elle.

Ce qu'il ne ressentit pas ? Pas même un instant ? Pas même l'espace d'un battement de cœur ?

Une quelconque confusion concernant la personne avec qui il était. Il était évident que c'étaient les lèvres de Nyx qui remuaient contre sa gorge, ses crocs qui avaient percé sa veine, sa langue qui aspirait son sang. Il savait exactement avec qui il se trouvait, et alors même qu'il absorbait toutes ces sensations, que son corps accueillait le plaisir et la jouissance à venir comme la terre sèche une chaude pluie de printemps, il repensa à ce qu'elle lui avait dit au sujet de sa nécessité d'avoir une bougie pour s'orienter et de son besoin d'ancrage.

Mais c'était elle qui brillait dans ses ténèbres. C'était elle la lumière qui l'avait attiré, et qu'il suivait désormais si volontiers.

Remontant la main depuis la taille de Nyx, il la referma sur son sein par-dessus le tee-shirt et fut récompensé par un gémissement qui fit immédiatement réagir son propre sexe. Pendant qu'il caressait le renflement charnu et concentrait ses attentions sur le téton durci, il sentit ses propres hanches commencer à rouler et se soulever.

Son corps cherchait le sien.

Et il craignit de ne pouvoir refréner cet élan, même s'il devait rester concentré pour la nourrir convenablement…

Nyx résolut son débat interne en changeant de position et en l'enfourchant. Puis, sans rompre le sceau sur sa gorge, elle se tortilla pour se débarrasser de son pantalon. Il ne sut absolument pas comment elle y parvint. Mais il n'était plus en état d'en discuter. De son côté, il libéra son sexe et…

Le bruit qui sortit de sa bouche lorsqu'il se glissa dans son intimité brûlante et humide ne ressemblait à rien de ce qu'il avait déjà exprimé. Et, tandis qu'elle continuait à sucer sa veine, buvant à longs traits, il ouvrit son esprit et son âme à la sensation de la femelle qui montait et descendait sur lui, faisant coulisser son sexe en elle, encore et encore, par la grâce de ses seuls mouvements. Il avait envie de l'aider d'une façon ou d'une autre, mais ne voulait pas risquer de gêner l'absorption de sang. C'était elle qui avait le contrôle, c'était sa bouche et son sexe qui l'aspiraient, le prenaient, l'utilisaient…

Et il consentait à tout cela.

Il n'avait pas été piégé. Il n'avait pas été forcé. Il n'avait pas été attaché et pris contre sa volonté, utilisé pour le plaisir de quelqu'un d'autre sans égard pour ses propres désirs.

C'était son choix, et ce n'en était que plus agréable, plus libérateur, bien meilleur. Il l'avait choisie, elle. Il avait choisi cette situation.

Nyx était son phare dans l'obscurité et il lui donnerait tout ce qu'il pourrait.

Pas de panique. Pas de regrets. Rien d'autre que… sa femelle.

C'était la bénédiction inespérée qu'il avait attendue toute sa vie sans le savoir. Et même s'il allait devoir renoncer à elle il saurait au moins qu'il avait vécu une fois une telle relation.

Il aurait connu… l'amour… une fois.

Quand le mot lui vint à l'esprit, quand la définition de la chaleur au centre de sa poitrine fut rendue manifeste, il en fut tellement stupéfait qu'il ouvrit les yeux.

L'amour.

Se concentrant sur le plafond de la caverne, il eut conscience que ses yeux s'humidifiaient, que sa vision devenait floue. Il fut d'abord désorienté, et se demanda un instant si l'eau de la cascade n'avait pas coulé, sans qu'il sache comment, sur son visage.

Mais ce n'était pas cela.

Tandis qu'il avait les mains toujours plaquées sur les hanches de Nyx alors que celle-ci le chevauchait, et que le plaisir l'envahissait d'une façon si inattendue et si absolue…

ce qui le faisait souffrir n'était pas le présent, mais l'inévitable moment où le Commandant le reprendrait.

Le moyen de pression dont celui-ci disposait et le contrôle qu'il en retirait étaient tels qu'il ne pouvait pas dire non, et il serait bientôt de nouveau appelé à servir. Ce magnifique instant, cette passion purifiante et exaltante, serait remplacé par bien pire que la fausse accusation qui l'avait envoyé en prison, la perte de dix décennies de sa vie, et l'obscurité dans laquelle il avait vécu et continuerait de vivre.

La souillure reviendrait.

Fermant les yeux, il ne put le supporter.

Mais il n'avait pas le choix.

Nyx aurait pu aspirer la veine de Jack jusqu'à la dernière goutte de sang, et c'était là le problème. Elle dut se forcer à cesser de boire même si c'était la dernière chose qu'elle souhaitait faire. Le goût qu'il avait, ce vin noir dans le fond de sa gorge et dans son corps, l'élan de puissance et de force qu'il lui offrait étaient plus grisants que n'importe quelle drogue.

Et c'était avant que le sexe, incandescent, s'y ajoute en guise d'apothéose.

Elle se gorgerait de lui si elle le pouvait.

Et c'était ce qu'elle faisait réellement.

Mais bon, Jack avait répondu à l'appel de sa soif différemment de tout ce qu'elle aurait pu rêver, et il en était de même avec le sexe. Il la remplissait de son membre épais qui éjaculait à jet continu, et elle se demanda vaguement comment ce serait s'il la servait lors de ses chaleurs.

L'idée aurait dû la choquer. Mais non.

Dans une déferlante d'images ardentes, excitantes et sauvages, elle l'imagina dans le rôle de celui qui apaiserait la souffrance de sa période de fertilité, la comblerait de plaisir et tiendrait la brûlure à distance tandis que leurs corps demeureraient ainsi moulés l'un dans l'autre des heures durant.

Seigneur ! elle regrettait qu'ils ne soient pas tous les deux nus en ce moment même.

Et, oui, elle aurait bien voulu continuer ainsi pendant six heures. Huit heures. Dix. Elle allait et venait violemment sur ses hanches, faisant glisser son sexe dans le sien depuis le gland jusqu'à la base, encore et encore, et il jouissait, et elle jouissait, et ils jouissaient ensemble tandis qu'elle buvait à sa veine. C'était trop et elle en voulait encore. Elle aurait voulu qu'il la recouvre de sa semence, au point d'en être trempée. Elle aurait voulu que l'épuisement à force de faire l'amour nuit et jour la laisse alanguie, étourdie, comme dans un état second. Elle aurait voulu qu'il la prenne dans toutes les positions, de toutes les façons imaginables…

— Stop !

Son cri la fit brutalement revenir à la réalité. En dépit du fantasme, de l'excitation et des orgasmes multiples, elle arracha ses crocs de sa gorge et concentra son regard sur la paroi de la caverne, pantelante, grisée de sang et toujours aussi affamée.

Mais elle était terrifiée à l'idée d'avoir trop pris à sa veine.

— Jack…, s'écria-t-elle, paniquée.

— Non, tu ne m'as pas tué. (Il sourit, même si les deux marques de morsure à sa gorge saignaient, et ces piqûres jumelles parurent si appétissantes à Nyx qu'elle s'en lécha les lèvres.) Tant s'en faut.

Baissant les yeux sur lui, elle voulut se le rappeler tel qu'il était là pour toujours : avec ce léger sourire sur ses belles lèvres, ses magnifiques cheveux étalés sur ses épaules musclées, son étrange air de satisfaction qui l'enveloppait comme une aura tangible même en dépit de l'intensité du sexe. Il était beau en la pénétrant, en se donnant si généreusement à elle.

— Il faut que je referme tes plaies, dit-elle, surtout pour elle-même ; comme un rappel que lorsqu'elle reposerait la bouche sur lui, ce ne serait *pas* pour boire.

— J'aimerais pouvoir te dire de ne pas t'en soucier, chuchota-t-il. J'aimerais que nous puissions juste continuer.

Puis il pencha la tête sur le côté pour mieux exposer les marques de morsure. Et pourtant elle hésita, car elle doutait de sa maîtrise d'elle-même. Mais il avait si bon goût. Il avait tellement bon goût.

Quand elle se pencha de nouveau sur lui, elle bougea le bassin contre le sien… et cela lui rappela que, même s'il devait cesser de la nourrir, le sexe pouvait et devait continuer. Et, à en juger par la façon dont ses mains agrippèrent le haut de ses cuisses en réaction, il n'avait pas non plus envie de mettre un terme à cette partie-là.

— J'aurais préféré que tu ne sois pas obligée de t'arrêter, répéta-t-il avec un grognement en se cambrant sous elle.

Nyx lécha la colonne de sa gorge afin de bien sceller les plaies et s'assurer ainsi qu'il était hors de danger. Et dès que ce fut fait, comme s'il n'attendait que cela, il roula sur elle et se plaça entre ses jambes, forçant ses genoux à s'écarter largement sous sa stature massive, puis la plaqua au sol de tout son poids.

Levant les yeux vers son visage, elle glissa les mains dans ses cheveux. Inspirant à fond, elle comprit qu'ils vivaient tous deux un moment spécial et essentiel dans leur existence. Ce n'était pas un coup d'un soir.

Cela n'avait jamais été le cas.

Lorsqu'il abaissa la bouche sur la sienne, elle l'embrassa avec passion, tentant de lui communiquer sans parler ce qu'elle aurait de toute façon eu du mal à formuler. Et, comme s'il avait compris ce qu'elle attendait de lui, il adopta un rythme intense. Elle prit chaque miette de ce qu'il lui donnait, surtout lorsqu'il cala un avant-bras sous l'un de ses genoux et lui leva haut la jambe. Le changement de position lui permit de s'enfoncer encore plus profondément en elle, et elle lui griffa le dos de ses ongles en réaction.

Jack allait et venait en elle, faisant ballotter d'avant en arrière la tête de Nyx tandis que son corps absorbait son implacable force. Elle se fichait de la pierre dure sur laquelle elle était étendue, ou même que quelqu'un arrive et les surprenne pendant l'acte. Elle ne songeait même plus à leur inévitable séparation.

Seul comptait l'instant présent, et elle avait bien l'intention de le vivre pleinement.

Ces souvenirs-là devraient lui durer toute la vie.

L'orgasme qui la parcourut était si puissant qu'elle serra les paupières et lui griffa de nouveau le dos. Et, tandis que son intimité se contractait spasmodiquement autour de son sexe, il fut aspiré à son tour dans la spirale du plaisir, si bien qu'ils jouirent en même temps.

Cela dura très longtemps, même s'il y avait bien des raisons d'arrêter… puis leurs corps finirent par s'immobiliser, et il les fit rouler sur le flanc. Il avait beau s'être montré brutal, son étreinte était désormais empreinte de douceur, et, tandis qu'elle reposait contre son torse nu, encore toute chaude et fumante de l'exercice, elle se sentit glisser dans l'état de flottement habituel qui suivait la consommation de sang.

Juste au moment où elle allait s'endormir, quelque chose se manifesta dans le fond de son esprit, une chose que sa conscience refusait de laisser partir.

— Pourquoi aurais-tu préféré que je n'arrête pas de me nourrir ? murmura-t-elle juste avant de plonger dans le sommeil. Ce n'est pas très prudent.

— Hum ? demanda-t-il d'un ton embrumé.

— Pourquoi ne voulais-tu pas que j'arrête ?

Elle ne savait absolument pas pourquoi elle le pressait sur ce point. Quelle chose étrange à dire.

Comme s'il était d'accord, il lui fallut un moment avant de répondre et, quand il le fit, elle ne sut pas trop si elle rêvait ou non :

— Si je le pouvais, je me viderais de mon sang dans tes bras. Je n'imagine pas d'autre endroit où je préférerais mourir.

Nyx ouvrit grand les yeux.

— Chut, l'apaisa-t-il. Nous avons du temps. Profitons-en encore un peu. Avant qu'on doive tout laisser derrière nous.

Chapitre 30

— Tu viens te baigner avec moi ?

Jack ignorait exactement combien de temps il avait laissé sa femelle se reposer. Mais lorsque son horloge interne qui lui permettait de suivre les horaires des gardiens se mit à retentir il se sentit poussé à l'action.

Et il avait vraiment besoin qu'elle prenne un bain avant qu'ils partent d'ici.

Elle avait déjà une cible sur le dos. Si le Commandant le sentait sur elle ? Merde !

Nyx remua contre lui et souleva ses cils noirs sur un regard flou et satisfait. Il lui sourit et effleura ses lèvres des siennes. Puis il ne put résister. Il insinua sa langue dans sa bouche. Leurs corps s'étaient séparés, mais le sien fut rapide à réclamer une nouvelle union et, vu l'empressement avec lequel elle glissa sa main sur sa nuque pour l'attirer sur elle, le sentiment était partagé.

— Viens, répéta-t-il. Allons nous baigner.

Il la souleva et la porta jusqu'au bassin. Dans ses bras, son poids n'était pas un fardeau mais un don, et il fut très heureux de continuer à la porter pendant qu'elle se débarrassait de son tee-shirt et de son soutien-gorge…

La vue de ses seins nus court-circuita ses pensées, et il la reposa sur le sol afin qu'elle puisse se révéler dans toute sa glorieuse nudité à son regard captivé. Puis il ne contempla plus rien d'autre que sa chair magnifique, s'attardant sur la fente de son sexe, son ventre plat et la courbe de ses seins superbes.

Elle sourit comme si elle venait du fond des âges en entrant dans le bassin. D'abord un pied. Puis l'autre.

Et, lorsqu'elle se plongea dans l'eau chaude bouillonnante, elle ôta le lien de sa tresse.

Jack ne fut pas aussi gracieux. Il ôta son pantalon comme si celui-ci avait insulté son code moral et, quand il se redressa, son pénis était si tendu qu'il saillait de ses hanches à angle droit. Avant de la rejoindre, il glissa la main derrière l'une des pierres qui bordaient le bassin et en sortit un morceau du savon herbacé qu'il conservait toujours là.

Lorsqu'il sauta et s'enfonça sous l'eau, il s'efforça d'ignorer l'urgence déprimante de leur situation. Il ne savait pas combien de temps il leur restait – non, il connaissait la réponse et la détestait. Par conséquent, quand il remonta à la surface, les cheveux plaqués sur le crâne, il refusa de s'autoriser à perdre ne serait-ce qu'un instant à se rappeler les circonstances dans lesquelles il utilisait ce morceau de savon d'habitude.

Les souvenirs surgirent néanmoins. C'était ici qu'il venait se laver quand le Commandant en avait fini avec lui. Ici qu'il se nettoyait des odeurs et des résidus après avoir été utilisé.

Il aurait préféré mettre autre chose, n'importe quoi d'autre, sur la peau de Nyx. Mais il devait la laver de son odeur.

— Laisse-moi te nettoyer, dit-il en empoignant le savon et en faisant mousser le mélange de soude et d'herbes.

Il fut doux avec elle, la vénérant de ses mains tandis qu'il lui lavait les cheveux, le cou, les épaules, et l'odeur familière des épices monta très vite entre eux. Et quand il poursuivit son savonnage sous sa taille et qu'il glissa ses doigts entre ses cuisses, sous le bouillonnement de l'eau…

Ce fut alors qu'il dérapa.

Caressant son sexe, il la pénétra de ses doigts et, tout à coup, la souleva hors du bassin et la hissa sur les rochers lisses du rebord. Lui écartant les cuisses, il se nicha entre elles et fit courir ses lèvres sur sa clavicule, son sternum... le côté d'un sein. Il lui suçota le mamelon, tout en lui caressant le sexe des deux pouces, et ce ne fut pas l'eau du bassin dégoulinant d'elle qui mouilla rapidement son intimité tandis qu'il lui léchait et lui mordillait le téton.

Il réserva le même traitement à l'autre sein.

Puis il continua ses caresses buccales en descendant peu à peu. De plus en plus bas.

— Jack ! s'écria-t-elle.

Elle enfonça ses doigts dans ses cheveux et le plaqua pile à l'endroit où il désirait aller. Ses lèvres enfin sur son sexe, sa langue remplaça ses doigts. Tout en la caressant et la suçant, il plaça une de ses jambes sur son épaule, lui donnant du plaisir avec sa bouche jusqu'à ce qu'elle jouisse sur son visage, puis il continua.

Jack n'avait pas eu l'intention de mener les choses là où elles en étaient, mais il était content...

Pendant un instant, il s'interrompit.

Il ne s'était pas rendu compte qu'il avait commencé à penser à lui en utilisant le prénom qu'elle lui avait donné. C'était un changement, comme tant d'autres, qu'elle avait créé en lui.

Encore une chose à conserver après son départ.

Eh bien, c'est arrivé, se dit Nyx plus tard, alors qu'elle était assise seule sur le canapé de pierre et se tournait les pouces.

Mue par un réflexe idiot, elle souleva le poignet et retroussa la manche de la tunique propre qu'elle avait enfilée. Mais il n'y avait pas de montre à cet endroit. En fait, elle n'en portait jamais.

C'était encore un tic qui lui était venu depuis que Jack l'avait laissée au bord du bassin ; de même, son œil gauche tressaillait comme si quelqu'un faisait clignoter un stroboscope à l'intérieur, et son pied jouait les métronomes, battant une mesure que seule sa cheville entendait.

Elle ignorait exactement depuis combien de temps Jack s'était absenté. Cela lui paraissait dix ans, mais cela ne faisait probablement guère plus de vingt, vingt-cinq minutes. À la lueur des bougies, toute seule, elle sursautait à la moindre ombre, un pistolet à la main et son sac à dos bien sanglé sous la tenue de prisonnier complète que Jack avait insisté pour lui faire porter…

Avec un hoquet, elle se retourna, le cœur cognant à ses oreilles.

Mais il n'y avait rien.

Chaque bruit était une cause d'alarme. Le moindre « ploc » d'une goutte de cire ou d'eau souterraine, toutes les variations du carillon de la cascade, voire son propre souffle sifflant à travers ses narines, attirait son attention. Et, entre ces pics d'alerte, elle se retirait dans ses souvenirs du moment où elle s'était nourrie jusqu'à ce qui était arrivé plus tard, dans le bassin.

Quand tout cela ne servit plus qu'à lui élancer la poitrine à la limite du supportable, elle se tourna vers d'autres pensées.

Pour imaginer Janelle mourant ici, sous terre, seule.

Oui, c'était une sacrée amélioration.

Se frottant les yeux, elle se remémora le dernier souvenir net qu'elle avait de sa sœur. C'était deux nuits avant que le Conseil se réunisse pour statuer au sujet de la mort de ce vieux mâle, mais après qu'un représentant de l'instance dirigeante avait formellement notifié son accusation à Janelle.

Le Dernier Repas. Dans la petite cuisine de leur ferme, à la table carrée où ils avaient mangé ensemble toutes leurs vies. Janelle était installée en face d'elle, avec ses cheveux roux lâchés qui séchaient en formant des boucles après la douche qu'elle venait de prendre. Des corn-flakes... oui, ils mangeaient des corn-flakes, avec chacun un bol devant eux. Le seul bruit dans la pièce, dans la maison... dans l'univers entier, était celui des cuillères tapant contre la porcelaine bon marché.

Janelle était très calme. Ce qui était le cas lorsqu'on était innocent des charges retenues contre vous et qu'on était convaincu que la justice triompherait et que la vérité finirait par éclater. On était détendu parce qu'on croyait que tout irait bien ; parce qu'il était dingue que quelqu'un vous croie capable de tuer qui que ce soit, encore moins un vieux mâle pour lequel vous aviez travaillé et que vous appréciiez.

Nyx se souvenait d'avoir puisé de la force dans ce calme.

Tout irait bien. Peu importe que l'accusation soit aussi effrayante, tout irait bien.

C'était ce qu'elle s'était dit à l'époque.

Partant de ce souvenir, elle remonta encore dans le temps, et se rappela Janelle en train de rire à côté de la grange et se déchaînant sous la pluie tandis que le tonnerre grondait et que les éclairs striaient le ciel nocturne.

Tout ceci avait disparu à présent et ne surviendrait plus jamais, même si ce n'était pas arrivé depuis que Janelle avait été emmenée ici, de toute façon. Mais la réalité de ce nom gravé sur le Mur dans cette prison avait surgi comme une fin brutale, et, tandis qu'elle prenait véritablement conscience pour la première fois de la disparition de sa sœur, Nyx s'aperçut que, même si Janelle avait quitté la famille depuis longtemps, le fait qu'elle soit en vie quelque part signifiait qu'il y avait un avenir. D'une certaine façon, quelque part... il y avait eu un avenir, si impossible puisse-t-il paraître.

L'espérance infondée et la détermination, si caractéristiques de Nyx, avaient rendu tangible ce qu'elle ne pouvait pas toucher, avait ramené à la maison, du moins dans son esprit, celle qui était perdue. Le nombre de journées qu'elle avait passées dans son lit à croire qu'elle retrouverait Janelle un jour parce qu'elle était persuadée d'y parvenir étaient légion. Mais, finalement, la prophétie qu'elle avait élaborée ne s'était pas réalisée. Et elle avait la photo du nom de sa sœur sur le Mur pour le prouver.

Un linceul de deuil s'abattit sur les épaules de Nyx, lourd, noir et étouffant, quand elle songea qu'elle quitterait la prison avec deux disparus.

C'était cette réalité-là qu'elle affrontait lorsque les mâles arrivèrent enfin. Jack ouvrait la marche, Kane venait ensuite, en robe noire, avec Lucan, et Désordre et Apogée formaient l'arrière-garde. Elle se leva en faisant tout son possible pour se débarrasser de sa tristesse, et, lorsqu'elle fit face au groupe, elle se dit qu'elle était heureuse de ne pas les croiser dans une ruelle sombre.

Surtout Apogée avec ses yeux d'obsidienne.

— Quel plaisir de vous revoir ici, dit-elle d'une voix enrouée.

Quel plaisir d'avoir le cœur brisé en mettant ma vie en danger pour découvrir que ma sœur était déjà morte. Quelle bonne affaire, songea-t-elle.

Kane prit la parole.

— Le Chacal nous a raconté avec quelle bravoure tu as échappé aux gardes. (Le gentilhomme s'inclina.) Tu es une femelle de valeur.

— Tout à fait, c'est une guerrière, renchérit Lucan. C'est sûr.

À ces mots, elle se mit à rougir, ce qui, d'après elle, était une totale perte de temps. Allons, comme si elle était la petite sœur demandant à jouer au base-ball dans l'équipe des grands ?

— Alors, quel est notre plan ? (Elle les regarda, puis concentra son attention sur Jack.) Où allons-nous ?

— Kane a mené quelques investigations. (Jack s'approcha pour se placer à côté d'elle.) La prison est toujours confinée, mais ils vont doubler les équipes de travail pour rattraper le retard dans la production, exactement comme je le pensais, et les ouvriers sont en train de manger. Le repas devrait bientôt s'achever. Nous nous mêlerons à leurs rangs lorsqu'ils se présenteront au travail, et entrerons dans l'espace de production.

Kane inclina la tête.

— Une fois là-bas, notre meilleure chance de te sortir d'ici est de te faire grimper dans un camion de transport.

— « Un camion » ?

Jack opina.

— Il faut qu'on se synchronise correctement. Une fois le produit chargé et contrôlé, tu devrais pouvoir te dématérialiser sur le toit d'un des véhicules dans l'aire de chargement. Il te faudra seulement rester allongée sur le ventre en silence. Puis, dès qu'ils émergeront de sous terre, tu te dématérialiseras vers la liberté.

— C'est vraiment notre unique option à l'heure actuelle, affirma Kane.

Soudain, elle se rappela avoir aperçu un gros camion rejoindre l'autoroute lorsqu'elle était partie à la recherche de l'église. En y repensant… elle en avait vu beaucoup ces dix ou quinze dernières années effectuer des allées et venues. Elle avait toujours cru qu'ils traversaient simplement la vallée, mais certains venaient peut-être de la prison.

— D'accord. (Nyx inspira à fond.) Je ne pourrais jamais assez vous remercier de votre aide.

— Ne le prends pas trop personnellement, intervint Lucan. Tout ce qu'on peut faire pour emmerder le Commandant nous convient.

— Eh bien, je vous en serai éternellement reconnaissante. Est-ce qu'on attend ici ?

— Oui, dit Jack. Mais ce ne sera pas long.

Un silence gêné s'installa lorsque tous demeurèrent plantés là comme s'ils attendaient d'être appelés au comptoir pour récupérer leur commande chez Starbucks. Apogée sortit un couteau, mais uniquement pour tailler un morceau de bois. Lucan se mit à faire les cent pas comme un animal en cage. Kane murmura quelque chose à Jack, qui lui répondit également à voix basse.

— Combien de temps exactement resterons-nous coincés ici ? interrogea Nyx.

Kane répondit :

— Pas plus d'une demi-heure. Tu le vérifieras par toi-même, car tu vas entendre les gardiens marcher de l'autre côté de la paroi. Ils doivent escorter les ouvriers jusqu'à la zone de production et, pour ce faire, quitter les quartiers du Commandant en groupe.

— Je vais retirer mon sac, alors. (Nyx s'assit et ôta son sac à dos.) Autant économiser mes forces.

En réalité, ses jambes étaient endolories à des endroits qui la firent de nouveau rougir, et la torpeur qui suivait l'absorption de sang ne s'était toujours pas dissipée. Elle n'allait toutefois pas l'avouer devant tout ce petit monde.

Jack s'installa à côté d'elle, ce qu'elle apprécia. Puis Kane s'assit de l'autre côté du bassin. Lucan et Désordre suivirent son exemple. Qu'Apogée reste debout n'était pas surprenant et, d'instinct, Nyx tourna la tête pour garder un œil sur lui dans son champ de vision périphérique.

Quand elle se rendit compte qu'ils s'étaient tous installés autour du bassin, en cercle, elle ne put retenir un éclat de rire.

— On dirait une réunion de groupe.

— Je te demande pardon ? demanda Jack.

— Pour une thérapie. Tu sais, des gens qui se retrouvent pour discuter de leurs problèmes ou souffrances communes. (Mais il ne savait pas, hein ?) Bref. Oui. Bon…

Elle se sentit un peu embarrassée d'avoir émis cette remarque.

— Alors, comment êtes-vous arrivés ici, tous ? lâcha-t-elle soudain, histoire de changer de sujet.

Comme un seul homme, tous les mâles se tournèrent vers elle. Les traits aristocratiques de Kane affichaient le choc, comme si elle venait d'insulter quelqu'un lors d'un dîner. Lucan plissa ses yeux jaunes. Même Désordre paraissait surpris.

Jack se racla la gorge.

— Nyx, je sais que tu n'avais pas l'intention d'offenser qui que ce soit parce que tu ignores tout de nos règles. Mais on ne pose vraiment pas ce genre de questions par ici…

— J'ai massacré une lignée entière.

Lorsque Apogée, adossé à la paroi, prit la parole, tous les regards convergèrent sur lui, et ses coups de lame acérée sur l'aubier pâle du bois qu'il travaillait ne fléchirent pas un seul instant.

— Je les ai assassinés dans leur sommeil. (Puis il cessa de sculpter et contempla le couteau, le tournant et le retournant dans la lumière des bougies comme s'il évoquait d'agréables souvenirs de son utilisation.) Même les femelles. C'est pour cela que je suis ici.

Ses prunelles noires se tournèrent ensuite vers Nyx.

— D'autres questions ? Est-ce que tu veux savoir ce que j'ai fait des cadavres ?

— Non, rétorqua Jack. Elle ne veut pas.

Kane s'éclaircit la voix.

— Bon, si chacun raconte son histoire, je vais vous faire part de la mienne. J'ai rompu une union arrangée avec une femelle que je n'aimais pas. Son père s'en est offensé.

(Le mâle se mit à contempler l'eau bouillonnante du bassin.) Il s'est arrangé pour faire assassiner la femelle que j'aimais et m'a fait accuser du crime. Je suis emprisonné à vie à cause de cette vengeance.

—Je suis désolée, murmura Nyx lorsqu'une douleur indicible apparut sur le visage du mâle.

—Peu importe. (Kane paraissait épuisé, et pas parce qu'il avait besoin de sommeil.) Que je sois logé ici ou à la surface, je souffrirai. Je pleurerai toujours ma *leelane*.

Il y eut un nouveau silence, et elle jeta un coup d'œil à Jack. Il arborait une expression distante en scrutant Kane, et on aurait dit que c'était la première fois qu'il entendait cette histoire…

—Et ta sœur ? interrogea Lucan. Pourquoi était-elle ici ?

Nyx se racla la gorge quand on s'adressa à elle.

—Elle a été faussement accusée de meurtre. Elle n'a pas tué ce mâle. Mon grand-père, pour des raisons que je ne comprends pas, l'a livrée au Conseil. J'ignore pourquoi il a fait cela, et je ne le lui pardonnerai jamais.

—Il n'existe pas d'instance plus corrompue que le Conseil, marmonna Kane. Ont-ils seulement pris la peine de monter un simulacre de procès ?

—La victime était-elle l'un des leurs ? demanda Lucan. Un aristocrate, je veux dire. Ne le prends pas mal, Kane.

—C'est bon, mon ami.

Nyx opina.

—C'était le cas en effet. Nous sommes de simples civils, de toute évidence. Il vivait non loin de notre ferme, sur une vaste propriété, dans une grande maison élégante. Janelle – ma sœur – travaillait chez lui, vous savez, uniquement pour gagner de l'argent. Pendant environ un an, elle a fauché les prés et entretenu les haies. Elle a repeint les granges et la maison. Elle a pris soin des jardins aussi… Bref, une nuit, elle est rentrée plus tôt que d'habitude chez nous et nous a annoncé que le mâle était mort de vieillesse. Étant donné qu'il n'avait pas d'héritier, il lui avait légué un petit héritage, ainsi qu'à certains autres employés qui travaillaient sur son domaine. Elle a donc reçu de l'argent liquide et une bague. Cela ne représentait pas une grosse somme, et le bijou n'était pas de grande valeur. Je me suis dit que c'était un beau geste de la part d'un employeur. C'était le cas, du moins le pensais-je. Mais la nuit suivante… nous avons reçu cette mise en accusation formelle de la part du Conseil. (Elle haussa les épaules, impuissante.) Pourquoi mon grand-père a-t-il dénoncé ainsi Janelle, je ne le saurai jamais, et par quel moyen le Conseil l'a-t-il reconnue coupable, je ne le comprendrai jamais non plus. Elle était totalement innocente.

— Je sais pourquoi le Conseil l'a condamnée. (Kane secoua la tête.) Selon le droit ancien, si quelqu'un meurt sans postérité, la succession revient au parent le plus proche, aussi éloigné que soit son lien avec le défunt. Néanmoins, si la personne est assassinée, alors tous ses biens, matériels ou non, reviennent au Conseil. L'intention de la loi était de décourager les héritiers qui ne seraient pas du premier degré, comme les fils et les filles, de tuer leurs parents éloignés, d'après la théorie que les descendants directs auraient un lien émotionnel assez puissant envers leurs ascendants de sang pour éviter le matricide ou le parricide, quelle que soit la taille de l'héritage. En réalité, cette loi sert à financer le Conseil. Si tout ce que tu racontes est vrai, ils avaient besoin de désigner quelqu'un comme coupable du meurtre pour se partager le domaine.

— Quels salopards !

Et elle incluait son grand-père dans le tas. Avait-il été payé pour sa trahison ?

— En dépit de ses airs délicats et de son attachement aux convenances sociales, la *glymera* peut parfois se montrer impitoyable. (Kane soupira d'un air vaincu.) Peu importe qui ils blessent. Ou qui ils ruinent.

— Ainsi mon grand-père leur a sacrifié ma sœur. Pourquoi diable…

Nyx s'interrompit et frotta sa tête douloureuse. Il n'y avait pas de réponse à cela pour l'instant mais, dès qu'elle serait rentrée, elle le forcerait à avouer la vérité.

En supposant qu'elle sorte d'ici en vie.

— Ta sœur est morte, alors ? demanda Lucan. Tu as trouvé son nom sur le Mur ?

— Oui. (Nyx soutint le regard du mâle.) Son nom était gravé sur la liste. Elle est morte ici.

Au bout d'un moment, le mâle hocha la tête en signe de respect.

— Toutes mes condoléances.

— Merci.

Pour changer de sujet, elle dit :

— Et toi ? Quelle est ton histoire ?

Lucan s'appuya en arrière sur ses paumes et croisa les jambes.

— Je suis un wolven. J'ai été envoyé ici parce que certains de votre espèce ne nous apprécient pas.

— Mais c'est de la discrimination. (Et cela expliquait pourquoi elle avait toujours senti quelque chose de différent chez lui.) Ils ne peuvent pas simplement te jeter ici parce que tu es…

— Vraiment ? (Lucan effleura son collier.) Et je serais dehors, sans cela. Mais je ne peux pas me métamorphoser avec ce foutu truc autour de la gorge.

— Je te le retirerais si je le pouvais, répondit Nyx.

Il y eut un silence. Puis il esquissa un sourire.

— En dépit de la façon dont nous nous sommes rencontrés, je te crois.

Nyx lui rendit son sourire, puis jeta un coup d'œil à Désordre qui, en l'occurrence, s'était légèrement redressé comme un écolier levant la main et attendant qu'on l'interroge.

— Et toi ? demanda-t-elle.

— Je m'ennuyais, annonça-t-il avec une sorte de fierté.

Il y eut un nouveau silence. Puis tout le groupe se pencha vers le mâle, comme si tout le monde se demandait s'il avait bien entendu.

— Je ne comprends pas, dit Jack.

Désordre haussa les épaules.

— Je n'avais rien envie de faire en particulier, ni nulle part où aller, alors je me suis dit, et puis merde, je vais traîner en prison.

Il y eut encore un silence. Juste au cas où il y aurait une conclusion.

Lorsque Désordre se contenta de sourire aimablement, tous se mirent à cligner des yeux autour du bassin. Même Apogée le Sculpteur.

— Est-ce que tu es dingue, bordel !? s'écria Lucan.

Kane secoua la tête.

— Je suis désolé, c'est un peu inexplicable, mon ami…

— Tu es vraiment un petit con, lâcha Jack. Et, non, je ne sais pas ce que cela veut dire, mais ce n'est pas bon.

Chapitre 31

— L'heure est venue.

Quand Jack prit la parole, Nyx se levait déjà, car sa fine ouïe de vampire avait saisi le pas étouffé des gardiens derrière la paroi. Après avoir renfilé son sac à dos sous son ample tunique et remis bien en place le vêtement, elle eut la même impression que si elle déménageait d'un lieu regretté. Ce qui était dingue. Néanmoins, son expérience en prison avait été si frappante que c'était comme si elle venait de passer une décennie sous terre.

Elle observa l'endroit une dernière fois tandis que les mâles s'éloignaient pour s'assurer que l'on pouvait regagner la prison proprement dite en toute sécurité. Le bassin était tel qu'elle l'avait découvert quelques heures auparavant. Bouillonnant doucement, fumant légèrement, éclairé par la douce lumière des bougies tout autour, il offrait un havre de paix au milieu de la roche dure, du désespoir et des conflits de toutes sortes.

Puis elle se concentra sur Jack. Il avait enfilé une tenue de prisonnier propre et de nouveau noué ses cheveux en tresse, mais ses traits étaient tirés, probablement parce qu'elle s'était nourrie de son sang et que cela lui avait coûté physiquement parlant de se montrer si généreux avec sa veine. Elle s'inquiétait pour lui et aurait aimé pouvoir lui rendre la pareille. Elle aurait aimé qu'ils aient plus de temps. Elle aurait aimé…

— Je sais, murmura-t-il.

Nyx sourit, même si ses yeux s'emplissaient de larmes.

— Comment peux-tu savoir avec tant de certitude à quoi je pense ?

— Je peux le deviner. (Il lui prit la main et plaqua la paume de la femelle au centre de son torse.) Parce que je ressens la même chose.

Elle lui caressa le visage.

— J'aimerais… eh bien, tant de choses. Mais je veux que tu saches, peu importe à quel point c'est douloureux, que je ne regrette pas de t'avoir rencontré. Je ne le regretterai jamais.

— Je vais te sortir d'ici. Je te le promets. Pour que tu puisses rentrer vraiment chez toi.

C'était gentil de sa part de dire cela, mais il ne pouvait pas lui garantir cette issue, n'est-ce pas ? Pourtant elle le prit au mot parce qu'elle sentait une véritable détermination derrière ces paroles : il était prêt, avec toute la force de son corps et toute la puissance de ses intentions, à ce qu'elle retrouve sans encombre sa liberté.

De façon étrange, c'était une déclaration d'amour, non ?

— Écoute, reprit-il d'un ton insistant. S'il m'arrive quoi que ce soit, je veux que tu continues. Tu dois te sauver. Peu importe ton envie de t'arrêter pour m'aider, tu devras continuer. Tu me le promets ?

— Je ne peux pas faire ça…

— Non, l'interrompit-il en lui pressant la main. Tu dois me le jurer, sinon je serai inattentif à cause de l'inquiétude, et c'est un risque que ni toi ni moi ne pouvons nous permettre. Tu *dois* continuer. Quoi qu'il arrive, ne t'arrête pas. Jure-le ici et maintenant, sur ton honneur.

Nyx ferma les yeux.

— D'accord.

— Sur ton honneur.

— Très bien. Je le jure. Est-ce qu'on peut en finir ?

Comme elle observait sa main sur le sternum du mâle, le soulagement qui émana de lui était palpable, et cela signifiait que le mensonge qu'elle venait de prononcer en valait la peine.

— Tu sais quoi faire, hein ? demanda-t-il en repoussant les mèches échappées de la tresse autour de son visage.

— Je connais le plan.

Ils l'avaient passé en revue à plusieurs reprises après que tout le monde avait raconté son histoire façon feu de camp.

— Je suis prête.

— Et tu sais que tu peux te fier aux autres.

— Oui.

— Parfait, alors, allons-y.

Quand il ôta sa main de sa poitrine, elle leva la bouche pour l'embrasser au moment même où il se penchait vers elle dans la même intention. Le contact dura à peine une seconde, néanmoins, car c'était tout le temps qu'ils avaient et, lorsqu'ils s'écartèrent, les bougies autour du bassin s'éteignirent une à une, sur un ordre mental du mâle.

L'obscurité grandissante paraissait de mauvais augure.

Comme ils s'éloignaient ensemble, elle jeta un coup d'œil par-dessus son épaule à l'unique bougie encore allumée, et se sentit escroquée par le destin. Jack était le genre de mâle avec lequel elle aurait aimé passer toute une vie. Au lieu de quoi, elle ne l'avait eu que le court moment où elle avait vécu l'événement majeur de sa vie : sa découverte du sort de Janelle.

Sans vouloir offenser la destinée, elle aurait choisi la quantité plutôt que la qualité avec lui. Mais quand la Providence s'était-elle seulement souciée de l'opinion des personnes dont elle gâchait la vie ?

Elle émergea du passage secret dans une sorte de flou. Tout à coup, elle se retrouva dans le tunnel principal au milieu d'un flot de prisonniers se dirigeant vers la Ruche.

Désordre marchait devant elle, et Lucan derrière. Leur bloc avait été appelé pour doubler l'équipe de travailleurs. Le plan était qu'elle pénètre dans la zone de production avec eux, et ils escomptaient que les points de contrôle seraient débordés pour qu'elle passe sans qu'on remarque sa présence.

Jack marcha à son côté pendant environ deux cents mètres, puis elle sentit sa main sur la sienne. Lorsqu'il la pressa, elle eut envie de se tourner vers lui. Elle aurait voulu le serrer dans ses bras. Elle aurait voulu… ne pas le perdre.

Elle ne put que hocher discrètement la tête.

Puis il s'écarta d'elle et disparut à un embranchement.

Nyx se mit à trembler et vacilla légèrement sur ses pieds, mais elle poursuivit sa route. Jack n'était jamais de service de travail, il ne pouvait donc pas entrer dans la zone de production avec les autres sans attirer l'attention. Il allait devoir traverser les quartiers du Commandant et retrouver tout le monde de l'autre côté, là où stationnaient les camions de transport.

Où que soit cet endroit.

Continue, s'intima-t-elle. *Continue et tu le verras une dernière fois.*

Pour rester concentrée, elle révisa le plan dans sa tête et se rendit compte qu'elle en avait oublié une partie. Elle devait s'assurer de se retrouver dans le groupe des prisonniers affectés au transport. C'était son unique boulot. Si elle se plantait et atterrissait dans la chaîne de production, elle irait au mauvais endroit…

Quand Kane apparut de nulle part et se mit à marcher à son côté, elle se calma un peu. Cela ne dura pas.

— Changement de plan, chuchota-t-il. À mon signal, suis-moi.

— Quoi ? souffla-t-elle. Qu'est-ce que tu racontes ?

— Chut. Suis-moi.

Jetant un coup d'œil par-dessus son épaule, elle sourcilla. Lucan n'était plus là. Et, lorsqu'elle regarda de nouveau devant elle, Désordre avait également disparu. Des signaux d'alarme se mirent à retentir sous son crâne.

— Et Jack ?

— Suis-moi.

Il avait les yeux braqués droit devant lui, elle ne pouvait donc pas sonder son regard. Ni ce visage qui, croyait-elle, irradiait la confiance. Désormais, elle n'en était plus si sûre.

— Où est Jack ? murmura-t-elle en jetant un coup d'œil au reste des prisonniers.

Aucun d'eux ne prêtait la moindre attention aux autres.

— C'est par là que nous devons aller pour le rejoindre.

Sous sa tunique, Nyx posa la main sur son arme.

— D'accord.

Merde ! Merde, merde…

Ils continuèrent pendant encore cinquante mètres, et ses narines saisirent la puanteur âcre de la Ruche. Juste avant d'en atteindre l'entrée, Kane tira sur la manche de sa tunique.

Tandis qu'elle s'écartait du lent flot de silhouettes grises pour suivre le mâle, la seule chose qui lui vint en tête, c'était… que cela ne faisait *pas* partie du plan.

Quand Jack pénétra dans le couloir latéral qui le mènerait dans les quartiers privés du Commandant, il adopta une démarche de flâneur. Avec toute l'installation verrouillée, certaines routes seraient coupées, donc il devrait effectuer un contournement pour arriver là où il rejoindrait Nyx et les autres. Tant qu'il pénétrait dans la zone de production par l'entrée du Commandant, personne ne l'arrêterait.

Il ne fallait simplement pas qu'il croise le chemin du Commandant.

Il était absolument vital qu'il s'assure que Nyx ait réussi son évasion avant qu'il soit rappelé pour le service.

Si le Commandant lui mettait la main dessus, il perdrait des heures.

Ainsi que la possibilité de dire un ultime adieu à sa femelle.

Perturbé par ce qui l'attendait dans un proche avenir, il tourna encore deux fois à gauche et, alors qu'il prenait le dernier tournant, songea à Nyx entrant seule dans la prison et se montrant assez maligne pour retrouver son chemin à l'intérieur en ne prenant qu'une seule direction.

C'était à cela qu'il pensait lorsqu'il arriva devant une arcade marquée de deux bandes blanches.

Passant sous la roche arrondie, il prit encore à gauche et pénétra dans les quartiers du Commandant par une porte en acier. Une fois de l'autre côté, il adopta sa posture habituelle et enfonça les mains dans les poches de son pantalon de prisonnier, même si avoir l'air détendu n'était pas le but. Il voulait sentir sous sa paume la poignée du flingue qu'il avait pris à Kane. C'était celui de l'un des gardiens, que l'aristocrate avait subtilisé après avoir attaché les mâles et les avoir délestés de leurs armes. Jack était heureux que son ami soit aussi minutieux.

Prenant un autre tournant, il ralentit en arrivant à la hauteur de la cellule meublée. Son cœur se mit à cogner lorsqu'il s'arrêta et regarda au travers du grillage en acier.

Vide. Mais c'était logique compte tenu du confinement. En fait, il était prêt à parier que, quand Nyx et lui étaient venus ici, le Commandant était déjà au courant de l'infiltration et de l'assassinat du gardien, et avait pris des mesures pour garder la situation sous contrôle, raison pour laquelle ils avaient trouvé la cellule vide.

Le Commandant ne prenait jamais de risques avec certaines choses.

Sur ce, il se remit en marche, mais n'alla pas loin avant que son instinct le démange de nouveau et qu'il saisisse deux odeurs s'avançant dans sa direction. Quelques instants plus tard, deux gardiens débouchèrent sur sa route. À leur approche, il fit mine de les ignorer, gardant les yeux braqués droit devant lui, mais se servit de sa vision périphérique pour se renseigner sur leur humeur, leur armement et leur allure de marche.

Ils étaient pressés, mais leurs armes étaient rangées dans leurs holsters. Et, même s'ils tournèrent la tête vers lui, ils détournèrent ensuite rapidement le regard.

— Bonsoir, messieurs, dit-il lentement en les dépassant.

Ce qui était exactement ce qu'il aurait dit s'il n'avait pas été en train de faire évader discrètement la femelle qu'eux, et tous leurs collègues en service, recherchaient.

Leur absence de réaction était rassurante. Il préférait que tout se déroule sans incident.

Alors qu'il s'approchait de la bifurcation dans le couloir, celle qui, si l'on tournait à droite, vous menait au Mur, il se rappela Nyx posant les doigts sur le nom de sa sœur et se dit qu'il aurait sauvé la femelle s'il l'avait pu. Se détournant du passage qu'ils avaient emprunté, il resta dans la partie achevée du tunnel, avec le carrelage, les murs badigeonnés de plâtre et l'air artificiellement réchauffé. L'entrée du dortoir des gardiens était fermée, et l'absence de bavardage derrière la double porte en acier suggérait que tous les mâles ou presque avaient été appelés en renforts.

Poursuivant sa route, il passa de nouveau le plan en revue, s'en répétant les étapes et, au moment où il approchait de la zone de production, il était prêt à…

— C'est moi que tu cherches ?

Au son de cette voix grave et menaçante, Jack s'immobilisa et espéra que son esprit venait de lui jouer un tour. Néanmoins, l'odeur de bois de santal démentait cette possibilité.

— Tu as raté le tournant vers mes quartiers.

Des pas approchaient, et, quand il ne tourna pas la tête dans leur direction, le ton se fit plus sec.

— Tu ne vas pas te retourner ?

Il sentit sa nuque se contracter et sa lèvre supérieure frémir, tandis que ses crocs s'abaissaient. Dans sa poche, sa main se referma sur la poignée du pistolet en même temps qu'il évaluait les conséquences d'un tir en termes de distance, de bruit et de réactions. S'il tirait sur le Commandant ici, dans le couloir, s'il tuait ce violeur sadique juste devant le dortoir des gardiens, la détonation attirerait trop l'attention, et il supposait seulement qu'il n'y avait personne là-dedans…

Comme mus par un signal, deux gardiens sortirent de la zone de production. À l'instant où ils les aperçurent, lui et le Commandant, ils s'arrêtèrent net.

Quand celui de droite hocha la tête et qu'ils se remirent aussitôt en marche, il fut clair que le Commandant les avait tous deux autorisés à prendre une pause, et ils passèrent devant Jack sans lui jeter un regard.

Ce ne fut qu'une fois que le bruit de leurs pas se fut estompé qu'il fit face à la silhouette drapée de noir ; ce faisant, il vida son esprit de toute pensée hormis sa répulsion vis-à-vis de la personne qui se trouvait devant lui.

Le petit rire qui émana de sous la capuche ressemblait au sifflement d'un serpent.

— J'aime la façon dont tu me hais. (Le bras drapé se leva et désigna une porte en acier verrouillée.) Mes quartiers sont ici, comme tu le sais si bien. Allons-y tout de suite. Je veux ce que toi seul peux me donner.

Jack jeta un coup d'œil par-dessus son épaule, dans la direction où il devait aller.

Une minute plus tôt, et il aurait évité cette rencontre. Trente secondes auraient suffi pour cela.

— Dois-je appeler à l'aide ? dit une voix grondante.

Resserrant sa prise sur le pistolet, il pria pour que Nyx fasse ce qu'elle lui avait promis de faire. Il pria pour qu'elle se sauve.

Parce qu'il était fort possible qu'il soit arrivé au terme de son propre chemin.

Chapitre 32

— Par ici, dit Kane à voix basse.

Nyx serra les dents et tenta de s'orienter. Ils se dépêchaient à présent, avançant rapidement côte à côte tandis qu'il l'entraînait plus loin dans une section de la prison qu'elle ne reconnaissait pas. Le fait que le tunnel ne cesse de se rétrécir et que les odeurs des autres, prisonniers ou gardiens, s'estompent peu à peu lui fit comprendre à quel point ils s'étaient écartés de l'itinéraire prévu.

À quelle distance de Jack était-elle…

Kane s'arrêta sans prévenir. Et, quand elle le dépassa, elle releva le canon de son arme sous son ample tunique.

Puis elle se retourna et le mit en joue.

— Où m'emmènes-tu ?

L'une des ampoules nues se trouvait juste au-dessus de lui, il était donc difficile de déchiffrer son expression. L'éclairage zénithal créait des ombres sous ses sourcils, dissimulant son regard, et sa robe noire n'aidait pas à le rendre moins menaçant.

— Allons, allons. Ce n'est pas nécessaire.

— Je vais t'exploser la tête. Je m'en fous. Et tu nous as emmenés si loin de la Ruche et de partout ailleurs que personne n'entendra la détonation.

Kane considéra calmement le 9 mm.

— Ma chère femelle, j'essaie de te sauver.

— J'ai bien conscience de la façon dont ment la *glymera*. Et tu m'as emmenée très loin du chemin et de Jack. Ce n'est pas le plan prévu.

Un étrange grondement accompagné de vibrations s'éleva du sol, traversant la semelle de ses bottes pour se communiquer à ses pieds et ses mollets. Mais elle ne baissa pas la tête. Elle garda les yeux rivés à ceux, toujours noyés dans l'ombre, de l'aristocrate.

— Ramène-moi auprès de Jack, exigea-t-elle.

— Je ne peux pas, répondit Kane à voix basse. Il est trop tard.

Un nouveau grondement retentit, puis de la poussière et des petits cailloux commencèrent à tomber du plafond.

— Ramène-moi auprès de lui tout de suite, putain…

Sans prévenir, elle fut projetée contre la paroi par la force explosive d'un séisme. Lorsque le pistolet que son grand-père lui avait donné oscilla dangereusement au bout de son bras, Kane s'accroupit puis s'élança en avant pour la saisir à la taille. Ils se battirent pour le contrôle de l'arme tandis que le sol ne cessait de remuer sous leurs pieds. La force supérieure du mâle l'emporta, faute d'appui stable sous les pieds de Nyx.

Juste au moment où des rochers dégringolaient du plafond, il lui tordit le bras au-dessus de la tête et la plaqua contre la paroi du tunnel.

Nyx leva les yeux pile au mauvais moment, et reçut un morceau de roche de la taille d'un casque de moto en plein sur la tempe. La douleur explosa dans son crâne et toute envie de lutter la déserta. Alors que son corps se relâchait, Kane s'empara du flingue et entreprit de la tirer en arrière par le torse. À cause de sa vision brouillée, les pointes de ses bottes lui semblaient tour à tour nettes et floues, et elle s'intima de se ressaisir pour se libérer…

La lumière la plus vive qu'elle ait jamais vue la frappa soudain en plein visage.

C'était l'Estompe.

C'était forcément l'Estompe.

À cause de la douleur qui lui élançait la tête, ses pensées étaient confuses, mais elle savait bien que l'éclat brillant signifiait qu'elle était mourante et que l'éternité mystique de la Vierge scribe venait la chercher.

Ensuite il y aurait une porte.

Il y aurait un brouillard et une porte. Son oncle paternel avait eu une expérience de mort imminente vingt-quatre heures avant de décéder pour de bon. Et il avait suffisamment repris conscience pour décrire ce qui lui était arrivé.

Une lumière vive lui était apparue, suivie d'un brouillard et, pour finir, d'une porte.

Son oncle avait hésité à ouvrir la porte la première fois ; il était revenu dans le monde réel avec le statut de *mharcheur*. Mais cette fois-ci, lorsque l'Estompe était revenue le chercher, il avait décidé de l'ouvrir. Lorsqu'on en franchissait le seuil, on s'en allait pour toujours de l'autre côté… où l'on était censé retrouver ses chers disparus, qui vous attendaient là-bas. Son père serait là, sa *mahmen* et sa *granmahmen* aussi. Ainsi que Janelle.

Seigneur ! ce serait bon de revoir sa sœur et ses parents, même si elle s'inquiétait pour Posie, laissée seule avec leur traître de grand-père… Merde ! Jack. Même s'ils n'avaient pas d'avenir ensemble, elle ne voulait pas mourir en étant sous sa responsabilité. Ce serait comme un fardeau supplémentaire ajouté au déjà très problématique avenir du mâle…

De nouveaux grondements retentirent, plus forts, plus proches.

Accompagnés… par une odeur d'essence ? Comme si le séisme avait perforé un réservoir de carburant, sans doute utilisé pour remplir ces fameux camions de transport.

Peut-être la plaisanterie s'était-elle retournée contre Kane.

Peut-être allaient-ils mourir tous les deux ce soir dans ce tunnel, même si c'était lui qui détenait désormais son arme chargée.

Lorsque Jack pénétra dans la chambre personnelle du Commandant, il regarda le grand lit surélevé. Entre les quatre murs dépourvus d'ornements, ce dernier dominait l'espace nu.

Les chaînes d'acier enroulées par terre à chacun des pieds allumèrent de la fureur en lui.

— Sors les mains de tes poches, ordonna le Commandant.

Il se dirigea vers le matelas. Un unique drap recouvrait le rembourrage plat, et, alors qu'il se tenait là où on l'avait attaché tant de fois, bras et jambes écartés, il songea à Nyx, et dut dégager rapidement cette pensée de sa conscience. Certains vampires pouvaient lire dans les esprits. Même si le Commandant n'en était pas capable, il pouvait assurément déchiffrer les émotions sur son visage.

Le pêne de la porte cliqueta dans son dos.

— Je veux voir tes mains, tout de suite.

Quand il regarda par-dessus son épaule, deux gardiens se tenaient à côté du Commandant.

— Des renforts, si tôt ? (Jack eut un rire grondant.) Ne seraient-ils pas plus utiles ailleurs que dans cette chambre en ce moment ?

— Je dois me dépêcher. Ils t'aideront à te mettre en position… une fois que tu auras sorti les mains de tes poches.

Jack avait connu la colère autrefois. Il avait connu la haine. Il s'était trouvé dans des situations avec le Commandant où il avait été dégradé à des niveaux de honte et de dégoût de lui-même inimaginables. Mais jamais il n'avait éprouvé une telle fureur…

Le pistolet à fléchettes tira avec son petit souffle caractéristique et, dès qu'il entendit le son, il eut envie de maudire la distraction causée par ses émotions. Il n'était plus temps de penser ou de ressentir. La piqûre de douleur dans son muscle pectoral annonçait la catalepsie et, presque immédiatement, son corps s'amollit et il tomba par terre.

Le pire était que, même si ses bras et ses jambes n'offraient plus aucune résistance, son esprit demeurait clair. Et il était donc parfaitement conscient lorsque le Commandant vint se planter au-dessus de lui.

La capuche se tourna vers les gardiens.

— Laissez-moi. Restez à côté de la porte.

Le pêne cliqueta de nouveau, et il se retrouva enfermé seul avec le Commandant. La robe de ce dernier bougea quand il enjamba Jack pour placer une botte de chaque côté de lui et sa capuche oscilla de gauche à droite comme il secouait la tête.

— Tu as apporté une arme ici. Quelle déception.

Le Commandant se pencha, et Jack sentit qu'on lui soulevait puis relâchait la main, dont la paume claqua sur le sol lorsqu'elle retomba comme un poids mort. Puis le canon du pistolet fut braqué sur son visage, si près que, s'il avait voulu l'observer correctement, il aurait louché.

— Ceci. Tu as apporté *ceci* dans mes quartiers. (Une autre main surgit de l'autre manche, et l'arme fut examinée.) Elle est chargée – et c'est une des *miennes*. Tu as apporté un flingue chargé d'un de *mes* gardiens dans *ma* maison ?

Le 9 mm recula vers l'épaule du Commandant, et Jack se prépara à se faire frapper…

Mais le Commandant s'écarta de lui et se mit à arpenter furieusement la pièce, faisant voleter sa robe noire derrière lui. Dans sa paralysie, Jack tira satisfaction de cette colère…

Le Commandant s'arrêta brusquement.

— Tu comptais me tuer ? Tu comptais venir ici pour me tuer ? Espèce d'enfoiré !

Le pistolet se braqua de nouveau sur lui, avec un léger tremblement du canon.

Jack contempla le trou noir d'où la balle allait émerger. Au cours de sa vie, à quelques rares occasions, il avait brièvement envisagé l'idée de mourir. Lors d'une maladie dans son enfance. Pendant sa transition. Et puis à deux autres reprises durant son séjour en prison.

Aucune n'avait ressemblé à cela.

Un son guttural sortit de la capuche du Commandant lorsque l'arme déchargea, non pas une, mais plusieurs balles, et, à cause de sa paralysie, Jack se trouva incapable de se protéger. Même si rien, hormis un mur de pierre, n'aurait pu l'aider. « Pop ! Pop ! Pop ! Pop… »

Soudain, l'arme fut braquée vers la porte et le Commandant hurla :

— Dégagez d'ici ! Barrez-vous jusqu'à ce que je vous appelle !

La porte claqua, sans doute parce que les gardiens craignaient de recevoir du plomb en guise de dernier repas.

Le Commandant revint vers Jack, empoigna le pistolet à deux mains et le braqua encore sur son visage. De si près, sa tête allait exploser comme un melon lorsque la détente serait pressée.

Et, tandis qu'il songeait à sa mort, son plus grand regret fut de ne pouvoir être certain que Nyx se soit évadée sans encombre. Qu'il n'ait peut-être pas réussi à la sauver. Que…

— Ouvre les yeux ! aboya le Commandant. Tu vas ouvrir les yeux et me regarder quand je te tue…

Il n'avait pas eu conscience de fermer les paupières, mais il les souleva parce qu'il ne voulait pas passer pour un lâche. Il regarderait la mort en face. Depuis le début, il avait su que cela s'achèverait de la sorte, et tant de regrets pesaient sur sa conscience et sur son cœur. Mais il était trop tard.

Le Commandant se pencha sur lui encore plus près.

— Tu t'es infligé cela à toi-même. Tu as choisi ce…

Jack gémit en signe de dénégation.

— Salopard ! Espèce de salopard !

D'autres détonations retentirent, mais il ne cilla pas, et pas uniquement parce qu'il était drogué. Il fixa le regard sur la capuche et les mailles serrées du tissu qui recouvraient ce visage. L'ironie, dans cette histoire, était que le Commandant souffrirait davantage que lui de sa disparition. Son élan de colère et de vengeance serait temporaire ; sa mort à lui serait permanente. Il y aurait des regrets dantesques, et si l'Estompe existait pour de bon ? Vu toutes les atrocités que le Commandant avait commises, ce serait le *Dhund* qui l'attendrait. Pas l'Estompe. Pendant ce temps, lui attendrait Nyx. Pendant une éternité, il attendrait sa femelle, son ange guerrier qui lui avait montré que, si piégé soit-il, son âme, elle, demeurait libre.

D'aimer qui il aimait.

Nyx.

« … Pop ! Pop ! Pop ! »

Les balles cessèrent de ricocher, les détonations aiguës s'arrêtèrent, l'écho des explosions s'estompa en silence.

« Clic, clic, clic… »

Le Commandant pressait encore et encore la détente, faisant se balancer les amples plis et les manches de sa robe tandis que, sous la capuche, son souffle rauque sortait en saccades comme les battements d'un tambour.

Jack se contenta de regarder fixement vers le haut, sans ciller, sans broncher… refusant de se soumettre, même s'il était allongé sur le dos et incapable de bouger. Assurément, il devait être en train de se vider de son sang, et cela expliquait pourquoi son corps paralysé ne ressentait aucune de ses blessures et qu'il n'avait pas conscience de suffoquer.

— Je te hais, grogna le Commandant. Je te *hais*, putain !

Il leva le bras et arracha sa capuche.

Une chevelure rousse cascada sur le visage et dans les yeux de Jack, encadrant les traits calculateurs et le regard étincelant et agressif de la femelle qui était la source de sa souffrance depuis tant d'années.

Il détestait quand elle retirait sa capuche. Il lui était plus facile de la considérer comme asexuée tant qu'elle la portait. Mais la vue de ces cheveux et de ce visage lui rappelait qu'elle était du sexe opposé, et qu'elle exigeait de s'unir à lui chaque fois qu'elle en avait envie.

Il détestait l'idée qu'elle soit la dernière chose qu'il verrait. Mais se délectait d'imaginer ce qui surviendrait dès qu'elle se rendrait compte qu'elle avait cassé son jouet, qui ne serait plus jamais fonctionnel.

— J'ai envie de te tuer, cracha le Commandant en dévoilant ses longs crocs.

Et ce fut alors que Jack comprit que… malgré toutes les balles tirées, aucune ne l'avait touché. Elle avait visé autour de lui, par terre.

L'odeur de son sang n'imprégnait pas l'air.

Pendant ce temps, le Commandant haletait toujours ; jusqu'à ce qu'elle paraisse se calmer. Se redressant, elle considéra l'arme dans ses mains, puis ses yeux revinrent vers les siens, plissés par le soupçon.

— Où as-tu déniché ça ? (Le Commandant lui mit l'arme sous le nez, si près qu'il aspirait des restes de poudre à chacune de ses respirations.) Où as-tu déniché ça, putain !?

Il n'aurait pas pu répondre même s'il l'avait voulu. Ce qui n'était pas le cas. Il se délectait de sa perte de contrôle et de l'effet que cela produisait sur elle. Il voulait qu'elle souffre. Après toutes ces années, il voulait qu'elle ait un aperçu de ce qu'il avait enduré.

N'avoir plus aucun contrôle. Se retrouver à la merci de quelqu'un d'autre.

— Tu vas me répondre, cracha-t-elle.

Puis elle remit sa capuche en place et siffla derrière les mailles de sa voilette. Quand les gardiens ouvrirent la porte, elle désigna le lit.

— Enchaînez-le.

Chapitre 33

Nyx ferma les yeux devant la lumière aveuglante de l'Estompe et se prépara à subir une sorte de réaction physique en passant de l'autre côté. Elle se prépara aussi à voir apparaître la porte, à devoir décider si elle allait l'ouvrir ou non…

C'était quoi, ce grondement ? cette vibration ?

Il y eut un grognement, et elle sentit qu'on tirait son corps de côté. Puis, juste au moment où l'aveuglante et douloureuse lumière de l'Estompe s'intensifiait avant de s'éteindre brusquement, elle sentit une puissante rafale de vent souffler sur son visage, qui irrita la plaie à vif sur sa tempe. Désorientée, et en proie à la souffrance, elle se força à ouvrir les yeux ; ce qui était étrange parce qu'elle avait cru qu'ils étaient déjà ouverts.

Puis la situation devint encore plus déroutante.

Parce qu'elle se retrouva soudain dans un tunnel. Un tunnel autoroutier, dans lequel circulaient des véhicules. Et un camion la dépassait en ce moment même. Un semi-remorque, gris et noir comme les parois de la caverne.

Merde ! elle devait être en train de perdre la tête. D'où venait cette route pavée ? Quant à ce camion, il paraissait vraiment la dépasser en trombe, comme si elle se trouvait sur le bas-côté d'une rue en ville, et que l'engin devait livrer en express des marchandises dans une boutique.

Des feux de freinage rouges s'allumèrent soudain à l'arrière du véhicule, se reflétant sur les parois lisses de la caverne, et un crissement de pneus retentit à ses oreilles tandis qu'une odeur âcre de caoutchouc brûlé montait dans ses narines. Puis l'arrière du camion fit une embardée, et sa remorque se déporta en travers du tunnel pour glisser vers elle au ralenti.

L'adrénaline parcourut son corps. Si elle ne bougeait pas, elle allait se faire écraser…

Une force venue d'en haut la projeta par terre et en avant alors que le plateau arrivait sur elle, et, lorsqu'elle s'accroupit et tourna la tête, elle se rendit compte qu'elle se trouvait sous la remorque du camion, entre les quatre roues, pile au milieu. Effectuant quelques rapides calculs, Nyx se laissa tomber à plat ventre sur l'asphalte en se couvrant la tête de ses mains. Elle roula dans le même sens que la remorque qui se déportait afin de ne pas être écrasée par les roues arrière.

L'arrêt lui sembla s'étendre sur cent mille mètres et durer des années. Elle se démena pour éviter de finir écrasée, donnant des coups de botte, agitant les membres, tournant et retournant son corps sous le plateau du camion long comme un tunnel pendant que les freins continuaient à crisser et que la puanteur de caoutchouc s'intensifiait. Elle sut que, si elle n'avait pas vu l'Estompe auparavant, elle risquait de la voir très bientôt…

Puis ce fut fini.

Le camion s'immobilisa. Elle cessa sa roulade effrénée. Le poids lourd s'était arrêté en travers de la route en faisant siffler ses freins, et l'odeur puissante de caoutchouc brûlé lui piqua les sinus lorsqu'elle se retourna une dernière fois pour regarder le dessous du châssis du semi-remorque.

Tournant la tête, elle essuya le cambouis de ses yeux et suivit du regard l'essieu jusqu'aux quatre pneus qui se trouvaient à cinquante centimètres de son torse. Elle en était si proche qu'elle distinguait leur motif tressé, et l'odeur de métal chaud et d'huile de moteur la fit tousser.

— Reprends ça.

Elle n'avait pas la moindre idée de qui s'adressait à elle sous ce foutu camion de la mort…

— Kane ? souffla-t-elle en discernant son visage crasseux.

— Tiens. (Il poussa son pistolet vers elle.) Tu vas en avoir besoin. Sauf si tu peux te dématérialiser ?

Il parlait à voix basse, d'un ton pressant, mais le cerveau de Nyx ne fonctionnait tout simplement plus. Elle était pourtant quasiment sûre qu'il employait l'anglais, non ?

Sa confusion se dissipa hyper vite lorsqu'elle entendit les portières de la cabine du camion s'ouvrir. Dans la lumière des phares avant, elle vit une… Attendez, ils étaient vraiment sur une route ? genre, une vraie route ? Et une trois-voies, en plus.

— Où diable sommes-nous ? chuchota-t-elle alors que deux gardiens sortaient du véhicule et se retrouvaient devant la calandre.

— Il n'y avait personne, dit l'un d'eux tandis que de la poussière tourbillonnait autour de leurs ombres.

— J'ai vu quelqu'un dans les phares.

— T'as perdu la boule.

— Tu veux prendre le risque que j'aie raison ? Après qu'on a fait sauter cette barricade sur la route ?

— Elle aurait dû être retirée par les prisonniers. On n'avait pas d'autre choix que d'utiliser des explosifs. Le Commandant veut que la marchandise parte d'ici tout de suite, et il nous faut deux sorties pour évacuer les camions du site… Qu'est-ce que j'étais censé faire ?

Kane plaça le visage juste en face de celui de Nyx et pressa l'arme contre sa paume.

— Nous allons devoir nous battre pour partir d'ici, et je n'ai encore jamais utilisé d'arme à feu. Tu vas devoir tirer.

Clignant des yeux, elle ordonna à sa vision de suivre le programme tandis qu'elle saisissait le pistolet. Puis elle secoua son cerveau pour qu'il se remette en marche. Comme un flash info rediffusé en boucle, elle rattrapa la conversation avec Kane, et n'eut pas besoin d'une présentation PowerPoint pour comprendre ce qu'il suggérait.

Elle regarda les gardiens en train de se disputer. Inutile de se rapprocher pour savoir qu'ils étaient armés et équipés de communicateurs.

— Reste derrière moi, ordonna-t-elle.

— Oui, m'dame.

Nyx se remit sur le ventre, mais calmement cette fois-ci, puis elle se cala sur ses coudes et pointa l'arme vers ses cibles. Entre les roues avant de la cabine, les gardes se faisaient face d'après la position de leurs genoux et la pointe de leurs bottes tandis qu'ils discutaient.

Elle choisit de viser celui de gauche. Juste avant d'appuyer sur la détente, elle se revit brièvement à la ferme, à côté de l'enclos du bas, quand elle s'entraînait au tir sur des boîtes de soupe et de bidons alignés sur la barrière, à cinquante mètres d'elle.

C'était un jeu totalement différent.

Lorsqu'elle pressa la détente, elle n'attendit pas de voir si elle avait atteint sa cible au niveau du mollet. Elle tira immédiatement sur le tibia de l'autre garde. Puis elle revint au premier, mais elle avait toujours bien visé et avait tapé dans le mille : le premier gardien sautillait sur un pied et, lorsqu'il s'effondra contre le capot du camion, elle visa de nouveau et le toucha à l'autre genou. Pendant qu'il hurlait et s'écroulait par terre, elle tira dans la cuisse de celui qui tenait encore debout, La gerbe de sang retomba en une gracieuse pluie, qui brilla sous la lumière des phares d'un bel éclat rouge.

Tandis que les deux mâles se tordaient de douleur par terre et appelaient à l'aide dans leurs communicateurs d'épaule, elle déglutit malgré sa gorge sèche. Fermant les yeux, elle sut ce qui allait suivre.

C'était elle… ou eux. Elle ne pouvait les laisser vivre ; ils étaient blessés et armés. Une mauvaise combinaison, et Kane et elle devaient sortir de leur cachette.

— Fais-le, s'ordonna-t-elle à voix basse.

Une balle dans la tête. Ou dans la poitrine.

Une balle dans…

… la tête. Ou dans la poitrine…

— Merde ! siffla-t-elle en s'affaissant et en relâchant ses avant-bras.

Nyx ne pouvait tout simplement pas assassiner deux mâles de sang-froid. C'était une chose si on lui braquait un pistolet au visage et qu'on menaçait directement sa vie. Mais ceci ? Elle n'était pas une tueuse. Elle n'était pas comme Apogée.

Elle tourna la tête.

— Où allons-nous maintenant ?

Kane observa les gardiens, qui se balançaient tous les deux sur le dos en se tenant tour à tour une jambe puis l'autre.

— Viens, dit-il.

Quand il lui prit la main, elle s'extirpa prestement avec lui de sous le plateau du camion, puis ils coururent aussi vite que possible…

Droit dans un éboulement de rochers.

Environ cinq mètres de paroi s'étaient écroulés, et elle n'eut pas le temps de s'interroger sur le pourquoi ni le comment. Kane escalada le premier la montagne de débris et elle l'imita, puis, une fois arrivés au sommet, ils roulèrent jusqu'à la route correctement pavée et éclairée au plafond. Mais ils n'allèrent pas loin.

Deux ou trois cents mètres plus loin, une lumière aveuglante apparut, et elle entendit un gros moteur gronder tandis qu'un véhicule approchait. Ce devait être un autre semi-remorque.

— Là-dedans, s'exclama Kane en la tirant par le bras.

Une fissure dans la paroi rocheuse se présenta à eux pile au bon moment. Alors que le camion suivant émergeait d'un virage et que ses phares éclairaient la route juste à l'endroit où Kane et elle se tenaient l'instant avant, ils bondirent hors de vue et se glissèrent dans une brèche horizontale de la taille d'un placard étroit.

Comme il était entré le premier, elle se trouvait sur le bord extérieur, si bien qu'elle distingua nettement le flanc du véhicule quand il passa devant eux. Gris et noir, exactement comme l'autre, avec une remorque assez grande pour contenir deux plateaux de quatre voitures. Après son passage, elle saisit une nouvelle bouffée du parfum douceâtre d'un moteur diesel.

Lorsqu'elle fit mine de sortir, Kane tira sur la manche de sa tunique.

— Non, attends. Ces deux gardiens ont donné l'alerte…

Des gyrophares multicolores apparurent ensuite de la même direction que le deuxième semi-remorque, et le véhicule utilitaire qui fila devant eux avait le mot « Ambulance » écrit partout sur sa carrosserie. Littéralement. Avec la croix rouge et un logo qui paraissait réglo sur ses flancs, il aurait pu passer pour une ambulance humaine officielle – ce qui était sans nul doute le but.

— Il faut qu'on attende, reprit Kane. Il va y avoir un autre camion. Ce sera celui sur lequel tu devras monter. Il faudra te coucher à plat ventre sur le toit de la remorque.

Nyx tourna la tête vers le mâle et força ses yeux fatigués à se concentrer sur lui. La lumière provenant des éclairages du tunnel pénétrait suffisamment à l'intérieur de leur cachette pour qu'elle discerne son visage. Il saignait à la racine des cheveux et était pâle sous sa couche de cambouis.

— Que… que s'est-il passé ? (Elle éternua dans le creux de son coude.) Pardon. Que s'est-il passé à la Ruche ? Pourquoi ce changement d'itinéraire ?

Kane remua le bras dans l'étroit espace, puis lui tendit un carré de tissu.

— Tu saignes. (Comme elle regardait fixement le mouchoir, il poussa un soupir.) J'aurais aimé qu'il soit de meilleure qualité. Autrefois, j'en avais en soie tissée à la main. Avec mes initiales brodées dessus.

Quand il tamponna le tissu sur la tempe blessée de la femelle, celle-ci fit la grimace.

— Que s'est-il passé ?

— Le confinement. (Il secoua la tête comme s'il était frustré.) Lorsque j'ai tenté d'accéder à la zone de transport pour évaluer les risques, je n'ai pas pu m'en approcher. Ils avaient bloqué l'entrée du garage des camions de livraison, et aucun des prisonniers appelés pour le travail n'était autorisé à y pénétrer non plus. C'était les gardiens eux-mêmes qui procédaient au chargement. Je me suis rendu compte que je devais te faire prendre une autre voie.

— Et Jack ?

— Il va rencontrer le même problème, y compris s'il passe par les quartiers du Commandant. Je ne pense même pas qu'ils vont le laisser accéder ici. Je suis désolé.

Nyx refusa d'y penser. Elle s'en sentait incapable. Elle voulait éviter de se confronter aux implications d'un départ imminent, sans pouvoir faire ses adieux à Jack.

— Merde ! souffla-t-elle. J'ai failli te tirer dessus.

Kane esquissa un sourire.

— C'est la seule raison pour laquelle je me suis battu avec toi. Je n'aurais jamais levé la main sur toi si je n'avais pas été convaincu que, dans le cas contraire, je serais mort.

— Désolée.

— Je t'aurais tout expliqué si j'avais pu. Mais il n'y avait pas le temps pour ça. C'est moi qui suis désolé.

Nyx poussa un soupir. Puis se mit à parler à toute vitesse.

— Je t'en prie. Je dois revoir Jack une dernière fois…

— C'est impossible. (Le visage de Kane se crispa.) Je ne peux pas te ramener là-bas en toute sécurité, et, surtout, nous sommes arrivés exactement à l'endroit où nous devions nous rendre. J'ai promis au Chacal, sur mon honneur, que je te ferais sortir d'ici quoi qu'il en coûte. Même si cela signifiait que tu ne pourrais peut-être pas lui dire au revoir. Je ne reviens jamais sur ma parole.

Lorsqu'elle ferma les yeux, il reprit :

— Je t'en prie, sache que si je pouvais le faire sans te mettre en danger je le ferais. Mais l'endroit où nous sommes en ce moment est une position bien meilleure que celle que j'aurais pu espérer. Tu es très près de réussir ton évasion, et j'ai donné ma parole à un mâle que je respecte. Je ne reviendrai pas dessus.

— Je voulais juste le voir une dernière fois, chuchota-t-elle.

— Je sais.

Quand elle regarda de nouveau Kane, le chagrin sur son visage était si profond et sincère qu'elle sut qu'il devait songer à l'amour qu'il avait si cruellement perdu. L'amour dont on l'avait privé.

— Si tu ne peux pas le faire pour toi-même, fais-le pour le mâle qui t'aime, renchérit Kane.

— Je ne lui ai jamais dit que je l'aimais. (Sa voix était si rauque qu'elle en était à peine audible.) Je n'ai jamais prononcé les mots. C'est pour cela que je veux y retourner.

— Le véritable amour n'a pas besoin de voix. Seul compte le cœur. Il sait ce que tu éprouves.

— Le lui diras-tu ? Que je l'aime ?

— Sur mon honneur. (Malgré l'étroitesse de l'espace, Kane parvint à incliner le haut du torse pour esquisser une courbette.) Je le lui dirai, je te le jure. Car si j'avais pu envoyer une ultime missive à mon amour je l'aurais fait. Je ne te ferai pas défaut. Ni à lui.

Pendant un moment, elle sonda le visage du mâle et le chagrin qui assombrissait ses yeux.

Puis elle l'étreignit. Ce fut un geste impulsif difficile à accomplir dans l'étroit espace, mais elle avait besoin de ce contact. Ils avaient tous les deux perdu un être cher. Lui dans les griffes de la mort, elle dans cette prison que Jack ne quitterait jamais.

— Je ne sais toujours pas pourquoi, dit-elle alors qu'ils se séparaient.

— De quoi parles-tu ?

Pourquoi Jack refuse de partir, songea-t-elle.

— Peu importe, répondit-elle.

— Le prochain camion. Quand il arrivera à ta hauteur, dématérialise-toi sur le toit de sa remorque. Tu portes des vêtements de la même couleur que sa peinture, donc, si un gardien est posté en surveillance quelque part, tu devrais passer inaperçue. Reste allongée. Garde la tête baissée.

— Et les yeux aussi, acheva-t-elle d'une voix enrouée. Ce qui est la même chose.

— Tu peux y arriver. J'ai foi en toi.

— Le prochain camion. (Lorsque Kane opina, elle lui saisit la main.) Tu es un mâle de valeur. De m'aider. D'être là pour Jack.

Il lui pressa la paume.

— Je ne connais pas ce mâle de valeur dont tu parles. Mais je suis certain que l'amour que vous éprouvez l'un pour l'autre vaut tout.

— Il ne m'aime pas, rétorqua-t-elle.

— Bien sûr que si. Il s'est lié.

— Il serait venu avec moi si c'était vrai. Ou il m'aurait expliqué pourquoi il ne le faisait pas. Donc, non, il ne m'aime pas.

De la lumière apparut à l'extrémité du tunnel, puis le fameux camion ralentit pour amorcer son virage en bringuebalant, et son moteur rugit lorsque le gardien au volant appuya de nouveau sur l'accélérateur.

— Le voici, chuchota-t-elle. Il faut que j'y aille.

Elle n'avait plus qu'à se représenter le bassin éclairé par les bougies, ce paisible endroit où elle avait connu un répit au cœur de cette prison dure et désespérante. Sauf qu'à présent Jack ne pouvait plus faire partie de cette vision. Elle devait s'habituer à renoncer à lui dès à présent. Même si cela ne deviendrait pas plus facile ensuite.

Kane lui pressa l'épaule.

— Tu peux le faire. Si tu as réussi à affronter une escouade de gardiens, tu peux te dématérialiser d'ici…

— Si tu bouges, je le tue.

Nyx se retourna. Dans la faible lumière, un gardien se tenait juste derrière Kane. Il était passé par l'autre extrémité de la fissure. Son visage et son corps se distinguaient à peine. Mais l'arme pointée sur la tête de l'aristocrate était nette…

— Je la tiens.

Nyx regarda vers la route. Un autre gardien se tenait juste devant elle et, avant qu'elle puisse réagir, il referma une menotte d'acier sur son poignet et lui arracha son arme.

Se dématérialiser n'était donc plus une option pour elle. Pas plus que de se frayer un passage à coups de pistolet.

Dans le tunnel, le camion qu'elle avait attendu passa en trombe, laissant un effluve de diesel dans son sillage, comme pour souligner cette occasion manquée.

Elle allait peut-être revoir Jack après tout.

Dommage que ce soit loin d'être une bonne nouvelle.

Chapitre 34

Lorsque les gardiens attachèrent Jack au lit, le cliquetis des chaînes et le claquement des anneaux d'acier se refermant autour de ses chevilles et de ses poignets retentirent nettement dans le silence de la chambre du Commandant. À cause de la drogue contenue dans la fléchette, la chair passive du prisonnier ressentait tout, mais sans pouvoir fournir la moindre réaction, et pourtant il s'efforçait encore de lutter, même si cela ne le menait nulle part. Il ne pouvait même pas remuer la tête. Celle-ci avait roulé sur le côté quand on l'avait porté sur le matelas, si bien qu'il était coincé là, à contempler la porte à l'autre bout de la pièce.

Les gardiens le manipulaient comme un verre en cristal, sans brutalité ni précipitation.

Le Commandant réservait pour elle-même ce genre d'amusement.

Quand les deux mâles s'en allèrent, Jack regarda vers le sol. Des impacts de balles trouaient le carrelage, dessinant le contour de son corps, là où il s'était trouvé.

Lorsque le Commandant entra de nouveau dans son champ de vision, sa capuche était encore baissée, et le visage qu'il méprisait, celui qui le traquait dans ses cauchemars, celui dont il avait dû supporter la présence juste en face du sien si souvent… était calme. La colère avait été maîtrisée.

Le pistolet était toujours dans ces mains pâles, mais pointé ailleurs.

—Alors, où as-tu eu ça ? demanda-t-elle.

Quelque part, cet interrogatoire était une perte de temps. Il était incapable de parler. Mais bon, le Commandant ne voulait pas réellement de réponse. Jamais.

— Ça vient d'un gardien. (Ses prunelles noisette plongèrent dans les siennes.) Un gardien qui a été tué dans mes quartiers avec trois autres.

Jack cligna des yeux. Il savait ce qui allait suivre.

— Tu as déclaré qu'une femelle en tenue de prisonnier t'avait tenu en joue. Mais elle n'est pas des nôtres, hein ? (Le Commandant recula et se mit à faire les cent pas, pour s'arrêter sur le motif laissé par les balles dans le carrelage.) Tu as affirmé ne pas la connaître. Je me demande à quel point c'est vrai.

Le Commandant se dirigea vers une table. Dessus étaient posés une seringue et deux petits flacons capuchonnés de caoutchouc : l'un contenait la drogue pour le faire bander, et l'autre l'antidote au tranquillisant. Il y avait aussi le pistolet et un assortiment de fléchettes à ailettes rouges. Elle posa le 9 mm et prit l'un des projectiles.

Pivotant sur elle-même, elle lui montra l'objet.

— Si je te tire de nouveau dessus avec ça, tu vas mourir. Ta respiration va s'arrêter. Tu vas bleuir, puis devenir gris. Après quoi, ton corps va se raidir un certain temps avant que tes membres se détendent de nouveau pour toujours. Le sang va s'accumuler sous tes bras et tes jambes, ton dos et tes fesses, rendant toutes ces zones violettes. Tu vas ensuite commencer à empester, en supposant que je ne choisisse pas de découper ta chair de tes os pour la donner à manger aux prisonniers.

La femelle s'approcha du lit et s'agenouilla. Plaçant la fléchette juste sous le nez de Jack, le Commandant reprit :

— Je te contrôle. Tu m'appartiens, et je ferai ce que je veux de toi.

Jack soutint son regard.

— Tu es *à moi*. (Le Commandant lui caressa le visage.) Rien qu'à moi. Et si je découvre que tu as couché avec une autre femelle, je te ferai supplier qu'on t'achève. Est-ce que c'est clair ? Je vais te détruire, putain !

Il avait envie de lui cracher dessus. Au lieu de quoi, il ferma les yeux, pour ne plus la voir…

Et reçut une puissante gifle.

— Tu vas me regarder.

Elle le frappa encore.

— Regarde-moi !

Le Commandant poussa un cri horrible et grimpa à califourchon sur lui. Elle lui agrippa le visage, et il sentit un élan douloureux, accompagné de l'odeur de son sang quand des ongles lui griffèrent la peau.

— Tu vas me regarder, bon sang ! cracha-t-elle.

Quand il se contenta d'inspirer et d'expirer par le nez, les yeux toujours clos, on lui ouvrit les paupières de force. Le Commandant perdait complètement les pédales : son visage était cramoisi et ses cheveux roux en bataille…

Puis elle s'immobilisa.

Ses yeux noisette semblaient jaillir de leurs orbites. D'une main tremblante, elle lui tourna la tête.

Des doigts frémissants écartèrent le haut col de sa tunique. Puis elle prit une rapide et sèche inspiration, humant l'air entre ses dents serrées.

— Qui… (Sa voix détestable se fêla.) Qui as-tu nourri ?

Le Commandant se rassit sur son bassin et pressa ses mains tremblantes sur sa bouche.

— Qui as-tu nourri ?

La question fut répétée, encore et encore, à voix basse, et Jack songea que cela ressemblait aux nuages d'orage se rassemblant à l'horizon.

Il n'allait pas survivre à ce qu'on lui infligerait. Dès que le Commandant aurait quitté son état de sidération, elle déchaînerait sur lui toute la fureur de son âme noire. Elle allait le tuer.

Mais ça irait. Kane avait juré sur son honneur de veiller à ce que Nyx sorte d'ici, et ce mâle de valeur en avait trois autres pour l'aider. Quant à l'autre problème, celui qui retenait Jack ici, dans la prison ?

C'était la seule et unique chose sur laquelle le Commandant et lui s'accordaient.

Le regard noisette était brûlant, et il songea bizarrement qu'elle avait dû laisser tomber la fléchette sur le lit. Elle la retrouverait peut-être et l'utiliserait contre lui. Elle rechargerait peut-être l'arme du gardien et ne tirerait pas autour de lui cette fois. Peut-être qu'elle…

Les larmes qu'il vit monter dans ces yeux le surprirent.

Elles ne durèrent pas. L'agressivité caractéristique du Commandant les assécha par la seule force de sa volonté, aussi efficacement que le dos de sa main.

— Espèce de salopard, tu l'as nourrie. Tu m'as menti sur tout et tu l'as *nourrie.*

La porte des quartiers s'ouvrit en grand, et le Commandant remit brusquement sa capuche en place.

— Je vous ai dit de ne pas…

— Nous avons capturé la femelle, annonça le gardien. Ainsi que le prisonnier qui l'accompagnait.

Le Commandant se raidit. Puis elle descendit du lit. Alors qu'elle le scrutait derrière les mailles serrées de sa voilette, il comprit que la marque de morsure sur sa gorge était une déclaration de guerre, et que Nyx se trouvait dans la ligne de tir d'une bataille qui n'avait rien à voir avec elle. En désespoir de cause, il tenta de remuer la bouche, le corps… n'importe quoi.

Putain ! songea-t-il, il devait empêcher cela.

La capuche du Commandant s'inclina sur le côté.

— Parfaite synchronisation. Et si j'allais m'occuper d'elle. Qu'en dis-tu ? On peut être deux à jouer à la morsure, tu sais.

La robe noire voleta vers la porte et le Commandant lança par-dessus son épaule :

— Je te rapporterai ce qu'il restera d'elle. Puis toi et moi discuterons de l'avenir. Ce ne sera pas joli-joli.

Quand il se retrouva enfermé seul, il se mit à hurler. Mais en silence. La seule chose qui avait changé, c'était sa respiration. Il haletait à présent.

Il devait forcer son corps à bouger. Il devait lutter pour se libérer. Il devait…

La paralysie ne céda pas, même avec l'adrénaline qui inondait son corps. Figé et enchaîné au lit, Jack hurla intérieurement.

Sa femelle avait besoin de lui et il ne pouvait pas la rejoindre.

C'était le pire de tous les enfers qu'il avait connus.

Chapitre 35

Nyx fut poussée dans une cellule carrée de trois mètres de côté. Elle perdit l'équilibre et tendit ses paumes menottées en avant pour amortir sa chute sur le sol de pierre. Se retournant, elle bondit sur ses pieds, les poings levés en position de combat.

Le gardien se contenta de l'enfermer. Puis de la laisser.

Conservant sa posture, même s'il n'y avait personne autour d'elle et que sa tête l'élançait, elle regarda à travers le grillage d'acier qui enveloppait les barreaux de fer. Elle n'avait pas la moindre idée de l'endroit où l'on avait emmené Kane, ni de celui où elle se trouvait elle-même. En se fondant sur le faible éclairage que diffusaient les ampoules pendant du plafond, il semblait qu'elle se trouvait dans une sorte de lieu de rétention, qui paraissait abandonné. De la poussière noire recouvrait tout, et les deux autres cellules n'étaient pas seulement vides, mais des pans entiers de leur grillage étaient en mauvais état et pendaient de leurs barreaux.

Même si des prisonniers enfermés là ne pourraient pas se dématérialiser, à cause de leurs colliers explosifs.

Avec un grognement, elle se libéra de sa vaine agressivité et tenta d'ouvrir la porte de sa cellule. Verrouillée. Avec du cuivre.

Elle était coincée jusqu'à ce qu'on la laisse sortir.

—Bon sang!

Avant que les gardiens les séparent, Kane et elle, on l'avait dépouillée de son sac à dos, ce qui signifiait qu'elle n'avait ni arme, ni munition, ni téléphone non plus, puisqu'il était resté dans la poche de son coupe-vent. Non qu'il y ait du réseau dans la prison de toute façon.

Seigneur ! avaient-ils capturé Jack aussi ? Allaient-ils torturer Kane jusqu'à ce que le mâle leur raconte tout ?

L'ignorance du sort réservé à ses amis la rendait dingue. Et puis il y avait…

Nyx sourcilla. Le lieu de rétention se situait au bout d'un tunnel sombre et, au loin, elle entendit du remue-ménage. Des gens échangeaient de courtes phrases entre eux, et ce murmure de voix se répercutait jusqu'à elle. Puis, soudain, tout devint silencieux.

Elle percevait des bruits de bottes en marche, désormais. De plus en plus fort. Et, avant qu'elle puisse comprendre combien de personnes venaient dans sa direction, une odeur différente, puissante et distincte, envahit sa cellule et satura l'air.

De quoi diable s'agissait-il ?

Mais Nyx ne perdit pas de temps à essayer d'identifier cette fragrance. Une file de gardiens s'avançait, leurs uniformes noirs, leurs armes étincelantes et leurs mouvements coordonnés subissant un effet de stroboscope à mesure qu'ils entraient et sortaient des flaques de lumière projetées par les ampoules du tunnel. En les voyant se rapprocher, elle recula contre les barreaux du fond de sa cellule.

Comme si cela ferait le moindre bien…

— Oh… merde ! chuchota-t-elle.

Une silhouette suivait les gardes. Une silhouette drapée d'une robe noire, avec une capuche voilée lui dissimulant le visage et la tête. Ce devait être le Commandant.

Bien. Au moins, elle n'aurait pas à attendre en se demandant ce qui allait lui arriver. Sa fin était imminente.

Lorsque les gardiens pénétrèrent dans son lieu de rétention, ils se plaquèrent dos au mur, avec leurs AR-15 en travers de la poitrine, le menton relevé et les yeux baissés vers le sol. Le Commandant, avec sa figure drapée de noir, imposante et pleine d'autorité, entra en dernier.

Nyx leva le menton d'un air de défi. Elle ne s'inclinerait devant rien ni personne avant de tirer sa révérence. Elle s'était battue trop longtemps et avec trop de force pour plier aujourd'hui. Elle avait beau avoir peur, elle était déterminée à ne pas le montrer…

Le Commandant s'arrêta brusquement. Puis la capuche qui lui recouvrait le visage s'inclina sur le côté. Au bout d'un moment, la silhouette parut chanceler, ce qui paraissait aller à l'encontre de l'autorité évidente qu'elle exerçait.

— Laissez-nous, ordonna une voix grave.

S'il restait le moindre doute dans l'esprit de Nyx sur le pouvoir réel de ce mâle, l'effet de son ordre fut celui d'un largage de matière radioactive au centre de l'espace devant les cellules : les gardes filèrent hors de la zone à la vitesse de l'éclair.

Puis le Commandant…

Ne fit strictement rien.

Sa robe ne bougea pas. Il n'y eut pas une parole. Aucune arme ne fut sortie non plus.

Après ce qui parut une éternité, la silhouette avança de deux pas vers la porte de la cellule. Une longue manche se leva, et une main se posa sur le verrou. Il y eut un bruit métallique, puis le pan de grillage et de barreaux s'ouvrit en grinçant sur ses gonds.

Nyx, qui se préparait à une confrontation physique, s'avança au centre de la cellule et se campa sur ses jambes écartées en serrant ses mains menottées l'une contre l'autre pour s'en servir comme d'une arme contondante.

— Vous êtes donc le Commandant, dit-elle d'une voix ferme.

La silhouette s'immobilisa de nouveau, alors Nyx inspira profondément et retrouva cette odeur qui semblait couvrir le mâle comme une autre robe tangible. Du bois de santal. C'était celle du bois de santal…

Nyx.

Surgi de nulle part, elle entendit son propre prénom dans sa tête. Ce qui, considérant toutes les choses dont elle avait besoin d'être consciente à cet instant précis, prouvait l'usage peu efficace qu'elle faisait de son cerveau…

— *Nyx…?*

Avec un mouvement de recul, Nyx tenta de comprendre ce qui n'allait pas avec son ouïe. Mais ce n'étaient peut-être pas ses oreilles. C'était peut-être sa blessure à la tête causée par la pierre tombée sur sa tempe. Parce qu'il était absolument impossible que le Commandant vienne de prononcer son nom de cette façon-là.

Le mâle leva une main vers sa capuche, et, lorsqu'il s'en dépouilla…

Nyx recula involontairement d'un pas. Puis d'un autre… qui la ramena au fond de la cellule, et elle sentit la froideur du grillage et des barreaux contre ses omoplates au travers de sa mince tunique de prisonnier.

Elle n'arrivait pas à comprendre ce qu'elle regardait.

Cela ressemblait à… une femelle aux longs cheveux roux. Ce qui était déroutant, étant donné qu'elle avait cru que le Commandant était un mâle, à l'évidence un parti pris inconscient dont elle devrait s'excuser plus tard. Mais le sexe de la personne n'était pas le plus gros souci.

Le problème accablant était que son cerveau, pour des raisons incompréhensibles, semblait extrapoler, à partir des traits de la femelle qui se tenait devant elle, non pas une simple ressemblance avec sa sœur décédée, Janelle… mais une copie conforme. Jusqu'à l'épi juste à côté de l'implantation en « V » de ses cheveux. Et la fossette délicate de son menton. Et l'arc de ses sourcils, les taches marron foncé dans ses iris noisette, la façon dont ses lèvres étaient légèrement relevées d'un côté.

— Tu es morte, dit Nyx d'une voix rauque. Pourquoi est-ce que je vois…

— Nyx ?

Entendre son nom sortir de cette bouche lui fit l'effet d'un voyage dans le temps. Elle revint instantanément à l'époque précédant la fausse accusation envers Janelle et son envoi en prison, à l'époque où ils vivaient tous ensemble à la ferme, avec Posie et leur grand-père. Puis elle remonta encore dans le temps, avant le décès de ses parents. Et plus loin encore, quand Nyx venait de passer la transition.

Ce dernier souvenir la frappa comme une claque : elle revit Janelle tenant Posie dans ses bras, juste après la naissance de leur benjamine.

— Tu es censée être morte, murmura Nyx. J'ai vu ton nom sur le Mur.

— Tu… C'est toi qui es entrée ? (Janelle – ou la vision qui ressemblait à Janelle – secoua la tête.) C'était toi… qui nous as infiltrés.

Janelle leva les deux mains vers son visage, mais sans le toucher. Ses paumes restèrent immobiles dans l'air, les doigts écartés. Ainsi qu'elle le faisait toujours quand elle était stressée.

— C'était donc toi, répéta-t-elle. (Puis elle secoua la tête, ce qui fit scintiller ses cheveux roux dans la lumière.) Je ne comprends pas. Pourquoi es-tu venue ici ?

— Je te cherchais. Je te cherche depuis cinquante ans.

— Pourquoi ?

— Comment ça, « pourquoi » ? (Nyx sourcilla.) Tu es incarcérée depuis cinquante ans pour un crime que tu n'as pas commis. Pourquoi ne viendrais-je pas te chercher ? Je suis ta sœur.

—Je ne t'ai pas demandé de venir à ma recherche. (La voix de Janelle se fit plus acérée.) Ne me fais pas porter le chapeau…

Nyx ajouta du volume à ses propres syllabes.

—Te faire porter quoi ? Le fait que je m'inquiétais pour toi ? Que tu étais perdue et que j'essayais de te retrouver ? De quoi est-ce que tu parles, bon sang !?

— Je ne t'ai jamais demandé de venir me chercher.

—Tu n'avais pas à le faire ! Je suis ta sœur…

—Plus maintenant.

Ces mots prononcés d'un ton définitif lui clouèrent le bec. Mais pas longtemps.

—Je ne suis pas ta sœur ?

—Janelle est morte.

—Alors à qui diable suis-je en train de parler en ce moment même ? (Nyx frotta sa tempe blessée avec une grimace de douleur.) Bon Dieu ! Janelle, c'est toi qui diriges cet endroit, c'est ça ? Tu es le Commandant… alors pourquoi tu ne pars pas, tout simplement ? Si tu représentes l'autorité ici, alors tu peux rentrer à la maison, revenir auprès de nous. Pourquoi ne rentres-tu pas…

—Je n'en ai pas envie. Voilà pourquoi.

Nyx tenta de respirer malgré la douleur dans sa poitrine.

—Pourquoi ? demanda-t-elle d'une petite voix. Pourquoi n'aurais-tu pas envie de revenir auprès de nous ?

Janelle recula, mais elle laissa la porte grande ouverte. Elle se mit à aller et venir devant les cellules, sa robe noire ondulant derrière elle comme de la fumée s'élevant de son corps.

Comme si elle était démoniaque.

Ce qui n'était pas possible.

—Janelle, rentre avec moi…

—Pourquoi diable ferais-je ça ? répondit cette dernière avec brusquerie. Je n'ai pas envie d'être coincée dans cette ferme, sans horizon, à travailler au salaire minimum pour le restant de ma vie, putain ! (Elle s'arrêta et décocha un regard noir à Nyx.) S'il te plaît. Explique-moi pourquoi j'aurais besoin de ça. Je vaux bien mieux que ça.

— Nous sommes ta famille.

— Vous êtes ce que j'ai laissé derrière moi.

Nyx secoua la tête.

— Tu ne le penses pas…

— Tu ne me connais pas. (Janelle parut soudain plus grande, même si elle conservait la même taille.) Je suis là où je veux être, à faire ce qui me plaît. Pendant que tu me cherchais, je n'ai jamais pensé à aucun d'entre vous, pas une seule fois.

— Je ne te crois pas.

— Comme je te l'ai dit, tu ne me connais pas…

— J'étais là lorsque tu as sauvé ce cheval de l'inondation. J'ai réparé le toit de notre maison avec toi en pleine tempête de neige. Tu tenais Posie dans tes bras et tu la berçais pour qu'elle s'endorme juste après sa naissance parce qu'elle ne se calmait qu'avec toi. *Mahmen* disait toujours « Donne-la à Janelle. »

— Arrête.

— « Elle ne s'endormira qu'avec Janelle. » Et, après le décès de *mahmen* et papa, tu es restée debout toute la journée à discuter avec moi. Tu es la seule raison qui m'a permis de surmonter ça…

— Arrête !

Janelle plaqua les mains sur ses oreilles.

— Ce n'est pas moi !

— Si !

Nyx se précipita vers elle, au point qu'elle se retrouva presque à l'extérieur de sa cellule.

— Partons. Quittons cet endroit ensemble. Tu n'as pas ta place ici. Tu es ici à cause de fausses accusations. Tu as été piégée…

— Comment nous as-tu trouvés ? (Janelle baissa les bras.) Comment diable nous as-tu trouvés ?

Nyx s'immobilisa.

— Est-ce que c'est important ?

— Dis-moi.

— Je me suis rendue à cette vieille église avec le cimetière. Celle à l'ouest de notre propriété. J'ai découvert la crypte, et je suis descendue…

— Est-ce que tu as tué mon gardien ? Celui qui a brûlé ?

— Ce n'est pas ton gardien.

Le visage de Janelle changea subtilement : le rouge quitta ses joues et sa bouche s'amincit.

— Il était tout à fait à moi. Est-ce que tu l'as tué ?

— Il a braqué une arme sur ma tête ! Il allait me tuer…

— Et tu as pris son arme après l'avoir abattu.

— Le coup est parti pendant qu'on se battait pour l'arme, et je n'allais pas le laisser là avec ce pistolet. (Nyx fendit l'air de la main.) Mais qu'est-ce que ça peut bien faire…

— C'est toi qui as volé un pistolet et forcé un prisonnier à t'emmener au Mur.

— Parce que je voulais savoir si tu étais vivante, si je pouvais t'aider…

— Et tu as collé l'arme sur la tempe du prisonnier, pas vrai ?

— Je te demande pardon ?

— Tu as menacé la vie d'un de mes prisonniers, n'est-ce pas ? Tu lui as collé une arme sur la tempe et tu l'as forcé à te conduire jusqu'au Mur…

— Janelle, pourquoi est-ce qu'on parle de ça…

— Parce que c'est moi qui dirige ici ! C'est *ma* prison ! (Janelle se pencha en avant.) As-tu la moindre idée du temps qu'il m'a fallu pour parvenir aussi haut ? pour obtenir cette autorité ? Des décennies, sale idiote. J'ai dû jouer intelligemment mes cartes, développer des allégeances, apprendre à corrompre les gardiens. Et, lorsque la *glymera* a cessé de s'intéresser à cet endroit, j'ai saisi l'occasion et j'ai pris le contrôle. Je suis quelqu'un ici, bon sang ! Je suis quelqu'un qui compte…

— Tu comptes aussi pour nous ! J'étais consumée par l'idée qu'on t'avait emprisonnée à tort…

— Est-ce que tu te fiches de moi ? J'ai buté ce vieux salopard. De quoi parles-tu ?

Nyx referma brusquement la bouche et sentit l'univers vaciller autour d'elle.

— Quoi ? chuchota-t-elle.

— J'ai tué ce vieux mâle. Je lui ai brisé la nuque parce que j'en avais marre qu'il me dise quoi faire.

Clignant violemment des yeux, Nyx n'arrivait pas à assimiler ce qui venait d'être dit.

— Mais… pourquoi ne t'es-tu pas contentée de démissionner si le travail ne te plaisait pas ?

Janelle baissa le menton et la regarda par en dessous.

— Parce que je voulais savoir ce que ça faisait d'assassiner quelqu'un.

— Tu ne le penses pas.

— Oh que si ! Et j'en ai appris beaucoup plus sur la mort depuis que j'ai pris le contrôle ici. J'aime ça. Je suis douée. (Quand Janelle secoua la tête, l'éclair de lumière qui avait si brièvement brillé dans ses yeux s'estompa.) Ma place est ici. C'est mon univers. Ta sœur est morte et disparue, et je vais te le prouver.

Elle claqua la porte de la cellule, puis s'avança jusqu'à grillage.

— Tu as collé un pistolet sur la tempe de ce prisonnier. Qu'as-tu fait d'autre avec lui ?

— Quoi ?

Janelle donna un coup de poing dans le grillage, qui cliqueta contre les barreaux de fer.

— Qu'as-tu fait d'autre avec lui, espèce de salope !

Lorsque l'ignoble prise de conscience se fit jour dans la tête douloureuse de Nyx, elle inspira un grand coup. Et ce fut alors qu'elle fit le lien. L'odeur sur Janelle, ce bois de santal qu'elle n'avait senti nulle part ailleurs dans la prison…

… était le même parfum qui imprégnait les cheveux de Jack.

Chapitre 36

Quand la porte de la chambre du Commandant se rouvrit, Jack tourna les yeux dans sa direction, même si sa tête ne bougea pas. Il s'était préparé à voir entrer des gardiens. Beaucoup de gardiens. Ou peut-être le Commandant avec le corps de Nyx…

Apogée ?

Le mâle au regard mortel et au passé violent entra avec une expression d'ennui sur le visage… et une main tranchée… à la main…

Le vampire souleva l'organe sanguinolent.

— Je l'ai emprunté à l'un des gardiens. Une fois qu'on t'aura tiré de là, je vais le gifler avec. En supposant qu'il ne se soit pas vidé de son sang entre-temps.

Lorsque Apogée balança la main par-dessus son épaule et se dirigea vers le lit, Jack se mit à cligner des yeux rapidement. C'était sa seule façon de communiquer.

— Que veux-tu savoir ? demanda le mâle. Pourquoi je l'ai coupée ? J'avais besoin d'une empreinte de pouce pour entrer et la sienne fonctionnait très bien. Alors, qu'est-ce qu'on doit faire pour te sortir de là ?

Jack regarda la table, puis Apogée, avant de revenir sur la table.

— Bien. (Le mâle s'approcha pour prendre l'un des flacons de liquide transparent.) Celui-là ou l'autre ?

Quand Jack cligna deux fois des paupières, Apogée reprit :

— Est-ce que c'est oui pour cette bouteille ? (Jack répéta le mouvement.) D'accord. Quelle quantité ?

Apogée revint avec la seringue, inséra l'aiguille dans le capuchon de caoutchouc et commença à aspirer l'antidote au tranquillisant.

— Cligne deux fois des yeux quand ce sera bon.

Jack n'avait pas la moindre idée du bon dosage, aussi cligna-t-il des paupières lorsque la seringue lui parut assez remplie.

— Où est-ce qu'on te pique ? La veine ou le muscle ? (Apogée leva les yeux au ciel.) Deux battements de cils pour la veine.

Lorsque Jack ne fit rien, le mâle reprit :

— Deux battements de cils pour le muscle. (Jack cligna de nouveau des yeux.) La jambe ?

Il recommença et Apogée fut si rapide que Jack communiquait encore avec lui lorsqu'il sentit une piqûre à la cuisse. Bien conscient de ce qui allait suivre, il se prépara…

Le flot d'énergie lui fit l'effet d'être branché à une prise électrique, son corps tressaillit et tressauta dans ses fers au point que les chaînes s'entrechoquèrent et cliquetèrent comme des serpents. Mais, au lieu de se stabiliser rapidement, le bourdonnement s'intensifia en lui jusqu'à ce qu'il se mette à trembler, tandis que de grandes vagues d'énergie vibraient le long de ses veines, de ses muscles et de ses membres.

— Merde ! je crois que tu exploses de l'intérieur, commenta Apogée d'un ton égal. Tu veux que je te plante une fléchette…

Les gardiens qui se précipitèrent soudain dans la chambre avaient sorti leurs armes, et, avant qu'Apogée puisse réagir, l'un d'entre eux l'assomma par-derrière à l'aide d'une matraque. Lorsqu'il tomba au sol comme une masse, les deux gardiens échangèrent quelques phrases, mais Jack ne réussit pas à suivre leur discussion. Ses dents claquaient comme des castagnettes, et ce bruit venait s'ajouter au vacarme produit par les chaînes qui s'entrechoquaient. La bonne nouvelle était qu'il pouvait bouger la tête. La mauvaise, qu'il ne pouvait pas cesser de le faire.

Sa vue sautillait partout à travers la pièce, en même temps que son crâne oscillait au sommet de sa colonne vertébrale, toujours secouée de tremblements. Il était pris au cœur d'une tornade, mais avait assez de conscience pour savoir quand les gardiens s'approchèrent de lui. Ils commencèrent par lui libérer les chevilles, et ses jambes s'agitèrent aussitôt de façon incontrôlée et désordonnée...

Quand on lui libéra les bras, il rebondit sur la couche comme un poisson au fond d'un bateau, au point que l'élan entraîna son corps au bord du matelas. Les gardiens, toujours soucieux de son bien-être, le rattrapèrent avant qu'il finisse assommé par terre avec Apogée. Le mettant debout de force, ils traînèrent son corps toujours parcouru de spasmes jusqu'à la porte, passant sur les trous laissés par les balles tirées sur le carrelage par le Commandant.

Il aurait voulu se battre, mais il n'était pas en meilleur état qu'avant. Avec le tranquillisant, il n'avait eu aucun contrôle parce qu'il était paralysé. Désormais, il n'avait aucun contrôle parce que la foudre semblait s'être emparée de son corps.

Malgré sa vision chaotique, il était à peu près sûr que les gardiens avaient également ramassé Apogée. Puis il se retrouva dans le couloir, entraîné dans la direction opposée à la zone de production, d'où partaient les camions, et d'où il priait que Nyx ait réussi à s'échapper. Quand ils atteignirent le tunnel principal, il songea vaguement que le passage était vide, et cela le frappa encore plus lorsqu'on le fit entrer dans la Ruche.

Comme auparavant, lorsqu'il avait émergé de la fissure avec Nyx, il n'y avait personne. Pas un seul prisonnier. Et les seuls gardiens étaient ceux qui le portaient.

Ils l'entraînèrent jusqu'à l'estrade, contournant les amas de détritus laissés par la foule habituelle de détenus. On accédait sur celle-ci par six marches de pierre, et ses pieds s'y cognèrent lors de son ascension, qui s'acheva devant les trois poteaux. Quand on le poussa contre celui du milieu, il entendit le tintement métallique des chaînons, tandis qu'Apogée était balancé sur le côté comme un déchet.

Les bras de Jack furent tirés en arrière, sans ménagement pour les articulations de ses épaules, et ses poignets le brûlèrent tandis qu'on le menottait de nouveau. Les spasmes qui le parcouraient lui faisaient frapper du pied le bois graisseux et taché, et il sut qu'il aurait des hématomes.

Non qu'il survive à cela.

Douce Vierge scribe ! il espérait que Nyx ait réussi à s'évader d'une façon ou d'une autre.

Lorsque Jack observa le vaste espace de la Ruche, il entendit un grondement au loin, qui monta en volume avant de diminuer progressivement, comme si un poids lourd passait à proximité. Quand cela se produisit une fois de plus, son cerveau se mit à bouillonner à cause de ce que cela impliquait.

Des équipes doublées. Aucun prisonnier dans le tunnel principal. Personne ici non plus.

Bordel de merde ! le Commandant vidait la prison.

Elle évacuait tout… et tout le monde.

— Qu'as-tu fait avec lui ? demanda Janelle à travers le grillage et les barreaux. Le prisonnier. Qu'as-tu fait avec lui ?

La cellule meublée, songea Nyx. Celle devant laquelle Jack s'était arrêté.

Il ne s'était peut-être pas arrêté là parce que la femelle qui l'occupait lui manquait, ou parce qu'il la désirait… mais parce qu'elle le retenait contre son gré et qu'il ne savait que faire pour se sortir de ses griffes…

Ni comment se libérer, peu importait la relative autonomie dont il jouissait dans la prison…

— Quel prisonnier ? se déroba-t-elle pour gagner du temps.

— Celui avec lequel mes gardiens t'ont vue. Celui que tu as menacé de tuer sous leurs yeux s'ils ne vous laissaient pas passer.

— Je ne sais pas de quoi tu parles.

— Tu me mens.

Nyx haussa les épaules.

— Je crois que la vraie question est : que vas-tu faire de moi ? Tout le reste est sans intérêt.

Janelle se tut. Puis elle remit lentement sa capuche en place et dissimula de nouveau son visage sous la voilette à mailles serrées.

— Je vais y répondre sur-le-champ, dit-elle d'une voix sourde et menaçante. Gardiens !

Tandis que Nyx éprouvait un élan de panique glacée, Janelle tourna les talons et s'en alla, sans jeter un seul regard en arrière. La silhouette en robe noire qui avait été sa sœur s'éloigna tout simplement, comme si elle ne venait aucunement de discuter avec une parente proche. Quelqu'un avec qui elle avait grandi. Quelqu'un avec qui elle partageait des parents, une sœur et un grand-père.

À la suite de ce départ, Nyx se rappela le moment où elle s'était tenue devant le Mur et avait vu le prénom mal orthographié de sa sœur gravé dans la pierre lisse.

Une chose était absolument claire.

La femelle qu'elle avait autrefois connue sous le nom de Janelle était bel et bien morte.

« Je voulais savoir ce que ça faisait d'assassiner quelqu'un. Je suis douée. »

Cette personne n'avait peut-être jamais existé.

Sa réflexion s'acheva lorsque deux gardiens revinrent dans l'espace de rétention et ouvrirent sa cellule. Ils l'en sortirent en silence, l'agrippant chacun par un bras, puis pivotant tous trois ensemble pour franchir la porte. Ils traversèrent le tunnel sans perdre de temps et l'entraînèrent directement vers la Ruche en empruntant une porte latérale…

Nyx leva les yeux vers l'estrade et chancela. Jack était enchaîné au poteau central, et quelque chose n'allait pas. Son corps tremblait violemment, sa tête tressautait sur ses épaules, et les chaînes qui le maintenaient en place cliquetaient à cause de tous ces mouvements, sans nul doute involontaires.

Mais il réussit à concentrer son attention sur elle. En dépit de ses tremblements convulsifs, ces yeux, ces yeux bleus, étaient rivés sur elle, et, quand on l'approcha de lui, ses tressaillements s'apaisèrent un peu. Mais il paraissait incapable de parler car il remua les lèvres sans qu'aucun son n'en sorte. Était-il malade ?

Non, il était drogué, décida-t-elle.

Les gardes la hissèrent sur l'estrade et la maintinrent debout devant lui. Sur le côté, Apogée gisait par terre, immobile. Quand elle entendit un froissement de tissu depuis les ombres derrière l'estrade, Nyx s'attendit à voir sa sœur émerger de là… Non, pas sa sœur.

Le Commandant.

À la place, un autre groupe de gardiens arriva. Ils traînaient derrière eux le corps d'un prisonnier inanimé en le tirant par les bras, puis le lâchèrent à côté d'Apogée comme s'il s'agissait d'un déchet, et Kane retomba lentement sur le dos.

Nyx poussa une exclamation. Son visage était si ensanglanté et enflé qu'il était quasiment méconnaissable, et une affreuse respiration sifflante sortait de sa bouche.

Elle jeta un coup d'œil à Jack juste au moment où on amenait un autre prisonnier. Désordre se débattait contre les gardiens qui l'avaient attaché avec une corde rêche. Sa grande carcasse se contorsionnait et luttait contre ses liens, au point que ses cheveux blancs voletaient autour de sa tête tandis qu'il grognait et jurait. Son combat cessa lorsqu'il remarqua que la Ruche était vide. Il en fut si stupéfait que, quand on l'enchaîna au poteau de droite, il ne résista pas.

Mais bon, il était foutu, et il devait le savoir.

Ils étaient tous foutus.

Les gardiens reculèrent pour former une ligne sur la gauche et, quand on lui lâcha brusquement les biceps, Nyx perdit l'équilibre et se rattrapa de justesse. Elle se rétablit en se concentrant sur Jack. Elle aurait voulu lui demander ce qu'ils devaient faire, comment ils pouvaient triompher de cette situation, mais elle savait que cette impulsion n'était que l'expression de la partie immature de son être, la petite fille à l'intérieur de la femelle adulte, qui cherchait désespérément à se faire rassurer par quelqu'un qu'elle aimait et à qui elle faisait confiance. Elle voulait qu'on lui donne le plan qui libérerait d'un coup de baguette magique Jack et Désordre, qui ressusciterait Apogée et sauverait Kane de ses blessures, qui ferait en sorte que sa sœur ne soit pas morte et que le Commandant soit quelqu'un d'autre… qui la ramènerait en sécurité à la ferme et ferait que tout ce cauchemar n'ait jamais eu lieu.

Son désir que ce fantasme se réalise était aussi puissant que son amour pour le mâle parcouru de spasmes enchaîné devant elle, et plus puissant encore que sa peur de la mort qui approchait avec certitude.

— Je voulais vous voir tous les deux ensemble.

Nyx se retourna d'une secousse. En bas sur le sol de la Ruche, au centre de la vaste caverne vide, se tenait la silhouette en robe noire qui avait brièvement ôté sa capuche et dévoilé un visage qui ressemblait, de façon catastrophique, à sa sœur depuis longtemps disparue.

Le Commandant s'avança et sa robe noire ondula de façon menaçante, comme un drap funéraire sur le point de recouvrir un cercueil. Elle s'immobilisa à deux mètres de l'estrade et sa capuche s'inclina en arrière lorsqu'elle leva la tête.

—Apportez le panier.

Nyx regarda Jack. Les tremblements se dissipaient chez lui, et la rougeur malsaine sur son torse, sa gorge et son visage s'estompait peu à peu pour dévoiler une empreinte de main sur sa joue, comme si on l'avait giflé.

—Non, marmonna-t-il. Pas elle…

—Tu as abandonné toute chance de donner ton opinion quand tu l'as laissée prendre ta veine. (Le Commandant secoua la tête.) Et ta récompense pour avoir été un connard infidèle sera qu'elle aura le droit d'assister à ton exécution. Ensuite, je lui apprendrai ce qu'est la mort…

—Non! hurla-t-il en se débattant contre ses chaînes.

—Va te faire foutre! répondit le Commandant sur le même ton. Tu avais tout ici! J'ai pris soin de toi… tu étais traité avec plus de déférence que quiconque à part moi. Et tu as tout foutu en l'air… Tu t'es baisé toi-même quand tu l'as baisée, elle! (Le Commandant empoigna le bas de sa robe et monta sur l'estrade.) Je te hais!

Nyx commença à répondre, mais le Commandant passa devant elle comme si elle n'existait pas, pour se placer juste sous le nez de Jack et lui frapper la poitrine.

—Espèce de sale enfoiré!

—Je n'ai jamais été tien, répliqua Jack dans un grondement.

Le Commandant arracha sa capuche, libérant sa chevelure rousse, qui brilla sous la lumière crue.

— Tu étais libre de circuler partout à ta guise ici, tu bénéficiais de tous les soins, tu avais tout…

— Je n'avais *rien*…

— Tu m'avais moi !

— Je ne voulais *pas de toi* ! (Lorsque Jack cria ce dernier mot, les muscles de son cou et de ses épaules se contractèrent.) Tu m'as drogué, attaché et tu as pris ce que je refusais de te donner. Je ne voulais pas de toi !

Le Commandant parut abasourdie.

— Tu mens.

— À quand remonte la dernière fois où je suis monté sur ce lit volontairement ? Ça fait des *décennies*, cracha-t-il.

Nyx eut de nouveau l'impression que l'univers basculait sur son axe. Tandis que son cerveau se bloquait sous l'avalanche des implications que supposaient toutes ces révélations, le Commandant, tremblant de rage, leva la paume…

Nyx réagit avant d'en avoir conscience. Plongeant en avant, ses mains menottées levées, elle les passa par-dessus la tête du Commandant, puis tira en arrière, de façon à coincer la chaîne reliant ses menottes pile sur la gorge de la femelle.

Une rage aveugle donna à Nyx une force qu'elle n'avait encore jamais connue, et elle prit le contrôle de la situation en plaquant le Commandant contre son propre corps, puis en se retournant pour affronter les gardiens.

D'une voix claire et retentissante qui couvrit le bruit des suffocations de la femelle et les froissements frénétiques de sa robe tandis qu'elle se débattait, elle déclara :

— Je vais la buter. Je lui brise la nuque sur-le-champ si un seul d'entre vous bouge.

Chapitre 37

Quand Jack vit Nyx bondir en avant, il lui aurait crié de s'arrêter s'il en avait eu le temps. Un instant, elle se tenait derrière le Commandant, le suivant elle avait passé ses menottes autour de la gorge de la femelle et la tirait en arrière comme si sa vie dépendait du fait que le Commandant perde la sienne.

Ce qui était d'ailleurs la triste réalité de la situation dans laquelle ils se retrouvaient tous plongés.

La fureur rendait sa femelle magnifique : la vengeance faisait briller ses yeux et tendait son corps comme un arc tandis qu'elle étranglait sa proie. Et, lorsqu'elle ordonna aux gardiens de ne pas bouger, sa voix sembla venir de très haut, comme s'il s'agissait d'une divinité guerrière. Pendant ce temps, le Commandant agrippait la chaîne qui lui enserrait le cou, le visage rouge, les yeux exorbités…

La conscience de Jack se divisa instantanément. Une partie de son cerveau resta sur la scène qui se déroulait devant lui : sa femelle *vhengeant* son honneur comme la guerrière qu'elle était. L'autre partie observait les deux visages côte à côte, celui de Nyx juste derrière celui du Commandant.

Et il refusa tout d'abord de croire la conclusion à laquelle il venait d'arriver. Mais si l'on mettait de côté la différence de couleur de cheveux… il y avait une ressemblance choquante dans la forme de leurs visages, l'arc de leurs sourcils, la configuration générale de leurs yeux. Elles étaient également de taille identique, assez grandes pour des femelles, et…

—Non, chuchota-t-il tandis que Nyx continuait à aboyer des ordres. C'est impossible.

Ce fut la dernière chose qui sortit de sa bouche, sa dernière pensée consciente avant qu'il bascule dans un monde uniquement régi par les sensations et les réactions, où la logique et la raison n'avaient plus de place. Dans une sorte de rêverie étrange et ralentie, il remarqua du coin de l'œil que Kane se relevait en chancelant.

Ce dernier l'observa. Puis tourna les yeux vers Nyx.

À cet instant, une nouvelle phalange de gardiens se précipita au pas de course sur l'estrade depuis les ombres sur le côté. Immédiatement après qu'ils eurent dégainé leurs armes, le front de Nyx devint rouge rubis à cause de tous les viseurs laser pointés sur sa tête, mais aucun mâle ne fit usage de son arme.

Impossible. Le Commandant était trop près d'elle, et les deux femelles bougeaient de surcroît.

Et ce fut alors que Kane, qui avait été sévèrement battu au visage et à la tête, recula en titubant vers les gardiens, à la fois ceux qui étaient alignés et figés au garde-à-vous, et les nouveaux arrivants qui découvraient cette situation sans précédent. Aucun des mâles ne lui prêta attention. Tous étaient concentrés sur Nyx et le Commandant…

Aussi, lorsque Kane leva les mains sur sa nuque, aucun ne remarqua son geste non plus.

Jack ouvrit la bouche. Mais il n'y avait rien à dire. Il savait ce que l'aristocrate allait faire…

Il y eut un instant final où leurs regards se croisèrent. La tristesse dans les prunelles de Kane était palpable, tout ce qu'il avait perdu, tout ce qu'il avait enduré, jaillissait de son âme. Puis il hocha la tête, en signe de déférence et de commisération…

—Non ! hurla Jack.

… et défit le collier piégé.

À l'instant où les contacts furent séparés, un bip strident retentit, si fort qu'il attira toutes les attentions. Les gardiens avec leurs viseurs laser se tournèrent aussitôt vers le bruit, ainsi que ceux qui attendaient en renfort.

Leurs cris d'alarme furent immédiats, et ils tentèrent de fuir, mais il était trop tard.

Jack regardait son cher, très cher ami quand la détonation survint.

L'éclair lumineux fut aveuglant et l'énergie relâchée si puissante qu'elle plaqua Jack contre le poteau, souffla les gardiens par terre, et projeta Nyx et le Commandant au pied de l'estrade, dans un vol plané. Le bruit assourdissant se répercuta dans la Ruche, et l'onde de choc fut si forte qu'elle provoqua un dégagement de fumée qui dura une fraction de seconde… ou une année entière, Jack n'aurait su le dire.

Puis le grondement commença.

Tout d'abord, il crut que c'étaient les gardiens les plus proches de l'endroit où Kane s'était trouvé, mortellement blessés, qui suppliaient qu'on les aide. Mais une fine brume descendait… Non, pas une brume. C'était de la poussière. De la poussière de…

L'effondrement du plafond commença directement au-dessus de la tête de Jack : des pans entiers tombèrent et atterrirent dans un vacarme de tonnerre, se brisant en morceaux. Il tenta de les esquiver, mais se sentit ensuite soulevé. Ses pieds décollèrent du sol et son corps bascula en arrière lorsque le poteau auquel il était attaché perdit sa verticalité. Tandis que l'angle de son champ de vision basculait en conséquence, il prit conscience que le tronc était aussi lourd qu'une voiture et capable de l'écraser – ou, à tout le moins, de lui mutiler les bras et les mains, enchaînés à l'arrière – quand il atterrirait.

Il ne put que se préparer à avoir des os cassés…

Le poteau de trois mètres de haut et un mètre de diamètre s'inclina largement sans s'effondrer complètement, épargnant ses membres supérieurs, mais faisant craquer son dos comme un bâton. Il fut frappé de paralysie momentanée – rien ne fonctionnait plus chez lui, ni son cœur, ni ses poumons, ni ses paupières –, mais il revint alors à lui, et sa vision se dégagea.

Il put donc voir un rocher de la taille d'un mâle adulte se détacher du plafond et se diriger droit sur lui.

Avec un hurlement, il bascula sur le côté de façon à faire rouler le poteau à l'écart de l'impact, puis il planta les pieds dans le sol et poussa vers le haut, soulevant le lourd poids. Alors que d'autres débris dégringolaient, il se dégagea du tronc, tirant avec lui les chaînes le long du bois taché jusqu'à ce qu'elles soient libérées. La pile de métal était pesante et les menottes toujours là, mais c'était sacrément mieux sans le tronc.

Traînant les chaînes avec lui, il sauta de l'estrade pour se mettre à l'abri…

Un nouveau grondement sonore annonça l'effondrement du poteau auquel Désordre était enchaîné. Mais il lui était impossible de l'aider. Impossible d'aider quiconque.

C'était le chaos total.

Où était Nyx ?

Juste avant l'explosion, Nyx avait été trop occupée à ordonner aux gardes de lâcher leurs armes pour remarquer ce que Kane s'apprêtait à faire. Mais, à l'instant où le bip suraigu avait retenti, elle et le Commandant s'étaient tournées vers lui.

Il tenait son collier dans ses mains.

Et il avait regardé Nyx. Même si cela n'avait duré qu'une fraction de seconde, son expression s'était gravée dans son cerveau. Il lui avait paru si incroyablement triste et résigné… mais elle avait également lu de l'affection dans ses prunelles.

Après quoi il avait regardé Jack.

Il était évident que Kane faisait cela pour leur donner une chance de survivre.

Le souffle avait été si violent qu'elle s'était envolée, à moins que le Commandant, qui se trouvait devant elle, l'ait poussée ; dans un cas comme dans l'autre, Nyx avait su que l'atterrissage serait douloureux. Non seulement elles avaient été projetées assez loin, mais également deux mètres plus bas, jusqu'au sol de pierre… Et elle avait eu raison : tout l'air avait été expulsé de ses poumons quand le Commandant était tombée sur elle.

Luttant pour rester consciente, Nyx ordonna à ses bras de continuer à tirer ; elle devait maintenir la pression sans quoi le Commandant s'échapperait…

Un coude frappa le flanc de Nyx comme si quelqu'un l'avait poignardée avec un pied-de-biche, et la douleur explosa à un nouvel endroit, sans rapport avec les élancements dans ses omoplates, ses fesses ou sa tête. Lorsque ses poumons furent entièrement drainés de leur oxygène, sa vision passa en noir et blanc et ses bras se relâchèrent. Le Commandant en tira immédiatement avantage, et la femelle se dégagea de sa prise en se tortillant et se libéra, abandonnant sa robe noire derrière elle.

Étendue sur le sol de pierre, Nyx saisit une image indélébile de la femelle qu'elle avait autrefois reconnue comme sa sœur en train de se relever. Sous le tissu noir, elle ne portait qu'un body et des leggings assortis et, avec sa chevelure rousse cascadant dans son dos, elle lui offrit un éclair discordant de beauté tandis qu'elle levait les yeux vers le plafond du plus vaste espace de la prison.

Puis le Commandant se retourna et lui jeta un coup d'œil.

Durant un bref instant, il y eut une étincelle de reconnaissance entre elles, un retour à celles qu'elles avaient été l'une pour l'autre, comme si la mort qu'elles venaient d'éviter de justesse avait retissé le lien sororal. À moins que… Nyx fantasma peut-être cet instant, parce qu'une partie d'elle demeurait coincée dans le passé.

Puis le plafond s'effondra.

Des fissures se propagèrent sur la voûte de pierre comme des déchirures dans du papier au-dessus des trois poteaux, et la chute des rochers ne fut pas graduelle, mais semblable à un barrage qui cédait.

Directement sur Jack.

Nyx hurla et se leva d'un bond… uniquement pour reculer et se couvrir le visage de ses mains menottées. À travers ses doigts, elle vit les choses empirer. Le poteau auquel Jack était enchaîné se mit à pencher en arrière et ne s'arrêta pas à une simple inclinaison. Il bascula tout à fait, pour finir par s'écrouler sur un tas de gardiens ensanglantés, désorientés et gravement blessés. Le fait qu'il n'atterrisse pas directement sur le sol fut ce qui empêcha Jack de perdre ses bras.

Elle se rua vers l'estrade en criant son nom, mais, lorsque davantage de roche tomba du plafond, elle fut contrainte de reculer, surtout lorsque des rochers aussi grands qu'elle rebondirent sur l'estrade, avant de dégringoler dans sa direction comme s'ils étaient du côté des gardiens. Elle les évita en sautant de côté et en brandissant ses mains menottées pour les repousser, mais perdit l'équilibre, puis finit par se relever.

— Jack ! hurla-t-elle dans le vacarme, les débris, la poussière.

Il avait dû être tué. Il était impossible qu'il ait pu…

Le deuxième poteau bascula à son tour, celui auquel Désordre était enchaîné.

— Jack !

Et puis merde ! elle devait y aller.

Juste au moment où elle se précipitait, une silhouette se dressa au milieu de la caverne en train de s'effondrer, une silhouette forte et réelle, qui défiait la destruction autour de lui.

À l'instant où Jack l'aperçut, il fit deux enjambées, bondit dans les airs et s'envola comme Superman, les bras en avant. Il entraîna ses chaînes, lourdes et argentées, dans son saut, et elles se déroulèrent derrière lui comme autant de vrilles le tirant vers le bas. Et pourtant, étrangement, il atterrit dans une roulade et se releva d'un bond. Sans perdre de temps, il lui prit les mains pour la tirer loin de l'estrade, puis ils se mirent à courir ensemble, vers le centre de l'espace jonché de détritus de la Ruche.

Plus vite, plus vite… malgré les chaînes qu'ils portaient tous les deux.

Quand ils rejoignirent le tunnel principal, il l'emmena à droite. Nyx sentait ses poumons la brûler et sa gorge endolorie par la poussière et les hurlements, sans compter qu'elle avait les nerfs à vif. Mais elle ne pouvait pas ralentir.

Soudain, ils furent de retour à son bloc de cellules, et ils passèrent devant la sienne. Il n'y avait personne sur les lits ni dans les espaces réduits. Partis. Tous les prisonniers étaient partis…

Jack lui agrippa les poignets et la tira dans un virage. Puis il s'arrêta.

Tous deux respiraient si fort qu'ils ne pouvaient plus parler. Pas avant qu'ils aient repris leur souffle dans l'air vicié et terreux.

— … passage… secret… dehors…, hoqueta-t-il. Il y a un passage secret vers l'extérieur.

— Allons-y, répondit-elle de la même façon. Où ?

Ses iris bleu vif plongèrent dans les siens. Puis il leva la main, comme s'il allait lui caresser la joue, et ses chaînes, si nombreuses, se soulevèrent avec son bras.

— Bon sang ! (Il se retourna vers le tunnel.) Il faut qu'on fasse vite. Je ne sais pas à quel point la structure est solide. Tout cet endroit pourrait s'écrouler sur nos têtes.

Sans surprise, elle sentit la terre trembler sous ses bottes. Jack hocha la tête et ils reprirent leur course dans les tunnels, toujours accompagnés par le cliquetis de leurs chaînes, qui couvrait le bruit de leurs pas. Les poignets attachés et la démarche traînante de Nyx ralentissaient un peu leur progression.

Elle perdit le fil de leur itinéraire, mais soudain sentit une odeur… de pain ?

De pain ?

Il l'arrêta au bout du passage où ils se trouvaient.

— Chut…, dit-il alors qu'ils respiraient avec difficulté.

Ils tournèrent lentement dans un coude, lui toujours devant.

Vide. La cuisine industrielle, avec ses plans de travail en acier inoxydable, ses fours, ses mixeurs et lave-vaisselle de qualité professionnelle, ses fourneaux et ses casseroles suspendues, était vide, comme si elle avait été abandonnée précipitamment. On apercevait des bols remplis de pâte à pain à moitié faite à côté de verres doseurs remplis d'eau à ajouter à la farine et de la viande partiellement découpée sur des planches en bois.

— Par ici…

Le grondement au loin leur fit tourner la tête.

— Viens, reprit Jack. L'effondrement se propage hors de la Ruche.

Chapitre 38

Nyx tentait de garder le rythme et de rester à la hauteur de Jack tandis qu'ils s'engageaient de nouveau dans un autre tunnel, un autre passage, une autre ligne droite, un autre virage. Elle n'avait pas la moindre idée d'où ils étaient, et puis, soudain… Jack ralentit. Et s'arrêta enfin. Il regarda à droite et à gauche, puis posa la main sur le mur.

— Et maintenant ? demanda-t-elle entre deux grandes inspirations.

Jack lui prit les mains et l'attira contre lui. Ses yeux scrutèrent son visage, et il leva ses chaînes pour écarter une mèche de sa bouche.

Et ce fut alors qu'elle comprit.

— Non, tu vas venir avec moi, dit-elle avant qu'il puisse parler. On y va ensemble. Tout de suite…

Baissant les bras, il reposa la main sur la paroi de pierre. Quand il actionna un levier secret, un panneau coulissa sur le côté. L'air qui s'échappa de l'ouverture sentait le moisi et l'humidité.

Elle éternua, mais elle s'en foutait. Lui empoignant le bras de ses mains menottées, elle plaça son visage devant le sien.

— Partons. On s'évade ensemble…

— Personne n'est au courant pour ce passage. (Il scruta l'obscurité qui venait d'être dévoilée.) C'est un secret que j'ai conservé. J'espérais m'en servir un jour, mais ce n'était jamais le bon moment.

Dans le passage, à une dizaine de mètres, une ampoule miteuse s'alluma au plafond.

— Jack. (Elle se pencha et enroula les chaînes qui pendaient des poignets du mâle.) Je n'y vais pas seule…

— Suis-le jusqu'au bout. Il n'y a que cette ampoule, donc tu devras trouver ton chemin à tâtons vers…

— Jack ! tu viens avec moi…

— Quand tu seras au bout, le levier d'ouverture est à droite. À environ un mètre du sol. Tu le sentiras…

— Mais c'est quoi ton problème ! Elle t'a maltraité ! Pourquoi est-ce que tu restes pour elle !

Jack eut un mouvement de recul.

— Qu'est-ce que tu racontes ?

— Tu vas vraiment faire semblant de croire que je n'ai pas entendu ce que tu lui as dit – au Commandant ? Et pourtant, après tout ça, tu refuses de la quitter ?

— Tu crois que je reste pour le Commandant ?

Le rire qui lui échappa était dur. Puis il plissa les yeux et son regard devint flou.

— Dis-moi. Qui est-elle pour toi ? Et ne nie pas. Je vous ai vues côte à côte.

Lorsqu'elle répondit, Nyx eut l'impression de prononcer les mots de très loin, même si Jack et elle étaient suffisamment proches pour qu'elle sente sa chaleur corporelle.

— C'est ma sœur. Ou plutôt c'était. C'était… Janelle.

— Douce Vierge scribe ! grogna-t-il. Comment est-ce possible…

Quand il ferma les yeux et s'écroula contre le mur, il parut si épuisé qu'il pouvait à peine tenir debout, et elle songea – de façon fugace – qu'elle aurait dû le nourrir lorsqu'elle en avait eu l'occasion.

— Elle t'a fait du mal, reprit Nyx d'une voix qui se fêla. Ma sœur… t'a fait du mal. Oh, mon Dieu ! Jack, pourquoi restes-tu pour elle ?

Il rouvrit les paupières.

— Ce n'est pas pour elle. C'est pour… mon enfant. Elle détient mon enfant ici. Je dois le retrouver… C'est pour cela que je n'ai pas pu partir avant… et que je ne le peux toujours pas maintenant.

— Oh ! merde… (L'enfant de sa sœur. L'enfant de Jack.) Tu as eu un…

— Je ne suis pas amoureux d'elle. Je la déteste. Mais l'enfant est innocent de tout ce qu'elle m'a infligé.

Jack baissa la tête, la honte et la colère qui l'enveloppaient chargeant l'air d'émotion. Et Nyx aurait voulu l'aider d'une façon ou d'une autre, mais elle avait également des émotions compliquées à gérer de son côté.

— Je suis désolée, chuchota-t-elle, consciente que ces mots recouvraient beaucoup de choses dans cette situation.

Lui. Elle. Ce que Janelle avait fait.

Quand le regard de Jack se concentra de nouveau sur elle, Nyx se souvint de lui lorsqu'il s'était réveillé de ce cauchemar, au bord du bassin. Exactement comme à présent, son regard avait été égaré et désorienté. Mais cela changea rapidement.

— Il faut que tu partes.

Lorsqu'elle fit mine de parler, il leva la paume pour l'en empêcher, puis désigna le passage.

— Écoute-moi. J'ai creusé ce tunnel à mains nues. J'ai gardé le secret toutes ces années parce que je comptais l'utiliser pour faire sortir de cet endroit détestable l'unique personne que j'aime ici. Il est tout à fait logique à mon sens que ce soit toi qui t'en serves aujourd'hui.

Nyx l'agrippa par la tunique.

— Mais je peux t'aider à retrouver…

— Ne me demande pas de partager le poids de cette culpabilité avec moi.

— De quoi parles-tu ? Porter quoi…

Il posa les mains sur ses épaules et ses chaînes se plaquèrent sur le buste de Nyx.

— Je viens d'assister au suicide de ce qui se rapprochait le plus d'un ami. Il l'a fait pour toi et moi. Pour nous. Pour que nous puissions survivre. Si tu meurs ici… alors Kane se sera sacrifié pour rien. Et si je pars d'ici sans mon enfant, je me sentirai comme mort là-haut. Donc tu vas partir maintenant, tu vas sortir et tu vas vivre…

— On peut le faire ensemble, s'écria-t-elle, désespérée.

— Non. Si le Commandant te découvre…

— Elle est sans doute morte.

Nyx fit la grimace en se remémorant Kane portant les mains à son cou.

— Il est possible qu'elle n'ait pas réchappé à l'effondrement de la Ruche…

— Son sort m'indiffère. Je me moque qu'elle soit vivante ou morte. Mais mon enfant… (Il secoua la tête.) Je dois partir. Je ne peux pas rester davantage. Tu entends ce qui se passe dans la prison.

— La cellule. C'était lui qui occupait cette cellule…

— Il faut que je parte. (Les yeux de Jack s'humidifièrent.) J'aurais préféré que cela ne s'achève pas ainsi…

— C'est ton choix.

— Nous avons déjà abordé le sujet. Je n'ai rien choisi du tout.

Ne t'éloigne pas, pensa-t-elle.

Juste au moment où il le faisait.

Nyx jeta un coup d'œil à la pâle lueur de l'ampoule dans le passage. À voix basse, elle reprit :

— Tu me tues. Autant que je reste ici, car tu me tues.

— Nyx, je suis désolé…

— J'espère que tu trouveras ce que tu cherches.

La femelle s'engagea dans le tunnel en chancelant, sans regarder en arrière. Elle souffrait trop. Si elle se retournait et revoyait le visage creusé de Jack, ces yeux bleus, ce chagrin, elle risquait de faire demi-tour et de se mettre à le supplier ; voire pire, elle risquait simplement de le suivre partout où qu'il aille.

Elle avait parcouru environ trois mètres dans le passage lorsqu'elle entendit le déclic du panneau qui se refermait.

Ce fut alors que les larmes survinrent. Elle pleura sans cesser d'avancer, passa sous l'ampoule nue et commença à boiter. Elle pleura si fort qu'elle eut de nouveau les poumons en feu et la gorge à vif, comme si elle s'était remise à courir.

Si retentissant que soit son chagrin, elle n'avait aucune raison d'étouffer ses sanglots. Quelle importance au point où elle en était.

Alors que la lumière s'estompait, elle sentit le sol amorcer une montée sous ses pieds, et, quand elle ajusta son poids vers l'avant, une sensation d'humidité dans sa botte droite s'imposa soudain à la première place de ses préoccupations. Elle se demanda dans quelle flaque d'eau elle avait bien pu marcher… puis sentit l'odeur du sang.

Elle baissa les yeux pour examiner sa jambe, mais il faisait trop sombre pour réellement voir où se trouvait la blessure.

Nyx continua de marcher, mais sa boiterie empirait à chaque pas. Puis la nausée la saisit, en même temps que des vagues vertigineuses de faiblesse s'abattaient sur elle. Elle cessa de penser et se concentra uniquement sur sa respiration.

Au bout du compte, c'est avec l'impression d'être à peine vivante qu'elle poursuivit son chemin sur la montée toujours plus escarpée. Elle subsistait bel et bien cependant, puisqu'elle atteignit bientôt l'extrémité du passage en se cognant de plein fouet contre la paroi rocheuse devant elle. Sa botte – la bonne, pas celle remplie de sang – buta soudain contre la pierre ainsi que son front et son bras nu, qui en récolta quelques égratignures,

Pendant un moment, elle resta plantée là, son cerveau embrumé refusant d'étudier ce qu'elle devait faire ensuite. Mais alors sa main, la droite, celle avec laquelle elle avait tué, se tendit toute seule en dépit des menottes et tâta le mur. À un mètre du sol.

Il avait taillé dans la roche, songea-t-elle en découvrant la surface inégale de la pierre. Jack avait, sans qu'elle sache comment, réussi à entamer la roche et fabriqué cette issue.

Elle devrait peut-être attendre ici. Pour voir si l'enfant et lui arrivaient…

Le levier s'actionna pile au moment où cette idée pitoyable la traversait, et le panneau qui coulissa sur le côté parut comme une condamnation de son fantasme.

Nyx chancela un instant avant d'avancer de nouveau. Mais elle ne savait pas trop pourquoi. Que faisait-elle ici ?

Ses pieds se mirent à marcher de leur propre volonté et lui firent franchir l'ouverture. Une fois de l'autre côté, elle regarda en arrière alors que le panneau commençait à se refermer. Trois secondes. Jack lui avait dit, un million d'années plus tôt, que le délai était de trois secondes.

Au loin, la faible lueur de l'ampoule disparut.

Quand elle se retrouva de nouveau plongée dans le noir, l'équilibre de Nyx bascula comme si la gravité l'avait oubliée et qu'elle allait se mettre à flotter dans l'air. Elle se rattrapa en tendant ses mains menottées devant elle.

Si elle s'attardait encore, la réponse à la question de son évasion serait négative parce qu'elle se serait évanouie à force d'avoir perdu trop de sang.

À l'aveuglette, elle posa un pied devant l'autre dans le noir absolu. Elle avait tendu les deux bras de chaque côté pour toucher le mur. C'était sa seule boussole.

Sous ses pieds, elle sentit l'inclinaison du sol s'accentuer un peu, avant de s'élever franchement.

Elle acheva son ascension à quatre pattes, s'agrippant à de la terre meuble et humide avec ses mains toujours étroitement liées.

L'air frais s'insinua dans sa conscience. Plus elle montait, plus la pimpante odeur printanière s'intensifiait. Un mélange d'herbe mouillée et de fleurs.

Nyx pleurait toujours et les larmes coulaient sur son visage quand elle émergea enfin de la terre comme un animal de son terrier, couverte de boue et de sang.

Avec la pluie douce qui tombait sur elle et le vent qui l'enveloppait de ses joyeux tourbillons, la nature parut l'accueillir telle une parente perdue de vue depuis longtemps. Mais elle n'eut pas le temps d'y songer très longtemps car, sans prévenir – peut-être le trajet entier avait-il servi d'avertissement –, ses jambes cédèrent sous son poids, et elle tomba à genoux.

Levant le visage vers les cieux, elle tenta de distinguer les étoiles. Ce qui était idiot. D'où venaient les gouttes de pluie, d'après elle ?

Ce n'était pas comme si l'univers pleurait tout ce qu'elle avait perdu.

Sa sœur. Son mâle. Son espoir de vivre quelque chose de bon à l'avenir.

Car même si elle rentrait chez elle, elle serait désormais une personne différente de celle qu'elle était au moment de son départ. Elle avait tué. Elle avait trouvé et perdu l'être qu'elle aimait. Et elle connaissait un terrible secret de famille qu'elle cacherait à tout le monde.

Assise sur ses talons, elle inclina la tête vers les nuages pour que la pluie inonde son visage, comme autant de doigts froids tapotant ses joues rouges et brûlantes, la plaie ouverte de sa tempe ainsi que ses cheveux qu'elle avait tressés et attachés avec l'un des lacets de cuir de Jack.

Puis elle se laissa tomber sur le flanc.

La boue du sol la recueillit dans une étreinte maladroite.

Elle ignorait où elle était. Elle s'en moquait.

Nyx ferma les yeux et donna libre cours à son chagrin… et, ce faisant, elle se rendit compte que Jack avait raison. La liberté, c'était bien plus qu'être physiquement sans entraves. Elle avait beau être revenue à la surface, elle demeurait enchaînée à l'endroit où elle était allée, à ce qu'elle avait vu, ce qu'elle avait fait.

À celui qu'elle avait connu.

Et qui l'avait forcée à partir.

C'était une condamnation à perpétuité.

Chapitre 39

Lorsque le panneau du passage secret coulissa de nouveau en place, Jack posa la main sur la pierre et pria la Vierge scribe que son amour s'échappe sans encombre. Puis il ramassa ses chaînes et se mit à courir. Durant son trajet dans les tunnels vides, il songea à tous les endroits où le Commandant aurait pu cacher leur enfant.

Il revint dans les quartiers privés, empruntant les mêmes détours qu'il avait dû faire avec Nyx à cause des barricades du confinement. Cela représentait une perte de temps, mais c'était sa seule option. Quand il arriva à l'arche marquée de bandes blanches, il se précipita et poussa la porte en acier…

Du sang. Du sang frais.

Tellement, et provenant de tant d'individus différents qu'il ne pouvait en déterminer toutes les sources.

Ses pas tonnèrent sur le carrelage lorsqu'il courut vers la cellule de l'enfant. Qui était ouverte.

Juste devant, par terre, se trouvait un panier en osier, celui qui contenait l'animal de compagnie du Commandant.

Le couvercle en avait été ôté.

— Non… *non !*

Il y avait du sang sur le lit. Du sang par terre. Un filet de sang coulait même hors de la cellule…

Le rire commença doucement, puis se mit à enfler.

Jack regarda dans le couloir. En proie à la folie et couverte de sang des pieds à la tête, le Commandant se tenait au-dessus d'un cadavre qui tressaillait encore.

— Qu'est-ce que tu as fait ? demanda-t-il.

Même s'il le savait très bien.

Tous ces corps témoignaient de ce qui s'était passé. C'était ceux enchevêtrés de gardiens et de prisonniers qui jonchaient le couloir, Il y en avait une dizaine, voire davantage.

Mais un seul lui importait.

Il n'aurait jamais cru qu'elle ferait du mal à leur enfant. C'était la seule chose qu'ils avaient en commun.

Le Commandant sourit, dévoilant l'éclat blanc de ses crocs au milieu du sang qui couvrait son visage et gouttait de son menton, de ses mains et de ses cheveux roux.

— Je me suis occupée des choses. Je me suis occupée de tout. *Tout !*

Le rire vira à l'hystérie, et ce fut alors qu'il remarqua ce qu'elle tenait à la main.

— Oh ! tu veux voir mon souvenir ? dit-elle. Tu as envie de voir mon souvenir ?

Elle poussa un cri de joie maniaque en levant le cœur.

— J'ai récupéré un souvenir de cet endroit, hurla-t-elle à pleins poumons. J'ai mon souvenir ! Et je ne le partagerai pas avec toi !

Son visage était déformé, comme un atroce masque d'horreur, ses yeux fous et injectés de sang.

— Qu'est-ce que tu as fait ?

Jack bondit en avant pour l'attaquer ; il l'attrapa par la gorge et la plaqua contre le mur.

— Qu'est-ce… que… tu as… *fait !*

« Bang. Bang. Bang. »

Dans le fond de son esprit, il se demanda d'où provenait ce bruit. « Bang. Bang. Bang… »

— Espèce de salope !

« Bang. Bang. BANG… »

C'était le Commandant. C'était son corps qui faisait ce bruit pendant qu'il la frappait contre la paroi, brisant les lattes et le plâtre des murs avec le torse de la femelle, réduisant en miettes les belles finitions. Et même si sa tête pendait vers l'avant et qu'elle avait clairement perdu conscience, il continua, encore et encore, lui faisant payer tous ses crimes : les viols, le meurtre de leur enfant, les meurtres de ses amis, le danger que courait Nyx, qu'il aimait. Des mèches de cheveux roux emmêlés lui fouettaient le visage et les épaules et, sous l'étouffant parfum de bois de santal qu'elle portait pour dissimuler son sexe, il sentit l'odeur du sang de la femelle qui commençait à couler.

Et il aurait continué. Jusqu'à ce que sa peau ne soit plus qu'un sac contenant tous les organes et les os qu'il avait mutilés et brisés.

Mais, du coin de l'œil, il vit quelque chose se précipiter vers lui, au ras du sol, quelque chose de poilu…

Le panier. L'animal qui s'y trouvait avait été libéré par sa propriétaire.

Jack regarda la créature. C'était un mélange de marmotte, de piranha et de raton laveur enragé, avec une fourrure crasseuse et des pattes qui s'évasaient sur les côtés. Elle courait sur les cadavres qui jonchaient le couloir comme autant de vagues pétrifiées, pareille à une belette, mais bien plus grosse.

Et elle grognait, son museau taché de rouge s'ouvrant sur ses dents semblables à des dagues.

Et ses yeux noirs, mats et presque aveugles, étaient fixés sur Jack.

Ce dernier pivota de côté en gardant le Commandant entre lui et l'attaque imminente…

— Tu m'aimes… (Les mots n'étaient qu'un gargouillis, et du sang lui éclaboussa le visage lorsque la femelle qu'il haïssait de toute son âme commença à parler.) Tu m'aimes.

Elle leva la tête vers lui et ses yeux noisette se concentrèrent de façon obsessionnelle sur les siens.

— Tu m'aimeras toujours…

Le Commandant laissa soudain échapper un cri suraigu et se cambra de douleur.

La créature avait bondi sur elle et se repaissait de l'arrière de son crâne.

Jack repoussa la femelle loin de lui et, quand il sauta de côté, le Commandant se débattit, donnant des coups de pied et des gifles, cherchant à agripper l'animal qui mangeait… mâchait… avalait… sa chair à partir de la plaie ouverte à l'arrière de sa tête.

Jack avait démarré le processus en la cognant, encore et encore, contre le mur. Mais ce petit démon affamé qu'elle gardait dans ce panier en osier achevait à présent le travail.

Et Jack regarda. Chaque fois qu'il cillait, il revoyait ce panier apporté sur l'estrade. Il revoyait la bête souterraine lâchée. Il entendait les cris des prisonniers et se rappelait l'horreur de leur mort. La plupart du temps, la créature s'attaquait à leurs ventres, s'y frayant une entrée à coups de dent avant de consommer les intestins, qui tombaient comme des chapelets de saucisses sur l'estrade puis glissaient jusqu'au sol de pierre.

Visiblement, son palais appréciait tout autant la cervelle.

Instinctivement, Jack tourna les talons et s'éloigna en hâte. Quand il trébucha sur un gardien mort, il retrouva rapidement son équilibre et repartit de plus belle.

La créature se moquait de ceux qui étaient déjà morts. Il devait donc se dépêcher, même s'il ne savait pas où aller.

Des armes. Il lui fallait des armes.

Les quartiers personnels du Commandant surgirent devant lui, et non l'inverse, comme si l'irréalité de toute la situation donnait l'impression que c'était l'installation qui bougeait, et non lui. Il pénétra dans la chambre et avisa la table, avec le pistolet tranquillisant et les fléchettes. Ses mains étaient étrangement fermes lorsqu'il tendit…

Les chaînes. Il était couvert de chaînes.

Il ne les avait même pas remarqués quand il s'était rué sur le Commandant.

Les balançant par-dessus sur son épaule, il prit le tranquillisant et les fléchettes et, lorsqu'il se retourna, quelque chose sur le lit attira son attention.

C'était un vêtement.

S'approchant, il posa les outils qui avaient servi à le soumettre et ramassa le coupe-vent qui portait l'odeur de Nyx. Il pressa le tissu sur son visage et inspira. Pendant un bref instant, il cessa de sentir le sang. Il sentit seulement… l'odeur de sa femelle.

Il noua les manches du vêtement autour de son cou comme s'il s'agissait d'un foulard. Puis il ramassa le pistolet et les fléchettes et quitta la pièce.

En sortant, il regarda dans le couloir. La créature était partie.

Plus rien ne bougeait.

Il se sentait encore engourdi quand il prit à gauche et courut dans le corridor menant à la zone de production. Les cadavres de gardiens se raréfièrent, jusqu'à disparaître, comme une piste qui s'arrête.

En déboulant dans l'atelier, il ne prit pas la peine de dissimuler sa présence. C'était inutile. L'installation de quinze mètres carrés aux murs blancs était déserte. Les postes de travail individuels étaient en pagaille, les tables en acier inoxydable avaient été renversées, les chaises écartées, et des sachets en plastique jonchaient le sol à côté de balances couvertes de poudre par terre. Lorsqu'il s'avança vers le parking, il ne découvrit rien que des vapeurs de diesel et des traces de pneus là où les camions se garaient.

Ils s'étaient envolés.

Tout était fini.

Mais alors, qu'avait-il espéré découvrir ici ?

Jack tourna plusieurs fois sur lui-même pour observer les alentours.

Ce faisant, il se projeta en pensée derrière les murs qui l'entouraient, au-delà des rayons de tunnels, dans tous les espaces où il avait vécu pendant un siècle. Il se remémora ceux qu'il avait connus aussi bien qu'on pouvait connaître quelqu'un sous terre. Il songea à ceux qu'il avait supportés, et ceux qu'il avait ignorés.

Il tenta de s'imaginer partant. Remontant dans le monde réel, avec tous ses changements.

Alors que le corps de son enfant se trouvait quelque part ici.

Tout était sa faute. S'il avait été plus fort, il n'aurait pas condamné son enfant à subir cette existence, cette souffrance, cette mort infligée par les mains même de sa *mahmen*, une terreur impie.

Si seulement il s'était battu plus violemment.

Si seulement son corps n'avait pas réagi contre sa volonté.

Si seulement…

Alors que le grondement distant de l'effondrement lui parvenait, il retourna vers les quartiers du Commandant, gardant le pistolet à fléchettes prêt au cas où la créature lui tomberait dessus. Avant de revenir sur ses pas, il pénétra dans la partie brute de la prison, là où le carrelage sous ses pieds et les finitions des murs s'achevaient.

Il avançait dans un tunnel grossier, à présent, et, quand il envoya un ordre mental, des bougies s'allumèrent.

À mesure qu'il approchait du Mur, il retenait son souffle.

Le lieu était tel qu'il était lors de sa dernière venue. Aucun nouveau nom gravé n'avait été ajouté dans la roche noire depuis qu'il avait amené Nyx ici – non qu'il y ait eu le temps pour cela.

En repensant à Nyx, elle lui manqua tellement qu'il eut l'impression que son cœur venait de recevoir un terrible coup de poing.

Mais si son enfant devait passer une éternité ici-bas – vivant ou mort –, alors lui aussi. Certaines dettes ne pouvaient jamais être rachetées, et il avait damné sa progéniture avant même sa naissance.

Il fallait réparer cela par un sacrifice digne de la malédiction.

Il se concentra sur le nom devant lequel Nyx s'était attardée, le nom de la femelle qui avait été sa sœur… le nom du fléau à l'origine de toutes ses souffrances. Pour paraphraser Lucan – qu'il repose en paix –, le destin pouvait être une saloperie.

Comment la sœur de Nyx et sa tourmenteuse avaient-elles pu être une seule et même personne ?

Quelle importance.

— Où est le corps ? gronda Jack à l'adresse du Mur. Qu'as-tu fait de mon défunt ?

Chapitre 40

La lumière était si vive que Nyx crut qu'elle s'était évanouie et avait été découverte par l'aube, comme si le soleil était un prédateur ayant rattrapé sa proie et s'apprêtant à revendiquer sa victime.

Si vive. Ses yeux la brûlaient même à travers ses paupières fermées, alors elle leva un bras devant son visage.

Elle aurait dû faire davantage d'efforts pour rentrer à la maison. Mais comme avec la plupart des décisions, si on ne résolvait pas le problème soi-même, quelqu'un d'autre s'en chargeait pour vous. Elle avait seulement eu l'intention de se reposer et de reprendre un instant son souffle…

« Splatch, splatch… splatch… »

Le bruit ressemblait à celui de deux éponges de cuisine qui se seraient approchées d'elle. Puis il y eut deux craquements légers, juste à côté de sa tête.

— Où es-tu blessée ?

Cette voix… cette voix mâle. Nyx souleva la tête – ou du moins essaya. Tout son corps lui faisait mal et sa nuque était incroyablement raide, alors elle n'alla pas loin.

— Puis-je te déplacer ? Ta colonne vertébrale est-elle brisée ?

— Pas brisée…, chuchota-t-elle, la voix enrouée.

Parce que ce devait être un rêve.

Son grand-père ne pouvait pas être ici, au milieu de nulle part, juste au moment où l'aube revendiquait son corps avec sa merveilleuse chaleur.

— C'est toi ? demanda-t-elle.

Son grand-père – ou sa manifestation mentale – la souleva, après avoir passé un bras sous ses genoux et l'autre autour de ses épaules. Tandis qu'il la portait sur un terrain boueux, son odeur familière – ce mélange de tabac à pipe et de bois de cèdre – lui monta au nez, et apporta avec elle la certitude qu'elle ne rêvait pas, que son grand-père était bien réel.

Forçant sa vision à s'ajuster, elle observa son visage ridé, ses cheveux blancs, ses épaules de travailleur et sa chemise à carreaux. Soudain, ses émotions la submergèrent et des larmes coulèrent sur ses joues.

— C'est vraiment toi, dit-elle d'une voix étouffée.

Lui, de son côté, demeurait parfaitement calme, ainsi qu'il l'était toujours, et fixait son attention sur quelque chose devant eux, vers quoi il se dirigeait.

Donc, oui, il l'avait vraiment retrouvée, où qu'elle soit arrivée.

— Peux-tu tenir debout ? demanda-t-il.

— Oui. (Elle ne voulait pas le décevoir ni paraître faible.) Je peux tenir debout.

Les vieilles habitudes ont la peau dure. Elle avait toujours voulu être à la hauteur de ses attentes. Le problème allait être sa jambe et cette botte pleine de sang néanmoins. Elle s'était blessée, même si elle ne se rappelait pas à quel moment cela s'était produit. Pendant l'explosion ? ou lorsqu'elle avait atterri avec le Commandant au-dessus d'elle, lors de l'effondrement du plafond de la Ruche ?

Oh ! mon Dieu… Janelle était morte.

— Voici la voiture, annonça son grand-père. Je dois te poser.

— D'accord. (Nyx renifla et s'essuya le visage avec la manche de sa tunique de prisonnier.) Très bien.

Quand il la reposa sur le sol, elle chancela et dut soulever son pied blessé. Se préparant à se débattre seule avec son équilibre, elle fut surprise quand il lui tint le bras en même temps qu'il ouvrait la portière arrière… de la Volvo.

La vue du break la fit pleurer. C'était la nostalgie qui s'exprimait ainsi chez elle… parce qu'elle savait que plus rien ne serait plus jamais comme avant.

— Monte, lui intima son grand-père.

Elle se sentit momentanément incapable de bouger et de parler. Puis elle sautilla une ou deux fois pour se trouver face au véhicule. Le capot était cabossé et tenait en place grâce à des cordes, mais son grand-père avait de toute évidence remis le moteur en état de marche.

Combien de temps était-elle partie ? Elle pensait qu'il s'était écoulé deux jours… trois tout au plus.

— Tu peux monter maintenant, reprit son grand-père.

— Tu l'as réparée.

— Eh bien, certains dégâts l'ont étés. Il reste encore beaucoup à faire avant qu'elle soit présentable…

En dépit de ses menottes, Nyx lui serra l'avant-bras. Croisant son regard, elle eut envie de l'étreindre, mais sut que cela n'arriverait pas, et pas à cause de la façon dont ils s'étaient quittés.

Mais il existait d'autres moyens de se rapprocher.

— Tu avais raison, dit-elle d'un ton rauque. Janelle était coupable. Je suis désolée…

Son grand-père secoua la tête et détourna le regard, tandis que son visage ridé virait au cramoisi. Comme s'il était, sous la surface, aussi ému qu'elle.

— Allonge-toi sur la banquette si tu ne peux pas t'asseoir. Le soleil va se lever…

— J'avais tort. Je suis vraiment désolée…

— Monte…

— Non, rétorqua vivement Nyx. Nous allons en parler. Janelle était coupable. Elle a tué ce vieux mâle. Elle méritait… sa sentence. J'avais tort sur ce qui, selon moi, était arrivé quand tu l'as dénoncée, et je m'en excuse. J'ai cru… Eh bien, ça n'a plus d'importance.

Les yeux âgés de son grand-père errèrent vers l'horizon, qui se teintait déjà d'une lueur délicate et bientôt mortelle.

— Ta sœur a toujours été ce qu'elle était.

— Je le sais à présent.

Au bout d'un moment, il tourna de nouveau son attention sur elle.

— Alors tu l'as vue ?

Nyx se racla la gorge.

— Non. Elle est morte bien avant que j'arrive.

Le retour à la ferme prit quasiment une demi-heure, et Nyx tenta de puiser un sentiment d'ancrage dans le tronçon familier d'autoroute qu'ils empruntèrent. Dans la chaîne basse de montagnes qu'on distinguait à l'horizon. Dans la petite ville qu'ils traversèrent avec sa station-service, sa jardinerie et son restaurant.

Mais elle avait l'impression de voyager dans un pays étranger. C'était à peine si elle parvenait à déchiffrer les pancartes autour des pompes à essence et à saisir leur sens.

Quand son grand-père s'engagea enfin dans la longue allée de leur ferme, elle se redressa en position assise sur la banquette arrière. Sous la lueur laiteuse des phares – dont l'un clignotait comme s'il était en fin de vie –, la maison ne semblait pas avoir changé avec son porche, sa rangée de fenêtres, son toit et sa cheminée…

Elle se répéta que c'était chez elle. Mais dans son cœur… elle n'éprouvait rien. Elle avait beau reconnaître tous les détails, c'était la maison d'une étrangère, comme si les souvenirs de son aventure souterraine l'empêchaient de se reconnecter avec ceux de son existence à la surface.

Les freins de la Volvo grincèrent, puis son grand-père arrêta complètement le véhicule. Lorsqu'il sortit, elle chercha maladroitement à saisir la poignée de sa portière pour l'ouvrir, mais ses doigts refusèrent d'agripper quoi que ce soit.

Ce fut son aïeul qui lui ouvrit. Puis il tendit le bras à l'intérieur et lui offrit sa main.

— Laisse-moi t'aider.

— Ça va.

Ouais, tu parles ! Sa voix était si faible qu'elle s'entendait à peine.

Son grand-père lui prit quand même le bras, et elle se fia à lui pour s'extraire de l'habitacle. Chancelant sur ses pieds, elle alla jeter un nouveau coup d'œil à l'avant de la voiture.

— Comment l'as-tu réparée aussi vite ?

— Tu es partie trois jours.

Nyx tourna la tête vers lui et poussa un juron lorsqu'un élan douloureux lui traversa la colonne vertébrale.

— Ça m'a paru plus long.

Cela lui avait paru une éternité.

La porte moustiquaire se referma en claquant et le bruit attira son attention sur le porche.

Posie venait de sortir de la ferme et descendait précipitamment les marches, dans sa robe rose à fleurs et avec ses cheveux blonds qui flottaient derrière elle. Mais elle n'atteignit pas la voiture.

Elle s'arrêta net au milieu de la pelouse.

Écarquillant les yeux, elle lâcha sa jupe et plaqua la main sur sa bouche, et, tout ce que Nyx parvint à penser, c'était… qu'elle n'avait pas la force pour une scène. Après tout ce qu'elle avait vécu, elle n'avait pas l'énergie nécessaire pour affronter l'hystérie de sa sœur.

Nyx souffla et secoua la tête…

Néanmoins, Posie parut se reprendre : elle rassembla de nouveau les pans de sa robe et marcha résolument jusqu'à la Volvo, en clignant rapidement des paupières, certes, mais sans verser de larmes.

— Viens, dit-elle calmement. Rentrons à l'intérieur.

Tandis que la sœur fragile et hystérique de Nyx lui prenait le bras et, de façon sereine et déterminée, la guidait vers la maison, la femelle se laissa mener sans discuter ni faire une fausse démonstration de robustesse. C'était comme si toutes deux avaient échangé des portions entières de leurs personnalités.

Ou du moins qu'elles se les étaient prêtées pour un petit moment.

L'escalier du porche lui sembla presque impossible à gravir, et Nyx dut s'appuyer lourdement sur Posie pour monter les marches. Et atteindre la porte d'entrée lui donna l'impression d'avoir couru un sprint de dix kilomètres.

Une fois dans la maison, elle regarda autour d'elle et, de nouveau, ne se sentit de lien avec rien. Ni les meubles rustiques et faits main, même si c'était elle qui avait disposé les fauteuils, le canapé et les guéridons. Ni les photographies sur le manteau de la cheminée ou le tableau sur le mur, qui représentaient pourtant des membres de la famille. Et le tapis sous ses pieds lui sembla totalement inconnu.

— Douche, dit-elle.

Surtout parce qu'elle n'avait envie de parler à personne et qu'elle se disait que cela lui accorderait du temps toute seule.

Elle ne voulait ni parler ni manger. Elle désirait seulement s'allonger.

Posie l'emmena à la salle de bains, ouvrit la porte et désigna la baignoire.

— Prends plutôt un bain.

— Non, je préfère une douche.

— Non, un bain est préférable. Tu ne seras pas capable de rester debout sous l'eau chaude aussi longtemps.

Quand Posie les força à entrer et referma la porte derrière elles, Nyx secoua la tête.

— Je peux me débrouiller seule. Je n'ai pas besoin d'aide…

— Tu dois avoir envie de faire pipi.

Nyx cligna des yeux, regarda la cuvette et se demanda si elle pourrait se souvenir de la façon dont celle-ci fonctionnait.

C'était bizarre, elle ne se rappelait pas être allée aux toilettes sous terre. Elle avait dû y aller. Elle n'arrivait tout simplement pas à se rappeler comment ni où.

Des pans entiers de son aventure souterraine lui échappaient. Tout comme elle n'arrivait pas à se souvenir de la plus grande partie de son existence à la ferme. C'était comme si on avait tiré un rideau d'amnésie sur tout ce qui lui était arrivé un jour.

— Je vais faire couler l'eau. (Posie indiqua la cuvette.) Assieds-toi ici.

Comme sa sœur ne cédait pas, Nyx murmura :

— Tu as changé.

— Tu as disparu une vie entière, on dirait.

Alors qu'elles se dévisageaient, Nyx pensa au jeune pretrans. Posie n'avait pas seulement dû affronter ce décès, mais également l'angoisse de ne pas savoir où se trouvait sa sœur.

— Grand-père m'a raconté, expliqua Posie. Où tu es allée. Est-ce que tu l'as trouvée ?

Nyx secoua lentement la tête et se prépara.

— Bien. (Posie se retourna vers la baignoire et ouvrit le robinet.) C'est ainsi.

— Est-ce que ça va ? l'interrogea Nyx.

Posie se pencha et plaça la main sous le jet. Puis elle ajusta la chaleur.

— Je m'inquiète pour toi.

— Je vais bien.

— Je ne pense pas que tu me le dirais si ce n'était pas le cas. (Avec un coup d'œil en arrière, sa cadette désigna ses vêtements du menton.) As-tu besoin d'aide pour te déshabiller et t'asseoir sur les toilettes ?

— Je vais le faire. Mais j'aimerais un peu d'intimité.

— Je reviens te voir dans cinq minutes. (Quand Nyx tenta de parler, Posie leva la main.) Arrête. Je ne vais pas débattre avec toi sur une question de bon sens.

Elle gagna la porte.

— Cinq minutes. Et, si tu verrouilles cette porte, j'irai chercher la hache de grand-père et j'en ferai du petit bois.

Une fois que sa sœur eut doucement refermé derrière elle, Nyx observa le battant. Il y avait deux serviettes suspendues à une barre et, pendant un instant, elle se demanda à quoi elles servaient. Avisant le lavabo, les deux brosses à dents dans le gobelet attirèrent son attention. D'une main tremblante, elle effleura le manche de la rose. Celle de Posie.

Elle se rappelait avoir glissé la sienne dans son sac à dos.

Quelle naïveté. Quelle incroyable naïveté.

Posie n'était pas la seule à avoir vieilli d'un million d'années en si peu de temps.

Nyx leva les yeux vers le miroir au-dessus du lavabo et poussa une exclamation. Une étrangère lui rendait son regard, une étrangère au visage, aux cheveux et au cou couverts de cambouis, de boue et de sang. Ses yeux semblaient avoir changé de couleur, et ses joues s'être creusées comme jamais. Elle avait l'air de revenir de l'enfer.

D'une main tremblante, elle tâta la plaie de sa tempe, puis remarqua ses ongles cassés et la zone de chair à vif sur ses poignets.

Où étaient passées ses menottes, s'interrogea-t-elle. Elle les avait encore lorsqu'elle avait émergé du sous-sol.

Quand son bras se mit à trembler, elle le baissa et s'appuya au lavabo.

Où était Jack ? Avait-il retrouvé son enfant ? Était-il toujours en vie ?

Avec une clarté douloureuse, le souvenir de son mâle, avec ses longs cheveux dénoués sur ses épaules musclées et ses yeux bleus brillants aux paupières lourdes qui la contemplaient, surgit au premier plan de son esprit. L'image persista, aussi tangible qu'une créature vivante, aussi éphémère et douloureuse qu'un fantôme…

Un clapotis attira son attention et elle jeta un coup d'œil par-dessus son épaule.

La baignoire commençait à déborder. Depuis combien de temps se dévisageait-elle ?

Elle tendit le bras de côté et ferma les robinets.

Ce fut alors qu'elle baissa la tête pour s'observer. Sa tunique était couverte de boue et de sang, tout comme son visage. Comme elle était mouillée, le tissu était froid et, lorsqu'elle la retira, l'odeur de la prison s'insinua dans ses narines.

Le coup frappé à la porte la fit jurer.

— Je commence tout juste à me déshabiller. Accorde-moi une minute, bon sang !

Bravo, se dit-elle. Revenir de la mort… pour râler contre sa sœur comme si tout était comme d'habitude.

La voix de Posie était stridente.

— Cinq minutes de plus, alors.

Nyx secoua la tête et commençait à défaire son pantalon lorsque son dos hurla, aussi se contorsionna-t-elle pour examiner les dégâts. Les hématomes de son atterrissage après l'explosion étaient importants : des marbrures violacées s'étendaient de ses épaules jusqu'à l'une de ses hanches.

Elle repensa au moment où elle avait étranglé le Commandant, lorsqu'elle avait enroulé ses menottes autour de la gorge de la femelle… et, soudain, cela lui revint. Son grand-père les lui avait retirées. Dans la voiture. Il s'était installé au volant, puis s'était penché vers le siège passager, et elle avait entendu quelque chose cliqueter, comme de la monnaie dans une poche. Puis il s'était retourné vers elle et lui avait demandé de tendre les bras.

Il tenait un anneau plein de minuscules clés. La sixième avait fonctionné.

Se plaçant de façon à voir son épaule dans le reflet du miroir, elle palpa la bande rouge sur la face externe de son biceps. Et se rappela s'être fait tirer dessus. En fait, chaque fois qu'elle clignait des yeux, de nouveaux souvenirs lui revenaient par à-coups, et ils étaient si vifs qu'elle entendait les sons et sentait les odeurs qui les accompagnaient.

Des cris. Un air vicié et humide. L'odeur de la poudre à canon.

Du sang. Tellement de sang.

Repoussant ces réminiscences, elle se concentra sur son pantalon. Elle le retira avec effort, car le tissu mouillé et boueux adhérait à ses jambes, et elle se dit qu'elle avait dû laisser beaucoup de saletés à l'arrière de la Volvo.

Quand le vêtement tomba sur le vieux carrelage, ce fut avec un bruit de chair flasque qui lui retourna l'estomac.

Avant d'entrer dans l'eau, elle utilisa les toilettes comme Posie le lui avait expressément recommandé. Et ce fut le meilleur pipi de sa vie, la seule chose agréable depuis ce qui lui semblait une éternité.

Le bain fut encore meilleur. Mais, comme un prix à payer, il s'accompagna de souvenirs du bassin caché, de Jack et d'eux couchant ensemble.

Quand elle s'enfonça dans la douce et chaude étreinte de l'eau, elle sut qu'elle devait s'accoutumer au deuil. Cela faisait partie d'elle à présent, d'une façon aussi permanente que ses bras et ses jambes, et aussi impérative que les battements de son cœur et les mouvements de compression et de dilatation de ses poumons.

Reposant sa tête contre le rebord de la baignoire, elle ferma les yeux et les larmes brûlantes qui s'en échappèrent coulèrent sur ses joues… avant de rejoindre l'eau du bain, désormais d'un brun sale.

« Toc, toc… »

— Ça va, putain ! s'écria-t-elle.

La porte s'ouvrit tout de même. Posie passa la tête. Observa la scène. Puis se retira en la prévenant qu'elle repasserait la voir dans cinq minutes.

Consciente qu'elle devait se laver, Nyx se redressa et agrippa les rebords de la baignoire. En se mettant debout dans l'eau, elle n'en revint pas de découvrir à quel point celle-ci était sale. Elle fit couler la douche en même temps qu'elle retirait la bonde.

Posie se trompait. Elle réussit à tenir debout sans aide, même si elle veilla à ne pas laisser la température monter trop haut.

Le savon fut une redécouverte. De même que le shampoing et le démêlant.

Alors qu'elle penchait la tête en arrière pour se rincer et grimaçait à cause de sa tempe qui l'élançait et de ses nombreuses courbatures, Nyx songea que, quand on bénéficiait tous les jours du confort, on finissait par s'habituer au bien-être qu'il procurait. L'hygiène. L'eau propre. La nourriture saine et préparée selon son goût. Le repos sur un lit moelleux dans un endroit sûr. C'était un luxe de se plaindre d'embêtements comme les amendes de stationnement, les collègues qui faisaient réchauffer du cabillaud dans le micro-ondes de la compagnie, les tempêtes qui vous privaient d'électricité pendant une nuit ou la plomberie qui fuyait.

Elle dut se laver les cheveux à deux reprises.

Et, lorsqu'elle sortit de la baignoire, le dépôt de crasse sur le pourtour de la faïence blanche était si épais qu'on aurait dit de la teinture pour cheveux. Elle songea qu'elle devrait nettoyer ça tout de suite, mais elle n'en avait pas l'énergie.

Puis, tandis qu'elle se séchait, elle se rendit compte qu'elle n'avait rien apporté pour se changer…

Sur la porte, un peignoir rose s'était matérialisé comme par magie sur le crochet à serviette.

Posie avait visiblement fait une autre inspection.

Nyx s'enveloppa dans la douceur du tissu-éponge et serra la ceinture autour de sa taille. En allant ouvrir la porte, elle en profita pour évaluer l'intensité de chacune de ses douleurs. Étant donné ce qu'elle avait traversé, cela aurait pu être bien pire.

Elle devait remercier Jack de ce résultat. Son sang, si pur et puissant, l'avait revigorée.

Le battant s'ouvrit sans un bruit. Mais bon, il avait de l'entraînement grâce à Posie.

Sous ses pieds nus, le plancher craqua doucement, et elle sentit des effluves appétissants en provenance de la cuisine qui lui mirent l'eau à la bouche. Des oignons en train de frire. Du bœuf.

Sa sœur lui préparait quelque chose à manger…

Nyx s'arrêta sur le seuil de la pièce. À l'autre bout de l'étroit espace, à la table dotée de ses quatre chaises, deux mâles étaient assis.

Celui qui lui tournait le dos avait de petites épaules minces et des cheveux bruns ébouriffés.

Juste au moment où Posie se détournait de la gazinière, tenant la poêle d'une main et une spatule de l'autre, le pretrans se retourna sur sa chaise.

Ses yeux, des yeux d'un bleu brillant, turquoise, avisèrent Nyx.

Quelqu'un poussa un cri étranglé.

Elle ?

Oui.

Ce fut tout ce dont elle se souvint avant de s'évanouir.

Chapitre 41

Le lendemain soir, tandis que la lune se levait sur la ferme et que la chaleur baissait, Nyx sortit sur le porche. Elle contempla le paysage qui s'étendait devant elle : la grange et le pâturage paraissaient peints par un artiste tant ils étaient caractéristiques et pittoresques avec leurs gracieux arbres touffus, l'herbe drue et les barrières qui épousaient les ondulations de la prairie.

C'était la vue typique qu'on se faisait d'une ferme américaine. Tant qu'on ignorait qu'elle appartenait, avait été construite et était entretenue par des vampires.

Son grand-père sortit, tassant du tabac dans sa pipe, et la porte moustiquaire se referma en claquant dans son dos.

— Est-ce que tu sais où nous allons ?

Elle lui retourna son regard et remarqua le rouleau de tissu sous son bras.

— Oui.

— As-tu des questions ?

— Non.

— Allons dans la grange, dans ce cas.

Côte à côte, ils traversèrent la pelouse parfumée et fraîchement tondue. Les érables paraissaient encore plus beaux que dans son souvenir avec leurs branches encore couvertes des feuilles vert émeraude de la fin août. Bientôt, quand le temps changerait, elles deviendraient rouges et dorées puis, finiraient par tomber, brunes et racornies, par terre.

— En fait, j'ai une question, fit-elle. Comment as-tu su que Janelle avait tué ce vieux mâle ? Pourquoi en étais-tu si certain ?

Son grand-père cala sa pipe entre ses dents et l'alluma avec un vieux briquet tout usé, puis, rassemblant ses paumes en coupe autour du fourneau, il se pencha en avant pour empêcher la brise de perturber le travail de la flamme. Ensuite, il tira une première bouffée… et la fumée odoriférante s'éleva en volutes.

Elle commençait à être convaincue qu'il n'allait pas lui répondre lorsqu'il le fit enfin.

— Il m'a appelé. Deux nuits avant d'être tué.

Lorsqu'elle leva brusquement la tête vers lui, son grand-père ne montra aucun signe qu'il avait remarqué sa réaction de surprise. Il se contenta d'ôter la pipe de sa bouche et d'examiner l'intérieur du fourneau pour vérifier si la combustion du tabac était suffisante.

— Il m'a dit qu'elle l'avait menacé, reprit-il en s'arrêtant pour rallumer sa pipe.

Quand tout fonctionna correctement, il poursuivit, mais sans reprendre sa marche :

— Il m'a appelé car j'étais son plus proche parent mâle en vertu du droit ancien. Tout d'abord, j'ai pensé que c'était une simple question de désobéissance ou de manque de respect. Puis je me suis rendu compte qu'il avait peur d'elle. J'ai servi d'intermédiaire au mâle. J'ai dit à ta sœur qu'elle n'avait aucune raison de retourner à la propriété, que ses services n'étaient plus requis là-bas.

— Et que s'est-il passé ? l'encouragea Nyx lorsqu'il redevint silencieux.

Son grand-père se remit à marcher et ne répondit pas jusqu'à ce qu'ils entrent dans la grange. Et, même alors, il attendit d'avoir atteint une des barques sur laquelle, vu la fraîche odeur de vernis qui se dégageait du bois, il venait de passer la première couche.

Il tira sur sa pipe, libérant de petits nuages blancs qui flottèrent au-dessus de sa tête.

— Je suis un vieux mâle à présent et, il y a cinquante ans, cela faisait déjà cinq cent soixante-treize ans que j'étais sur terre. Pendant tout ce temps, jamais on ne m'avait regardé de la sorte.

— Comment a-t-elle…

La voix de Nyx lui fit défaut, et elle dut laisser ses mots en suspens.

— À cet instant, J'ai eu l'impression que Janelle n'avait pas d'âme. Que derrière son regard il n'y avait… strictement rien. (Il leva l'index.) Non, ce n'est pas vrai. J'y ai discerné de la logique et du calcul. Mais absolument aucune humanité. Aucun amour ni aucun lien avec moi en tant que membre de sa lignée. Et c'est alors que j'ai vu sa véritable nature. C'est alors que j'ai compris… que j'avais vécu toutes ces années avec une prédatrice.

Nyx secoua la tête en se remémorant le regard froid de la femelle au travers du grillage d'acier de la cellule.

— Je l'ignorais, moi aussi, chuchota-t-elle.

— J'ai été victime de mes préjugés. Je me disais… (Il passa la main sur le plat-bord du bateau à l'éclat doré.) Je me disais que les femelles ne pouvaient pas penser comme ça, agir comme ça. Bien sûr, j'avais remarqué des moments de détachement bizarres chez elle, des anomalies dans son comportement qui apparaissaient de temps à autre, mais j'ai refusé de prendre ces signaux au sérieux, parce que c'était ma petite-fille et que je l'aimais.

— C'était ma sœur. (Nyx se dirigea vers l'établi, au-dessus duquel les outils étaient bien rangés sur le mur.) J'ai fait pareil.

— Le soir suivant, le vieux mâle a rappelé pour me dire qu'elle était de nouveau la bienvenue sur sa propriété. Même aujourd'hui, je me demande ce qu'elle a fait pour obtenir ce résultat. Je ne peux que le deviner. J'ai décidé de ne plus me mêler de cette histoire. J'ai douté de moi… et, comme lui, j'avais peur d'elle. Lorsqu'elle est rentrée plus tôt du travail le lendemain soir, avec cet argent et ce prétendu cadeau… (il secoua la tête) j'ai su ce qui avait dû se passer. Je suis venu ici pour qu'elle croie que j'allais travailler, et je me suis dématérialisé jusqu'à la maison du vieux mâle. J'ai exigé de voir le corps. Le majordome a tenté de m'en empêcher, mais je me suis précipité à l'étage et j'ai suivi l'odeur de la mort. J'ai vu le vieux mâle allongé sur son lit, la tête reposant sur les oreillers. Son majordome m'a informé que son heure était venue. Qu'il avait souffert d'une dégénérescence accélérée due à la vieillesse. J'ai fait mine d'être accablé et j'ai demandé un verre d'eau. Lorsque le *doggen* m'a eu quitté, je suis allé examiner le mâle. Il avait la nuque brisée. Le grand âge ne fait pas cela.

— Et comment as-tu eu la certitude que c'était Janelle ?

— J'ai senti son savon sur le pyjama, les cheveux et la peau du mort. Le *doggen* était trop respectueux de son maître pour mentionner cela, ainsi que la nuque brisée également. (Son grand-père darda sur elle un regard dur.) Soyons bien clairs, je n'ai aucun amour pour la *glymera*. Je la considère comme un gouffre qui draine les ressources de l'espèce. Mais je devais vous protéger, Posie et toi. La folie de Janelle menaçait d'exploser à tout instant. C'était mon unique chance. Je savais que les aristocrates n'hésiteraient pas à s'emparer de l'héritage en cas de meurtre, et qu'ils agiraient donc de façon précipitée d'après mes informations. C'est ce qu'ils ont fait. J'ai menti à Janelle pour la faire paraître devant le Conseil. Je lui ai dit qu'elle devait hériter du vieux mâle qu'elle avait tué. Que l'avis d'accusation n'était qu'une erreur. Elle était moins intelligente qu'agressive. Elle m'a cru.

Il secoua la tête.

— À moins que, comme j'avais feint d'écarter toute possibilité de déviance chez elle et que j'étais son parent proche, elle n'ait négligé le risque qu'elle courait pour sa liberté. Ou bien… qu'elle se soit peut-être montrée trop confiante. Comme avec la mise en scène de ce corps, que les gens, pensait-elle, prendraient pour argent comptant, elle a très bien pu se dire qu'on la croirait, là encore. Je ne sais pas. Ce dont j'étais certain, néanmoins, c'était que je devais vous protéger, Posie et toi. Comme elle avait goûté à la mort, elle risquait d'en devenir affamée et de recommencer à la maison.

Nyx fit courir ses doigts sur la surface éraflée et usée de l'établi devant lequel son grand-père avait passé des heures.

— Tu as fait ce qu'il fallait.

— Je ne pouvais pas courir le risque qu'elle fasse du mal à l'une de vous. Toutes deux êtes et avez toujours été mon unique raison de vivre.

Tournant la tête vers lui, elle s'efforça de ne pas avoir l'air trop stupéfaite.

— Est-ce que c'est vraiment ce que tu ressens ?

Son grand-père tira sur sa pipe. Quand son regard croisa enfin le sien, il avait les yeux pleins de larmes.

— C'est ce que j'ai toujours ressenti. J'ai perdu ma fille. Ma *shellane*. Mes parents. Mes amis, les cousins que je connaissais. Ma vie s'achève doucement, et j'ai vécu beaucoup de deuils. Posie et toi, vous m'avez apporté tellement de joie. Posie avec sa nature chaleureuse, toi avec ta bravoure. Vous êtes tout ce qui me donne la force de continuer à avancer. (Son grand-père se racla la gorge.) Et je suis si fier de toi, Nyxanlis. Parce que tu as pris ton destin en main. Et je suis fier de Posie également, car elle a découvert sa propre force ces dernières nuits. Vous avez toutes les deux changé, et, à présent, je peux partir en paix.

— Quoi ? hoqueta Nyx. Es-tu malade…

—Non, non. (Il balaya cette idée d'un geste de la main, comme s'il effaçait ses propos.) Je vais bien. Mais, quand mon heure sera venue de rejoindre l'Estompe, je sais désormais que Posie et toi pourrez veiller sur vous-mêmes. Vous irez bien sans moi, et cela me procure un immense soulagement.

Nyx s'étrangla.

—Oh ! grand-père.

Quand il ouvrit les bras, elle se précipita pour se jeter dedans. Tandis qu'il la serrait, elle fit de même de son côté.

—Je t'aime, grand-papa, dit-elle d'une voix enrouée.

—Moi aussi, ma Nyx. Tu me rends si fier. Toujours.

Ils demeurèrent ainsi et elle inspira profondément, humant l'odeur des copeaux de pin frais, le parfum du vernis et la fumée de sa pipe. Elle ne voulait pas pleurer, et cela n'arriva pas.

Elle craignait qu'une fois les vannes ouvertes il lui soit impossible d'endiguer le flot de ses émotions. Et ils avaient un travail à accomplir.

Ce fut Nyx qui s'écarta, même si elle avait attendu cette étreinte-là toute sa vie. En réaction, son grand-père hocha la tête, et elle sut qu'il allait remettre ses émotions au coffre et les enfermer soigneusement. Mais elle comprenait à présent pourquoi certains agissaient ainsi. Le simple fait de ne pas voir quelque chose ne signifiait pas que cette chose n'existait pas.

C'était comme les étoiles derrière les nuages.

Comme Jack sous la terre.

—Je suis prête, annonça-t-elle.

Son grand-père opina et lui fit signe d'aller vers une table située dans un coin au fond de l'atelier. Une couverture militaire rêche la recouvrait, dissimulant quelque chose qui formait des bosses sous l'épaisse laine.

—J'ai ce qu'il nous faut.

Écartant la couverture, il dévoila sept armes de poing, deux fusils, une épée, cinq holsters contenant des chargeurs et…

— Est-ce que ce sont des grenades ? interrogea Nyx en inspirant et en décelant l'odeur d'huile pour les armes à feu.

— Tire la goupille, et tu as quinze secondes pour la lancer et t'enfuir.

— Bien.

Lorsqu'il déposa sur la table le rouleau de tissu gris qu'il avait gardé sous son bras tout ce temps-là et commença à sélectionner des armes, elle choisit un 9 mm, vérifia qu'il y avait des balles dans le chargeur et que le cran de sûreté était bien en place, puis glissa l'arme à l'arrière de son jean.

— Tiens, enfile ça. (Son grand-père lui tendit un holster vide.) Et sors ton tee-shirt de ta ceinture pour cacher le tout.

Elle fit ce qu'il lui suggérait tandis qu'il se sanglait en croix sur la poitrine un assortiment comprenant deux des trois grenades, deux des armes de poing et la plupart des munitions.

— Est-ce que tu laisses l'épée ? l'interrogea-t-elle en prenant également l'un des fusils.

Son grand-père contempla l'arme avec le même regret que s'il s'agissait d'un animal de compagnie aimé qu'on devait laisser seul à la maison pendant cinq semaines.

— Oui, répondit-il. Mais je pense que les grenades seront amusantes.

— « Amusantes » ?

Nyx ne put réprimer un sourire.

— Je te croyais artisan.

— En effet. (Il reprit le rouleau de tissu et le cala de nouveau sous son bras.) Mais j'ai aussi été autre chose.

— C'est très mystérieux.

— Nous avons tous différentes facettes.

— C'est ce que je découvre. (Elle jeta un coup d'œil à l'atelier.) Crains-tu que ce soit la dernière fois que tu voies cet endroit ?

— Il arrivera ce qui arrivera. (Son grand-père enfila une ample chemise de travail en flanelle par-dessus tout son arsenal.) J'ai appris il y a longtemps à ne jamais faire de prédictions. Tout ce qu'on peut faire, c'est influencer ce qu'on peut et supporter le reste.

Nyx hocha la tête.

— Je suis tout à fait d'accord avec cette philosophie. Allons-y.

Chapitre 42

Rhage se présenta à l'heure à la maison d'audience. Sa ponctualité pour prendre son tour de garde auprès de son roi était en partie liée à son engagement dans son travail et à la poursuite de l'excellence dans tout ce qu'il entreprenait. Et, pour une autre partie, également au besoin constant qu'il avait d'être là pour ses frères, quelle que soit la nécessité.

— Bonsoir, Fritz, salua-t-il en entrant par la cuisine.

Le majordome, impeccablement vêtu de son uniforme noir et blanc, pivota depuis le plan de travail à côté du four. Il tenait entre ses mains une vision de rêve : un plateau en argent de la taille d'une voiture couvert d'un assortiment de petits pains faits maison, fraîchement sortis du four et recouverts d'un glaçage blanc en forme de rayures.

— Messire, votre timing est parfait. (Le visage ridé de Fritz s'étira en un large sourire, comme des rideaux de théâtre s'écartant pour dévoiler un écran de cinéma.) Je viens juste de préparer ces viennoiseries pour la salle d'attente. Mais vous pouvez vous servir à votre guise.

Rhage posa la main sur le devant de son débardeur et aurait aimé pouvoir s'incliner sans risquer l'évanouissement du majordome. Ce qui signifierait que tous les petits pains finiraient par terre.

— Cette attention me touche beaucoup, Fritz. Merci. (Il lui prit le plateau des mains.) Voilà exactement la collation que je cherchais.

Fritz parut un instant déconcerté, mais s'inclina ensuite bien bas.

— Certes, je suis honoré que vous teniez mes petits pains en si haute estime. Puis-je vous apporter une boisson ? Vous aurez besoin de vous rafraîchir le palais.

Goûtant une bouchée d'un petit pain à la cerise, Rhage sut – non qu'il ait besoin d'une confirmation – que Fritz était un don du ciel, envoyé pour réaffirmer aux mortels affamés et agressés de toutes parts que le bien existait réellement sur terre.

— C'est incroyable, dit-il en mâchant. Et j'aimerais beaucoup boire un jus d'orange.

— Un litre ou trois ?

— Juste un litre, ça ira très bien.

— Permettez-moi de vous le presser, et je vous l'apporte tout de suite dans la salle d'audience !

Fritz paraissait aussi enthousiaste à la perspective de presser des oranges qu'un vacancier se préparant à séjourner dans un hôtel de luxe. Et Rhage était ravi d'être le destinataire d'une bénédiction à base de vitamine C.

Mais un rapide examen des plans de travail lui révéla un manque criant de petits pains de renfort.

— N'ayez pas d'inquiétude, messire. (Le *doggen* indiqua le four.) Une autre fournée est en train de cuire. Et les rendez-vous de la soirée ont été repoussés d'une demi-heure. Il y a donc largement le temps d'en préparer davantage, et ils seront servis chauds pour nos citoyens.

— Bon, si on considère les choses sous cet angle, je rends un service public.

— Vous rendez toujours service à l'espèce, messire.

— Et tu es bon pour mon ego et l'élargissement de mon tour de taille.

Savourant sa bonne humeur, Rhage se serait volontiers mis à siffloter en se dirigeant vers le devant de la maison de style fédéral, mais c'était impossible. Surtout lorsqu'il goûta l'un des petits pains au citron.

— Miam.

Pénétrant dans le vestibule, il salua la réceptionniste assise au bureau dans l'espace d'attente.

— Comment ça va, ce soir ?

La femelle sourit et leva les yeux de son ordinateur.

— Très bien. Et vous-même ?

— Mieux maintenant. (Il souleva le plateau.) Ça soigne nombre de maux. Tu en veux ?

— Non, merci.

— Tu ne veux même pas en prendre un ?

— Ça ira. (Elle sourit.) Mais merci pour la proposition.

— Dis-moi si tu changes d'avis. Je suis de l'autre côté du couloir.

Ce fut avec la démarche sautillante d'un mâle assuré d'avoir assez de petits pains pour satisfaire sa fringale que Rhage entra dans la salle d'audience, à savoir l'ancienne salle à manger à l'époque où Audaszs avait fait construire la demeure. On n'y mangeait donc plus à présent.

À l'exception de lui.

La longue table en acajou avait été ôtée. Ainsi que les huit millions de sièges sculptés. Disparu aussi les dessertes et le candélabre. Deux fauteuils remplaçaient désormais tout cela. Ils étaient postés devant la cheminée de marbre, actuellement inutilisée à cause de la chaleur de l'été, mais déjà remplie de bûches de bouleau en prévision des flambées automnales. Il y avait également un bureau où Saxton, l'avoué du roi, prenait place lorsqu'il était de service, et quelques chaises sur le côté. Les rideaux de brocart devant les hautes fenêtres étaient toujours fermés – les voisins humains curieux existaient partout, même dans les quartiers huppés de la ville comme celui-ci – et le tapis d'Orient, qui brillait sous ses pieds comme un joyau, avait à présent le droit de tenir le premier rôle, ce qu'il n'aurait jamais pu faire si la pièce avait toujours été meublée et utilisée comme à l'origine.

Rhage prit place sur l'une des chaises disposées le long du mur du fond de façon à voir le vestibule par l'ouverture de la double porte. Puis il posa le plateau sur ses genoux et prit son deuxième petit pain à la cerise. Il n'utilisait que sa main droite pour cela, et uniquement le pouce et l'index.

Le glaçage, vous savez, ça pouvait être collant…

— Est-ce que c'est un moment d'intimité, ou est-ce que je peux regarder tant que je ne prends pas de vidéo ?

Rhage sourit à Viszs lorsque le frère entra, et il tenta de ne pas avoir l'air de se recroqueviller d'un air protecteur sur son plateau.

— Pas de souci, marmonna V. en s'allumant une roulée. Je n'ai pas faim.

— Je n'ai littéralement jamais dit ça. De ma vie.

— Je vis avec toi, tu te rappelles. Je sais bien qu'il ne vaut mieux pas essayer de te piquer tes petits pains.

Recrachant la fumée, V., ce gros dur en cuire avec un bouc, des tatouages à la tempe et autant de compassion qu'un fusil à canon scié, s'approcha du cendrier qu'il conservait au bord du bureau.

— J'aime avoir mes bras et mes jambes à leur place actuelle, et il me manque déjà un testicule.

— Je n'oserais jamais, marmonna Rhage entre deux bouchées.

— Oh que si ! Et en parlant de bobos, le grand grincheux brun est en route. Kolher devrait bientôt être là…

Une vibration poussa V. à sortir son Samsung Galaxy. Coinçant sa roulée entre ses dents blanches, il fit défiler l'écran.

— Ils sont en avance.

— Qui ça ?

— La requête particulière. (V. rangea son téléphone.) Tu peux rester ici avec tes calories si tu veux.

— Je n'avais pas de plan B, mon pote.

À ce propos, comment était-il possible qu'il ne lui reste plus que deux petits pains ? Au moins la perspective de boire bientôt du jus d'orange serait une consolation, songea Rhage en entendant V. parler à quelqu'un dans l'entrée…

De la poudre à canon. Il sentit soudain une odeur de poudre à canon.

Posant le plateau sur le siège d'à côté, il traversa à grands pas le tapis d'Orient en sortant le calibre qu'il conservait au creux de son dos. Il avait atteint le milieu de la pièce lorsque le majordome entra par la porte battante du fond avec une carafe de jus d'orange.

Rhage décocha un regard dur au *doggen* et lui indiqua de repartir d'un signe de tête.

Fritz s'inclina immédiatement et recula. Puis il y eut un déclic quand le majordome verrouilla l'accès à la cuisine.

Émergeant dans le vestibule, Rhage regarda le salon d'attente à travers l'ouverture en arche et aperçut un vieux mâle vêtu d'une chemise en flanelle à carreaux rouges et noirs bien trop épaisse pour une fin d'été. V., qui se tenait à côté du mâle, ne paraissait pas du tout inquiet, aussi Rhage rangea-t-il son arme. Mais il demeura en alerte en s'approchant d'eux.

De l'autre côté, devant la table basse du salon d'attente, une femelle vêtue d'un jean et de bottes soulevait un ample tee-shirt blanc à manches longues… pour révéler tout un arsenal. Néanmoins, elle se désarma et sa quincaillerie rejoignit tout un tas d'autres calibres. Clairement, le vieux s'était délesté en premier.

— Rhage, viens faire la connaissance d'un ami à moi, lui enjoignit V. Voici Dredrich. Il m'a appris à aiguiser les couteaux.

Rhage siffla discrètement en tendant la main.

— Waouh ! tu nous as rendu un fier service à tous.

Le vieux mâle avait des cheveux presque entièrement blancs et beaucoup de rides sur le visage, mais ses yeux étaient vifs et brillants.

— C'est un honneur. (Dredrich serra la paume du frère, avant de s'incliner bas.) Et, Viszs, pardonnez-moi de vous avoir demandé de rencontrer le roi en urgence.

V. haussa les épaules.

— C'est bon. Dis-nous, de quoi as-tu besoin ? Et, putain de merde ! tu aurais pu te contenter de m'appeler directement. Tu n'avais pas besoin de passer par le canal officiel.

— Je ne voulais pas vous gêner. (Le vieux mâle lui tendit un paquet enveloppé de tissu gris.) Permettez-moi d'abord de vous rendre ceci.

V. prit le rouleau et le déballa avec des gestes rapides et assurés. L'une de ses mains, comme toujours, était couverte d'un gant de cuir noir doublé de plomb.

— Eh bien, eh bien, eh bien, dit le frère en empoignant une dague noire. Elle m'a manqué.

— Vous l'avez laissée lors de notre dernière leçon. Vous avez été appelé. J'ai pensé que vous reviendriez la chercher, alors je l'ai cachée en lieu sûr.

Le regard couleur de diamant de V. passa de la lame noire au vieux mâle. Puis le frère s'inclina.

— Tu es un mâle de valeur, mon vieil ami.

Pendant ce temps, et parce qu'il était consciencieux, Rhage surveilla attentivement la femelle, car elle aurait pu avoir une brillante idée quant à…

— Hé ! s'exclama-t-il, ce sont des grenades ?

Le vieux mâle opina.

— Oui, tout à fait.

Juste au moment où Rhage allait demander où diable deux civils se rendaient avec une puissance de feu digne d'un arsenal, la femelle se retourna. Tandis qu'il l'observait pour comprendre la situation, le visage de celle-ci perdit toute couleur.

—Allons, allons… (Il se pencha en avant pour la rattraper au cas où elle s'évanouirait.) Assieds-toi…

D'une main tremblante, elle lui agrippa l'épaule.

—Quoi ? demanda-t-il. (Puis il remarqua la cicatrice en train de guérir à la naissance de ses cheveux et l'hématome sur le côté de sa mâchoire.) Tu as besoin d'un médecin ?

—J'ai besoin de votre aide. (Sa voix était nouée par l'émotion.) Oh, mon Dieu ! nous avons besoin de votre aide. Votre frère a besoin de votre aide.

C'étaient ces yeux. Des yeux d'un bleu incroyable, des yeux bleu turquoise que Nyx n'avait jamais vu chez personne d'autre. Hormis Jack. Et Peter.

Et, aujourd'hui, ce membre de la Confrérie de la dague noire.

—S'il vous plaît, reprit-elle, consciente qu'elle tremblait. Nous avons besoin de votre aide.

Le guerrier lui prit doucement le bras, comme s'il s'attendait à ce qu'elle s'évanouisse.

—Est-ce qu'on peut t'appeler un médecin ? Visiblement, tu as…

L'émotion vibrait au centre de sa poitrine, la faisant parler à toute vitesse.

—Jack, vous devez aider Jack…

—… des hématomes au visage et cette blessure à…

—… en prison. Jack est…

—Qui est Jack ?

—Le Chacal.

Même si elle ne connaissait pas le frère, elle vit un éclair de reconnaissance flamboyer derrière ses prunelles.

—Oui, lui. Votre frère de sang.

— Je n'ai aucun frère de sang. (Le guerrier secoua lentement la tête.) Je suis sincèrement désolé, mais tu dois me confondre avec quelqu'un d'autre.

L'autre frère, celui avec le bouc et les tatouages sur la tempe, prit la parole :

— Bon, bon, désamorçons un coup de théâtre après l'autre. De quelle prison est-ce qu'on parle ?

Nyx se tourna vers le combattant.

— Celle de la *glymera*. Celle qui est à l'ouest, proche de là où j'habite.

— Tu peux répéter, s'il te plaît ? (Le frère écrasa sa cigarette dans le cendrier qu'il avait apporté avec lui.) Je croyais que cet endroit avait été fermé il y a des années.

— Du diable si elle est fermée ! (Nyx se dégagea de la poigne du frère blond parce qu'elle ne voulait pas qu'il croie qu'elle était physiquement faible. Ce qu'elle n'était pas.) J'y ai passé ces derniers jours.

L'autre frère plissa ses yeux froids, couleur de diamant.

— Pourquoi toi, une citoyenne libre, choisirais-tu de te rendre là-bas ?

— Pour retrouver ma sœur. Je la cherche depuis cinquante ans.

Une main gantée de noir se leva.

— Attends. Avec qui y es-tu allée ?

— Je m'y suis rendue seule. Les entrées sont toutes dissimulées. J'en ai découvert une derrière une église abandonnée. Je croyais que me sœur avait été faussement… Eh bien, ça n'a plus d'importance. Elle est morte. Elle est morte là-bas.

— Et comment as-tu rencontré le Chacal ? interrogea le frère aux yeux bleus étincelants.

— Il était là-bas. Et il y est toujours, même si nous pensons qu'il y a une tentative d'évacuation des lieux en cours. Il y a environ un millier de prisonniers, ainsi qu'une sorte d'atelier de production. Mais je ne connais pas les détails sur ce point.

— Comment es-tu ressortie de cet endroit ? demanda celui avec le bouc.

— Le Chacal…

Nyx se racla la gorge et regarda ses bottes, se rendant compte pour la première fois qu'il y avait des taches de sang séché dessus.

— Il m'a aidée. Il m'a menée jusqu'à un tunnel secret qu'il avait creusé lui-même. Je l'ai suivi jusqu'à la surface, et mon grand-père m'a trouvée par hasard.

« Par hasard » ne couvrait pas vraiment la réalité. En l'occurrence, depuis son départ de la maison, son grand-père avait passé ses journées à réparer la Volvo et ses nuits à arpenter un rayon de quatre-vingts kilomètres à pied, en VTT, et pour finir avec le break une fois celui-ci redevenu opérationnel. Il avait été déterminé à la retrouver. Dieu merci !

— Pourquoi ce Chacal est-il toujours là-bas ? demanda celui qui avait le bouc.

Nyx jeta un coup d'œil au guerrier aux yeux bleu vif. Même s'il demeurait silencieux, il savait quelque chose. Elle le sentait.

— Il a refusé de partir, dit-elle.

— C'est une prison. On n'a pas beaucoup le choix quand il s'agit de sortir.

— Il était spécial. Je veux dire, son cas était spécial là-bas. Il a dû faire face à des circonstances particulières.

— Pourquoi ?

L'autre frère ressemblait à un polygraphe vivant : il fixait son attention sur elle comme s'il déchiffrait chaque nuance de ses expressions faciales, ainsi que le pouls qui palpitait dans sa jugulaire.

— Et s'il a refusé de partir de son plein gré, pourquoi penses-tu qu'il a besoin qu'on le sauve. Parce que c'est pour ça que tu es ici, hein ? Tu veux qu'on aille le sauver.

— Non, rétorqua-t-elle vivement. Je vais aller le sauver. Nous avons juste pensé que le roi voudrait savoir qu'un millier de prisonniers se déplacent actuellement, et que beaucoup d'entre eux ont été emprisonnés sous de fausses accusations…

— Ton grand-père et toi n'irez pas dans cette prison, abandonnée ou pas.

Nyx leva le menton vers le guerrier au bouc.

— Vous ne pouvez pas m'en empêcher.

— Bien sûr que si, femelle…

— Voilà que tu recommences, V., les interrompit quelqu'un. Encore en train de te faire des amis et d'influencer les gens. À quoi t'opposes-tu, cette fois ? À ce qu'elle achète un iPhone après être partie d'ici ou une autre connerie du genre ?

Nyx jeta un coup d'œil à travers l'arche, puis un second. Le vampire qui se tenait juste à l'entrée de la pièce était encore plus grand que le frère blond qui avait les yeux bleus de Jack. Avec de longs cheveux noirs implantés en « V » qui lui tombaient jusqu'à la taille et des lunettes de soleil enveloppantes, c'était visiblement un tueur. Mais l'énorme diamant noir à son majeur signifiait que c'était…

— Le roi, chuchota-t-elle.

Au-dessus des lunettes de soleil, un sourcil noir se haussa.

— Aux dernières nouvelles, c'est ça. Et tu es ?

•

Chapitre 43

Eh bien, la situation a vite dégénéré.

Voilà ce à quoi songeait Rhage, quand, environ une demi-heure plus tard, il reprit forme au milieu d'une prairie plate comme une piste de bowling et recouverte de broussailles, aussi rêches qu'une brosse à récurer. Mais bon, difficile de penser autrement si on considérait le fait que, quelques minutes auparavant, il était dans les petits pains jusqu'au cou, et qu'à présent il était là. Où que ce « là » se situe sur terre.

Il observa autour de lui la vallée et l'autoroute qui sinuait entre deux minimontagnes, avec la sensation qu'un nœud se formait dans ses tripes, mais son malaise n'était en rien lié à ce terrain qui lui évoquait la chevelure éparse et déplumée d'un mec vieillissant. Cela n'avait pas non plus de rapport avec leur mission.

Bon, d'accord, pas complètement avec la mission.

— Donc tu connais ce mâle, murmura V. en se matérialisant à son côté. Ce Chacal ?

— Ça fait un siècle que je n'ai pas entendu ce nom, répondit Rhage à voix basse en jetant un coup d'œil à V. Il a un temps travaillé avec Audaszs. Je ne l'ai croisé que brièvement… et mes frères de sang sont tous morts. Je suis le seul descendant mâle de mon père à avoir survécu. Je n'ai pas la moindre idée de ce que cette femelle raconte.

Remontant dans le passé, il tenta de se représenter le gentilhomme en question. Cela faisait longtemps, un bon siècle, mais sa mémoire était assez bonne. Il se rappela cet enfoiré de Jabon, cette jeune femelle – comment s'appelait-elle déjà ? – et sa *mahmen*. Le déshabillé pêche taché de sang. Cet esclandre au milieu du hall de réception dans la demeure de ce crétin, toujours bondée d'invités louches.

Puis Rhage se remémora sa rencontre avec le Chacal, la première nuit où il avait quitté cette chambre d'amis infernale. Celui-ci se trouvait dans le petit salon, où il s'apprêtait à discuter avec Audaszs.

Le mâle avait marqué un temps d'arrêt quand il l'avait vu entrer dans la pièce.

— Tous mes frères de sang sont morts, répéta Rhage.

À mesure que les autres arrivaient un par un, il se souvint d'autre chose : sa conviction que, lorsqu'on l'avait présenté au Chacal, il avait déjà croisé le mâle.

Et s'il ne l'avait jamais véritablement croisé auparavant. Et si c'était son propre visage qu'il avait reconnu dans celui du mâle ? À l'époque, il était en pleine convalescence après l'irruption de sa bête et se sentait vidé et épuisé. Les connexions mentales qui auraient dû se faire n'avaient peut-être pas eu lieu.

Comme le fait que tous les deux se ressemblaient beaucoup.

— Rhage, t'es parti où, à Hollywood ?

Se reprenant, il jeta un coup d'œil à V.

— Pardon. Je suis de retour.

Z. et Fhurie s'étaient matérialisés sur le site, leurs pistolets plaqués contre la cuisse. Et la femelle, Nyx, se tenait avec son grand-père, Dredrich, à côté de ce qui ressemblait à une zone sans intérêt au milieu d'une étendue peu attrayante, parfaitement quelconque elle aussi.

— Par ici, dit la femelle en désignant le sol.

Rhage et les frères s'approchèrent tandis qu'elle s'agenouillait et grattait la terre meuble. Très vite, une trappe munie d'un anneau fut visible sous le clair de lune. Quand Nyx fit mine de la soulever, les frères intervinrent pour l'aider.

C'était une dure à cuire, Rhage devait lui accorder cela. Et elle avait visiblement passé un sale quart d'heure là-dessous. Sa boiterie et les blessures qui cicatrisaient encore sur son visage et sa tête étaient le genre de choses qui le dérangeaient beaucoup dès lors que cela concernait une femelle. Si elle avait été un mâle, il n'aurait rien éprouvé de particulier, mais jamais il ne serait à l'aise à la vue d'une femelle salement amochée, même si cela faisait de lui un rétrograde. Et tant pis, les gens pouvaient aller se faire voir.

Penché au-dessus du trou dans la terre, Rhage braqua une lampe torche sur l'obscurité dense. Une pente raide menait au fameux passage rocheux, qui s'enfonçait rapidement sous la terre, hors de vue.

— Je descends le premier, annonça-t-il.

— Et je vous suis. (Quand tous les regards se tournèrent vers elle, Nyx se renfrogna.) Je suis la seule à être descendue là-dessous. Vous ne pouvez pas vous passer de moi car vous n'avez pas la moindre idée d'où vous allez atterrir et, surtout, une partie de la prison s'est effondrée, donc c'est très dangereux. Vous avez besoin de moi.

Bon. On ne pouvait rien argumenter contre ça, pas vrai ?

Rhage s'assit au bord du trou et laissa ses rangers pendre dans l'obscurité. Après avoir décidé de ne pas penser aux ballons rouges et au clown maléfique de *Ça*, il se laissa tomber et atterrit n'importe comment, son poids l'entraînant dans une glissade incontrôlée qui l'obligea à se servir de ses paumes pour ralentir tandis que de la terre dégringolait sur sa tête.

Une fois son élan stoppé, il éclaira autour de lui avec sa lampe torche et vit de la roche évidée.

— Quelqu'un a creusé ça ?

La femelle reprit forme à côté de lui.

— Oui, il l'a fait.

— Pendant combien d'années ?

— Une centaine.

Fhurie et Z. se dématérialisèrent aussi à l'intérieur, ainsi que V. et le grand-père de Nyx. Le passage était étroit et il leur fallut donc marcher en file indienne, mais il resta en tête, avec la femelle juste derrière lui. Seuls les crissements du cuir et les claquements de leurs bottes retentissaient dans le silence. Tout le monde tenait son arme à la main, et cela lui rappela à quel point il n'aimait pas travailler avec des civils. Il ignorait totalement quelles étaient les compétences de ces deux-là même si, pour l'instant, ils semblaient calmes et concentrés. Et très à l'aise avec du métal dans la paume.

Bientôt, sa lampe torche devint inutile lorsqu'une unique ampoule s'alluma, puis ils se retrouvèrent bloqués devant un mur.

— Laissez-moi passer devant, lui intima Nyx en le poussant et en tâtant la paroi.

Elle dut enclencher un levier quelconque, car le panneau coulissa sur le côté et le bouquet d'effluves qui monta aux narines de Rhage lui parut particulièrement déplaisant : un mélange d'air vicié, de moisissure… et de sang.

L'odeur de ce dernier était légère, mais bien présente, et d'origine multiple.

De nombreux vampires étaient morts.

Le tunnel dans lequel ils progressèrent ensuite était plus large, et la femelle semblait savoir où aller. L'odeur de sang s'intensifia, de même que celles, plus ténues, de nombreux mâles et femelles. Aucun des sons que l'on s'attendrait à percevoir dans une prison d'un millier de détenus n'était perceptible.

On n'entendait pas un murmure, aucun bruit de course ni même de cri.

Le silence de mort qui régnait dans ce labyrinthe de tunnels était ce qui lui paraissait le plus effrayant. Et, merde, l'endroit était gigantesque. Il recélait une quantité prodigieuse de salles et de tunnels, le tout juste sous la surface de la terre, à l'écart des regards indiscrets – humains comme vampires. Quand Nyx avait évoqué un millier de prisonniers, il s'était dit qu'elle exagérait.

Désormais, il voyait qu'elle avait dit vrai. Totalement.

Ils croisèrent leur premier cadavre en émergeant de l'un des virages du tunnel. Sous les ampoules nues accrochées au câble qui courait le long du plafond, la femelle aux vêtements amples était étendue à plat ventre sur le sol rocheux, les pieds croisés, un bras tendu devant elle et les doigts crispés dans le sol.

L'odeur de sang était puissante, mais ils ne s'arrêtèrent pas pour la retourner et évaluer ses blessures. Elle était décédée.

D'autres corps apparurent à mesure qu'ils avançaient. Deux. Trois. Un quatrième et un cinquième ensemble. Tous vêtus de tuniques brunes, grises ou noires et de pantalons amples.

Des animaux, songea-t-il, mais sans manque de respect pour les défunts. Les prisonniers avaient été traités comme des animaux, sans jamais voir la lune ni respirer de l'air frais. C'était une atrocité. Comment avait-on laissé perdurer cela si longtemps ?

— Qui dirigeait ici ? demanda-t-il à voix haute.

Nyx lui jeta un coup d'œil. Puis se racla la gorge.

— Le Commandant.

— C'est un gardien ?

— En quelque sorte. Cependant, d'après ce que j'ai compris, ce n'était pas un poste officiel, validé par la *glymera*, mais une autorité créée de toutes pièces, prise par la force et l'intimidation à mesure que les aristocrates ont perdu tout intérêt pour la prison.

— « Perdu tout intérêt » ? Tu te moques de moi ? Comme si c'était un jouet dont ils s'étaient lassés ?

Bon sang ! il détestait les aristocrates.

— Et le Commandant était un prisonnier. C'est bien ce que tu as dit ?

— Oui, répondit-elle. Un prisonnier qui a pris le relais de la *glymera*, rassemblant le pouvoir et le contrôle pour s'en servir à ses propres fins.

Rhage secoua la tête.

— C'est atroce, putain ! Nous aurions dû faire quelque chose… mais nous ne savions pas. Bordel, Kolher va péter un plomb !

— Le Commandant ne voulait pas qu'on le découvre.

— Comment diable nourrissaient-ils tout le monde ?

Nyx s'arrêta. Regarda autour d'elle. Puis se pencha en avant pour voir quelque chose dans un virage.

— Très bien, la barricade a disparu.

— Quelle barricade ?

La femelle se tourna vers la paroi et passa sa main libre le long d'une bande verticale.

— Elle a été rétractée. (Elle parut reprendre ses esprits.) La prison était verrouillée quand je suis partie. La plupart des tunnels étaient bloqués, si bien qu'on ne pouvait se rendre que dans certaines zones. Mais le confinement a été levé.

— Donc il y a encore quelqu'un ? intervint V.

— Je l'ignore, murmura la femelle en regardant devant elle. Je n'en ai pas la moindre idée.

Au bout du compte, En dépit des efforts de Nyx pour conduire tout le monde jusqu'aux quartiers privés du Commandant, elle perdit le compte des tunnels et ne comprit son erreur que lorsqu'elle mena le groupe dans ce qui devait être la zone de production.

Espérant découvrir Jack quelque part, n'importe où, elle franchit une double porte en acier qui semblait appartenir à un hôpital humain… et découvrit un atelier en désordre de la taille d'un terrain de football. De longues tables et des chaises étaient renversées. Des sachets en plastique jonchaient le sol et il y avait des balances çà et là.

Du même genre que celles utilisées pour peser les ingrédients en cuisine.

Sauf qu'une poudre blanche d'apparence suspecte les recouvrait.

Merde ! de la drogue, songea-t-elle.

Le frère au bouc s'approcha de l'une des rares tables encore debout et ramassa un minuscule sachet rempli d'une substance qui ressemblait à de la poudre de riz ou de la farine. Après avoir léché son petit doigt, il le glissa dedans, puis suça le résidu.

Retroussant les lèvres, il lécha ses incisives.

— De la cocaïne. Et peut-être autre chose.

— Logique, murmura le frère blond, qui s'avança sans se soucier d'écraser tout ce sur quoi il marchait avec ses énormes rangers.

Qu'il s'agisse de cuillères, de sacs en plastique et même d'une des balances. Mince ! elle était presque sûre que, vu sa taille, il aurait pu détruire une table.

— C'est le système commercial parfait si on veut rester discret. Non régulé par les humains, avec une demande infinie et une grosse marge de profit.

— En outre, si on est un vampire et qu'on se fait choper à distribuer la came, renchérit un autre frère, on efface les souvenirs du flic et on rentre libre à la maison.

— Alors, c'est comme ça qu'ils nourrissaient tout le monde. (Nyx avança tout au fond de l'espace, où il n'y avait pas le moindre débris. À la place, le sol arborait des marques de pneus et des taches d'huile.) Et qu'ils faisaient fonctionner la prison.

— On conclut les ventes en gros à l'étranger, murmura quelqu'un. On importe la drogue ici. On la fait emballer par les prisonniers et on la vend dans les rues. C'est une machine à faire du fric.

Nyx jeta un coup d'œil à son grand-père. Lorsque leurs regards se croisèrent, il secoua tristement la tête.

Visiblement, Janelle avait trouvé sa fortune, se dit-elle.

— Il y a beaucoup de sang par-là, dit-elle en désignant le béton souillé sur lequel elle se tenait. Ils déplaçaient les gens et les fournitures dans de gros camions. Ils avaient aussi une ambulance qui avait l'air officielle.

Avançant encore, elle aperçut la route qui disparaissait dans un autre tunnel, hors de vue. Mais elle n'allait pas s'inquiéter de tout cela. C'était de l'histoire ancienne, en l'occurrence. Les camions avaient disparu, de même que les gardiens et les prisonniers encore en vie.

Ils n'étaient de toute façon pas la raison de sa présence ici.

Revenant dans l'atelier de préparation, elle longea le mur jusqu'à une autre porte. Tournant la poignée, elle s'attendit à ce qu'elle soit verrouillée…

Mais le battant s'ouvrit largement, et l'odeur du sang répandu frappa ses sinus de façon si puissante qu'elle eut un mouvement de recul.

Elle n'eut pas besoin d'appeler qui que ce soit. Les guerriers et son grand-père arrivèrent immédiatement, eux aussi attirés par l'odeur.

Franchissant le seuil, elle aperçut des gardiens morts par terre, ce qui était une surprise. Mais cela signifiait peut-être que Jack était vivant et s'était battu…

— Jack ! appela-t-elle alors que son cœur se mettait à tambouriner.

Lorsque sa voix se répercuta en écho, le frère blond lui serra le bras.

— Chut. Ne crie pas. On ne sait pas qui est ici.

Mais, en fin de compte, le risque d'alerte sonore était nul. Personne n'était en vie. En remontant le tunnel achevé, elle dut enjamber des membres, des torses et des têtes. Quand elle arriva devant une porte, elle l'ouvrit. À l'intérieur se trouvait une chambre chichement meublée et, lorsqu'elle avisa le lit, elle sourcilla.

Traversant précipitamment la pièce, elle ramassa son sac à dos par terre.

Il était ouvert, et les armes et les munitions qu'il contenait avaient disparu. Mais sa brosse à dents et sa bouteille d'eau se trouvaient toujours dedans.

Cependant, ce n'était pas comme si elle comptait la réutiliser un jour.

Elle laissa le sac retomber sur le matelas. Elle n'avait aucun désir de l'emporter avec elle. Il lui rappelait trop de mauvais souvenirs. Et, sur cette triste constatation, elle examina le drap-housse taché et inspira profondément. Sous l'odeur du sang répandu, on distinguait une note puissante.

Celle du bois de santal. Et aussi l'odeur de Jack.

C'était arrivé ici. Jack avait été enchaîné… ici.

Comme elle avait du mal à respirer, elle se retourna. Les frères discutaient. Son grand-père examinait des flacons de médicaments abandonnés sur une table.

Elle ne supporta bientôt plus de se trouver dans cette pièce une seconde de plus.

Reculant en titubant dans le couloir, elle regarda à gauche et se hâta dans cette direction.

— Eh, attends ! s'exclama le frère blond.

Vaguement, dans un recoin de son esprit, elle tenta de se rappeler sous quel nom il s'était présenté. Elle n'arrivait pas à s'en souvenir, ni de celui d'aucun des autres frères, même si elle savait avec certitude qu'ils s'étaient tous présentés avant de quitter la maison d'audience. Le mâle avec le bouc. Celui au crâne rasé et au visage couturé. Celui à l'incroyable chevelure multicolore.

Et le blond avec les yeux de Jack, qui la rattrapa.

Juste au moment où elle arrivait devant la cellule bien meublée.

Sa porte avec ses barreaux recouverts de grillage en acier était grande ouverte. À l'intérieur, autour des meubles disposés comme dans un hôtel, il y avait du sang… partout.

Quand elle inspira, elle tenta de l'analyser afin de déterminer si c'était celui de Jack. Le Commandant avait-il survécu à l'effondrement ? et retrouvé son chemin jusqu'ici ?

S'étaient-ils battus ?

Le cœur de Nyx commença à manquer quelques battements et elle sortit à reculons de la cellule. Tournant les talons de façon automatique, elle se mit à marcher sans vraiment regarder où elle allait…

Son corps s'arrêta avant qu'elle ait conscience que son cerveau venait d'enregistrer quelque chose.

Puis elle l'aperçut. Par terre.

Un enchevêtrement de longs cheveux roux.

Qui était poissé de sang et… d'autre chose. Quelque chose de terrifiant.

Une brusque poussée de paranoïa lui fit passer en revue les autres cadavres. Mais tous étaient en uniforme. Aucun ne portait de tenue de prisonnier. Donc aucun n'était Jack.

— Qu'y a-t-il ? demanda le frère.

Elle jeta un coup d'œil par-dessus son épaule.

— Ramenez mon grand-père à l'atelier. Trouvez un prétexte.

— On ne va pas se séparer…

— S'il vous plaît. (Elle désigna le sol.) C'est ma sœur, et je ne veux pas qu'il la voie ainsi. Éloignez-le, c'est tout. Je vais cacher le corps.

Le frère secoua la tête.

— Je ne peux pas te quitter. Mais je vais m'en charger.

En dépit de sa carrure, il revint rapidement à la chambre, glissa quelques mots au guerrier barbu, et le grand-père de Nyx fut aussitôt redirigé hors des quartiers privés du Commandant avec les deux autres frères.

Inspirant à fond, Nyx jeta un coup d'œil autour d'elle. Dans la cellule meublée, il y avait une couverture de bonne taille drapée sur le dossier d'un fauteuil rembourré. Rangeant son arme, elle retourna la récupérer à l'intérieur, puis, les mains tremblantes, enveloppa doucement les restes de Janelle dans la douce laine écarlate et noir.

Elle évita de regarder les blessures en face, mais sa vision périphérique lui en apprit assez long.

Se redressant sur ses talons, elle s'épongea le front de sa manche. Puis elle souleva sa sœur dans ses bras et remonta le couloir en contournant les corps. Tout en avançant, elle avait conscience que le frère barbu et le blond aux yeux bleus la suivaient avec solennité.

Nyx se dirigea vers le Mur.

Tandis qu'elle approchait de la longue liste de noms gravés, elle alluma les bougies d'un ordre mental puis s'arrêta devant les rangées de symboles en langue ancienne.

Elle déposa Janelle au pied du mémorial et recula.

Croisant les bras, elle regarda fixement le cadavre enveloppé… puis se concentra sur le nom de sa sœur sur la paroi.

Au bout d'un moment, elle hocha la tête et se détourna. Elle ne prononça pas un mot quand elle passa devant les deux frères qui, telles deux puissantes sentinelles, lui emboîtèrent de nouveau le pas sans un mot.

Elle avait l'impression qu'ils avaient vu beaucoup de morts au cours de leurs vies.

C'est pourquoi ils savaient exactement comment se comporter.

En s'éloignant, Nyx ordonna aux bougies de s'éteindre une à une. Jusqu'à ce qu'il ne subsiste qu'un linceul d'obscurité sur le lieu de repos éternel de sa sœur.

Chapitre 44

En fin de compte, Nyx ne trouva pas ce qu'elle était venue chercher.

Cela devenait une habitude pour elle avec cette prison, non ? La première fois qu'elle était descendue sous terre, elle cherchait Janelle, et, finalement, s'était vu opposer un refus. La seconde fois, pas de Jack non plus, nulle part.

Lorsqu'elle refit surface après avoir émergé du passage qu'il avait creusé, elle se mit à marcher au hasard… pour finir par décrire des cercles autour d'un buisson particulier qui avait toute la grâce et la beauté d'un porc-épic. Il était plein de piquants et de feuilles couleur de poussière, et lui paraissait être le type idéal de soleil autour duquel tourner.

Étant donné ce qu'elle ressentait.

Les frères et son grand-père sortirent à leur tour, et les mâles se rassemblèrent pour discuter ensemble, les mains sur les hanches, en hochant régulièrement leur tête aux mâchoires carrées, comme le faisaient les mâles quand ils devaient prendre des décisions sérieuses.

Elle les laissa parler entre eux.

Elle n'avait pas les mêmes problèmes qu'eux.

Pendant qu'ils passaient en revue les options pour évacuer les corps, puis les stratégies pour découvrir où avait été déplacée la prison, elle bouillait de colère.

La rage – attendez, c'était le nom du frère blond, n'est-ce pas ? –, la *rhage* qu'elle ressentait était absurde, mais indéniable. Et il lui fallut au moins trois tours de buisson pour comprendre d'où elle venait.

Elle était causée par l'absence de corps.

Le corps de Jack n'était pas en bas. Ni dans les quartiers privés du Commandant, ni quand elle avait insisté pour aller plus loin, dans la Ruche en partie écroulée.

Il était peut-être parti avec le reste des prisonniers. Ou bien il se trouvait quelque part dans les tunnels ; soit parce qu'il se cachait d'elle, soit parce qu'il était en train de mourir.

Ou encore il était remonté à la surface. Sans elle.

Quelle que soit la réponse, elle ne pouvait pas le retrouver et cela la mettait en rogne. Bon sang ! si seulement il était venu avec elle. S'il avait utilisé le tunnel secret avec elle, il aurait pu avoir exactement ce qu'il cherchait…

— Nyxanlis ?

En entendant son nom formel, elle reprit ses esprits. Son grand-père s'était approché, et il la regardait comme s'il pensait qu'elle avait peut-être le cerveau endommagé.

— Je vais bien ?

Elle le formula comme une question parce qu'elle ne savait pas exactement ce qu'il lui avait demandé. Elle ne savait pas exactement si elle allait « bien » en fait.

— Nous allons à la ferme. Tous.

— D'accord. (En jetant un coup d'œil à la trappe, elle s'aperçut qu'un des frères l'avait refermée et tassait de la terre dessus avec ses pieds pour la garder cachée.) Je viens avec vous.

Comme si elle avait un autre endroit où aller ?

Un à un, les frères se dématérialisèrent, et Nyx se demanda comment Posie réagirait quand elle découvrirait dans le jardin ces guerriers avec leurs dagues noires sanglées, garde vers le bas, sur leurs larges torses.

Elle ferait mieux d'y aller tout de suite pour l'aider à accueillir ces mâles avec toute l'hospitalité requise, se dit-elle en disparaissant…

… et pourtant, lorsqu'elle se déplaça dans un nuage de molécules, elle ne se dirigea pas vers la maison.

Mais changea d'itinéraire.

Quand elle reprit forme, ce fut devant l'église abandonnée, l'endroit où elle s'était rendue au début de toute cette histoire, en se fondant sur les éléments que le pretrans – désormais connu sous le nom de Peter – lui avait fournis.

Les rayons de la lune éclairaient les bardeaux écaillés et pénétraient à l'intérieur de l'édifice à travers les embrasures des fenêtres cintrées, dont les vitraux avaient désormais disparu.

Sortant son téléphone jetable, elle envoya un message à sa sœur pour lui dire de ne pas s'inquiéter de son retard. Mais elle ne lui révéla pas où elle se trouvait.

Elle n'avait besoin que d'une minute.

Étant donné que le frère aux yeux bleus était sur le point de rencontrer celui qui devait être son neveu pour la première fois, elle aurait peut-être dû être là. Mais Posie avait pris soin de l'enfant, et il était évident qu'un lien puissant s'était tissé entre ces deux-là. Elle saurait fort bien gérer la situation.

Nyx coupa son téléphone et se mit en marche. Longeant le flanc de l'église, elle s'arrêta au milieu et se rappela s'être dématérialisée sur le rebord de la fenêtre pour découvrir, à l'intérieur, le toit effondré.

Poursuivant son chemin, elle gagna le cimetière et ouvrit le portail.

Au milieu des pierres tombales, elle vit sur le sol une trace de brûlure, noire comme la nuit, qui faisait bien deux mètres de long et plus d'un mètre de large : toute la couverture végétale de la zone avait été calcinée et même les tombes voisines étaient carbonisées sur les bords. Elle avait donc eu raison sur un point. Le garde était parti en fumée quand le soleil s'était levé.

La porte de la crypte était solidement fermée, et elle songea vaguement que le battant de pierre avait davantage servi ces derniers jours qu'au cours des deux décennies précédentes : Peter, elle et le gardien l'avaient utilisé. Et d'autres gardiens avaient dû sortir à leur tour pour évaluer la situation. C'était ce qui avait conduit au confinement de la prison.

Elle ne savait pas trop pourquoi elle se sentait obligée d'entrer. Ce n'était pas comme s'il y avait eu quelque chose dans la crypte, à l'exception du sarcophage. Mais pour sa tranquillité d'esprit – en supposant qu'elle la retrouve un jour, même en partie – elle devait revenir sur ses pas ce soir.

C'était le seul moyen pour elle de survivre à la journée qui s'annonçait, coincée à l'intérieur sans rien d'autre que ses ruminations, sa tristesse accablante, sa colère irrationnelle qui…

Tout d'abord, elle ne comprit pas ce qu'elle voyait.

Lorsqu'elle eut tiré la lourde porte, qui s'ouvrit en grinçant et que l'intérieur se dévoila… son regard fut attiré par ce qui semblait être une pile de vêtements dans le recoin le plus éloigné, sur le sol de marbre poussiéreux.

Des vêtements couleur d'ombre.

Et ce fut alors qu'elle saisit l'odeur.

— Jack ! s'écria-t-elle en se précipitant.

Chapitre 45

Dans son délire, Jack entendit qu'on l'appelait.

Son cerveau lui dit que c'était important. Que c'était essentiel. Que… cela avait un sens.

Mais il n'avait plus assez d'énergie pour lever la tête. Ni pour rouler sur le dos. Ni pour remuer un bras ou un pied. Il saignait depuis un moment, depuis que…

— Jack, oh ! mon Dieu, Jack…

Des mains douces le firent rouler sur le flanc, et ce fut alors que ses yeux lui offrirent la vision qu'il avait appelée de ses vœux. Le visage au-dessus de lui était celui d'un ange, un ange inexplicable. Sa femelle. Sa femelle bien-aimée.

Nyx lui parlait, sa bouche remuait, et elle le regardait avec effroi, les yeux écarquillés. Et il avait beau vouloir la rassurer, il n'arrivait pas à parler.

Mais il avait l'impression que tout irait bien à présent. Même si cet ultime moment serait peut-être tout ce qu'il aurait jamais.

Ses prières avaient été exaucées. Tout ce qu'il avait souhaité, alors qu'il gisait là, à l'agonie, était de revoir sa femelle une dernière fois. Et elle était ici…

Nyx porta quelque chose à son oreille. Une sorte d'appareil, mince et brillant. Et elle se mit à parler dedans, d'un ton pressant.

Puis elle rangea l'objet dans une poche, remonta sa manche et découvrit ses crocs. Pendant un instant, il fut désorienté… puis il comprit…

Non, songea-t-il. Elle n'était pas obligée. Sa présence suffisait, même s'il lui aurait épargné d'assister à ses derniers instants s'il l'avait pu…

Soudain, l'odeur du sang de Nyx imprégna ses sinus, et cela remua quelque chose en lui, profondément, une chaleur, un élan… quelque chose de vital.

Elle plaqua les piqûres qu'elle s'était infligées contre la bouche de Jack, et il voulut refuser. Il voulut décliner sa générosité… parce que la dernière chose qu'il souhaitait était qu'elle tente de le sauver, échoue et doive vivre le reste de son existence avec un sentiment de reproche injustifié.

Mais, à l'instant où son sang coula sur ses lèvres, son instinct de survie prit le dessus.

Jack s'agrippa à son poignet et but à longs traits, avalant ce qu'elle lui offrait, se nourrissant à la source de force. Et l'électricité se répandit dans son corps, le ranimant en quelques instants pendant qu'il avalait le vin céleste de son sang, dont la saveur était si délicieuse, si puissante, qu'il ferma les yeux pour se concentrer dessus. Le savourer. S'en délecter.

Lorsqu'il rouvrit les paupières plus tard – il avait pu s'écouler deux comme vingt minutes –, des gens se trouvaient avec eux dans la crypte, de grands mâles avec des dagues noires sur la…

Jack croisa le regard de l'un d'eux, qu'il reconnut instantanément.

Rhage. Le frère de la dague noire qu'il n'avait pas vu depuis… un siècle ? Depuis qu'on l'avait accusé à tort.

Aurai-je des ennuis ? s'interrogea Jack. *Serai-je traité comme un prisonnier évadé ?*

L'idée d'être renvoyé sous terre suffit à lui faire lâcher la veine qui le sauvait.

—Jack, intervint Nyx, tu n'as pas terminé.

Il leva les yeux vers elle. Il voulut lui dire que, non, tout allait bien. Que cela suffisait.

Au lieu de quoi, Rhage vint s'agenouiller auprès de lui. Le bleu des prunelles du frère était si intense qu'elles paraissaient luminescentes.

Après l'avoir observé un long moment, le guerrier se frotta le visage.

— Bon retour parmi nous, mon frère, dit-il d'une voix rauque.

Nyx aurait préféré laisser aux deux mâles le temps de lier connaissance. Ou de relier connaissance ? Elle avait l'impression qu'ils ne se connaissaient pas bien… voire pas du tout.

Et, vu la façon dont ils se dévisageaient, il était évident qu'ils étaient tous les deux stupéfaits.

Mais on était toujours dans une situation de vie ou de mort.

— Jack, tu dois continuer à boire avant qu'on puisse te déplacer et te procurer des soins.

Il tourna les yeux vers elle. Puis un léger sourire lui étira les lèvres.

— Je t'aime, dit-il dans un croassement.

Nyx oublia tout immédiatement. Les mâles debout dans la crypte – y compris son grand-père. Le fait que Jack avait une espèce de plaie à vif à l'intérieur de la jambe d'où s'échappait une quantité alarmante de sang. La réalité du fait qu'ils se trouvaient juste à côté de l'une des entrées de la prison et que, s'il restait quelqu'un de dangereux à l'intérieur, ils feraient des cibles faciles.

Elle jeta un coup d'œil aux frères. Tous avaient leurs armes à la main, et il était évident qu'ils étaient prêts à se battre en cas de nécessité.

Bon, d'accord, elle n'avait peut-être pas à s'inquiéter d'une quelconque attaque en leur présence. Mais quand même.

Tournant de nouveau son attention sur Jack, elle lissa les cheveux qui s'étaient échappés de sa tresse.

— Je t'aime, répéta-t-il.

Sa voix était si faible qu'elle entendit à peine les mots. Pourtant, vu la façon dont tout le monde se figea, il était clair qu'ils les avaient tous entendus.

— Je t'aime, moi aussi, répondit Nyx en refoulant ses larmes. Maintenant, je t'en prie, continue de boire…

— Tu as eu le courage d'entrer, l'interrompit-il. Tu… as eu le courage d'entrer. Je devais trouver le courage de sortir. Pour toi, je voulais sortir.

— Tu l'as fait. (Elle lui caressa les cheveux, le visage, l'épaule. Et elle avait beau vouloir écouter tout ce qu'il avait à lui dire, il était plus important qu'il se nourrisse.) Nous parlerons plus tard. Prends cela…

— Non. (Il repoussa son bras lorsqu'elle tenta de reposer le poignet contre sa bouche.) Je suis assez ranimé.

Comme pour prouver ses dires, il tenta de s'asseoir – et, à son crédit, son torse se mit à la verticale. Mais ensuite il jeta un coup d'œil à la plaie sur sa jambe et chancela.

— Il faut qu'on bande ce truc, intervint le frère avec le bouc. Avant que tu songes seulement à bouger.

On entendit un bruit de déchirure, puis quelqu'un fit passer son tee-shirt.

— Je vais chercher la voiture, annonça son grand-père en s'éloignant. J'en ai pour dix minutes.

Bon sang ! Jack ne boirait plus à sa veine. Léchant les blessures de son poignet pour les refermer, Nyx choisit de lui tenir la main tandis qu'il sifflait et grognait pendant qu'on lui bandait la cuisse.

Puis elle fut son premier soutien lorsqu'ils le remirent sur pied pour voir s'il pouvait tenir debout.

Moment où elle remarqua qu'il tenait quelque chose à la main.

C'était son coupe-vent. Sans qu'elle sache comment, il avait récupéré son coupe-vent.

— Le passe, dit-il.

Nyx leva les yeux vers son visage aux traits tirés.

— Quoi ?

Soulevant le coupe-vent, il détacha son bras du sien et baissa le zip d'une des poches. Le passe qu'il en sortit était taché de sang. Celui de son bien-aimé.

— C'était dans la poche. (Sa voix s'affermissait à chaque nouvelle syllabe.) Quand les barrières se sont rétractées, je suis retourné à l'endroit où je t'avais vue la première fois, là où tu étais entrée. J'avais été mordu par l'animal domestique du Commandant avant de le tuer, et j'étais certain que j'allais mourir d'une hémorragie… mais, lorsque je me suis effondré contre la paroi, la porte s'est ouverte. J'avais ton coupe-vent autour du cou et… cela m'a sauvé. Je m'en suis servi deux fois.

— Appuie-toi sur ta femelle, ordonna le frère au bouc. Ton visage recommence à perdre des couleurs. Tu vas t'évanouir…

Jack s'affala sur lui-même avant que le frère achève sa phrase, et Nyx rattrapa son compagnon en grognant sous le lourd poids qu'il lui fallait soutenir.

Mais elle refusa l'aide de quiconque.

Il était à elle.

Elle l'amènerait à la voiture toute seule.

Chapitre 46

La première chose dont Jack prit ensuite conscience fut une sensation de… douceur. Sous son dos. Sous sa tête. Le long de son flanc.

Il souleva les paupières, et recouvra toute sa lucidité avec une vitesse et une clarté qui lui apprirent exactement à quel point le sang de Nyx l'avait ressuscité. Et sa première pensée fut…

— Je suis juste ici.

Nyx se pencha vers lui et plaça le visage dans son champ de vision. À ses yeux, elle était incroyablement belle avec ses cheveux noirs tirés en arrière, ses joues rosies par l'émotion et ses yeux brillant de larmes contenues.

— Bonjour, dit-il.

— Salut. (Elle sourit avec hésitation.) Un médecin est en route.

— Je vais bien.

— Cette morsure est vraiment moche. On ne peut pas risquer l'infection.

Il y eut un silence pendant qu'ils s'observaient l'un l'autre, puisant dans leurs souvenirs de quoi réaffirmer et rétablir le lien dont il avait été certain qu'il avait été rompu à jamais.

Il tendit la main pour lui caresser la joue, puis le côté de la gorge.

— Tu es en vie.

— Et toi aussi.

Jack jeta un coup d'œil au décor intime et chaleureux.

— Est-ce que c'est chez toi ?

— En effet. Nous sommes dans ma chambre.

Non loin de là, un faible et tranquille murmure de voix filtra dans la pièce. Il reconnut certaines d'entre elles pour les avoir entendues dans la crypte.

— Est-ce que je suis vraiment dehors ?

— Oui, tu es vraiment dehors. Tu es libre.

Jack inspira profondément. Il avait envie de fêter l'événement – vraiment.

— J'en suis heureux, dit-il, parce qu'il ne voulait pas qu'elle ressente autre chose que de la joie émaner de lui.

Néanmoins, il avait abandonné quelque chose là-bas. Quelqu'un. Qu'il avait cherché sans le retrouver, mort ou vif.

Soudain, Nyx se redressa de sa position agenouillée près du lit. Et, lorsqu'elle fit le geste d'avancer à quelqu'un qu'il ne voyait pas, il secoua la tête.

— Non, reprit Jack. Je n'ai pas besoin de médecin…

Quand une frêle silhouette apparut, Jack se dit…

Non, non. C'était trop injuste.

C'était un cauchemar revêtu des oripeaux du rêve, le genre de chose qui vous poignait le cœur au réveil quand on se rendait compte que sa femelle n'était pas là et que son fils était bien mort…

— Père ?

Le corps de Jack se mit à trembler et il se redressa lentement, comme s'il craignait de se réveiller s'il bougeait trop vite. Posant les pieds sur le tapis l'un après l'autre, il s'immobilisa.

Lorsque rien ne changea… lorsque Nyx parut toujours se trouver à son côté et son fils toujours devant lui sur le seuil, il se leva. Si sa blessure à la jambe l'élança quand il fit reposer son poids dessus, il ne le sentit pas.

Il fit un pas en avant. Puis un autre.

— Fiston ? dit-il d'une voix enrouée.

Avec l'impression de risquer sa propre vie, il ouvrit grand les bras.

— Père !

Son enfant se précipita et se cramponna à lui. Et, tandis que la chaleur du corps frêle le pénétrait et que son odeur familière envahissait ses narines, Jack berça celui qu'il avait cherché dans une étreinte qui lui coupa le souffle tout en lui réchauffant le cœur.

Au bout d'un moment passé à fermer les yeux, il regarda, par-dessus la tête de celui qu'il avait été convaincu d'avoir perdu, l'amour de sa vie.

Qu'il n'avait jamais espéré trouver un jour.

Nyx dut se couvrir la bouche en contemplant Jack qui serrait Peter contre son large torse. L'enfant était incroyablement petit comparé à la masse formidable de son père, et il paraissait juste que tous deux soient enfin réunis.

L'enfant avait besoin de la protection de son père dans ce monde.

D'autant plus que tous deux allaient devoir s'accoutumer à vivre à la surface désormais.

Jetant un coup d'œil par la porte ouverte, elle fit un signe de tête à Posie et son grand-père, qui se tenaient la main. Quand ils s'esquivèrent hors de vue dans la cuisine, elle entendit la porte de derrière s'ouvrir et se refermer, et devina que les frères s'en allaient. Mais ils reviendraient. Durant le trajet de retour à la ferme, Rhage, le blond, avait annoncé qu'ils voulaient recueillir autant de détails que possible sur la prison, son fonctionnement et ses équipements.

Mais cela pouvait attendre plus tard.

Un guérisseur serait là d'une minute à l'autre.

Nyx tourna son attention vers Jack et le pretrans. Tous deux s'étaient un peu écartés l'un de l'autre et s'examinaient mutuellement, cherchant clairement des blessures.

— Est-ce que ça va, père ? Ta jambe est…

— Ça ira parfaitement bien. (Jack tapota l'épaule de l'enfant.) Mais comment es-tu arrivé ici ? Comment connais-tu ma Nyx ?

— C'était un accident, père.

— Quoi ?

Nyx prit la parole.

— Posie et moi rentrions à la maison en voiture…

— Et j'ai couru sur la route, intervint Peter.

— Nous l'avons heurté. C'était un accident.

— Mais elles m'ont sauvé. Posie m'a soigné.

Ouais, à ce sujet, Nyx était convaincue que sa sœur avait donné l'ordre mental au pretrans de s'en sortir. Posie avait été si déterminée à ce qu'il ne meure pas sous sa garde et, ça alors ! même la Grande Faucheuse avait eu peur de la résolution inflexible de la femelle.

— Posie est ma sœur, expliqua Nyx. Mon autre sœur. Bref, c'est ainsi que tout a commencé. Dans son délire, ton fils a parlé de l'endroit d'où il était sorti, d'où il s'était enfui.

Peter leva la tête vers son père.

— Je voulais qu'elles te sauvent. Je voulais qu'elle y aille pour te faire évader parce que je n'étais pas assez fort pour le faire moi-même.

Jack posa sa large main sur le visage de son fils.

— Vraiment ?

Comme le pretrans opinait, Nyx ne put s'empêcher de secouer la tête.

— Que puis-je ajouter d'autre ? C'était écrit.

Lorsque Jack tendit un bras vers elle, elle ne sut pas immédiatement ce qu'il voulait. Mais ensuite elle comprit…

Nyx se leva et s'avança vers eux dans un état second. Elle s'immobilisa un instant, ne voulant pas les gêner ni s'immiscer entre eux si elle avait mal interprété le geste d'invitation du mâle…

Peter l'attrapa pour l'attirer dans leur étreinte, puis Jack referma ses grands bras puissants… autour d'eux deux.

Cette fois-ci, les larmes versées furent de joie. Pas de chagrin.

Et qu'il en soit toujours ainsi…

Jack recula légèrement. Avec un froncement de sourcils, il regarda Peter.

— Mais il y a une chose que je ne comprends pas, dit-il. Comment es-tu parvenu à sortir ? Tu ignorais tout de mon passage secret. Je ne t'en ai jamais parlé parce que je craignais que cela te mette en danger. Je l'avais creusé pour toi, afin que, le moment venu, je puisse te faire évader clandestinement.

Peter déglutit avec difficulté et baissa le menton, si bien que la lumière de la lampe de chevet tomba directement sur ses cheveux. Et, pour la première fois, Nyx remarqua… des reflets roux dans ses mèches noires.

— Elle m'a laissé partir.

— Je te demande pardon ? s'exclama Jack. Quoi ?

— Le Commandant. Elle m'a sorti de ma cellule en dehors de l'horaire. Ce n'était pas l'heure du repas. Je ne savais pas ce qu'elle allait faire. Je me suis dit que j'allais avoir des ennuis.

Peter paraissait anxieux, comme s'il revivait des événements qui l'avaient effrayé.

— Elle m'a fait traverser la prison et a ouvert cette porte en acier avec une carte. Elle n'a rien dit. Elle s'est contentée de nous faire avancer jusqu'à ce que… je ne sais pas… nous arrivions à cette sortie que je n'avais encore jamais vue. Elle m'a fait la courte échelle pour que je passe à travers le trou de la grille.

— Elle t'a libéré en personne ?

— Oui. Je ne comprenais pas. La seule chose qu'elle m'a dite, c'est d'aller vers le nord. Elle m'a dit de marcher sans m'arrêter et d'aller vers le nord, en direction de la montagne. Elle m'a dit de chercher une ferme blanche avec un grand arbre et une grange rouge. Elle m'a dit… (Peter se tourna vers Nyx) qu'il y avait des gens de notre espèce qui me recueilleraient et veilleraient sur moi là-bas. Puis elle m'a ordonné de remettre la grille en place et… elle a disparu.

Nyx ferma brièvement les yeux. Elle n'avait pas encore entendu cette partie de l'histoire. Était-ce le cas de Posie ? de son grand-père ?

— Et elle avait raison, reprit Peter en lui pressant la main.

— Oui, il y a des gens bien sous ce toit, murmura Jack. Les meilleurs.

— Pouvons-nous rester ici, père ?

Nyx dut s'essuyer les yeux.

— Oui, vous pouvez rester ici tous les deux. Pour toujours.

Elle sourit, même si le centre de sa poitrine lui faisait mal. Pourquoi Janelle avait-elle accompli une dernière bonne action ? Qui sait. Peut-être que l'amour d'une *mahmen* pour son enfant avait été suffisant pour l'emporter sur le reste de sa nature concernant cette unique décision, à cet instant précis.

Mais Nyx ne connaîtrait jamais la vérité complète et cela n'avait plus d'importance. Elle avait ses deux mâles, et elle prendrait soin d'eux : son véritable amour et son neveu. Pendant toutes les nuits et les journées qui lui restaient à vivre sur cette terre, et pour toute l'éternité là-haut dans l'Estompe, elle veillerait sur eux.

Oui, le Destin avait tout prévu.

C'était la seule explication.

Chapitre 47

Le lendemain soir, Nyx se réveilla dans son petit lit, Jack à son côté. Quand elle roula sur le dos dans la pièce plongée dans l'obscurité, elle découvrit qu'il était déjà réveillé et la dévisageait de ses yeux brûlants aux paupières mi-closes.

— Tu as quelque chose en tête, mon mâle ? murmura-t-elle.

— Oui.

Quand il se pencha pour l'embrasser, elle accueillit ses lèvres avec enthousiasme. Puis ils procédèrent à un déshabillage rapide et silencieux. Les autres membres de la maisonnée dormaient en bas, dans les chambres confortables que Posie avait préparées au sous-sol pour protéger Peter, et la relative intimité du rez-de-chaussée ne durerait pas.

Donc, oui, la fébrilité fut de mise pour les vêtements comme pour les gestes, puis Jack la monta et elle l'accueillit en elle. Il se mordit la lèvre inférieure de ses crocs aiguisés au moment de la pénétration, et elle lui griffa le dos quand ils commencèrent à bouger à l'unisson, tandis que la magnifique et longue chevelure du mâle l'enveloppait comme un rideau soyeux et luxuriant. Puis ils s'embrassèrent de nouveau et leurs va-et-vient s'accélérèrent, et, mon Dieu, elle espérait que les ressorts ne grinçaient pas trop.

La jouissance ne tarda pas à survenir. Pour l'un comme pour l'autre.

Et ils continuèrent, jusqu'à jouir encore une fois. Une fois rapide et intense des deux côtés.

Ensuite, ils durent s'arrêter.

Jack plongea son regard dans le sien en lui lissant les cheveux en arrière.

— J'aimerais bien faire ça comme il faut, un jour.

— Oui, avec plaisir, murmura-t-elle. Et dès que possible.

Ils se séparèrent en riant, et elle disparut rapidement dans la salle de bains pour prendre sa douche. Elle aurait préféré que Jack soit avec elle, mais il y aurait le temps pour cela plus tard.

Et elle était prête à se montrer patiente. Jusqu'à un certain point.

Lorsqu'elle émergea avec de nouveaux vêtements et les cheveux propres, il était assis à la table de la cuisine et observait les appareils ménagers. Les plans de travail. La télévision encastrée dans le mur.

— Je reconnais certaines choses, dit-il.

— Est-ce que c'est vraiment étrange ?

— Oui, ça paraît… véritablement bizarre.

Nyx s'approcha pour s'asseoir en face de lui. Quand il posa enfin les yeux sur elle, elle se rendit compte qu'il n'était pas bien.

— Parle-moi, l'encouragea-t-elle.

Il lui fallut un moment avant de parler, et elle pria – vraiment – pour qu'il ait le temps de s'exprimer avant que quelqu'un surgisse du sous-sol.

— C'est à propos du Commandant, dit-il. Ta sœur.

Nyx baissa la tête et la secoua de gauche à droite.

— Je suis désolée. J'ai l'impression de devoir m'excuser pour tout ce qu'elle a fait. C'était un monstre.

— Je veux que tu comprennes… (il se racla la gorge) comment ça a débuté entre nous. Quand elle… euh… quand elle est arrivée à la prison, elle cherchait un mentor. C'était une personnalité manipulatrice et je dois reconnaître que, pendant un moment, cela m'a attiré. Mais cela s'est vite dissipé à mesure que j'apprenais qui elle était réellement.

Plus je me détachais, plus elle s'attachait jusqu'à ce que je devienne une de ses obsessions. Peter – au fait, j'adore ce prénom – a été conçu lorsque j'ai été forcé de la servir pendant ses chaleurs. C'était juste après le début de sa prise de contrôle de la prison. Je me suis souvent demandé… Eh bien, je ne sais pas ce qui lui passait par la tête la plupart du temps, mais c'était presque comme si elle s'était sentie obligée d'assurer un environnement sûr pour son fils. Elle a pour l'essentiel pris le contrôle pour des raisons qui lui étaient propres, bien sûr, mais un enfant né dans un milieu carcéral de ce type-là avait des chances de survie quasi nulles. Mais bon, encore une fois, je peux me tromper en lui prêtant une quelconque motivation altruiste.

Nyx opina. Puis elle tendit le bras au-dessus de la table et prit la main de Jack.

— Chaque fois que tu voudras parler, je serai toujours là.

— Merci. (Il se passa une main sur le visage.) J'ai aussi besoin que tu saches comment elle est morte.

— J'ai découvert son cadavre.

— Ah bon ?

— Je m'en suis débarrassée convenablement, avec respect. Même si… je ne sais pas, c'est compliqué.

— Tu as fait ce qu'il fallait. Pour la *mahmen* de Peter. (Jack se tut de nouveau un moment. Puis il se racla la gorge.) Elle m'a dit qu'elle l'avait tué. Peter, je veux dire. Je ne sais pas pourquoi. Probablement pour me faire souffrir.

Quand il parut incapable de poursuivre, Nyx soupçonna ce qui était arrivé.

— Ce n'est pas grave si tu l'as tuée, reprit-elle doucement.

— Comment peux-tu dire ça ? (Il poussa un juron.) Tu devrais me haïr d'avoir tué un membre de ta lignée. Et Peter… Peter ne devra jamais savoir.

— Elle t'a fait du mal. Volontairement. Elle a fait du mal à beaucoup de gens. Elle a tué, elle a torturé. Je dois être honnête. Je n'éprouve rien à l'idée de sa mort, hormis du soulagement. Enfin… et de la confusion. Mais, comme tu l'as dit, qui sait ce qui se passait dans sa tête.

Le regard de Jack se perdit dans le vide.

— Elle était couverte de sang. Elle tenait à la main un cœur qu'elle avait arraché à la poitrine de quelqu'un. Elle me hurlait qu'elle avait tué Peter. J'ai juste… j'ai craqué. Je l'ai attrapée à la gorge et je l'ai cognée contre le mur, encore et encore. Puis cet animal – celui qui m'a mordu – a fini par l'attaquer. Je me suis libéré parce qu'elle était…

— Ça va. Ça va vraiment, je te le promets. Tu n'as rien fait de mal.

Jack plongea son regard dans le sien.

— Je t'aime.

Nyx lui serra de nouveau la main.

— Et moi aussi, mon amour.

Quand il se pencha pour l'embrasser, elle l'imita. Et, juste au moment où leurs lèvres se touchaient, des pas commencèrent à monter du sous-sol.

Nyx caressa la joue de son mâle et se laissa retomber sur sa chaise. Tandis que Posie, Peter et son grand-père émergeaient, elle songea que, parmi toutes les phrases de toutes les langues du monde, il y en avait une qui ne perdait jamais de son éclat, peu importe le nombre de fois qu'on la prononçait.

« Je t'aime » ne se démodait jamais.

Que ce soit entre parents et enfants, frères et sœurs, ou couple, ces trois petits mots étaient toujours aussi forts, aussi vitaux, aussi inébranlables et durables… que l'émotion puissante qu'ils décrivaient.

« Je t'aime » était immortel.

Même la mort ne pouvait effacer ces mots. Et pour les vampires, qui vivaient dans l'obscurité, ils étaient comme une lumière dorée qui maintenait au chaud et en vie l'espèce tout entière.

Chapitre 48

Exactement une heure après que Jack eut dégusté un délicieux Premier Repas composé d'œufs, de bacon et de tartines avec sa famille, le minibus de seize places qu'on avait envoyé pour les chercher arriva. Le véhicule de la Confrérie de la dague noire était équipé de vitres fumées, de confortables banquettes en cuir et conduit par un majordome en uniforme traditionnel.

Le trajet jusqu'à leur destination prit un moment. Et dans l'habitacle spacieux, derrière l'écran de séparation qu'on avait relevé, ils passèrent les quatre heures qu'il dura à bavarder de tout et de rien. Posie, la sœur de Nyx, avait un caractère aimable, et il existait une réelle affection entre elle et Peter, un lien fraternel, né de l'aide qu'elle lui avait apportée pour guérir. Le grand-père était un rigolo. Aussi sec qu'un coup de trique, aussi silencieux qu'une bibliothèque et aussi intelligent qu'une encyclopédie. Impossible de ne pas l'apprécier.

Et puis il y avait sa chère Nyx. Qui était parfaite à tous points de vue d'après Jack.

Le temps fila et, soudain, le bus se mit à grimper. Jack serra la main de Nyx et l'attira plus près de lui sur la banquette.

Il avait passé beaucoup de temps à l'observer à la dérobée, et il savait qu'il ne se lasserait jamais de son physique. De sa voix. De son odeur et de son rire, de son sourire et de ses petits rougissements secrets, qui survenaient chaque fois qu'il avait des pensées licencieuses. Comme si elle savait exactement à quoi il songeait.

Ce qui arrivait de façon fréquente, mais toujours discrète.

Quand le bus s'arrêta, le majordome baissa l'écran et leur sourit, son vieux visage irradiant de chaleur et de bonne nature.

— Nous sommes arrivés ! Vous pouvez quitter le véhicule à votre convenance.

Jack laissa avec plaisir les autres sortir les premiers, car cela lui permit de voler un baiser à sa femelle. Puis elle s'engagea à son tour dans l'allée centrale. Il la suivit, jusqu'à ce qu'ils descendent le marchepied du bus, qui les mena à des pavés qui…

Jack resserra sa prise sur la main de sa femelle.

Il leva les yeux… haut… très haut…

— Il l'a construite, souffla-t-il en admirant la façade de la magnifique demeure de pierre dont il avait lui-même conçu et dessiné les plans. Il a construit la maison.

La grande demeure grise était exactement telle que Jack l'avait imaginée, avec sa ligne de toit compliquée, ses deux ailes, et le vaste corps de logis central qui s'élevait jusqu'aux cieux…

Les doubles portes majestueuses s'ouvrirent en grand, et Rhage, le frère aux yeux bleu vif, sortit. Avec lui se trouvaient une femelle brune et une jeune pretrans qui devait être leur fille.

Jack sentit sa gorge se nouer d'émotion.

S'avançant avec Nyx et Peter, Posie et grand-papa, ainsi que l'enfant appelait le vieux mâle, Jack eut l'impression d'emmener sa famille… rencontrer celle du frère.

Son frère.

— La route a été bonne ? demanda Rhage.

— Oui. Tout à fait.

Il gravit les marches de pierre sans quitter du regard le frère, qui l'imita, comme s'ils étaient tous les deux hypnotisés l'un par l'autre.

Les femelles s'occupèrent des présentations. Mary, la *shellane* de Rhage, s'avança à la rencontre de Nyx et la serra dans ses bras avant d'étreindre tout le monde et créer véritablement la rencontre.

Alors que Rhage et Jack restaient plantés où ils étaient.

— Je vais juste faire rentrer les enfants, dit Mary à son *hellren*. On va vous laisser une minute tous les deux, OK ?

Rhage parut se secouer.

— Hé ! ça t'ennuierait d'emmener les enfants à l'intérieur pour que Jack et moi ayons un moment entre nous ?

La femelle lui sourit.

— Avec plaisir. Quelle bonne idée. Viens, Nyx. Est-ce que vous avez tous déjà pris votre repas ? Il y a à manger ici comme vous n'en avez pas idée.

Nyx hésita. Quand Jack lui pressa la main, elle opina, lui donna un rapide baiser, et suivit les autres à l'intérieur.

Puis il se retrouva seul avec le frère.

— Alors…

Rhage se racla la gorge.

— Tu te sens mieux ? Tu sais, après une bonne journée de sommeil ?

— Oh, oui ! Beaucoup mieux. Merci de demander.

Et puis… plus rien.

Jusqu'à ce que tous deux reprennent la parole en même temps.

— Je suis désolé, je sais que c'est bizarre…

— Pardonne-moi, je n'ai pas l'intention de…

Tous deux se mirent à rire. Puis Jack demanda :

— Qui était ton père ? La première fois que je t'ai vu chez Jabon, j'ai vaguement songé qu'on pouvait être apparentés. Je voulais creuser cette idée, mais je ne l'ai pas fait parce que je ne savais pas à qui me fier pour enquêter discrètement et que j'étais un étranger pour toi.

— Mon père était le frère de la dague noire Tohrture. C'était un brave et fier guerrier.

Jack secoua la tête.

— Je n'ai jamais entendu ce nom. Ma *mahmen* ne m'a jamais dit qui était mon père, mais la rumeur disait que ce pouvait être un frère. Quand je l'ai questionnée sur ce point, elle m'a interdit de me rendre un jour à Caldwell. Je comprends pourquoi à présent… Eh bien, elle avait ses raisons, je suppose.

— Mon père n'était pas formellement uni à ma *mahmen*. Et, oui, je tiens mes yeux de lui. (Rhage haussa les épaules avec désinvolture.) On m'avait dit que tous mes frères de sang étaient morts, mais quand je vois ton visage… Bref, j'ai moi aussi eu un éclair de reconnaissance lorsque je t'ai rencontré, mais je n'ai pas fait le lien, parce que je ne pensais pas que c'était possible. Pas avec ce que je savais de ma famille.

— Ma *mahmen*… Sur son lit de mort, elle m'a fait promettre de ne jamais partir à la recherche de mon père. J'ai eu un siècle pour y réfléchir, et je crois… eh bien, je pense qu'elle estimait avoir eu une liaison extra-conjugale avec mon père. Elle ne voulait pas briser une famille.

— Notre père n'était pas uni à ma *mahmen*, comme je viens de te le dire. Donc il n'y avait rien à briser. Et tout cas, cette histoire appartient au passé. Mais nous avons le présent pour faire connaissance. Entamons notre relation comme nous aimerions la poursuivre, d'accord ? (Rhage tendit la paume.) Oh ! et, au fait, ravi de faire convenablement ta connaissance.

Jack serra la main qu'on lui tendait. Puis fut attiré dans une étreinte bourrue.

— Bienvenue dans la famille, annonça Rhage avant de s'écarter.

— Comment peux-tu m'accepter si aisément ? Tu ne veux pas une preuve quelconque ?

— Combien connais-tu de personnes avec des yeux comme les nôtres ? Les tiens, les miens, et ceux de ton fils ?

— Pas beaucoup. (Jack y réfléchit.) Aucune, en fait.

— Voilà. On peut faire un tour chez Oprah, si tu veux.

— C'est quoi, Oprah ?

Rhage cligna des yeux. Puis donna une claque sur l'épaule de Jack.

— Oh ! toutes les choses qui t'attendent dans ce monde, en cette ère de la télévision et d'Internet. Maintenant, es-tu prêt à entrer et à découvrir la réalisation concrète de tous tes dessins ?

Se raclant la gorge pour calmer ses émotions, Jack leva de nouveau les yeux sur la façade de la demeure. Les fenêtres à vitraux éclairées par les lumières intérieures offraient une vision magnifique.

— Elle est telle que je l'ai imaginée, dit-il. J'ai hâte d'en discuter avec Audaszs…

— Je suis sincèrement désolé.

Jack tourna les yeux pour demander à quoi rimait cette lugubre excuse prononcée à voix basse. Mais, instantanément, il comprit à l'expression de Rhage de quoi il retournait.

Jack baissa la tête un moment.

— Quand Audaszs est-il mort ? Je t'en prie, dis-moi qu'il a eu une chance de voir sa maison achevée ? C'était son rêve.

— Il l'a vue. Mais il a été rappelé dans l'Estompe avant de la voir habitée.

— Votre perte doit être immense.

— Oui. C'est le cas. Et c'est arrivé il n'y a pas si longtemps. (Rhage lui indiqua l'entrée.) Viens, tu dois avoir envie de tout voir.

Hochant la tête, Jack suivit le frère dans le hall.

— Quand la construction a-t-elle commencé ?

— Juste après ton… (Rhage s'interrompit et se retourna.) Écoute, il faut que je mette ça au clair. J'ignorais ce qui t'était arrivé. Où tu avais atterri, je veux dire. Jabon était un minable, et j'en ai eu ma claque de lui après cette fameuse nuit. Tu dois savoir que je ne me doutais absolument pas qu'il t'avait dénoncé au Conseil. Si j'en avais eu vent, je leur aurais raconté la vérité. Que tu n'avais pas déshonoré cette jeune femelle. Que tu étais un mâle de valeur qui ne commettrait jamais une telle infamie.

Jack s'inclina.

— Je te remercie de ta franchise. Mais j'ai toujours pensé que cette histoire de viol était vraie. C'était Jabon le salaud dans cette affaire. Je ne reproche rien à la fille et à sa *mahmen*.

— Si cet aristocrate n'était pas déjà mort, je buterais cet enfoiré. En fait, j'envisage de le déterrer rien que pour l'assassiner une nouvelle fois…

— Est-ce qu'il est mort de façon violente ?

— Deux femelles l'ont tué environ vingt-cinq ans après l'affaire qui t'impliquait. (Rhage se pencha vers lui.) Quand on a découvert son corps, on n'a pas pu retrouver son service trois pièces, si tu vois ce que je veux dire.

Jack fit la grimace.

— Waouh !

À cet instant, on entendit un bourdonnement et le bruit d'un verrou qui se défaisait. Puis les portes du hall furent ouvertes en grand par le majordome qui avait conduit le bus jusqu'à Caldwell.

— Salutations ! s'exclama le *doggen*.

Comme s'il n'avait pas vu Jack depuis douze ans et que celui-ci était l'invité le plus honorable à avoir jamais franchi le seuil.

— Merci, murmura celui-ci en pénétrant dans…

Il s'arrêta net juste après la porte. Le vestibule, avec ses colonnes de marbre et son grand escalier, son plafond cathédrale trois étages plus haut et sa mosaïque au sol, était tout aussi majestueux qu'il l'avait imaginé. Et les espaces de chaque côté… La vaste salle à manger avec son arcade sculptée et la salle de billard à gauche.

Tout était exactement tel qu'il l'avait espéré.

Soudain, il se rendit compte de la présence de gens ; en fait, il s'agissait d'une très grande foule, comprenant des mâles et des femelles ainsi que des enfants de tous âges, et tous se tenaient près d'une immense table à manger, où ils échangeaient des salutations avec Peter, Nyx, Posie et grand-papa. Tant de joie émanait d'eux : l'explosion des sourires et des accolades donnés librement, des bavardages et des rires formait un joyeux accueil qui emplissait non seulement l'immense pièce formelle, mais également la maison entière, de vie… et d'amour.

Jack regarda Rhage. Son frère qui était un frère.

— C'est exactement ce qu'Audaszs voulait.

Le beau visage de Rhage s'attrista.

— Je sais. Son rêve est devenu notre réalité.

— Il m'avait dit qu'il faisait bâtir cette maison pour accueillir tous ceux qu'il aimait. Pour leur donner un havre de paix et de sécurité dans lequel faire vivre leurs familles. Il m'avait dit qu'il avait le sentiment que c'était ce qu'il devait laisser en héritage.

Rhage se frotta les yeux comme si ceux-ci le picotaient.

— Oui. J'avais beau douter de lui à l'époque… mais ça s'est concrétisé. Juste trop tard pour qu'il en profite.

Comme le frère paraissait submergé par l'émotion, Jack passa un bras autour de ses larges épaules.

— Viens. Allons les rejoindre, non ?

— Bonne idée. (Rhage inspira profondément.) Excellente idée, en fait.

Ensemble, ils se dirigèrent vers la salle à manger.

— Dis, j'ai envie d'une glace, annonça le frère. Ça te dit de m'accompagner dans ma dégustation ?

— Il se trouve que j'adore la glace, figure-toi. J'y ai goûté pour la première fois hier soir.

— C'est ce qu'il y a de meilleur, non ? (Rhage émit un « miam ».) Et je suis heureux de partager ma réserve avec mon nouveau frère. Mais j'arrête le parfum chocolat à la guimauve. Je m'en tiendrai à la vanille.

Pénétrant dans la salle à manger, ils furent immédiatement acclamés et vite assaillis par leurs compagnes, leurs familles… et, du côté de Jack, par beaucoup de nouveaux amis.

Et, quelque temps plus tard… par plein de desserts.

Remerciements

Avec tous mes remerciements aux lecteurs des romans de la Confrérie de la dague noire ! C'est un trajet long, merveilleux et exaltant, et j'ai hâte de découvrir ce qui arrivera dans cet univers que nous aimons tous. J'aimerais également remercier Meg Ruley, Rebecca Scherer et tout le monde chez JRA, ainsi que Hannah Braaten, Andrew Nguyen, Jennifer Bergstrom, Jennifer Long, et toute la famille de Gallery Books et Simon & Schuster.

Team Waud, je vous aime tous. Vraiment. Et, comme toujours, tout ce que je fais se nourrit de l'amour et de l'admiration que j'ai pour ma famille, d'origine comme d'adoption.

Oh ! et merci à Naamah, mon chien écrivain II, qui travaille aussi dur que moi sur mes romans – et à l'Archieball !

Lexique des termes et des noms propres

***Abhîme*:** enfer.
***Ahstrux nohtrum*:** garde personnel du roi ayant le droit de tuer, nommé à son poste par le roi.
***Brhume*:** dissimulation d'un certain environnement physique, création d'un champ d'illusion.
Chaleurs : période de fertilité des vampires femelles, d'une durée moyenne de deux jours, accompagnée d'intenses pulsions sexuelles. En règle générale, les chaleurs surviennent environ cinq ans après la transition d'un vampire femelle, puis une fois tous les dix ans. Tous les vampires mâles sont réceptifs à des degrés différents s'ils se trouvent à proximité d'un vampire femelle pendant cette période qui peut s'avérer dangereuse, caractérisée par des conflits et des combats entre des mâles rivaux, surtout si le vampire femelle n'a pas de compagnon attitré.
Chaste : vierge.
***Chrih*:** symbole d'une mort honorable dans la langue ancienne.
***Cohmbat*:** conflit entre deux mâles revendiquant les faveurs d'une même femelle.
Confrérie de la dague noire : organisation de guerriers vampires très entraînés chargés de protéger leur espèce de la Société des éradiqueurs. Des unions sélectives au sein de l'espèce ont conféré aux membres de la Confrérie une

force physique et mentale hors du commun, ainsi que des capacités de guérison rapide. Pour la plupart, ils n'ont aucun lien de parenté et sont admis dans la Confrérie par cooptation. Agressifs, indépendants et secrets par nature, ils vivent à l'écart des civils et n'entretiennent que peu de contacts avec les membres des autres castes, sauf quand ils doivent se nourrir. Ils font l'objet de nombreuses légendes et d'une vénération dans la société des vampires. Seules des blessures très graves – balle ou coup de pieu dans le cœur, par exemple – peuvent leur ôter la vie.

Courthisane **:** Élue formée dans le domaine des arts du plaisir et de la chair.

Doggen **:** dans le monde des vampires, membre de la caste des serviteurs. Les *doggen* obéissent à des pratiques anciennes et suivent un code d'habillement et de conduite extrêmement formel. Ils peuvent s'exposer à la lumière du jour, mais vieillissent relativement vite. Leur espérance de vie est d'environ cinq cents ans.

Élues : vampires femelles élevées au service de la Vierge scribe. Elles sont considérées comme des membres de l'aristocratie, mais leur orientation est cependant plus spirituelle que temporelle. Elles ont peu, si ce n'est aucune interaction avec les mâles, mais peuvent s'accoupler à des guerriers à la solde de la Vierge scribe pour assurer leur descendance. Elles possèdent des capacités de divination. Par le passé, elles avaient pour mission de satisfaire les besoins en sang des membres célibataires de la Confrérie, mais cette pratique est tombée en désuétude au sein de l'organisation.

Éradiqueur : être humain dépourvu d'âme, membre de la Société des éradiqueurs, dont la mission consiste à exterminer les vampires. Seul un coup de poignard en pleine poitrine permet de les tuer ; sinon, ils sont intemporels. Ils n'ont nul besoin de s'alimenter ni de boire et sont impuissants. Avec le temps, leurs cheveux, leur peau et leurs iris perdent leur pigmentation : ils blondissent, pâlissent et leurs yeux s'éclaircissent. Ils dégagent une odeur de talc pour bébé. Initiés au sein de la Société par l'Oméga, les éradiqueurs conservent leur cœur dans une jarre de céramique après que celui-ci leur a été ôté.

Esclave de sang : vampire mâle ou femelle assujetti à un autre vampire pour ses besoins en sang. Tombée en désuétude, cette pratique n'a cependant pas été proscrite.

L'Estompe : dimension intemporelle où les morts retrouvent leurs êtres chers et passent l'éternité.

***Ghardien* :** tuteur d'un individu. Les *ghardiens* exercent différents degrés de tutelle, la plus puissante étant celle qui s'applique à une femme *rehcluse*.

***Gharrant* :** protecteur d'une femelle *rehcluse*.

***Glymera* :** noyau social de l'aristocratie, équivalant vaguement au beau monde de la Régence anglaise.

***Hellren* :** vampire mâle en couple avec un vampire femelle. Les vampires mâles peuvent avoir plusieurs compagnes.

***Honoris* :** rite accordé par un offenseur permettant à un offensé de laver son honneur. Lorsqu'il est accepté, l'offensé choisit l'arme et frappe l'offenseur, qui se présente à lui désarmé.

Hyslop (n. ou v.) **:** terme qui fait référence à une erreur de jugement, ayant normalement pour conséquence de compromettre le fonctionnement mécanique ou la possession d'un véhicule ou d'un engin motorisé quelconque. Par exemple, laisser ses clés dans sa voiture alors que celle-ci est garée devant la maison pour la nuit, oubli ayant pour conséquence une virée criminelle dans un véhicule volé par un tiers inconnu, est un *hyslop*.

***Jumheau exhilé* :** le jumeau maléfique ou maudit, celui né en second.

***Leelane* :** terme affectueux signifiant « tendre aimé(e) ».

***Lewlhen* :** « cadeau » en langue ancienne.

Lhenihan **:** fauve mythique connu pour ses prouesses sexuelles. En argot actuel, fait référence à un mâle à la taille et à l'endurance sexuelle surnaturelles.
Lhige **:** marque de respect utilisée par une soumise sexuelle à l'égard de son maître.
Lys **:** instrument de torture utilisé pour énucléer.
Mahmen **:** « maman ». Terme utilisé aussi bien pour désigner une personne que comme marque d'affection.
Menheur **:** personnage puissant et influent.
Mharcheur **:** un individu qui est mort et est revenu de l'Estompe pour reprendre sa place parmi les vivants. Les *mharcheurs* inspirent le plus grand respect et sont révérés pour leur expérience.
Nalla* ou *nallum **:** être aimé.
Oméga : force mystique et malveillante cherchant à exterminer l'espèce des vampires par rancune contre la Vierge scribe. Existe dans une dimension intemporelle et jouit de pouvoirs extrêmement puissants, mais pas du pouvoir de création.
Première famille : roi et reine des vampires, ainsi que leur descendance éventuelle.
Pretrans : jeune vampire avant sa transition.
Princeps **:** rang le plus élevé de l'aristocratie vampire après les membres de la Première famille ou les Élues de la Vierge scribe. Le titre est héréditaire et ne peut être conféré.
Pyrocante **:** point faible d'un individu ; son talon d'Achille. Il peut s'agir d'une faiblesse interne, une addiction par exemple, ou externe, comme un(e) amant(e).
Rahlman **:** sauveur.
Rehclusion **:** statut conféré par le roi à une femelle issue de l'aristocratie à la suite d'une demande formulée par la famille de cette dernière. La femelle est alors placée sous la seule responsabilité de son *ghardien*, généralement le mâle le plus âgé de la famille. Le *ghardien* est légalement en mesure de

décider de tous les aspects de la vie de la *rehcluse*, pouvant notamment limiter comme bon lui semble ses interactions avec le monde extérieur.
Revhanche **:** acte de vengeance à mort, généralement assuré par un mâle amoureux.
Shellane **:** vampire femelle compagne d'un vampire mâle. En règle générale, les vampires femelles n'ont qu'un seul compagnon en raison du caractère extrêmement possessif des vampires mâles.
Société des éradiqueurs : organisation de tueurs à la solde de l'Oméga, dont l'objectif est d'éradiquer les vampires en tant qu'espèce.
Symphathe **:** désigne certains individus appartenant à l'espèce des vampires qui, entre autres, ont la capacité et le besoin de manipuler les émotions d'autrui (afin d'alimenter un échange énergétique). Ils ont de tout temps fait l'objet de discriminations et parfois même de véritables chasses à l'homme. Ils sont aujourd'hui en voie d'extinction.
Tahly **:** terme d'affection dont la traduction approximative serait « chérie ».
Talhman (nom) : le côté mauvais d'un individu. Une tache noire sur l'âme qui doit s'exprimer si elle n'est pas convenablement purgée.
Le Tombeau : caveau sacré de la Confrérie de la dague noire. Utilisé comme lieu de cérémonie et comme lieu de stockage des jarres de céramique des éradiqueurs. Dans le Tombeau se déroulent diverses cérémonies, dont les initiations, les enterrements et les mesures disciplinaires prises à l'encontre des membres de la Confrérie. L'accès au Tombeau est réservé aux frères, à la Vierge scribe et aux futurs initiés.
Trahyner **:** terme d'affection et de respect utilisé entre mâles. « Ami cher ».
Transition : moment critique de la vie d'un vampire mâle ou femelle lorsqu'il devient adulte. Passé cet événement,

le vampire doit boire le sang d'une personne du sexe opposé pour survivre et ne peut plus s'exposer à la lumière du jour. La transition survient généralement vers l'âge de vingt-cinq ans. Certains vampires n'y survivent pas, notamment les mâles. Avant leur transition, les vampires n'ont aucune force physique, n'ont pas atteint la maturité sexuelle et sont incapables de se dématérialiser.

Vampire : membre d'une espèce distincte de celle d'*Homo sapiens*. Pour vivre, les vampires doivent boire le sang du sexe opposé. Le sang humain leur permet de survivre, bien que la force ainsi conférée soit de courte durée. Après leur transition, qui survient vers l'âge de vingt-cinq ans, les vampires ne peuvent plus s'exposer à la lumière du jour et doivent s'abreuver de sang à intervalles réguliers. Ils ne sont pas capables de transformer les êtres humains en vampires après morsure ou transmission de sang, mais, dans certains cas rares, peuvent se reproduire avec des humains. Ils peuvent se dématérialiser à volonté, à condition toutefois de faire preuve de calme et de concentration ; ils ne peuvent pendant cette opération transporter avec eux d'objets lourds. Ils ont la faculté d'effacer les souvenirs récents des êtres humains. Certains vampires possèdent la faculté de lire dans les pensées. Leur espérance de vie est d'environ mille ans, ou plus dans certains cas.

Vierge scribe : force mystique œuvrant comme conseillère du roi, gardienne des archives vampires et pourvoyeuse de privilèges. Existe dans une dimension intemporelle. Ses pouvoirs sont immenses. Capable d'un unique acte de création, auquel elle recourut pour conférer aux vampires leur existence.

***Vhigoureux* :** terme relatif à la puissance des organes génitaux masculins. Littéralement : « digne de pénétrer une femelle ».

Achevé d'imprimer en avril 2021
Par CPI Brodard & Taupin à La Flèche
N° d'impression : 3042561
Dépôt légal : mai 2021
Imprimé en France
81123713-1